How a small black cat helped heal a family

Cleo

クレオ

小さな猫と家族の愛の物語

ヘレン・ブラウン
Helen Brown

服部京子 訳
Hattori Kyoko

A&F

クレオ

ある猫と家族の愛の物語

ヘレン・ブラウン

猫好きではないと言いながらも、心の底では自分が猫好きだと知っている人たちへ。

目次

選択

猫が飼い主を選ぶのであって、その逆はない。

「子猫をもらいにいくんじゃないからね」プレッツェルの形をしたカーブでステーションワゴンのハンドルを切りながら、わたしは言った。「見にいくだけ」

　レナの家まではカーブだらけの坂道が続く。世界のほとんどの場所ではたぶん〝山〟と呼ばれる場所をくねくねと走る。レナの家の向こうには、羊牧場と石だらけの海岸があるだけであとは何もない。

「もらってもいいって言ってたのに」サムは後部座席でぶつぶつ言い、それから弟に加勢を求めた。「だよな？」

　後部座席ではたいていすぐに喧嘩がはじまる。もうすぐ九歳になる兄と六歳の弟がそろえば、あとはどうなるかは予想するまでもない。最初にちょっかいを出すのは兄のサムのほうで、弟のロブも負けじとキックを返す。兄が拳で応酬する。どんどんエスカレートしていき、しまいには「こいつがぶった！」「おまえが先に突っついたからだろ」と涙をにじませながらわめきあう。けれども、今回ふたりは味方同士で、いつもなら仲裁に入って仲良くするよう諭すわたしには、共通の敵というわかりやすい役どころが与えられていた。

「そうだよ、ずるいよ」ロブが調子をあわせる。「言ったよ、言った」

「わたしは、いつか子猫を飼うかもね、って言ったの。どんな家でも、大きな犬が一匹いれば充分でしょ。ラータはどう思うかしらね。家に猫がいたらいやがるわよ、きっと」

「そんなことない。ゴールデンレトリバーは猫が好きだもん」とサムが反論した。「ペットの本にそう書いてあった」

わが家の庭に猫がひょっこり迷いこんでくると、ラータは猛然とどこまでも追いかけていく。そういう場面を何度も見たでしょう、といま言ってみても無駄だろう。サムはスーパーヒーローになるという夢を諦め、バットマンのマスクを衣装戸棚の奥へしまいこんでからはすっかり本の虫になり、本から得た知識を盾に母親に異を唱えるようになった。

わたしは猫なんか飼いたくなかった。そもそも猫好きではないのだから。夫のスティーヴも同じだ。あの日、地域の子どもたちを遊ばせる場でレナがにこにこしながら「猫、ほしくない？」なんて訊いてこなければよかったのに。それも、大きな声で。しかも、サムとロブの前で。

「やったあ、猫をもらえるんだ！」サムがはしゃぎだし、わたしには口をはさむ間もなかった。

「やったあ！」ロブも騒ぎだした。わたしがずっと見て見ぬふりをしてきた穴のあいたスニーカーでぴょんぴょん跳ねながら。

まえからわたしはレナに近寄りがたいものを感じていた。レナはすらりとした美しい女性で、いつも芸術家っぽい服を着ている。十代の終わりごろにオランダから移住してきて、画家として大いに注目されるようになった。レナの描く絵には、人種や性や宗教による差別を糾弾する政治的な意味合いがつねにこめられている。オーラをまとった芸術家らしく、男性に頼ることなく三人の子どもを育てている。噂によると、三人の父親はそれぞれ別の人らしい。レナとパブロ・ピカソだけがアクセスできる異世界からその子どもたちを連れてきたのだとしても、とりたてて不思議なこととも思えない。とにかくそのときは、レナの目の前で子猫について話す気にはなれなかった。

男の子をふたり育てることは、学生時代に赤ちゃん用シャンプーのコマーシャルを見ながら想像していたよりも、もっとずっと骨の折れる仕事だった。十代の母親を対象にした〝夢見がちで賞〟があるとしたら、わたしは金メダルを獲得していただろう。結婚後に十九歳で妊娠した当初は、ふと深夜に目覚め、赤ちゃんのことを考えて笑みを浮かべたものだ。赤ちゃんの世話をするのがどんなにたいへんかも知らずに。サムの誕生と同時に現実に向きあわされ、わたしは大急ぎで大人になった。夜中に三百キロ離れた場所に住む母に電話しても、たいていは助けにならなかった（「歯が生えはじめただけよ、心配しないで」）。運よく、経験豊富な年上のお母さんたちがわたしのことを気の毒に思い、やさしく、辛抱強く、〝母親になるための101のレッスン〟をとおして導いてくれた。そして、眠ることはこの上ない贅沢だということ、子どもが幸せならばそれだけでいいということをわたしは学んだ。時が過ぎ一九八二年が暮れていくころには、母親業も板についていた。息子たちはすばらしい少年に育ち、とりたてて困ったことも起きずに穏やかな毎日が過ぎていった。

わたしたちはウェリントンに住んでいる。この街は悪天候と地震というふたつのことで名高い。ようやく購入したワズタウンにある家はそのどちらの影響をも受けやすかった。ジグザグ道の途中にある小さなわが家は、大きな断層が下を走る崖の上に建っていた。

小さな地震はしょっちゅう起きていて、壁が震えても、皿がかたかた鳴っても、とくに気にもとめなかった。しかし、一八五五年に起きたような巨大な地震が、そろそろウェリントンを襲うのではと噂されていた。そのときの地震では、広範囲の土地が海に沈み、逆に海底が隆起したところもあった。

わたしたちの家は丘にへばりつくように建っていて、何やらおどろおどろしい雰囲気が漂っているようにも見える。急勾配の屋根や暗い色の外壁や鎧戸などは、忘れられたおとぎ話に出てきそうだ。チューダー様式とアーツ・アンド・クラフツの融合、と表現すれば聞こえはよいだろうが、古風で上品とはとても言えず、ただ単に古い。庭園をつくろうと張りきってみたものの、庭の小道にワスレナグサを申しわけ程度に植えただけで終わった。

風変わりなその家は、アルパイン種の山羊と暮らすことを考えに入れて建てられたにちがいない。ガレージはなく、それどころか道路に面してもいない。家にたどりつくには、屋根よりも高いところに位置する道に車をとめ、食料品や子どもたちの衣類をかかえて歩いていくしかない。重力のおかげで、ジグザグに下っていくのはそれほどたいへんではないけれど。

わたしたちは若かったし、天気のよい日はなんの問題もなかった。港は青く、大きな皿のように平らだった。しかし、南極から雨まじりの強い南風が吹き荒れると、着ているコートの前がはだけ、雨が激しく顔にあたった。そういうときは、もっと住みやすい家に引っ越したくなった。

けれども、わたしたちは市街地から歩いて二十分のところに住む暮らしが気に入っていた。ロープと登山靴を用意して崖を伝い降りていけば、五分でたどりつけるかもしれない。街の中心部まで下っていくときは、目に見えない力がジグザグ道の終わりまで背中を押してくれた。低木や亜麻の茂みを避けながら、ちょっと休んであたりを見まわす。傾斜のきつい紫色の丘が、ぐるりとわたしたちを見おろしている。息を呑む美しさに自分たちが溶けこんでいることに、わたしはあらためて驚く。

やがて道は車道に架かる古い木製の歩道橋に行きつく。そこから階段を降りればバスの停留所へ行けるし、国会議事堂や鉄道の駅へとそのまま坂道を下っていくこともできる。家までの帰り道は行きとちがってきつい。時間が倍もかかり、登山家の肺が必要になる。

ジグザグ道の右側と左側にはそれぞれちがう階層の人間が住んでいる。〝金持ちエリア〟には、大きな二階建ての家が建ち並び、どれもトスカーナへのあこがれを秘めた庭に囲まれている。〝庶民エリア〟には、小さな平屋の家が崖の縁にぽつりぽつりと散らばっている。こちらのエリアの住人は、花よりもいろいろな雑草を愛でるほうが好きらしい。

ジグザグ道の高低差は、そのまま収入の差でもあるようだ。金持ちエリアのてっぺんには、城みたいなミスター・バトラーの家が鎮座している。灰色の二階建てで、近所ばかりでなく街全体に睨みを利かせている。

ミスター・バトラーの家の下にはもう一軒、二階建ての家が建っている。玄関が港のほうを向いていて、庇がカモメの翼みたいに優雅にのび、心地よい風に乗ってもっとすばらしい世界へ飛び立とうとしているといった感じだ。この家の持ち主であるリック・デシルヴァはレコード会社を経営している。噂によると、奥さんのジニーは結婚するまえはファッションモデルだったそうで、〝ニュージーランドのジーン・シュリンプトン〔一九六〇年代に活躍したイギリス人のファッションモデル〕〟と呼ばれていたとか。手入れの行き届いた植込みの向こうで、連日パーティーが開かれているという話だ。

デシルヴァ家からエルトン・ジョンが酔っぱらって千鳥足で出てきたという噂が立ったが、真相はエルトン・ジョンにそっくりな人、とのことだった。彼らの息子のジェイソンはうちの息子たちと同じ学校に通っている。一家が住んでいるのはわが家からほんの七、八百メートルのぼったところだ。けれども、とくにつきあいと呼べるものはなかった。その家にはスポーツカーまであった。スティーヴはいまいましげに、彼らは享楽にふけっている、と言った。わたしにはどうでもいいことだった。

ジグザグ道のわたしたちが住む側には、世捨て人ふうな人たちが多く住んでいる。そういう人たちは家を借りて住みはじめても、ほどなくしてここほど強風にさらされず、市街地からは近いが断層からはやや離れた場所へ引っ越していく。定年退職した元高校教師のミセス・サマーヴィルはこちら側に長く住む数少ない住人のひとりで、わが家から少し下ったところに建つこざっぱりとした下見板張りの家に住んでいる。若かりしころの面影はその表情からはみじんもうかがえない。四六時中、苦虫を嚙みつぶしたような顔をしている。

わざわざわが家まで来て、苦情をまくしたてたこともある。ミセス・サマーヴィルはトムキンという名前の、ご主人さま同様にしかめっ面をした大きなトラ猫を飼っていて、うちの犬がその子を追いまわしたと言い張った。いくらミセス・サマーヴィルを避けようとしても毎日のようにばったりと会ってしまい、そのたびに悪ガキたちの悪行の数々を見せられるはめになる。スケートボードで好き勝手にジグザグ道を下っていったときについた車輪のあとや、ミセス・サマーヴィル宅の郵便受けに描かれた真新しい落書きなどを。彼女の病的な少年嫌いにはうちの息子たちも含まれていた。ふたりともあらゆるいたずらの犯人とみなされているのかもしれない。スティーヴには考えすぎだと言われた。少年たちを毛嫌いする一方で、ミセス・サマーヴィルは大人の男たちには愛嬌を振りまいていた。

わたしは家でウェリントンの〈ドミニオンポスト〉という新聞に週一本のコラムを書く仕事をしている。スティーヴは北島と南島を結ぶフェリーの通信士として、一週間は陸の上、次の一週間は海の上で働いている。彼とは、わたしが十五歳のときに船上パーティーで出会った。当時スティーヴは、バターやラム肉といったニュージーランドの畜産物をイギリスへ運ぶ、ニュージーランド船舶会社に勤務していた。立派な二十歳のイギリス人男性で、わたしがいままで会ったなかでいちばん魅力的な外国人だった。わたしが育ったニュープリマス付近の田舎のダンスホールに集まる農家の男たちと比べると、スティーヴはまさに別世界から来た人だった。

白い顔はうっすらとピンクに染まり、手は赤ちゃんのようにやわらかかった。わたしは長いまつ毛の下で輝く青い瞳に魅了された。農家の男たちとちがい、話もうまかった。イギリス人なのだから、ワルっぽいローリング・ストーンズはさておき、ビートルズのメンバーの誰かと何かつながりがあるにちがいないと思ったりもした。

ポール・マッカートニーのように、ブロンドまじりの茶色い髪が襟にかかるさまがとてもすてきだった。スティーヴはディーゼルオイルと潮の匂いがした。その香りは見知らぬ世界へのあこがれをかきたてた。

その後わたしたちは三年間、文通していた。わたしは義務教育とジャーナリズムの専門コース（成績はほとんどC）を駆け足で終えたのち、イギリスへ飛んだ。スティーヴとは文字どおり夢のなかで会っていた。というのも、文通していた三年のあいだ、個人的に会ったのは通算してたったの二週間だったのだから。実際のところ、現実は夢とは大きくちがっていた。スティーヴの両親は、植民地から来た息子の恋人に好印象を抱いてはいないようだった。

わたしの十八歳の誕生日の一カ月後に、わたしたちはギルフォードの婚姻登録所で結婚した。その場に立ちあってくれたのは五人だけ。儀式の執行者は心ここにあらずといった感じで、指輪を交換するよう告げるのも忘れた。なりたてのわが夫は、ポーチに出てからわたしの指に指輪をはめてくれた。雨が降っていた。ニュージーランドでは、困惑したわたしの両親が婚姻を無効にする手立てを探していたが、ふたりにはその権限はなく、努力は無駄に終わった。

結婚してから約二週間後、わたしはアパートメントのトイレを掃除しようと思っていたことも忘れ、ぼんやりと便座を見つめていた。そのとき不意に、この結婚は失敗だったと悟った。だが、どうしても結婚すると言ってまわりの人たちを怒らせた手前、別れることはできない。かといって、このままでは耐えられない。考えついた唯一の解決策は、家族をつくることだった。スティーヴはしぶしぶながら願いを聞き入れてくれた。結婚当初から、子どもに興味はないとはっきり言っていたのだけれど。

スティーヴがフェリーでの仕事を得たと同時に、わたしたちはニュージーランドに戻った。十九歳の誕生日を迎えて間もない十二月のある夜、わたしは一晩中、産みの苦しみを味わった。とても恐ろしかったし、それに院内の規則に反するといけないと思い、看護師に明かりをつけてくれと頼むこともできなかった。薬で朦朧としながらも、医者が〈雨にぬれた朝〉を歌っているのが聞こえてきた。その数分後、医者はわたしの身体からサムを取りあげた。

サムは最初の呼吸もしないうちに、頭をこちらへ向けて、大きな青い目でわたしの顔を見つめた。わたしは愛情ではちきれそうだった。分娩室の明かりを受けてやわらかい髪の毛を輝かせている、生まれたての赤ちゃんを抱きしめたくてたまらなかった。サムは男の子であることを示す青い毛布にくるまれ、わたしの腕に抱かれた。そっとおでこにキスしながら、この子のためなら自分はどうなってもかまわないという思いに打たれた。小さな拳を開いてみる。生命線はくっきりしていて、とても長かった。はじめて顔をあわせたとき、サムとわたしはすぐにひとつにつながった。決して引き裂くことのできないふたつの魂がふたたび出会った瞬間のようだった。

親になっても、スティーヴとわたしのあいだの隔たりは狭まらなかった。それにもかかわらず、サムが生まれてから二年半後、ロブがこの世に生を受けた。そのすぐあと、スティーヴはわたしの意見も聞かずにパイプカットの手術の予約を入れた。これ以上家族を増やさないという夫の決意に、わたしは傷ついた。

睡眠不足と苛立つ神経は、スティーヴとわたしをすっかり変えてしまった。スティーヴは顎ひげを生やして見かけを今風に変え、現実から逃避しているようだった。海上での一週間を終えて家にいるあいだは、いつもイライラしてなんにでもあたり散らした。

さらには、わたしが子どもたちの服や身のまわりのものに金を使いすぎると、文句を言った。わたしは中古の電動ミシンを買い、子どもたちの散髪を自分でやるようになった。そして、口やかましくなり、太ってだらしなくなった。

あとどれくらい長く夫婦として暮らしていけるのか、ふたりには見当もつかなかった。それでも、子どもたちのためになんとか持ちこたえれば状況が好転するかもしれないという希望はあった。

わたしたちは別々の海流に浮かぶ氷山のように距離を置いて漂っていたけれど、ふたりとも子どもたちを愛しているということだけはあきらかだった。

「さあ、着いた」わたしはレナの家の前で車をとめ、ハンドブレーキをしっかりと引いた。「へんな期待は持たないこと。見るだけなんだから」

子どもたちは車から飛び降り、わたしがドアを閉めもしないうちに、すでにレナの家へ続く小道を半分まで進んでいた。日の光を浴びたブロンドの髪を見つめながら、わたしはため息をついて考えた。あの子たちのあとを急いで追いかける日々は、いったいいつまで続くのだろう。

レナは玄関のドアをあけてわたしを待っていてくれた。子どもたちはすでに家のなかにいる。わたしは息子たちの行儀の悪さを詫びた。レナは笑顔でわたしを招き入れた。なかはうらやましいほど静かで、窓からはたまに息子たちを連れていってへとへとになるまで遊ばせる野原を見おろせた。

「ちょっと見にきただけで……」居間へと案内してもらいながらわたしは言った。「やだ、子猫！　ほんと、かわいい」

本棚の下段の隅に毛がつやつやした赤茶色の猫が横向きに寝ていた。琥珀色の瞳でこちらを見つめている。猫ではなく高貴な人に見つめられている気がした。お腹のあたりに四匹の子猫がいる。赤茶色の細い毛に覆われた子が二匹。あとの二匹の毛の色はもっと濃い。毛並みが整ったら、きっと黒くなるのだろう。最近、生まれたての子猫を見かけたが、この子たちほど小さくはなかった。濃い色の子猫のうちの一匹は、痛々しいほど小さい。

息子たちは膝をついて恐る恐る新たな命に目を向けている。相手に敬意を払い、みだりに近づいてはならないことがわかっているらしい。

「やっと目があいたばかりなの」レナはそう言って、いつでもお乳をもらえる心地よい場所から赤茶色の一匹を抱きあげた。その子は人間に抱かれることにまだ慣れていないようだった。「二カ月もすれば、新しい家に行けるようになるわ」

子猫は身体をくねらせ、クーンと鼻を鳴らした。母猫が心配そうに見あげる。レナは子猫がなめてもらえるよう、家族団欒《だんらん》の暖かい場所に戻した。母猫は赤ちゃん猫の身体の端から端まで舌をモップのように走らせ、それを何度も繰りかえしてから、おまけに頭をなめた。

「ねえ、一匹もらってもいいよね、お願いだから」サムは親がノーと言いがたい表情を浮かべてわたしを見つめた。

「いいよね」弟も同じことを言う。「もう、ミセス・サマーヴィルんちの屋根に泥を投げないから」

「ミセス・サマーヴィルの家の屋根に泥を投げたですって?!」

「バカ!」サムは呆れ顔でロブを肘でつついた。

わたしは子猫だけではなく、母猫のほうにも惹きつけられた。彼女は優雅で自信に満ちている。こんな猫は見たことがない。平均的な猫よりも小さめだが、大きな耳が逆三角形の顔から対のピラミッドのように突きでている。額の濃い色の縞模様は、親から子へと連綿と受け継がれてきたものなのだろう。そして短い毛も。わたしの母は、短い毛の猫は清潔だ、とよく言っていた。

「彼女はすばらしい母親よ。純血種のアビシニアンなの」とレナが言った。「この猫から目を離さないようにしていたんだけれど、少しまえに二、三日のあいだ、竹林のなかに逃げちゃったの。だから子猫たちの父親がどの猫かはわからない。たぶん、野良猫」

アビシニアン。そういう種があることさえ知らなかった。猫の血統についてのわたしの知識はそれほど豊富ではない。まえに、ラップ・チャウという名前のシャム猫がいた。大昔にわたしがピアノを習っていたときの先生、ミセス・マクドナルドが甘やかし放題に飼っていた猫だ。わたしたち三者のあいだには、はじめから不穏な空気が漂っていた。先生の定規が鍵盤をぎこちなく叩くわたしの指を打つと、それはもう痛かったけれど、ラップ・チャウの注射針なみの爪がわたしの足首に食いこんだときは、もっと痛かった。ひとりの生徒に、ピアノのレッスンと血統書付きの猫に対する生涯消えることのない悪感情を植えつける、という点に関しては、あの先生と猫はいい仕事をしたと言える。

「アビシニアンは古代エジプト人たちが崇拝していた猫の血を引く、と言われているの」とレナが話を続けた。

この種の猫が神殿で女祭司を務めるところを想像するのはそれほど難しくない。野良猫と高貴な血筋の猫との掛け合わせ、という点もなかなか気をそそられる。この子猫たちが両親（かたや上流貴族、かたやたくましい平民）のよいところばかりを受け継いだら、何やら特別な猫に成長するにちがいない。

一方で、両親のあまりよろしくない特徴（かたや貴族ゆえに気難しい、かたや野良猫ゆえに野性味むきだし）が子どもたちに現われたら、飼い主の生活は猫に振りまわされっぱなしになるだろう。

「残っているのは一匹だけ」とレナが言った。「いちばん小さくて、黒い毛の子」

もちろん、もらいに来た人たちは大きくて健康そうな子猫を選んだはずだ。赤茶色の子たちはより人の心をとらえたにちがいない。ゆくゆくは、母猫のような純血種らしい猫になる可能性が大きいのだから。わたしとしては、黒っぽい子たちのほうが好ましかった。ギョロ目で毛がちゃんと生えそろっていない発育不全の子だとしても。

「でもね、このちっちゃい子はガッツがあるの」レナが続けた。「生き残るためにはそれが必要だから。生まれてから数日のあいだは、この子は死んじゃうんじゃないかと思っていたけれど、なんとか持ちこたえてくれた」

「女の子なのかしら」わたしはすっかり夢中になって、うっかり〝女の子〟と言ってしまった。猫のブリーダーはもっと専門的な用語を使うはずだ。

「そうよ。ちょっと抱いてみる？」

こんなきゃしゃなものを抱いたらつぶしてしまうと思い、わたしは遠慮した。かわりにレナはその小さな生き物をサムの手に乗せた。サムは子猫を持ちあげて頰ずりした。どうやら猫の扱い方について何かの本で読んだらしい。こんなにも注意深くてやさしげなサムを見るのははじめてだった。

「ぼくの誕生日、もうすぐなんだけど……」サムが言った。次に何を言われるかは予想できた。「パーティーをしなくていいし、プレゼントもいらない。ぼくが誕生日のプレゼントにほしいのはひとつだけ。

この子猫」

「あなたのお誕生日はいつなの？」とレナが訊いた。

「十二月十六日。でも、日にちなんていくらでも変えられる」

「子猫たちがもう少し成長するまで、お母さんから離したくないの」レナが言った。「二月の中旬まで、待っていてもらってもいいかしら」

「いいよ」サムは答え、うっすらとあいている子猫の目をのぞきこんだ。「待つよ」

いまここで何をすべきか、息子たちはよくわかっていた。そう、口を閉じて、天使のような清らかな表情を浮かべること。子猫を飼えば、この子たちはいたずらをやめて、思いやりのある男の子になってくれるだろう。ラータについては、わたしたちが全力をあげて、子猫を大きな犬から守ればいい。

これ以上、話すことはない。懸命に生きようとしている生き物を、どうして拒絶できるだろう。それに、この子はサムの誕生日のプレゼントなのだ。

「この子をもらうわ」わたしは言った。微笑まずにはいられなかった。

名前

ひとつだけ、猫につける正しい呼称がある――陛下。

「ずるいよ！」ロブがわめいた。「サムは誕生日に猫をもらって、その上、デジタルのスーパーマン・ウオッチももらうなんて！」
わたしはオーブンから誕生日パーティー用のバナナケーキを取りだすときにうっかり火傷してしまったが、悪態をつくのをこらえた。痛いけれど、叫ぶほどではない。電動ドリルで鼓膜に穴をあけられたわけでもないし、第三次世界大戦に息子を送りだすわけでもない。わたしはケーキをクーリングラックにのせ、港のほうを眺めた。
いつ崩れるかわからない断層帯の上に暮らす不安は、空に突きだす丘に囲まれた海の風景によって中和されている。この平屋が修繕されたのは二十年もまえのこと。仮りにちょっと頭のいかれた男が修繕するさいに薄っぺらな木材を使っていたとしても、そんなことを誰が気にするだろう。薄いクリーム色の毛羽立ったカーペットの上を歩き、どぎつい色の壁紙は見て見ぬふりをしながら、わたしたちは不動産業者が唱えたマントラを復唱する。「個性的な物件……。転売すれば大儲け」その上、楽天家《オプティミスト》がわたしのミドルネーム。巨大地震がこの街を襲ったら、わが家は崖から海に転落してしまうかもしれないが、そのときわたしたち一家はどこかほかの場所に移り住んでいるに決まっている。そう、わが一家は市街地の摩天楼の一室に住んでいるはず。地盤が強化された、大地の唸りにも耐えられる盤石の地に。

　スティーヴとわたしは、ふたりの隔たりもすばらしい眺めの家に住めば埋まるだろうと考えた。世界地図の上で対極に位置する別々の国出身で、しかもそれぞれの性格が水と油ほどにしか溶けあわない者同士の結婚は、ここで難局を脱して、新たな展開を見せるかもしれない。何はともあれ、スティーヴは資金の許す範囲内で一九六〇年代に修繕された箇所を手直しすることに意欲を燃やしていた。最新のプロジェクトは、すべてのドアと幅木《はばき》の塗装をはがし、本来の木目を表に出すことで、作業中は耳をつんざく音が響き渡る。

「もうちょっとボリュームを落としてよ」わたしは大声で廊下のほうに呼びかけた。

「できないよ」スティーヴが声を張りあげて答える。「電動研磨機に音量を落とすスイッチなんかないから」

「サムはあと八週間、子猫が来るのを待たなくちゃならないのよ」わたしはロブに言いながら、水道水で手を冷やし、どうして痛みがちっとも引かないのかしら、と考えていた。「それに、いい子にしてたら、あなたの誕生日にデジタルのスーパーマン・ウオッチを買ってあげる」

「サムはもうスーパーマンごっこだってやらないのに。歴史とか、よくわかんない本ばっか読んでる」

　それはあたっている。サムは新たな段階へ踏みだしたようだ。そこには漫画のヒーローが割りこむスペースはない。スーパーマン・ウオッチをプレゼントしたのは失敗だったかもしれない。それでも今朝、サムは包みを開くと、にっこり笑ってお礼を言った。

「ぼくの時計、ダサくていやだ」ロブが言った。「こんなの博物館に飾っとけばいいんだ。チクタクいう時計を持ってるやつなんかいないもん」

「そんなことないでしょう。べつにへんじゃないわよ」

ありがたいことに、電動研磨機の音がとまった。スティーヴがはがれた塗装の欠片を全身に飛び散らせ、マスクをつけ、シャワーキャップをかぶった姿で現われた。

「パパ、へんな格好」ロブが言う。「スマーフ〔青い肌に白い帽子と白いズボンの陽気な妖精〕がでっかくて白くなったみたいだ」

「そんなこと言うなよ」スティーヴはため息をついた。「塗装が木材に張りついていて、とれない。いったんドアをはずして酸に浸けてもらうことにする。そういう店がたしか街にあったと思う。そうでもしなきゃ、あの塗装ははがせないよ」

「家中のドアをはずすの？　バスルームのも？」

「一週間か二週間だけだよ」

バナナケーキの匂いに引き寄せられ、サムがキッチンに入ってきた。ラータがビニール床を爪でカツカツと鳴らしながら、そのあとからついてくる。もともとひとつだった魂がふたつに分かれて双子の魂《ツインソウル》となり、それぞれが男の子と犬に宿る、なんてことがひょっとするとありうるのかもしれない。ミルク色の子犬だったラータがわが家へやってきたとき、サムは二歳だった。ふたりは一緒に大きくなり、冷蔵庫を〝襲撃〟するときや、クリスマスの二週間前にわたしたち夫婦のベッドの下からプレゼントを引っぱりだすときは、かならずタッグを組んだ。

いつの時点でラータが仲間の面倒をみる立場を選び、保護者の役割を引き受けることにしたのかははっきりと覚えていない。たぶん、サムに続いて二年半後にロブが誕生したことが関係しているのだろう。ロブがこの世に生を受けたと同時に、ラータはベビーシッターの務めを果たすようになった。ラータが暖炉の前で舌をだらりと垂らして寝そべっていると、ロブがそのお腹を枕がわりにして、哺乳瓶からミルクを飲む、という具合に。犬と一緒に暮らす上での欠点、たとえばカーペットや家具が犬の毛まみれになるとか、染みついた犬のにおいに来客が顔をしかめるとか、そんなことはほんの些事にすぎない。ラータは太平洋より広いハートを持っている。そのハートで小さな新参者を包みこんでくれれば言うことはない。

「もう子猫の名前は考えたの?」とわたしはサムに訊いた。

「スーティーかブラッキーがいいよ」とロブが言った。

サムは鶏を襲おうとしているトラみたいな顔を弟に向けた。

「E.T.がいいと思う」とサムが答える。

「ダメだよ、ダメ!」ロブがわめいた。「そんなおっかない名前はダメ!」

ロブは〈E.T.〉を見たときの恐怖をいまだに引きずっている。サムのほうは、スティーヴン・スピルバーグ作の宇宙人をネタにして、弟を怖がらせていた。ジグザグ道にあるガス・メーターはE.T.の従弟なんだぞ、とサムに聞かされて以来、ロブはわたしが手をつないでいないと絶対にその前を通ろうとしない。

「なんでダメなんだよ」とサムが言いかえした。「あの子猫、毛がほとんどないし、ギョロ目だし、E.T.にちょっと似てるじゃないか。そういえば、昨日の夜にバスルームをのぞいたら、E.T.よりおっかない化け物がいた。まだいるけど、あいつを見ちゃダメだぞ、ロブ。もしおまえに見られていることに気づいたら、やつは絶対に襲ってくる。ワニに食われるよりもひどいことになるだろうな。なんたって、あいつには歯がなくて……」

「サム、やめなさい」けれども、もう遅かった。ロブは耳の穴に指を突っこんで、キッチンから逃げだしていた。

「その化け物は鼻から緑色のドロドロしたものを出して、おまえの骨を溶かしてから飲みこむんだ！」サムは弟の背中に向かって声を張りあげた。

「ぜんぜん、おもしろくないんですけど」とわたしはつぶやいた。

サムは椅子にすわり、ケーキをしげしげと眺めた。弟をからかっているときは別として、近ごろは自分自身の内面を見つめているような時間が多くなり、ガキ大将だったころとはすっかり変わってしまった。いったい何を考えているのだろうかと、わたしはときどき不安になる。ソースパンで糖衣を混ぜながら、ケーキの飾りつけを手伝ってとサムに頼んだ。いいよ、とサムは答えた。といっても、ジェリービーンズをちょこちょこっと置くだけなのだが。

「パーティーなんかしなくていい」と言ってしまった手前、結局サムは近所に住む友だちのダニエルしか誘わなかった。「大勢で騒ぎまくるパーティーは、もううんざりなんだ」と言って。たしかに、それは言えている。パーティーに乗りこんでくる子どもたちは、家のなかを荒らしたり、シーツをつなげて窓から降り、あげくに怪我をして手当てを受けたり、散々なことをしてくれる。

直前になって、わたしはなんだかサムがかわいそうになり、もっと友だちを呼べば、と水を向けてみた。しかし、親友とロブとラータがいれば充分だ、と言われただけだった。ひとつだけ頼んできたのは、キャンドルの火をつけさせてほしい、ということだった。頼みごとまでこぢんまりとしていた。

わたしはキッチンのテーブルに新聞紙を広げ、ケーキに白い糖衣をスプーンでかけた。今回は糖衣の出来がよく、滑らかで塗りやすかった。少しは独創性があるところを見せるために、ソースパンに残った糖衣にココアパウダーを加えて熱湯で湯せんしてから、中身をケーキの上に少しずつ落とし、大きくて不格好な〝9〟を描いた。サムがべとべとした表面にジェリービーンズを埋めこんだ。

わたしを見つめるサムの青い瞳がだんだん暗くなっていった。不意に、その顔が老成した賢者の顔になる。最近そんな表情を何度か目にした。子どものものとは思えない言葉をサムの口から聞かされることもあり、そのたびにわたしは不安を覚えた。幾度となく生まれ落ちても、魂はつかの間のときをこの世で過ごすだけ、とでもいうようなことを。

「生きてるって、いいよね」サムはそう言い、テーブルの下にいるラータに黒いジェリービーンズを一粒、こっそりと食べさせた。

「生きてるって、すばらしいわ」

「ぼくさ、おじいちゃんがうらやましくなるときがある。だって、はじめて自動車が製造されたり、人が飛行機で空を飛びはじめたときに生きてたんだよ。街に電気や映画館が来たところを見たんだ。わくわくしただろうな、きっと」

「そうね、でもサムがおじいさんになったときには、もっと大きな変化をたくさん見てきているでしょうよ。いまは想像もできないことをね。あなたの孫に〝最初に発売されたデジタルのスーパーマン・ウオッチを持ってたんだぞ〟って自慢もできる」

サムは自分の手首を見つめ、そつのない笑顔を唇に浮かべた。わたしは息子を引き寄せ、その肌のさわやかな匂いを胸に吸いこみたくなった。

「子猫の名前をE.T.にするって言ったのは冗談だよ」サムはソースパンのなかに残っていたチョコレート糖衣をティースプーンですくいとり、口に入れた。「子猫のおかあさんはエジプトの女王みたいだろ。だからあの子の名前はクレオパトラにしようよ。略して、クレオ」

「クレオ」わたしはその名をつぶやき、サムの髪を手で梳きながら、子どもというのは親の愛の底知れぬほどの深さをわかっているのだろうか、と考えた。「すごくすてきな名前ね」

「うんとラータにかまってやれば、子猫に焼きもちを焼くこともないよね。昨日は二回ブラッシングしてあげた。そのときに子猫のことをたくさん話したんだ。ラータはクレオのことをきっと気に入るよ」

ラータがサムの膝に頭を乗せ、うるんだ目で相棒を見あげた。

「ラータはあなたが言ったことを全部、理解しているみたいね」

「動物って、人間よりもずっとたくさんのことを知っているんだ。犬はいつ地震が来るかがわかる。鳥は地球を半周して自分の巣を見つけることができる。人間がもっと動物の言葉に耳を傾けていれば、何度も失敗せずにすむのに」

サムの動物好きは、赤ちゃんのときにすでにはっきりしていた。散歩に出ると、わたしたちはひたすら動物を探した。乳母車に乗ったサムは、どこへ行っても犬や猫に向かってぷくぷくした腕を振った。はじめてちゃんとした言葉をしゃべったのは、頭の上で輪を描いているカモメを指さしたときだった。

「と、り！」

サムはものにふれて安らぐことも、動物から教わった。動物の毛や羽を肌で感じるのが大好きだった。わたしの母から古くなっててかてかした黒と白の山羊皮のラグを贈られ、毎晩それをベッドまで引きずっていき、心地よい滑らかさに包まれて眠った。

サムには生まれながらに一風変わったユーモアのセンスがあり、その言動が冗談なのか本気なのかよくわからないこともある。サムがまだ小さかったころ、わたしは息子が汚い言葉を使ったことにショックを受けたふりをした。するとサムは「ブン、ブン、ミツバチ、ブン、ブン」と口ずさみながら、わたしのあとをついてまわった。人がびっくりするようなことも平気でやった。たとえば、服を着たまま水を張ったバスタブに飛びこむとか。八歳の誕生日には、サルのお面をかぶり、それにあわせたソックスをはいて、一日中そのままで過ごすと言い張った。「生きてるって、いいよね」という言葉は、あながち冗談でもなさそうだ。それだけ成長したということかもしれない。学校の先生たちは、サムが何かやらかすたびに、おもしろがったり呆れたりしているが、ふつうは十三歳向けとされている本を八歳にしてサムが読んでいても、何も言わずに好きなようにさせていた。おとなしく授業を聞いているかと思えば、いきなりとぼけたことを言いだすこともある。母が校庭にいるみたいなのでちょっと見てくると言い捨て、教室を抜けだすとか。ほかの男の子たちが熱心に髪をのばしているのを見て、頭を丸刈りにしてくれと頼むとか。

わたしはサムの身体のあらゆる部分を知りつくし、そのひとつひとつを愛している。とくに、ちょっと〝傷もの〟っぽいところを。よちよち歩きのころに、コーヒーテーブルの角に顔をぶつけてこしらえた左の眉毛のあたりにある傷。嚙んで短くなった爪と、真四角な手。右のてのひらのまんなかにあるイボ。三輪車で転んでちょっと欠けてしまった前歯すら愛おしい。瞳に散らばった斑点も。もっとも、それのおかげで賢そうに見えるときもあるけれど。少し太くて短い日焼けした脚も好ましい。ついでに、いつも汚れている足先も。そういうところがなければ、この子は地上に舞い降りた天使さながらの完璧な少年になっていたかもしれない。けれども、傷や痣は、わたしたちふたりだけがその由来を知っている秘密のサインみたいなものだ。動物好きでお調子者のサムを見慣れているだけに、九歳の誕生日が近づくにつれ、なぜ息子がまじめな一面を見せるようになったのか、わたしには見当もつかなかった。自分が成長したことを見せようとしているのだろうか。

玄関のドアをこんこんと叩く音がして、サムとラータが廊下を走って出迎えた。

ダニエルは祝いの席がこぢんまりしていることにすぐに気づいたようだった。三人の少年がキッチンのテーブルを囲み、ラータがごちそうのおこぼれにありつこうと、そのすぐ下に陣取る。本日の主人公が九本のキャンドルに火を灯しているあいだ、わたしは何枚か写真を撮った。わいわいと盛りあがっているのに、なぜかどことなく重い雰囲気が漂っていた。

数週間後に写真ができあがった。どの写真も暗くて、何が写っているのかよくわからなかった。その日の午後はキッチンに日ざしがあふれていたはずなのに、サムの顔は陰のなかに沈み、写真の隅っこには金色の輪が写しだされていた。わたしが撮りそこねてしまっただけなのか、カメラの特殊な機能が勝手に作動して不可思議なトリック写真に仕上がってしまったのか、どちらなのかはわからない。

喪失

人間とはちがい、猫は喪失に慣れている。

ほとんどの日はそのまえの日とさして変わらず、今日という一日は太陽が沈むまえにほぼ忘れ去られてしまう。数えきれないほどの毎日が時の流れに溶けていき、数カ月や数年に変わる。わたしたちは時間のなかを滑るように進みながら、明日が今日と同じく平凡な一日になると思いこむ。毎朝同じ朝食のシリアルを食べ、学校へ走っていき、なじみの顔を目にするといった日常に安心感を覚えるあまり、自分たちの生活はいつまでも変わらないのだと信じて疑わなくなる。

一九八三年一月二十一日は、いつもと変わらぬ朝を迎えた。この日がわたしたちを叩きのめし、わたしたちの身体を真っぷたつに裂くことをうかがわせる兆候は、何もなかった。

朝食後、息子たちは居間の床でパジャマのまま取っ組み合いをはじめ、ラータはレフリー役を務め、スティーヴはバスルームのドアを枠から取りはずしていた。それは街で酸に浸けてもらう最後のドアで、わたしたちの生活にもっとも大きな影響を及ぼすドアでもあった。人に見られながら用を足したがる者などいないのだから。

　ドアは見た目より重いものだ。ラータが元気よく足もとにじゃれついてくるなか、わたしたち四人は総出でドアの重みにふらつきながらジグザグ道をのぼり、ステーションワゴンに積みこんだ。一月は南半球では夏のホリデー・シーズンにあたり、息子たちは真っ黒に日焼けし、髪の毛も白っぽくなっていた。わたしとはちがい、ふたりは謎めいた〝酸浸け〟をどうしても見たがった。スティーヴがバスルームのドアを車内にしっかり固定させてから、息子たちが後部座席の残ったスペースへ滑りこんだ。

　市街地へ行く途中、丘にはさまれた金持ちが多く住む地域でスティーヴはわたしを降ろした。そこには友人のジェシーの家がある。わたしは車を降りて、サムに助手席に移るようすすめ、ランチのあとに会おうねと笑顔で言った。サムは前へ移動しながら、青い目でわたしを見つめた。そのときは、ランチのあとの再会が果たせないなどと考える根拠は何ひとつなかった。

　ジェシーは一週間ほどインフルエンザで寝こんだあと、ようやく回復しつつあった。ヴィクトリア朝時代の華やかな女性のように白いナイトガウンに身を包み、ベッドに横になっているところをみると、まだ完全には治っていないようだった。わたしたちはスープを飲み、子どもたちのことを話しては笑った。ジェシーの息子たちはうちの子たちより年上で、高校に通いだしてからすっかり反抗的になったらしい。わたしはサムとロブがそう遠くない将来に反抗期を迎える姿を想像した。

　どこかで電話が鳴り、ジェシーの夫のピーターが出た。音楽がかかっていたので、何を話しているのかまではわからなかった。早口でしゃべっていたかと思うと、急に声がとげとげしくなる。何か悪い知らせを受けているようだ。そのあとすぐに、ピーターがベッドルームに現われた。わたしは年配の親戚でも亡くなったのかと思い、お悔みの表情を浮かべた。ピーターの顔は真っ青で、こわばっていた。絶対に出演したくないドラマに引っぱりだされた役者のよう。彼はジェシーを見て、それからオニキスみたいな黒い目をこちらに向けた。電話はわたし宛てだという。

何かの間違いだろう。ジェシーの家にいるわたしに電話をかけてくる人がいるはずがない。わたしがここにいることを知っている人はほとんどいないのだから。困惑しながら、廊下に出て受話器を取る。

「たいへんなことが起きた」それはスティーヴの声だった。「サムが死んだ」

その声がわたしの身体の全細胞のなかで鳴り響いた。声の調子は普段とほとんど変わらず、そのため〝サム〟と〝死んだ〟が結びつかない。スティーヴは別のサムのことを言っているにちがいない。存在さえ忘れている、遠くに住む年寄りの従兄とか……。

受話器に向かって叫んでいる自分の声が聞こえた。スティーヴの声が大砲の一斉射撃のようにわたしの耳に届く。サムとロブは物干し用のロープの下で傷ついた鳩を見つけた。サムは獣医のところへ連れていくと言ってきかなかった。前日にアニメーション映画の〈ニムの秘密〉を観たあとだったので、動物が苦しむ姿に、いつもよりさらに深く同情を寄せてしまったらしい。

スティーヴはランチ用にレモン・メレンゲパイをつくっていたので、鳩を獣医のところに連れていくなら自分たちだけで行ってくれ、と子どもたちに言った。ふたりは靴の空き箱に鳩を入れ、それを手にジグザグ道を下っていった。レネル・ロードは郊外から市街地へ向かうメインルートだ。車を持っている市民がそれほど多くなかった時代に、市街地を抜けて丘陵地帯へ行く人びとの便宜を考え、バスの停留所が設置された。歩道橋を降りたあたりの道は非常に狭く、歩道はバス停の反対側にしかない。街まで下っていくには、バス停のところで歩道側へ車道を渡るしかない。そこは車に徐行を促す標識がない危険きわまりない地点だった。

ふたりが歩道橋を降りてバス停に着いたとき、丘へ向かうバスが停車した。ロブはバスが動きだしてから道路を渡ったほうがいいとサムに言った。しかし、サムは鳩を助けたい一心でかなり焦っていた。一刻も早く坂を下って動物病院へたどりつこうとして、弟に「うるさい」と言い捨て、とまっているバスの陰から走りだした。そして、丘を下ってくる車に轢かれた。

スティーヴの言葉はジグソーパズルのばらばらのピースのようで、まるで形をなさなかった。自分のものとは思えない恐ろしげな声が電話に向かって吠えかかり、ロブはだいじょうぶなのかと訊いていた。スティーヴによると、ロブは怪我ひとつしていないが、事故の瞬間を目撃してしまい、かなり動揺しているという。それを聞いて、わたしの身体はがたがたと震えた。

ひどい知らせを受けたとき、信じられない思いでいっぱいだと言う人がいる。スティーヴもそのひとりで、それは偽らざる気持ちなのだろうが、彼の言葉はわたしを叩きのめした。わたしの心はふたつにぱっくりと割れた。ジェシーの家の高い天井から泣き叫ぶ自分を見おろしているもうひとりの自分がいた。頭がいまにも破裂しそうで、玄関ドアのガラスに頭を打ちつけて痛みをとめたかった。

同時に、自分とジェシーの役割が逆転したことを思い知らされた。ここへ来たのはジェシーを元気づけるためだったが、いまや、白いナイトガウンを着た友人が、わたしを慰めようとしている。ジェシーは看護師として働いた経験があり、すぐさま実務モードにスイッチを切り替え、病院の救急センターへ電話をかけた。彼女がサムは病院到着時死亡《DOA》だったのかと訊いたとき、わたしの左脳はその略語を解読した。見習いレポーターだったときに、警察署で夜遅くにその言葉を聞いたことがある。デッド・オン・アライバル。絶望感を漂わせながら、ジェシーは受話器を置いた。

どんなに泣きわめき、怒りに身をまかせても、深い悲しみを封じこめることはできなかった。身体のなかをさぐっても、こんな痛みに耐えるだけの活力はどこにもありそうにない。わたしの人生は終わった。時間がアコーディオンのように縮まっていく。スティーヴとロブが到着するのを待つあいだ、わたしはお茶も気つけのアルコールも断り、窓越しに射しこむ光を見つめ、喉の奥からあふれだす嗚咽を聞いていた。自分の身体がつくりだす音が重なりあい、メロディーを奏でている。そのことが奇妙に感じられた。

わたしはロブのために冷静でいたかった。あの子は充分すぎるものを見てしまったのだから。だが、心と身体はまったく言うことを聞かない。わたしは大声で吠えまくる動物になっていた。二十分ほど待ち、スティーヴとロブがジェシーの家の廊下に現われたときには、二十年も待った気がした。

ふたりの姿は幽霊そのものだった。腹を銃で撃たれたかのように前屈みになった男性が、大きなショックを受けた子どもの手を握っている。難民や戦争の犠牲者を写した写真のなかに、同様の姿を見たことがある。スティーヴの顔は壁さながらに表情をなくし、その目は何も映さず、大理石の彫像の目を思わせた。ロブは自分の殻に閉じこもっているように見えた。わたしは不自然なほど落ち着き払っている息子の顔をのぞきこみ、膝をついて生き残った息子を抱きしめた。どんな悪夢がその頭に渦巻いているのだろうか。この子は自分の兄が轢き殺される場面を見てしまったのだ。どうしたら立ち直ることができるだろう。

息子を抱き寄せながら、わたしは泣いた。身体の震えがとまらない。あまりにも強く抱きしめられたために怖くなったのか、ロブは身体をくねらせてわたしから離れた。わたしは冷静になれと自分を叱咤しながら、何があったのかと訊いた。ロブはサムが道路を渡るのをとめようとした、と説明しだした。バスが行ってしまうまで待ったほうがいいと。しかし、サムは耳を貸そうとしなかった。兄の最後の言葉は「うるさい」だった。

道路に横たわり、口から赤い糸を垂らしているサムはカウボーイみたいだった、とロブは語った。わたしには〝赤い糸〟の意味が一瞬わからなかった。ロブの幼い頭は、その場面を西部劇の一シーンととらえたようだ。サムはジョン・ウェインになり、銃での決闘のあとに仰向けに倒れ、顎から芝居の小道具である赤い滴《しずく》をぽたぽたと垂らしている。子どもは死というものをそんなふうにとらえるのだと、わたしははじめて知った。

わたしたち家族が重い足取りで車に向かう途中で、ロブがサムのスーパーマン・ウオッチをもらってもいいかと訊いた。わたしはその問いにショックを受けたが、ロブはまだ六歳なのだと思いなおした。車道が下りながらうねうねと続く。家が不規則にぽつんぽつんと建っている。わたしは丘陵と曲がりくねった道に囲まれたこの街を憎んだ。この街のすべてががさつで、醜く見えた。何もかも崩れ去ってしまえばいい。家へは戻りたくなかった。ジグザグ道に立つことも、サムの持ち物を見ることもできそうにない。だが、わたしたちにはほかに帰るところはどこにもなかった。

スティーヴに歩道橋を見たいかと訊かれたとき、わたしは車の窓ガラスに頭を打ちつけて叫び声をあげた。事故現場の近くへは絶対に行きたくなかった。スティーヴがまわり道をしたので、わたしたちは歩道橋の下を通ることはなかった。野次馬たちがまだそこにいて、頭を振りながら、アスファルトについた血の染みを見ていることだろう。

非難の言葉が喉の奥から炎となって飛びだした。わたしはスティーヴを大声で問い詰めた。なぜ車で子どもたちを動物病院へ連れていかなかったのか、と。レモン・メレンゲパイをつくるのに忙しかったから、と夫は答えた。雌オオカミさながらに荒々しく、わたしは子どもよりもレモン・メレンゲパイが大切なのかと夫をなじった。けれども頭のどこかでは、自分の振る舞いが残酷で無分別だとわかっていた。

非難の言葉に反論もせず、スティーヴは動物病院が坂を下ってすぐのところにあることを指摘した。子どもたちは交通ルールを普段はきちんと守るし、いったんサムがこうと決めたら、とめるすべはないということも。「動物のこととなるとサムがどう反応するか――したか――、きみも知っているだろう」わたしは夫が過去形で言いなおしたことがいまいましかった。

わたしはしつこく可能性にしがみついた。たぶん何か誤解があって、サムは死んでなどいないのではないか。スティーヴは頑としてわたしの幻想を否定した。救急車の運転手と話したときに、残念ながら息子さんは帰らぬ人となりました、と告げられたと言って。

〝帰らぬ人となった〟? その言葉が新たな怒りの炎をかきたてた。ジャーナリズムの講座を受講していたころ、担当教員から死亡したら死亡したと書くべきで、帰らぬ人になった、この世を去った、神の腕に抱かれている、などと表現してはいけないと繰りかえし教えられた。毎日人の死を見ている救急車の運転手が、いったいどうしてそんな婉曲的な言葉を使ったのか。

わたしの怒りを無視して、スティーヴは救急車の運転手から聞かされたことをさらに語った。もし何かの奇跡が起きて、深刻な脳のダメージを受けたにもかかわらず生きのびたとしても、サムは残りの人生を植物状態で送ることになっただろう、と。知らず知らずのうちに、わたしの意識はその情報にからめとられていた。

死んだ。命が消えた。逝ってしまった。そういうことなのだ。もし本当に息子が死んだのなら、殺した者がいるはずだ。わたしの頭は煮えたぎり、非難されるべき者を求めた。罰せられるべき殺人者を。わたしはハリウッド映画に出てくる悪辣な犯人を思い浮かべた。数々の犯罪に手を染めた憎むべき男。

「女性だった」とスティーヴが言った。「乗っていた車は青いフォード・エスコート。ランチのあと、仕事に戻る途中だった。彼女の車はほぼ無傷で、ヘッドライトが割れただけだった」

わたしの息子の命を奪った報いが割れたヘッドライトだけ。その女を殺してやりたい。

膝の上にサムの重みを感じることも、首に巻かれたあの子の腕の感触を味わうことも、もう二度とないなどとはとても信じられない。〝二度とない〟という現実が、心に突き刺さった。ラータがわたしたちを玄関で出迎えてくれた。首を傾げながらわたしたちを見あげ、問いかけてくる。わたしはその首にすがりつき、泣いた。ラータはうなだれ、後ろ脚の下に尻尾をたくしこみ、床にへたりこんだ。サムの言葉が思いだされた。動物には、わかる……。

受話器を持つ手が震えた。これまでの人生のなかで最悪の知らせを伝えなければならない。電話に出た母の声は平坦だった。この知らせは母に大きな衝撃を与えるだろう。愛してやまない孫が死んだのだ。わたしは親として失格の烙印を押されるにちがいない。母が息を呑むのが聞こえた。声が低くなる。相変わらず観察者であるわたしの一部は、母の冷静な受け答えに驚いていた。母は第二次世界大戦という悲劇を通じて、理不尽な死と折り合いをつけるすべを学んだ世代に属している。もう泣くのはやめなさい、と母が言う。わたしだって泣きたいのに、我慢しているんだから、と。

わたしはロブの手首にスーパーマン・ウオッチをはめ、サムのベッドに身を投げだした。シーツも毛布もサムが寝ていたときのままだった。それからサムの服のにおいを吸いこみ、頭のなかでサムの声を聞いた。スティーヴがわたしを居間へ連れていき、ブランデーを飲ませた。温かいアルコールが身体にしみわたった。

一時間ほどたったころ、ふたりの若い警察官が当惑した様子で訪ねてきて、鳩はまだ生きているがどうしたらいいかと訊いた。命についての考え方がおかしくなってしまったのだろうか。うちの息子よりも鳩のほうに生きる権利があるとでもいうのか。スティーヴはサムの望みどおり、鳩を動物病院に連れていってほしいと言った。さらに警察官たちは、誰か遺体安置所《モルグ》まで出向いて、死者の身元確認をしてほしいと頼んだ。夫は自分が行くと告げ、出かけていった。

スティーヴは土気色の顔をして帰宅し、サムはまだ生きているようで、とても美しかったと言った。額の端にあいた傷口に気づかなければ、何が起きたのか誰にもわからないだろう、とも。ほんの小さな傷口だったという。サムの髪の毛を一房、切ろうと思ったが、あいにくとはさみを持っていなかった。わたしは髪の一房だろうと、サムのものならなんでも手に入れたかった。しかし、いまにもピシッと切れそうな輪ゴムのように神経を張りつめさせている夫に、もう一度モルグへ行ってきてくれとはとても言えなかった。

母が玄関口に現われた。多くの悲しみをかかえこんで重たそうに見える。悲しみだけではなく、わたしたち残された家族を心配する気持ちがありありとうかがえた。五時間のドライブでかなり疲れてもいるだろう。会ったとたんに泣きだすと思われた母は、胸を張り、顔をあげていた。舞台へ出ていくまえの役者のようだった。

「ちょうどいま、とても美しい夕焼けを見たの」と母は切りだした。「赤と金色に輝いていた。サムがね、そのなかにいるんだって思った」

わたしのささくれだった心は、母の言葉を無神経な戯言《たわごと》と受けとった。どうして自分の孫を日没にゆだねることができるのか。

母が荷を解いているあいだに、葬儀屋がやってきた。夜の闇のなかで港の明かりが悪意あるもののように光っている。彼は居間の隅にある椅子に腰かけ、サムの大きさ——身長と横幅——を訊いてきた。わたしは心のなかで悪態をついた。〝どうせあなたは九歳になる自分の息子を死なせたことなんかないんでしょうよ〟。子どもには白い棺がいいと思う、とその男は言った。〝棺にまで流行りの色があるわけ？〟わたしは教会での葬儀を断った。今回の件で神と話しあうべきことはほとんどないのだから。すでに大学の礼拝堂所属の新任牧師を紹介されていて、彼が墓地で短い祈りを捧げることになっていた。葬儀屋は不満の色を隠そうともしなかった。そのときは彼の冷淡さに啞然としたが、いまになってみると、あの葬儀屋はプロとして提案した型どおりの葬儀を拒否されたので、なんと答えていいかわからなかったのだろうと思いなおしている。

葬儀屋が帰ったすぐあとに、大学の礼拝堂所属の牧師がやってきた。彼は若く、学校を卒業したばかりのようで、かなり緊張していた。子どもを埋葬したことはありません、とその牧師は言った。それはわたしたちも同じです、とわたしは答えた。何を望むかと訊かれたとき、わたしは叫びだしそうになった。「そんなこと決まっているでしょ。息子を返してほしい！」しかし、気のすすまない仕事をこなさなければならない彼を気の毒に思う気持ちくらいは残っていた。わたしは彼が墓地で読む詩を書くと約束した。

次に、かかりつけの医者がやってきて、睡眠剤の処方箋を書いてくれた。彼女はコーヒーを飲みながら、じっと考えこみ、ようやく口を開いてこう言った。サムの立場になってみると、あながち悪いことでもないのかもしれない、大人の世界は苛酷で、生きていくのはたいへんだから、と。

スティーヴはスーパーマン・ウオッチをロブから取りあげてしまった。こんなすぐに、サムのものだった時計を誰かに渡すことに後ろめたさを感じたらしい。わたしは抗議したが、ロブはわかってくれたと夫は言った。それから机の引きだしをあけ、時計を箱のなかにしまいこんだ。

ラータは子ども部屋のドアの前で寝そべっていた。ロブには自分の部屋で寝なさいと言ったが、ロブはサムと共有していた部屋で寝るのをいやがった。怯えた目で、あそこにはドラゴンが住んでいると言い張る。スティーヴはロブのマットレスをわたしたちのベッドルームに運び、窓の下の隅っこに置いた。船が難破した乗組員たちのように、わたしたちはサムのいない最初の夜のなかを漂った。眠れないだろうと思っていたが、ギロチンの刃がすとんと落ちるみたいに、眠りがわたしを慈悲深い無の世界へ誘《いざな》った。

すっかり変わってしまった自分の世界を離れるのは心地よく、そこへ戻るのはかなりの苦痛だった。翌朝、目を覚ますと、丘という丘に響き渡るツグミの鳴き声が聞こえた。ほんの少しのあいだ、いつもどおりの朝だと思えた。恐ろしげな悪夢から目覚めたばかりだと。すぐに前日の出来事が恐怖をともなって脳裡によみがえり、わたしを絶望のどん底に突き落とした。

スティーヴにも心の安らぎは決して訪れなかった。事故から数日後、夫がむせび泣く声でわたしは目を覚ました。人前では一度も泣いたことがない人なのに。腕をのばして抱きしめてあげればよかったのだろうが、わたしはまだ半分眠った状態だった。あまりのことに途方に暮れ、泣くのはやめて、としか言えなかった。その言葉が受け入れられるとは思ってもみなかったが、夫はわたしの前では二度と悲しみをあらわにしなかった。

家は花であふれ、息が詰まりそうだった。日がたつにつれ、わたしは枯れていく花にうんざりするようになった。花瓶の水は夏の暑さで腐り、淀んだ水の悪臭が部屋に満ちた。どの部屋でも、茎が垂れさがり、花びらが涙のように床に落ちた。

スティーヴは花のせいでわたしの神経がまいっていると思いこんだ。たぶん、夫は正しい。そのうちに、新たに届けられてくるキクやユリやカーネーションといった花を、わたしの目につかないよう、枯れてしまうのを承知の上で、庭の木の陰に隠すようになった。せっかく贈ってもらった花を見てヒステリーを起こす哀れな妻と、花を茂みに隠す夫と、どちらの振る舞いがより奇妙か、判断を下すのはなかなか難しい。

玄関のドアが閉まる暇もなく、見知らぬ人を含めてたくさんの人たちが、次から次へとわが家を訪ねてきた。ありきたりな言葉や聖書からの引用句を披露する人も何人かいて、聞いているうちに、さっさと帰ってくれという気持ちになった。ひとつだけわたしの心に響いたのは、シェークスピアの名言〝時の関節がはずれている〟だった。怒りをあらわにする人たちもいた。そのなかに事故を目撃したと言う医者がいた。彼にもふたりの息子がいるので、個人的にも忘れがたい出来事だったそうだ。だが、その怒りはわたしには的はずれに思えた。医者というのは、否定的な見解を述べてその場の雰囲気に水をさすのが得意なのだろう。

自分の子を亡くしたわけではないが、それに近い苦しみを味わっている、と言う人も数名（ほとんどが女性）いて、涙を流して安らぎを求め、泣きぬれた顔をわたしのほうに向けてきた。そして無神経にもほどがある言葉を吐いた。「こんなことが自分の身に起きたら、もう生きてはいけない」「少なくとも、ロブには表舞台に立つチャンスが与えられたと言えるかもしれない。ロブはいつでもお兄さんの陰にいたのだから」どの人も自分勝手で、ひょっとすると頭がおかしいのではないかと思ったが、わたしにはもう、正気と狂気の境界線を見きわめることはできそうになかった。

わたしの内面はゆがんでしまった。ヒステリックに冗談を飛ばしては、聞き手の青ざめた顔や震える唇に向けて甲高い笑い声を浴びせた。父親や飼い犬や祖母が死んだときに〝同じような辛さ〟を味わったと彼らが言うたびに、わたしは相手の頬をひっぱたいてやりたくなった。年老いた人や動物が亡くなるのはある程度予想できる。それと今回の件を同等に扱うなんてどうかしている。

港を見おろす窓の外は相変わらず平和そのものだった。人間の苦悩などおかまいなしに、海は青く輝いている。その美しさに心が慰められることはなく、われ関せずとさざ波を立てるさまに嫌悪感さえ覚えた。

ジャーナリズムの講座を受けていたときのマオリの友人、フィル・ワアンガがとつぜんやってきて、その両腕でわたしを包みこんだ。フィルとはとくに親しくしてはいなかったが、彼の抱擁はいままで聞かされてきた無数の言葉よりもずっと大きな慰めになった。わたしたちに比べそれほど死を恐れない文化のなかで育ったので、フィルには何が起きたのかあれこれと訊く気はないようだった。わたしは彼に深く感謝した。

ほとんどの時間、わたしはソファにすわり、サムのバースデー・ケーキを焼いたときに火傷した手をなでていた。サムはもういないのに、その傷がいまだに〝生きている〟ことを受け入れるのは容易ではなかった。

日常が消え去った上に、わが家にはバスルームのドアもなかった。バスルームはわたしたちの心と同じく、公衆の面前にさらされていた。弔問客は誰にも知られずにこっそりと用を足すことはできなかった。わたしたち家族の者も同様だった。スティーヴがシャワー・カーテンをドア枠にピンでとめたが、その薄っぺらな花模様のカーテンは床まで届かず、弔問客の脚があらわになった。ドアという家具の一部がとても頼もしいものであることに、わたしはまるで気づいていなかった。以前には思いもつかなかったことが、まだまだたくさんあった。

葬儀から数日後、わたしたち家族はもうだいじょうぶだと母に告げた。母はしぶしぶとうなずき、日本製のハッチバックに乗って帰っていった。スティーヴの母親がイギリスから電話をかけてきた。彼女が有名な霊能者であるドリス・ストークスの講演会に行ってきたと聞いて、わたしはため息をついた。義母としては、ぜひとも知らせておきたい話のようだった。ドリスはスティーヴの母親を舞台上に呼び、サムからのメッセージを伝えたという。なんでも、こちらではすべて順調だと家族に知らせたい、とのことだった。スティーヴは電話に出ようとしなかった。わたしはイライラしながら電話の声にうなずいた。どの霊能者も言うことは同じだ。ドリスはサムが住む新しい世界についても語っていた。全寮制の学校みたいだが、もっと楽しいところらしい。イギリスの霊能者と聞くと、どうしてもパブやティールームといったいかにもイギリスっぽい場所で開かれる降霊会のイメージが湧いてくる、と茶々を入れようとしたところで、もうひとつ伝えることがあると言われた。霊能者がなんのことを言っているのか自分にはさっぱりわからなかったが、あなたたちなら理解できるだろうと。サムはこう言っていたという。いいよ、ロブに時計をあげても。

乱入者

猫は誘われたところへは行かない。必要とされる場所に現われる。

永遠。サムは永遠に行ってしまった。永遠とはどれくらい長く続くのだろう。無限ということだろうか。無限を表わすシンボルは8の形をしている。どこかのバス停で待っていれば、サムはめぐりめぐって、わたしのところへ戻ってくるだろうか。

無理だろう。もう二度とサムには会えない。天国や輪廻や、ドリス・ストークスが語った全寮制の学校を信じないかぎり。天使が運営している全寮制の学校にいるサムの姿など想像もできない。けれども、サムが学校の規則を知り、それを破りまくれば、退学になって家へ送りかえされるかもしれない。

ほかに何か現実的な手段があるとしても、わたしには知るすべもない。それでもやはり、精神的な世界を信奉していた父の娘として、わたしは父から何かを受け継いでいると思いたい。父はシェークスピアの名言を好んで引用していた。〝天と地のあいだにはな、ホレイショ、哲学などには思いも及ばないほど多くのものがあるのだよ〟。

父は若いときに手術台の上で臨死体験をしたときのことをよく話してくれた。光に包まれたトンネルをのぼっていき、いちばん上にたどりつくと、そこにはすばらしい人びとが待っていた。父はうれしくて仕方なかったが、どこからか声が聞こえてきてこう言った。「申しわけないが、きみは戻らなければならない」

元いた世界へとトンネルを猛スピードで下りながら、父はそれまでには感じたことのない深い失望感を覚えた。そしてこの経験により、霊や自然のなかに宿る魂、ウィジャボード〔降霊術などで用いられる文字盤〕といった、教会に対する愛着以外の精神的な世界を受け入れるようになった。自分の信じる世界を追求する一方で、もちろん数多くのキリスト教信者とも会っていた。

父は一風変わった人だった。その青い目で人びとではなく、人びとのまわりをじっと見つめる癖があった。目の前の相手と話をすると同時に、まわりにいる目には見えない〝友人〟とも会話をする、といったふうだった。

ゴルフコースで死ぬことに喜びを感じる人がいる。父はそれに相当することをやってのけた。それは、息子たちがまだ小さかったころ、両親とわたしで出かけたコンサートの休憩時間中のことだった。大好きなブルッフのヴァイオリン協奏曲を聴き終わったとき、父はわたしのほうを向き、「ここの音響はすばらしい」と言った。その直後に父の頭ががくりと垂れ、苦しげなうめき声が聞こえてきた。わたしは父の肩に腕をまわし、だいじょうぶかと訊いた。父は顔をあげ、舞台の上のほうを見つめながら、うれしそうに笑った。このとき、あのトンネルのいちばん上にいた誰かが呼びかけていたのだろう。「さあ、おいで!」と。父は間髪をいれず、そこへ行ってしまった。

わたしたちにとっては衝撃だったが、父にとっては完璧な死だった。準備万端、いそいそと逝った。父に戻ってきてほしいと願うのは身勝手にほかならない。だが、サムの場合はちがう。わたしはサムがまだ一緒にいることを示すサインを探した。カーテンが揺れても、サムの手がふれたからではなく、単にそよ風のせいだった。壁にサムの頭の形をした影が映っても、それは外で揺れるシダの影だった。

わたしたちが見つけた唯一のメッセージは〝ダン・ベル〟という文字だった。スティーヴが子ども部屋の壁紙を貼ろうとしたときに気づいたもので、緑色のフェルトペンで壁の高いところに走り書きされていた。サムならはしごを使わなくても、そこに落書きができただろう。冗談で期待を蹴散らすのは、サムがよく使う手だった。あの子からわたしたちに向けて何か言うとしたら、こういう言葉だろう。悲しくてうじうじしてるなんて、みんな馬鹿みたい。

サムはもう年をとらない。恋に落ちる楽しさも、自分の子どもに対面する喜びも味わうことはない。永遠に。サムは世界から永遠に消えてしまい、成人することのない人気者の少年として記憶される。頭のなかを言葉が堂々めぐりするのをとめる唯一の方法は、大きな見晴らし窓まで行くことだった。これは壁に直接はめこまれているから〝酸浸け〟することはできない。その枠を小さくて赤い、へらみたいなスクレーパーでこする。二度とない、永遠に、とつぶやきながら。手首が痛くなり、指から血が出るまで。見晴らし窓をとおして見る街や丘や港の景色は悪意に満ちているけれど、枠をこすれば救われる。こするごとに塗装の層がはげていく。木材の表面があらわになって滑らかになったら、わたしの心も癒やされるだろう。一度（昼だったか、夜だったか）スティーヴがわたしをそっと窓から引き離した。まだなんの答えも出ていないのに。意味もない、狂気じみたわたしの行動はこうしてさえぎられた。

ほんの数回だけ、わたしは思いきって外の世界へ出てみた。味気ない舞台セットみたいな店や会社が並んでいるだけの場所へ行き、ためらうこともなく、悲劇に見舞われた苦しみを見知らぬ人に負わせることにした。「わたしの息子、死んだんです」わたしは郵便局のカウンターの向こうにいる女性に打ちあけた。「あの子、三週間前に車に轢かれちゃったんです。まだ九歳でした」女性局員は顔を青ざめさせ、背後の壁のほうへ後ずさった。きれいな図柄の新しい切手シリーズの宣伝ポスターのなかに溶けこんでしまいたいらしい。切手は美しく、コレクターにも人気が出そうだし、贈るにも便利なので海外の友人向けのすてきなプレゼントになりそうだ。その女性はドアのほうをちらちら見ながら、お気の毒に、と言った。声は小さくて平坦だった。お気の毒って、何が？　ひどい知らせの受け入れ先にあなたみたいな人を選んだから？　それとも、ここはお気の毒なほどひどい郵便局なの？

不意に恥ずかしさがこみあげた。なんの権利があって、ちゃんと働いているふつうの人の一日をぶちこわそうとしたのか。きっと彼女はわたしのことを頭のおかしい女か、嘘つきか、もしくはその両方だと思ったにちがいない。

わたしは銀行の窓口係にも同じことを言った。反応は似たようなものだった。どうして自分の生々しい傷を他人にさらす必要があるのか。彼らがショックを受け、不安がる様子を見ても、満足感はほとんど得られないのに。わたしはいまの自分が外の世界の人とはうまくつきあえない人間であることを認め、そのことを紙にでも書いて身体に貼りつけておくべきなのだろう。他人が一目でわかるように。かつて、喪に服する人は一年間、黒い服を身に着けていた。その風習は理にかなっている。黒い服装はその人物が情緒不安定だということを示すサインになるのだから。

家にいると、お悔みを言いにくる弔問客の相手をしなくてはならず、イライラしっぱなしだったが、かといって、外に出ていける状態ではなかった。ためしに市街地へ出て、生き残った息子のために新しい服を探していたときのこと。デザイナーズ・ブランドの店先で質のよさそうな子ども服を見つけ、これさえあればロブを永遠に守ることができると思いこみ、そのとたんに自分がどこにいるのかわからなくなった。見知らぬ顔が次から次へと押し寄せ、わたしは必死で泣き叫ぶのをこらえた。店のショーウインドウが目の前に傾いてきて、わたしを歩道に叩きつけようとする。膝が震えてちゃんと歩くこともできない。そのとき知り合いがわたしを見つけ、車をとめている場所まで連れていってくれた。わたしは恥ずかしくなり、礼を言ってすぐに車に乗りこんだ。

運転席にすわって呼吸を整える。人の目に自分がどんなふうに映っていたか、だいたいのところは察しがついた。頭皮から髪の毛が突きでている、いかにも気がふれた女。バックミラーに目をやり、奇妙なほど若い、赤い目をした二十八歳の女を見て、わたしはびっくりした。

わたしたちはふつうの生活を取り戻そうとした。それがどんなものであるかはともかくとして。葬儀から二、三週間後、泣き叫ぶ妻のせいで疲れ果て、その上、表に出せない悲しみをかかえこみ、スティーヴは夢遊病者のようにおぼつかない足取りで、荷物を詰めたバッグを手に、海上での一週間の勤務に向かった。通常の仕事と船での規則正しい生活のなかで、夫が心の平安を得られますようにとわたしは願った。

その二、三日後、玄関のドアを叩く音が聞こえた。わたしは廊下の端っこから、すりガラスの向こうにいる人物に目をこらした。どうやら女性のようだが、その人影には見覚えがない。女性にしては背が高く、髪型は短いシャギー・カット。

ロブがキッチンのテーブルから目をあげた。新しいレゴで宇宙ステーションをつくっている最中だった。これまでの数週間、ロブにはおもちゃから服から、すべて真新しく、きれいに包装されたプレゼントがふんだんに贈られていた。かつては頼もしい番犬であったラータは、子ども部屋のドアの前で腹ばいになり、耳を澄ませている。あの事故以来、すっかり落ちこんでじっとしていることが多くなり、ほとんど顔をあげようとしなかった。誰かが慰めようとすると、悲しげな目を向けてきた。

「出ないことにする」とわたしは言った。「きっと、すぐに行ってしまうわ」

もう訪問客はこりごりだった。身体の芯まで疲れきっていて、会話もまともにできない。客を迎え入れたら、彼女――または、彼――がじっと見つめてくるなか、またあの話をすることになる。ふたりの愛する息子がジグザグ道を下っていき、ひとりしか帰ってこなかったことを。誰もいない大聖堂で典礼歌を復唱するみたいに何度も何度も話を繰りかえすのは、いい加減うんざりだった。彼らの涙も、ひそひそ声も、もうたくさんだ。

もしかしたら、ドアの前にいるのは食べ物を持ってきてくれた人かもしれない。これまでの三週間で、サンドイッチやマフィンやロースト・チキンなど、いったい何人分なのかと思うほどの料理が、わが家の玄関先に届けられた。遠慮がちに料理の腕前を披露してくれた人たちに、わたしは深く感謝した。彼らからの善意の贈り物は苛立つ心を和ませた。わたしには食べる気力がほとんどなかったけれど、料理はいつの間にかすっかりなくなっていた。

空になった皿の山がキッチンの椅子に高く積みあげられているが、どれがどのお宅の皿なのかわからない。いま訪ねてきた人は、たぶんどれかの料理を届けてくれた人で、皿を引きとるために、勇気を出して悲しみに暮れる家をふたたび訪れたのだろう。

だが、すりガラスの向こうにいる人が誰であろうと、わたしはドアをあけるつもりはなかった。応答がなければ、食べ物や花や、歯の浮くような言葉を並べたカードを玄関マットの上に置いて、痛みとは無縁の生活へ戻っていくだろう。

わたしが安全地帯であるキッチンへそっと逃げこもうとしたとき、その人影がガラス窓をコツコツと叩いた。ラータが飛び起きると同時に吠えた。サムが亡くなってから、悲しげにクーンと鼻を鳴らす以外に、はじめてラータが発した声だった。

「いい子ね」背中のふわふわした毛をなでてやると、ラータは尻尾を振りながら玄関へ走っていった。ガラス窓の向こうの頭が待ちかねて右へ左へと動く。その人影が誰であれ、犬の吠える声とわたしの声の両方を耳にしただろう。もう、選択の余地はない。ドアをあけなければ失礼にあたる。

ラータの首輪に指をかけながら、わたしは錠をまわした。日の光が脳に突き刺さる。優美な人影はレナのものだった。長くてほっそりした腕をつかんでいるのはレナの息子で、ロブと同い年のジェイクだ。

子どもを連れてわが家を訪れる人はまれだった。ロブの仲良しのひとりかふたりを除いて、ほとんどの子どもはこの家とは距離を置いていた。それも、もっともだ。祖父母の死でさえ子どもにとっては受け入れがたいものなのに、自分たちと同じ年ごろの子の死となると、なおさらだろう。同じ世代の子のとつぜんの旅立ちが、発達しきっていない神経系統にどんな影響を及ぼすかは、誰にもわからない。それに、悲劇は伝染しないという証拠はどこにもない。

よそのうちの子に接して平静でいられるかどうか、わたしはまだ自信が持てなかった。サムと同じ年代の少年の名前を聞いただけで、やり場のない怒りが煮えたぎるほどなのだから。〝なんの権利があって、あなたの息子が生きてるわけ？　わたしの子は死んだのに〟。

レナの息子は瞬きもせずにわたしを見あげ、次に、首輪をつかんだわたしの手を振り払おうとしているラータに視線を向けた。それから廊下のほうをのぞきこむ。結局のところ、いつもとさして変わらない応対をするはめになり、こんな言葉を返されるだろう。〝本当にお気の毒に。何か力になれることがあったら、なんでも言ってちょうだい〟。

「ロブに会いたい？」予想どおりのありきたりな言葉をレナから聞かされるのがいやで、わたしはジェイクに言った。「いま月に町をつくっているわよ」

じっと立ったまま、ジェイクは唇にかすかな笑みを浮かべた。

「なんなら、トイレを使ってもいいわよ」よだれまみれの舌をしきりに動かすラータを押さえつけながら、わたしはくだらないおしゃべりを続けた。「でもね、いま、外からちょっと見えちゃうの。二週間でドアの塗装をはがせるって言われたんだけど、なんかもう、永遠に終わらないって感じ。いろいろあって……」

レナはしなやかなヤナギの枝のように自分のトートバッグの上に屈みこんだ。さすがに芸術家がつくっただけあって、パッチワークの色使いは鮮やかだ。レナはバッグのなかに手を突っこみ、大きな三角の耳をした、何やらお手製品らしきものを引っぱりだした。色は黒で、身体のところどころに毛みたいなものがくっついている。レナがそこらにあったものを縫いあわせて、兄をなくした子どもを慰める品をつくったのだろう。

その小さな作り物の頭が動くのを見て、わたしはびっくりした。目はガラス玉のように出っぱっている。信じられないほどきゃしゃな足が四つ、レナの指の上に投げだされている。未熟児が大人の手と並べられることによって、いかに小さいかを示している写真をわたしは思いだした。生命体と呼ぶにはあまりにも脆く、みずからの命を支えることさえ難しいだろう。

「子猫を連れてきてあげたの」とレナが笑みを浮かべながら言った。

子猫？　なんで子猫を？

「サムの子猫だ！」ロブが廊下を走り、割りこんできた。

ラータが大きな声で吠え、わたしの手を振りきった。それから思いっきりジャンプし、レナを突き倒しそうになった。子猫がレナの胸にしがみつく。子猫の目には、大きな犬はものすごく巨大なものに見えたにちがいない。どうやら、この二匹の動物はお互いに相手のことが気に入らないとみえる。

「やめなさい！」わたしは怒鳴った。「この子、猫には慣れていないの」ふたたび首輪をがっちりとつかみ、ラータを連れて家のなかへ戻り、奥へと廊下を進む。

「心配しなくていいわよ、お嬢さん」わたしはラータをなでながら言った。「なんとかするから」

キッチンに閉じこめられて自由を奪われるのも一時的なことにすぎないと、ラータは理解しているようだった。子猫。サムの子猫。宇宙船に乗ったE．T．のように、レナのパッチワークのバッグに入ってやってきたのに、わが家の一員にはなれない。このまえあの子猫に会ったのは、もはや別の時代だ。サムが一緒にいて家族が全員そろっていたとき、わたしたちは別の人間だった。いまでは、わたしたちはみんな壊れてしまい、あのころの家族の姿は消えてしまった。この家には子猫のための場所はどこにもない。

わたしには動物の赤ちゃんの面倒はみられないし、要求にも応えてあげられない。九歳の人間の子どもの母親として失格の烙印をみずから押してしまった自分に、どうしてあんなに小さくて無力な生き物を育てることができるだろう。それに、ラータだって充分すぎるほど苦しんでいる。猫なんか飼って、ラータの生活をこれ以上混乱させるわけにはいかない。

レナには子猫を連れて帰ってもらおう。きっとわかってくれるはずだ。子猫を育てるのによい環境が整った家族を探しだすのは、レナにとってはそれほど難しいことではないだろう。あの子は贈っても恥ずかしくない猫だし、レナは腕利きのセールスウーマンだ。玄関へ戻りながら、わたしは何をしゃべるか考えた。レナはがっかりするかもしれないが、それくらいの失望は、わたしたちが経験してきたこととは比べものにならない。

玄関から外に出ると、日ざしを浴びたレナが子猫をロブの手に乗せているのが見えた。

「この子はあなたのものよ」レナがささやくように言った。

「あの、レナ、悪いけど……」わたしは考えてきたことを話しだそうとした。

そのとき、ロブの顔が目にとまった。ロブはやさしいまなざしで子猫を見つめ、ずんぐりした指で背中をなでている。わたしはこの地球から永遠に消えてしまったと思っていたものを見た。ロブの笑顔。

「ようこそ、クレオ」とロブが言った。

信頼

猫は、いつもちょうどいいときに、ちょうどいい場所にいる。

ロブが子猫を連れて家に入るのを見届けると、レナは帰り支度をはじめた。わたしはパニックに襲われ、レナの肘をつかんだ。

「あなたに知っておいてほしいことがあるの。わたしは猫好きってわけじゃない。子どものころに家族が猫を飼っていたけれど、みんな野良猫みたいなものだった。床下に住まわせて、ときどき餌をやるだけ。母は農場で育って、それまで一度も猫を飼ったことがなかった。母が二匹を家のなかに入れて、そこそこは飼いならしたつもりだったんだけど、ぜんぜんなついてくれなくて……」

レナの顔が曇った。けれども、この話を聞いてもらわなければならない。言わないままますますのは、税関申告書の「過去三十日以内に農場に行ったことがありますか」という問いに対し、この二週間、従兄のジェフの農場で乳搾りを手伝っていたくせに「いいえ」にチェックを入れるのよりもたちが悪い。

「二匹のうちの一匹、シルベスターは母の靴のなかにうんちをする癖があったの。いつもたいへんな騒ぎだった。だって、母は靴をはくまえになかをのぞくのをいつも忘れるから。母は家中に響き渡る声で叫んでいた。シルベスターはペルシャ猫の雑種だから気まぐれなんだって母は言っていた。長毛の猫。知ってるでしょ。色は黒と白。つまりね、レナ、わたしは自分でもよくわかっているけれど、犬派の人間なの」

レナは頭をゆっくりと動かして、わが家の庭となっている低木林を眺めた。それから、ラータが前庭の芝生に落としていったこんもりとした糞の山に視線を向け、ため息をついた。

「あの子はとても特別な子猫なの」レナが言った。「もしあなたが猫が嫌いなら……」

「猫が嫌いってわけじゃないの。猫の世話の仕方が本当にわからないのよ。子猫の育て方とか、そういう本を読んだことがないし」

「育てるのは簡単よ」レナは幼稚園の先生みたいな口ぶりで言った。「犬よりも簡単。あの子にはなんの問題もないし。一日か二日は、家に慣れさせるためにずっと部屋に置いておいてね。何か困ったことがあったら、電話してちょうだい。もしどうしてもだめなら、こちらに返してくれてもいいから」

「でも……」わたしの決意がかたいことにレナは気づいていないようだった。猫はほしくない。

「あの子に必要なのは少しの愛《LOVE》だけ」

愛。シンプルな四文字の言葉が舌から転がりでる。ほかのLではじまる〝ラザーニャ〟〝レジャー・スーツ〟〝リーヴ・ミー・アローン・フォーエヴァー・プリーズ〟よりもずっと簡単に発音できる。けれども、心は引き裂かれ、粉々に砕けている状態で、少しだけとはいえ、Lではじまる四文字をどこからひねりだせばいいのだろう。飼うと約束したことさえ忘れ、世話をするために何が必要なのかもわからない生き物のために。

それに、わたしたち家族が最後のひとりになるくらいまで猫が長生きする動物だとしたら、途方もなく長いあいだにわたって責任を背負いこむことになる。

アビシニアン系の猫の寿命がどれくらいかレナには訊かなかったが、いずれにしろ猫がそんなにも長く生きることはないだろうとわたしは思いなおした。覚えているかぎりでは、子どものころまわりにいた猫たちは、家のなかで飼っていた猫でさえ、うちに来てから六年くらい生きればいいほうだった。ほとんどの猫はとつぜん死ぬかいなくなり、そのたびに両親はとくに悲しむこともなく「毒を盛られた」「轢き殺された」「逃げた」と言った。「誰がやったの?」とか「どこへ?」と訊いても、返ってくる答えはいつも同じだった。「わかるわけないだろう」

何かの奇跡が起きてこの猫がサムと同じ九歳を迎えるとすると、ロブは十五歳になる。身体も心もぼろぼろになったわたしたちにとって、その九年は百万年にも思え、家族の誰かがそんなに長く生きていられるかどうかは、いまのところわからない。

レナはかすかに微笑み、ジェイクを連れて帰っていった。ふと、レナが気の毒に思えてきた。あんなふうな言い方をするんじゃなかった。犬派だと断言する人間にせっかく育てた子猫を渡すのは、そうとう不安だったにちがいない。とはいえ、レナは子猫を戻してもいいと言ってくれた。一日か二日、ロブをあの子と一緒に遊ばせてから、どこかの猫好きの家庭を探しなおしてもらえばいい。

キッチンのドアの向こうでラータがうなった。

「だいじょうぶ」わたしはラータに呼びかけた。「なんとかするから」

ロブは居間の隅っこで背中を丸め、小さな生き物を腕のなかに包みこんでいた。〝それ〟を美しいとか、かわいらしいと言うのは、一九八〇年代のデヴィッド・ボウイのアイメイクを地味だと言うに等しい。ろくに毛も生えていない貧弱な生き物。デパートで買ってはみたものの、あまりにも不格好なので返品してもっといいものと交換したくなるおもちゃ、とでも言おうか。名前で呼ぼうという気にもなれない。サムがつけた名前があることはあるが、〝クレオパトラ〟というのは長すぎるし、立派すぎる。こんなちっぽけなものに一音節以上の名をつけたら名前負けしてしまう。一日かそこらで返してしまうのだから、いまのところは〝それ〟で充分だ。

サムの観察眼は鋭かった。小さな身体のわりに頭が大きく、首は異様に細いため、〝それ〟は、子猫というよりE．T．に近い。毛がないので、猫好きでもない人間には見たくもないネコ科の身体の造りがあらわになっている。わたしは胸郭を覆っている半透明の皮膚を見ないようにした。とはいえ、炭のように黒い肌がその下でうごめくものをしっかりと隠してくれている。もう少し近くで見れば、小さな心臓の拍動まで見えるかもしれない。目を逸らしているほうが賢明だ。

それにしても、どうしてこんなにも余分な皮膚をくっつけて生まれてきたのだろう。前脚から垂れさがったものは小鳥のつばさ分くらいはある。お腹の下もだらんとしている。たるんだ皮膚を集めると同じサイズの猫二匹分くらいはありそうだ。発育不全の赤ん坊が生き残るための闘いは、一瞬たりとも気をゆるめられないものだったにちがいない。きょうだいたちのうち、大きいものが自分の腹を満たすために、弱々しいものを母親のもとから押しやってしまうのだから。

たるんだ皮膚を身体にぴたりとくっつけるには、たくさん食べて大きくなるしかない。だがそうしたところで、見栄えのいい猫になる可能性はなさそうだ。大きくて、しっかりと中身が詰まった姿はいまのこの子からは想像もできない。わたしは一歩後ろへさがってみた。ちょっと遠くからなら、多少はまともに見えるかもしれない。少なくとも、色にはむらがない。これ以上、黒くなりようがないということだ。爪や足の肉球からひげまで黒い。目だけがその規則性から逸脱している。きらきらと緑色に輝き、とても猫のものとは思えない。それこそ、別の世界からやってきた生き物の目を拝借したみたいだ。子猫は額をそっとなでてもらいながら、ロブをうっとりと見つめている。心臓がどくんとした。急にこの子猫が不細工だとは思えなくなった。日の光が子猫の身体を包む。その温かなまなざしは喜びにあふれ、銀色に輝く光を放っている。部屋は生まれたばかりの、けがれのない美しさに包まれていた。ロブと子猫が互いに心を通わせている。古きよき一九五〇年代の一葉の写真を見る思いがした。

「サムが言ってたとおりだ」ロブが手招きし、わたしの手に子猫を乗せた。「動物は話すことができる。ほら、聞いてみて。なんか、ゴロゴロしゃべってるから」

あまりにも軽い体重や、か細い脚や毛のやわらかさのせいなのか、手に子猫を乗せてもらったとたんに、わたしはどぎまぎした。「ゴロゴロしゃべっているわけじゃないの」ほっそりした背骨に指を走らせる。「喉を鳴らしているのよ」

大きな耳の陰に隠れたあどけない顔をのぞきこみながら、わたしはしばらく途方に暮れていた。サムがいなくなり、自分の人生は終わったと思うときもあるというのに、このネコ族のはしくれは悪びれもせずにわたしたちの世界に乗りこんできた。それだけでなく、わたしの手のなかで丸くなり、これからの生活はすばらしいものになるだろうと期待している。この子猫は小さくて無力で、生きていくためにはわたしたちを信頼するしかない。

クレオはのびをして、口を大きくあけてあくびをしたあと、見開いた目でわたしを見つめ、ひ弱そうな身体に似つかわしくない表情を浮かべた。そのゆるぎない視線がすべてを物語っていた。自分とあなたは対等だ、と言いたいのだろう。

「耳にさわってみて」とロブが言った。「やわらかいよ」

耳をなでてもクレオはいやがらなかった。それどころか、頭を低くして耳をわたしの手にこすりつけてきた。クレオの耳はシルクのような肌触りで、わたしの指のあいだを滑っていった。

お返しをもらえるとは思ってもみなかった。紙やすりのような舌が手の甲にそっとふれる。クレオになめられて、わたしは驚いた。恋人からはじめてキスされたみたいに。クレオをぎゅっと抱きしめたいと思う半面で、傷ついている心はふたたび愛する者を奪うツナミの到来を恐れていた。愛しても、いつかは失う。どんなペットであろうと、飼い主より先に死んでしまうのが自然の流れだ。愛情を捧げれば捧げるほど、彼らの旅立ちはより深い悲しみを心に刻みつけるだろう。心を開いてクレオを受け入れることは、すでに深く傷ついた体内の器官を滑走路に置いて、その上に飛行機を着陸させるようなものだ。

「クレオがどんなふうに歩くか見てみましょうよ」わたしたちは、ぜんまい仕掛けのおもちゃみたいにカーペットの上をぎこちなく歩くクレオを見守った。毛羽立った毛足は子猫にとっては丈の高い草に匹敵するだろう。尻尾を這わせて舵取りをしながら、クレオはゴムの木のほうへひょこひょこと進んでいった。

わたしはゴムの木が嫌いだ。それはまえに住んでいた家の持ち主から譲られたものだった。なぜ彼らが手放したのか、その理由はしだいにあきらかになった。ゴムの木は頑丈で、葉っぱがやたらと大きく、蠟みたいで、部屋に置いても心が和むことはない。ディナーの席の招かれざる客みたいにあらゆる会話に耳をそばだてるくせに、酸素を吐きだす以外になんの役にも立たない。ジグザグ道の家に引っ越すときに置いていきたかったのだが、引っ越し業者が誤って家具と一緒にトラックに積んでしまった。

そのゴムの木をオレンジ色のプラスチック容器に植えかえたとき、厚かましさがいや増した。太い枝をどんどんのばしたあげく、壁に飾った写真を覆い隠し、カーテンレールに沿って勢力を拡大していった。最近では生意気にも、部屋全体を支配するという野望を垣間見せている。刈り込みばさみで勢力を削ごうとしたが、逆にサイドボードのほうまで進出させるという結果に終わった。

ゴムの木のオレンジ色の容器から一メートルほど離れたところで、クレオは立ちどまった。耳とひげが前を向く。匂いのきつい香水をこわごわと嗅ぐといったふうに鼻をひくひくさせながら、身を屈め、アンテロープを狙うライオンさながらにこっそりと機会をうかがう。目は獲物――低めの枝から垂れさがり、揺れている葉――に照準をあわせている。そして、お尻を右に左に振りながら、葉が油断を見せる瞬間を待つ。獲物が自分の世界に没頭していることを見定めてから、クレオは突進していき、爪を出して、あわてる獲物の肌にがぶりと嚙みついた。

そのとき、奇妙なことが起きた。しゃっくりのできそこないみたいな耳慣れない音がどこからか聞こえてきたと思うと、口が自然と横に広がっていき、喉の奥のほうが震えだした。もれでてきたのは、いつもの涙声ではなく、笑い声だった。ロブとわたしは笑っていた。ここ数週間ではじめて、人間の心を癒やすもっとも簡単で効果的な手法を実践していた。悲しみにとらわれて地下牢の奥深くに閉じこめられていたので、わたしは笑うことをすっかり忘れていた。子どもと子猫とゴムの木が、人の心を取り戻すすべを教えてくれた。一時的とはいえ、過去数週間の恐怖は消え去り、痛みでこりかたまった心が解き放たれた。わたしたちは、笑っていた。

クレオと葉っぱの闘いは、どちらが勝つかはあきらかだった。葉っぱはクレオのサイズの二倍もあり、太い枝にしっかりとくっついている。何度、爪を引っかけられてもするりと逃げ、いったん弾んでまた元の位置に戻る。

「この子、ちっちゃいくせにガッツがあるわね」

子猫は不意に動きをとめ、床にへたりこんだ。わたしたちのほうを見あげ、ちょっとえらそうにミャアと一声鳴く。通訳は必要ない。クレオは人間を楽しませることに飽き、抱きあげてもらいたがっている。悲しげに鳴く声が壁をとおしてキッチンから聞こえてきた。わが家のお嬢さまにクレオを会わせるときが来たようだ。

クレオを押さえているからラータをキッチンから出してきて、とわたしはロブに頼んだ。でも、ラータが子猫に突進してかぶりついたらどうしよう。大きな犬を押しとどめるには大人の力が必要になる。わたしは方針を変更し、ロブに子猫をまかせ、自分でラータを連れだしにいった。

キッチンでの監禁状態から解放されてラータは大喜びし、よだれのシャワーを浴びせてきた。看守に首輪をがっちりつかまれていることには気づいていないようだ。

「さてと、お嬢さん、あなたに会わせたい子がいるの」歯医者が、これから歯を削りますがいいですね、というような調子でわたしは続けた。「心配することは何もないけれど、おとなしくしてなくちゃだめよ」

ラータには向かうべき場所がはっきりわかっていた。水上スキーを引っぱるモーターボートさながらに、わたしを居間へ引っぱっていく。ロブはクレオを喉もとに抱き寄せながら、心配そうに窓辺に立っていた。わが家のお嬢さまは子猫を見た瞬間に、首輪の下の筋肉をこわばらせた。クレオの目が見開かれ、輝きを放つ一組の宝石になる。子猫は生えそろっていない毛を逆立てて身体を二倍のサイズに見せたものの、怯えて縮こまったチワワほどの大きさにもならない。同時に、背中を弓なりにして耳を寝かせた。最悪に思える雰囲気のなかでラータが吠え、その声が空気を震わせる。子猫は恐怖のあまり死んでしまうかもしれない。

これほどサイズのちがいを見せつけられたら、ロブの腕のなかで息をひそめていそうなものだが、クレオはなみの猫ではなかった。砦のなかから睨みを利かせ、瞳孔を極限まで収縮させて憎悪に満ちた光を放ち、犬の王国を威圧した。口を開いて牙をむき、シャーッと威嚇する。

ロブとラータとわたしは凍りついた。野生の血をたぎらせたその一声は、ウサギを呑みこむまえにヘビが発するものにも似て、まさにクレオパトラを思わせた。喧嘩騒ぎで放たれる下手な脅しではなく、帝国中を沈黙させる一声だった。

ラータはもぞもぞしだし、しまいにはぺたりとすわりこんだ。子猫の凶暴性に衝撃を受け、頭を垂れて床を見つめた。落胆し、困惑している。

その姿にわたしはハッとした。これまでずっと、ラータが寄こしてくるシグナルを読み違えていた。玄関先でレナに飛びかかったのは歓迎のサインであり、乱暴を振るうつもりなどまったくなかったのだ。いまさっき吠えたのも、友だちに出会ってうれしくなったからで、一緒に遊ぼうと誘ったつもりだったのだろう。ラータの心は傷ついてしまった。意図を汲んでもらえなかっただけでなく、自分の足先くらいの大きさの子猫に威嚇されて。

「さあ、クレオをこっちへ連れてきて」

腕にクレオを抱きながら、ロブがゆっくりとこちらへ歩いてくる。ラータはマザー・テレサを思わせる穏やかでやさしげな表情を浮かべ、子猫を見あげた。それでも、わたしは首輪から手を離さなかった。

「ラータは子猫のことを嫌いじゃないみたいよ。どうやって友だちになればいいかわからないだけ。クレオをおろして、どうするか見てみましょう。わたしがラータをつかんでいるから」

ロブは何歩か後ずさりしてから、クレオをおろした。子猫は四本の足で床を踏みしめ、大きくてどっしりした同居人を見つめた。ラータのほうは、相手が自分のほうへ一歩一歩進んでくるあいだ、首を傾げて耳をひらひらさせ、静かにクーンと鼻を鳴らした。ようやくラータの前足にたどりつくと、クレオは立ちどまり、頭のずっと上のほうにある巨大な犬の顔を眺めた。それから二度、くるくるとまわり、ラータの大きな足先のあいだで芋虫のように身体を丸めた。

ラータは保護者として認められたことがうれしくて、身体を震わせた。いまだけでなく、息子たちが赤ちゃんだったころもラータは母性本能を大いに発揮した。子どもたちを守ろうとする姿を見てきたわたしには、ラータになら子猫をまかせてもだいじょうぶだと思えた。

粉々に砕け散ったのはわたしたちの心だけではない。ラータの物事を認識する力がどれほどのものにしろ、サムの身に起きたことを理解したのはあきらかだ。ある意味で、ラータの悲しみはわたしたちよりも深刻かもしれない。言葉や涙で発散させることもできず、ただ床に寝そべり、時をやり過ごすことしかできないのだから。なでられたり、やさしい言葉をかけられても、それは一時的な慰めにしかならなかっただろう。けれども、この子猫が老いた犬の何かに火をつけた。ラータの心はふたたび活気にあふれ、以前のように外に向けて開かれるにちがいない。

首輪から手を離すと、ラータは記念日の旗のように舌を垂らし、子猫の尻尾から鼻先まで何度もなめた。幼い新参者はいやがる仕草をひとつも見せなかった。

「今夜、クレオはどこで寝るの?」とロブが訊いた。

「洗濯場にベッドをつくるわ。お湯を入れた瓶をそばに置いておけば寒くないでしょ」

「だめだよ、そんなの。きょうだいを恋しがって、悪い夢を見ちゃうよ。ぼく、この子と一緒に寝たい」

一月二十一日以来、ロブが〝恋しい〟と〝きょうだい〟という言葉を同時に使ったことは一度もなかった。手首にはスーパーマン・ウオッチをしっかりとはめているけれど。日中は兄をなくした苦悩をあらわにすることもなく、楽しい時間を過ごしているようだった。だが、夜となると話は別だ。車に乗った怪物に追いまわされる夢に苦しめられるので、わたしたちのベッドルームの隅っこに置かれたマットの上で寝ている。

「ママたちのベッドルームには、猫まで寝かせるスペースはないわよ。それに、クレオはまだこの家に慣れていないから、最初の二、三日はそわそわするだろうし」

「かまわないよ。ぼく、自分の部屋に戻って、そこでクレオと寝る」

サムとロブが共有していたベッドルームは、いまだに使う人間がいないままだ。ある日の午後、わたしたちはサムの服やおもちゃをまとめ、学校に置いてあるチャリティー用のリサイクル箱に放りこんでしまった。何もないあの部屋はヒエロニムス・ボッシュが描いた絵にも似て、そこはかとない非現実感が漂っていた。そのあと、わたしたちは予定していたことをすべてすませ、あの部屋の模様替えに取りかかった。スティーヴは壁を明るい黄色に塗りかえた。わたしはスマーフの絵柄のカーテンを縫い、ミッキーマウスのポスターを画鋲でとめた。さらに、スティーヴは組み立て式のベッドを完成させ、赤く塗った。わたしは鮮やかな色のベッドカバーを買った。だが、いくらすべてを原色できれいに整えても、ロブにとってあの部屋はまえと同じままだった。息子が二十一歳の誕生日を迎えても、あるいはそのあとも、親のベッドルームで寝ていたらどうしようとわたしは不安に思っていた。

「自分の部屋に戻ってもだいじょうぶなの、ロブ」

「だって、夜は誰かがクレオの面倒をみなきゃいけないでしょ」

その夜、新しくて古い自分のベッドルームに入ったロブは、子猫と同じくらい落ち着かずにそわそわしていた。塗りたての塗料のにおいが鼻をつく。ベッドカバーはなんだかやたらと派手に見える。新しいシーツはパリパリで冷たい。

新しすぎて心休まらないものがもうひとつある。それは酸で塗装をはがしたバスルームのドアで、届けられた日の午後にさっそく枠にはめられた。家は少しずつ日常を取り戻しているのかもしれないが、変わらぬ毎日が永遠には続かないことをわたしたちは知っていた。

息子を寝かせるときには一緒に絵本を読むのが習慣になっているが、事故が起きてからは手に取ることができないものがいくつかあった。『緑色の卵とハム』はだめ。〝サム・アイ・アム〟という登場人物がいるから。『ザ・ディギング－エスト・ドッグ』も読めない。犬を愛するサム・ブラウンという名前の少年が出てくるから。あいだにクレオをはさんで、わたしたちは『ワン・フィッシュ・ツー・フィッシュ』を読みはじめた。何度も読んだし、リズムも心地よいから、そらでだいたいのところは朗読できる。

最後のページにさしかかったとき、ロブの不安が水平線をゆがめる波のようにふくらむのを感じた。

「ほんとに、ここには怪物はいないよね」ロブは心配そうにベッドの下をのぞきこんだ。

「いないわよ」いま、最悪の怪物が隠れている本当の場所をロブに教えるわけにはいかない。そいつらはわたしたちの頭のなかにひそんでいて、こちらがもっとも無防備になる瞬間——眠りに落ちるまえや、病気や不安をかかえているとき——を待っている。

「ちょっと見てくれる?」

「さっきベッドの下は見たわよ」

「もう一回、見て」

「わかった」身を屈めてもう一度くまなく見てみると、掃除機が届かない場所に綿ぼこりの大群がひそんでいた。

「カーテンの裏側は?」

クレオを抱きあげて——ひとりで調べるのは怖いから?——、カーテンの裏をのぞいたとき、はじめて、輝く街の明かりのなかに希望のきらめきを見た気がした。それとも、あれは怪物の罠なのか。たいていの場合、やつらは残酷なトリックを仕掛け、少しだけ気分が安らいでほっとしているわたしたちをあざ笑う。

「怪物はいないわよ」わたしはカーテンを閉めた。「それじゃ、おやすみなさい」ロブの髪をなで、額にキスして、肌の甘い匂いを吸いこむ。不思議なことに、どの子もみんな、生まれながらにそれぞれちがう香りや嫌いなものや夢中になるものを持っていて、母親の心を見抜く力もそなえている。いまこの瞬間、わたしの人生がどれほどこの息子にかかっているか、ロブは少しでも気づいているだろうか。勇気を見せてくれたり、母親を頼ってくれなければ、わたしはブランデーや睡眠薬の誘惑に勝てないだろう。

「衣装戸棚のなかも見た？」

「サッカーボールとレインコートしかなかったわよ」

「クレオをこっちにくれる？」

子猫。ロブの子猫。まばらに毛の生えた生き物を左腕を曲げたところにおろすと、ロブはため息をつき、親指を自分の唇にあてた。ロブとクレオには共通点がある。妻が夫を亡くすと、その妻は未亡人になる。両親が亡くなれば、子どもは孤児と呼ばれる。わたしの知るかぎり、きょうだいを失って悲しむ者たちの呼び名はない。もしそんな言葉があるなら、この子たちはまっさきにそう呼ばれるだろう。この世に生を受けてから、彼らの人生はきょうだいとのぎこちないハグや喧嘩や悪口の言い合いや互いにふれあうときの温かさに満ちていた。いまはきょうだいから引き離され、怯えている。それでも、ロブとクレオはとても勇敢で、生命力にあふれている。この子たちに残された道はただひとつ。夜はともに寄り添って眠り、明日はよい日になると信じること。

わたしは明かりを消して心の暗いスクリーンに映る、今日一日の出来事を思いかえした。サムはいないのに自分は生きているという痛みがあらゆるところに広がっている。罪悪感を覚えながらも、この二十四時間は全体としてはそれほどひどい一日ではなかったことに思い至った。

もちろん、スティーヴの了解を得なくてはならないが、クレオはこの子なりのやり方でわが家に小さな明かりを灯してくれるだろう。

目覚め

喜びはわが身を憐れむよりも大切なことだと子猫は知っている。

「ちょっと！　助けて！」

わたしはまくらに髪をきつく固定されて動きがとれず、目が覚めた。野生動物が頭皮を攻撃し、髪に爪を立ててうなり声をあげている。テレビでやっていた野生動物の番組から逃げだしてきたトラかライオンにちがいない。それがなんであれ、アンテロープと間違えてわたしを食べようとしている。魚臭い息を吐いているので、海に棲息する哺乳類も食べるのだろう。

「クレオだよ」ロブがくすくす笑った。

クレオ？　いったいどうすれば、子猫がいまにも女を食べようとしているヒョウになれるのだろう。

「とにかく、それをどっかにやって」わたしは大声を出した。

「クレオは〝それ〟じゃないよ」ロブはわたしの髪から子猫を持ちあげ、そっと床におろした。足がカーペットに着くか着かないかのうちに、クレオはふたたびベッドに飛び乗ってきて、わたしの髪をひっかいた。あまりにも痛くて、わたしは哀れな声を出した。子猫が満足して喉をゴロゴロ鳴らす音が鼓膜をとおして響いてくる。これが猫の獲物が最後に聞く音なのか。

髪から子猫を引っぱがして床に置いたと思ったら、またすぐにベッドに飛び乗ってくる。どうしてこの小さなものが、こんなに高いところまで何度も飛んでこられるのか。まるでオリンピックの棒高跳びの選手だ。ただし、棒は持っていないけれど。たぶん、外科手術を受けて、後ろ脚にバネを仕込んでもらったのだろう。わたしはため息をついて、クレオを床に放り投げた。目がネオンサインみたいに光る。耳は蛾の羽なみに大きい。クレオはまたしても飛び乗ってきた。どうやらこれをゲームと思っているらしい。この動物は、わたしたちが悲しみの海に沈み、完膚なきまでに叩きのめされて立ち直る見込みはほとんどないということなどまるで眼中にない。

「やめて!」わたしは半べそをかき、まくらを盾がわりにした。クレオは得意満面で大喜びだ。世界ではじめて〝髪ひっかきベッド飛び乗りゲーム〟を発明した生き物として、その名を歴史に刻むことだろう。防御しようにも、まくらはなんの役にも立たなかった。敵はその下をすり抜けてくるのだから。これで何度目かわからないが、ともかくわたしはクレオを床に置いた。だがすぐに飛び乗ってくる。おろす。乗る。おろす。乗る。なんとかしなければ、このおかしなダンスを午前中いっぱい続けることになってしまう。

スティーヴが家にいれば、彼を盾として雇うことができたのに。しかし、夫は子猫を飼うことをまだ正式には認めていない。人間を食べる猫だと知ったら、ますますノーと言い張るだろう。ひとまず、単なる子猫ということにしておこう。電話でわたしはクレオの見かけをくわしく説明した。「きっとあなたもこの子を好きになるわ！」とも言った。わたしが精いっぱい売りこんでも、夫をその気にさせることはできなかった。スティーヴが帰宅してからの反応はあまり芳しくなさそうだ。まあ、ローマ法王が仏教徒に対するのと同じくらいには温かく接してくれるだろう。

しぶしぶとベッドから降りて、わたしはガウンを着た。まだぼーっとしながらキッチンへ向かう途中で、不意に何かにぐいっと引っぱられた。見おろすと、木の蔓につかまっているターザンのように、クレオがガウンの紐にぶらさがっていた。

「もう、このいたずらっ子！」わたしはクレオを引っぱがし、床に置いた。紐をウエストに巻いて締めなおそうとしたときに、クレオがわたしの太腿に飛びつき、皮膚に爪を食いこませた。その上、尻尾をぶんぶん振りながら紐に噛みついている。痛みのあまり、わたしはまたしても哀れな声を出した。

太腿からクレオを引きはがすのは、品質が最悪のブラジリアン・ワックスをはがすよりももっと痛かった。この子猫と渡りあう手段はひとつしかない。決然たる態度をとること。わたしは紐を巻きなおしてしっかりと結び、気力を奮い起こすためにありったけの威厳を見せつけて前へ進んだ。クレオも負けじと前へ飛びだしてわたしの両足首のあいだに駆けこんできたかと思うと、いきなり立ちどまった。ここからはまるでスローモーションのワンシーンだった。わたしは小さな身体につまずいてバランスを失い、とっさにのばした手で壁に吊るした飾りをつかみ、なんとかクレオをぺしゃんこにせずにすんだ。

マクラメの飾り房にすがってヨガのポーズみたいな格好でかたまったまま、わたしはクレオに詫びた。クレオは仰向けになって脚を曲げ、泣きそうな顔で見つめてくる。わたしは怪我を負わせてしまったかと思い、怖くなった。

屈みこんでクレオを抱きあげる。子猫はいきなり動きだして床に飛び降り、走って逃げていった。ほっとしながら、わたしはそのあとを追った。クレオは途中でぴたりと足をとめ、またわたしに飛びついた。おろす、飛びつく、が何度も繰りかえされる。

どうやらわたしは、鳥の巣を頭にくっつけて頑固に二本足で歩く奇妙な動物に見えるらしい。クレオの使命は、わたしの毛を整えて四つ足で歩かせること。そうすれば猫になって至福のときを過ごせる、というわけだ。

だが、わが家に頭のおかしな子猫はいらない。人生なんてジョークみたいなものと言わんばかりに悲しみに沈む家をひっかきまわす権利はこの動物にはない。サムがいてくれたら。あの子なら、子猫をおとなしくさせるすべを知っているだろう。いまにもサムが現われるような気がした。クレオの上に身を屈め、手をさしのべてやさしくキスをする姿が見える……。

わたしはバスルームに飛びこみ、ドアを閉めた。ここなら人知れず泣くことができる。ロブには大人が嘆き悲しむ姿はもう見せたくなかった。あの日、さまざまな出来事がちがう形で起きていたら、と思わずにはいられない。もしサムが鳩を見つけていなかったら。スティーヴがレモン・メレンゲパイをつくっていなかったら。わたしが友人の家へ行っていなかったら。あの女性が仕事に戻るために車を走らせていなかったら……。すべて、あの女のせいだ。彼女にも子どもがいるなら、わたしたちがかかえている同じ苦悩を味わわせてやりたい。心のなかで女性の姿が怪物に変わった。

涙がどっとあふれでた。泣き声を抑えるために、冷たくて青いタイルに額を押しつけ、腹をかかえこむ。胸の筋肉が痛んだ。これほどの涙を流しても涙腺は詰まらない。わたしは毎回そのことに驚く。

いったいいくつバケツを用意すれば足りるのだろう。一生に流す涙の量を越えてしまったら、もう一台タンカーが現われて涙を補給するのだろうか。もはや泣くことは、呼吸と同じく無意識に続ける生命活動のひとつになってしまった。

便器の上に屈みこむ。意識の一部がバスルームの天井までゆらゆらとのぼっていき、痛みと憎しみに身をよじらせ、涙に暮れる女を慈悲深く見おろした。下の様子を眺めるもうひとりのわたしには、そのすべてが他人事に思えた。浮いているのはいわば幽霊で、浮世の苦悩からは切り離されているから。生まれたときからずっと頭上を漂うもうひとりの自分がいたことに気づかないふりをして、感情や義務や次の予定に急きたてられ、これまで生きてきたのかもしれない。

不意にわたしは怖くなった。ふわふわ浮いているものに永遠に連れ去られ、人間が繰り広げるドラマを上から見おろすことになったらどうしよう。そのとき、自分の身体から抜けだして痛みから逃れるという考えが、とつぜん魅力的なものに思えた。わたしは棚の引きだしをあけて睡眠薬の瓶を明かりにかざした。茶色のガラスをとおして、薬の一粒一粒が誘いかけてくる。残りはまだたくさんある。においはそれほどひどくない。ブランデーで流しこめば我慢できるだろう。わたしは蓋をひねった。

バスルームのドアが少しだけ開いた。こんなときに。しっかり閉めていなかったのかもしれない。シャワー・カーテンが小さく揺れた。ロブが玄関のドアをあけ、その勢いで風がここまで来たのだろうと思い、わたしは身を乗りだしてドアに軽く指をかけた。だが、向こう側から風が押してくるのか、ドアは閉まらない。目を下に向けると、床との隙間から黒い足先がのぞいていた。クレオがドアを押しあけ、タイルの上をひょこひょこと歩き、抱きあげてほしいのか、ミャアと鳴いた。わたしはため息をつき、薬を引きだしに戻して静かに閉めた。死へ逃げこむのはあまりにも身勝手な選択だ。バスルームにクレオが現われたことで、わたしは自分の責任を思いだした。子どもも子猫もまだ幼く、ふたりが大人になるまで世話をする者が必要だというのに、わたしがその役割を投げだしていいはずがない。クレオを手に乗せて頬ずりしながら、わたしは泣いた。ハンカチになってもクレオは気にならないらしく、喉をゴロゴロ鳴らしてわたしの頬に鼻をすり寄せ、温かみあふれる目でじっと見つめてきた。この子猫にこんな愛情深い一面があるとは思ってもみなかった。ラータが息子たちに与えてくれたように、彼女も純粋な愛をわたしにさしだしてくれた。わたしは落ち着きを取り戻し、クレオを床におろした。子猫は駆けだしていき、わたしはロブを探しにいった。

家のなかは一夜にして様変わりしていた。廊下は戦いが終結したばかりの戦場さながらだった。スーパーマーケットの空き袋が毛羽立ったカーペットの上に散乱している。それにまじって、片足分のソックスがいくつも放り投げてある。ロブの青や白のスポーツ用のソックスがスティーヴのものと並んで脱ぎっぱなしの形のまま放置され、レインボーカラーの横縞が入った厚手のソックスが、転がっている制汗剤のボトルのそばで丸まっている。ナポレオンの帽子みたいなキャップがついた制汗剤は、敗色濃い戦いのさなかに銃弾を受けて命を落とした将軍に見えなくもない。

家族が集まる部屋では、どのラグも妙な場所にゆがんで敷かれ、ランプのシェードは小粋に帽子をかぶるように斜めに傾いている。椅子はテーブルの下におさまらずにそっぽを向いているし、写真が何枚も窓台に放ってある。倒れたゴミ箱からリンゴの芯とチューインガムの包み紙がこぼれでている。

キッチンのブラインドは半分さがった状態でかたまっていた。近づいてみると、ブラインドを上げ下げする紐が切れていた。

泥棒に入られたのかと思い、わたしは急いで居間へ行ってみた。ステレオもスピーカーも木製のキャビネットのなかにおさまっている。テレビも盗まれていなかった。ただし、あちこちから送られてきたたくさんのお悔み状が、夜のうちに羽が生えたのか、床に舞い降りていた。

ゴムの木は倒れ、枝から垂れさがった葉がソファとコーヒーテーブルを覆っていた。容器から土がカーペットになだれ落ちている。その地滑りの現場には、銃弾の形をした小さなうんちが三つ、残されていた。

家がいつもきれいでないと気がすまないわけではないが、これはあまりにもひどい。わが家の子猫は暗くなったとたんに、性格上の変貌を遂げたらしい。オオカミ人間みたいに。

新しい一日のはじまりは、ソックスと倒れたゴムの木と散乱したスーパーマーケットの袋と、そしてひっかき傷が残る脚で台無しになった。

「クレオはどこ？」わたしはロブのために編んだ毛布を拾いあげながら、吠えた。この毛布を仕上げるのに何カ月もかかった。息子への愛の証を胸にかき抱くと、嚙みちぎられた飾り房が三本、床に落ちた。

ドアの前で寝ていたラータが首を傾げた。庭では小鳥がさえずる練習をしている。船の汽笛がボーッと鳴った。家のなかは静まりかえっていた。キッチンから聞こえてくるかすかな音を除いて。

わたしはリノリウムの床を踏みならし、自分とは比べものにならないほど小さな生き物に対して宣戦布告した。シンクの上にかけた時計がチクタクと時を刻んでいる。蛇口から水滴が不規則に落ちていく。それ以外の音は何も聞こえない。毛の生えた無法者は姿をくらましてしまった。

これといった理由もなく、わたしはオーブンの扉にふれた。マーサ・スチュワートのわが家への訪問予定がなくてラッキーだった。凍った涙のような油汚れがガラスの窓にこびりついている。いつかピカピカに磨こう。来年かその次の年に。もしくは〝世界オーブン磨きの日〟が制定されたら、その日に。ガラスの向こうから二枚のオーブン皿が睨みつけてきた。

鍋用の棚のなかをさぐろうとしたとき、皿が割れる音が聞こえてきた。捜索に加わったロブが食器洗い機のなかをのぞく。クレオは昨晩の夕食時に使った皿を相手に騒ぎまわるのに夢中で、わたしたちのことなどまるで眼中にない。出なさい、というわたしの怒鳴り声も無視した。ロブがなかに手を突っこむと、クレオは飛びだしてロブの足のあいだをするりと抜け、のろまな人間につかまるまえに逃げ去った。

子猫というのは遊ぶのが大好きで、新生児をあやすときの要領で接すれば満足する、という話を聞いたことがあった。新生児？　冗談じゃない。赤ちゃんはベビーベッドで寝ている。髪の毛に攻撃を仕掛けもしないし、相手を派手に転ばせて残りの人生を車いすで過ごさせようと目論むこともない。あの子猫の行動は常軌を逸している。制御不能で破壊的で病的で、おまけにソックスを偏愛している。二十四時間もたたないうちに、はかなげでかわいらしい貴族のお姫さまから野性味むきだしの荒くれ者に変身してしまった。わたしたちは廊下に出て、ソックスやスーパーマーケットの袋を飛び越えてクレオを追ったが、その姿はどこにもなかった。立ちどまり、耳を澄ませる。聞こえてくるのは、自分たちの荒い息遣いだけだった。

わたしはロブの部屋をのぞいた。クレオはロブのまくらの上で丸くなり、まさしく〝猫をかぶって〟いた。ミャアと鳴き、のびをしてあくびをする。わたしたちが愛おしいと思った生き物に戻っていた。

ロブが近づいていった。クレオの目が大きく見開かれる。その目をきらきらさせながら、耳を寝かせて尻尾でまくらをぱたぱたと打つ。こちらがつかまえようと手をのばすと、さっと立ちあがり、からかうように軽い足取りで部屋を横切っていった。ロブはラグビーのタックルの要領でクレオをつかまえようとして、身体を床に投げだした。クレオはその手をすり抜けて本棚のてっぺんにのぼってスマーフ柄のカーテンに飛び移り、爪をアイゼンがわりに使って張りついた。

スマーフの世界で揺れながら、カーテンが傷むからやめて、というわたしの言葉を聞き流す。天井のほうをちらりと見て、これ以上高くはのぼれないと判断したらしいが、おとなしくわたしたちの腕のなかにおさまることは選択肢のなかにはないようだった。あっという間に、クレオはわたしの肩に落ちてきて、そこを踏み台にして床に着地した。

地上に戻ったとたんに、すごい勢いで窓台に飛び乗ったかと思うと、今度はベッドへ、それから本棚へという具合に、部屋中を跳ねまわった。これはもはや子猫ではない。永遠に動きつづけられる無尽蔵のパワーを秘めたエネルギーのかたまりだ。見ているだけでくたびれる。

このままでは身がもたない。そもそも、わたしたちは猫好きではない。わが家はもう自分たちのものではなくなった。クレオに侵略され、わたしたちは囚われ人になった。どんなに小さくとも、その存在感があらゆる部屋のあらゆる隅にまで及んでいる。たとえいま、洗濯かごからソックスを盗んでいなくても、大切な本の表紙を噛みちぎっていなくても、買い物かごのなかに隠れてわたしたちを待ち伏せ、攻撃する機会を狙っている。

クレオが引き起こす厄介事は、喪失の痛みを何かほかのことに逸らせる働きをした。次は家のどの場所をクレオに破壊されるのかと心配ばかりしているため、悲しみに沈んでいる余裕はなくなった。だが、いまのわたしはふつうの精神状態で生活しているとは言いがたく、クレオという野性味むきだしの生き物と渡りあえる状態ではなかった。

クレオがそばにいるときよりも、不意にふらりといなくなるときのほうが気持ちが落ち着かなかった。「クレオはどこにいるのかしら」ゴムの木を元の位置に戻し、うんちを始末してから、わたしはつぶやいた。部屋は静まりかえっている。クレオがキッチンの戸棚のなかでゴミ箱に捨てたじゃがいもの皮を食べているのを、ロブが見つけた。

猫は一日に十七時間眠る、と以前どこかで読んだことがある。子猫はそれよりもっと睡眠時間が必要だろう。家のなかを荒らしまわっていたため、クレオはこの二十四時間で計三時間くらいしか眠っていないにちがいない。幸せいっぱいの穏やかな家庭にもらわれた子猫の睡眠時間が三時間ということはありえない。どの子も暇さえあれば寝て、ひだまりのなか、クッションの上でまどろみ、もちろんなんの問題も起こさない。子猫のかわいさに骨抜きにされた飼い主は、すやすやと眠る姿を見て、なんとおとなしい生き物だと驚くだろう。

わたしはもう、この子猫には我慢ならず、ロブを説得して、一、二時間ほど家を離れることにした。ロブは子猫向けの商品を買える店にならず行ってもいいと言った。

わたしたちは玄関に向かい、放置されたスーパーマーケットの袋を避けながらのろのろと進んだ。外出することに気づかれないよう、錠をまわすときもカチッと音が鳴らないように気をつけた。先にロブを外に送りだそうとしたちょうどそのとき、ドアのいちばん近くにあった袋がとつぜん二倍の大きさにふくらんでがさごそと動きだし、なかから悲しげな声がもれてきた。するといきなり小型のヒョウが飛びだしてきて、わたしの足首に噛みついた。

わたしはクレオを振り払いながら考えた。進化の過程において子猫は人間よりも何段階か下にいる。わたしたちを引きとめようなんて百年早い。それでもまあ、がんばりは認めよう。

ロブがソックスを拾いあげて振った。子猫の目がすぐにそれに釘づけになる。凶暴性は十点満点。集中力が持続する時間はゼロ。クレオはソックスめがけてジャンプした。ロブが廊下の端のほうへソックスを投げると、脇目もふらず猛ダッシュした。尻尾が物陰のなかに消えるのを見届けて、わたしたちは玄関のドアをすり抜けた。母がわたしの頭のなかで講釈をたれる。〝ただの猫相手に、何をしてるんだか〟。わたしは子猫をひとり置き去りにすることにこれっぽっちも罪悪感を覚えなかった。何しろ、アドルフ・ヒトラーばりの管理者が運営する託児所に息子たちを預けたこともあるのだから。

わたしたちはジグザグ道へ続く小道へ向かった。そのとき、後ろから何かに引っぱられているような気がした。振りかえると、わが家の子猫がロブの部屋の窓から外をのぞいているのが見えた。いまホールマーク・カードの代表者がジグザグ道をぶらぶらとのぼってきたら、〝家族を待つけなげな子猫〟の写真用のモデルとして、クレオと生涯契約を結ぶだろう。かごや植木鉢やクリスマス用の靴下におさまったクレオは、人びとのハートをがっちりつかむにちがいない。

バスルームでクレオは死を夢想するわたしを救ってくれた。そのことには深く感謝している。クレオはかわいくて、すばらしい猫だ。だが、一緒に暮らすことはできない。

獣を飼いならす

隙あらば、猫は人間を飼いならす。

猫と人間は生物学的に見て同類とは言えない。すべての動物のうちでどれかをペットとして飼いならしたいなら、自分たち人間に近い動物を選ぶほうが理にかなっているだろう。そういう意味では、サルが候補としてあげられる。サルは知能も高く、大多数が菜食主義で、その上芸を覚える。しかしペットとして飼うとなると、霊長類を選ぶ人はほとんどいない。人はサルの目のなかに自分たちと同じ狡猾な光を見るからかもしれない。

それよりも、飼われるくらいなら人間の骨をかじってやる、といったたぐいのライオンやトラやオオカミの仲間の人気が高い。

ペットショップはこの傾向をふまえて商品を提供する。わたしはいつもの習慣で知らず知らずのうちに犬用の商品が並ぶ区画を見てまわっていた。チューチュー鳴るボールやゴム製の骨といったラータがよろこびそうなものがあふれている。ロブはわたしをとなりの区画へ連れていき、クレオのベッドになりそうなクッションふうのものを指さした。ヒョウ柄で、クレオにはぴったりかもしれない。

店員がやってきて、子猫用のドライフードをすすめた(〝子猫用のフードですって？〟母の嘆き声が聞こえてきそうだ。〝おかしな世の中になったもんね。そのうちに、女性たちにこの国の舵取りをまかせるようになるわよ〟)。店員は子猫の最適な遊び道具としてキャットニップ入りのおもちゃもすすめた。人間にとってLSDに匹敵するものをクレオに与えるのはぞっとしないので、わたしはお断りした。

レジのカウンターへ行く途中で、店員は猫のトイレ用の砂と、それを入れるプラスチックのトレイも買ったほうがいいと言った。本当は子猫なんか飼いたくないのに。スティーヴだって帰宅してクレオの所業を見たら腹を立てるだろう。なのに、どうしてすすめられるまま買おうとしているのか。ロブはつま先立ちでカウンターのガラスの上に猫のベッドを滑らせた。

凄腕のセールスウーマンであるその店員はロブを見つめ、子猫の名前を訊いた。ロブは誇らしさで顔をほんのり赤く染め、名前を教えた。そしてこう付け加えた。あの子は世界でいちばんかわいい子猫なんだよ。


人生とは厄介なものだ。わたしは家へ向かって車を走らせ、息子たちと一緒にカモに餌をやった植物園を通りすぎて丘を下った。カモの池へ行くのは、悪天候が続いて家に閉じこめられた子どもたちのエネルギーを発散させる格好の手段だった。そこでは鳥も動物も、心を落ち着かせるために瞑想にふけっているといった風情を漂わせていた。茶色いカモが銀色に光る水の上を滑っていくのを見ていると、越えられない試練などない広い世界へ誘《いざな》われているような気がした。わたしたちはいつも穏やかな気持ちでカモの池をあとにした。春にコガモの数をかぞえると、たいていそのまえの週よりも一、二羽減っていた。しかし、チューリップが花開く時期には、その悲しみも薄れる。息子たちは日の光にブロンドの髪を輝かせ、目に鮮やかな赤やピンクや黄色の花の列を縫って走りまわったものだ。

わたしはロブにカモを見たいかと訊いてみた。ロブは早くクレオのところに戻りたいと答えた。わたしもカモを見ることはできそうになかった。今年はたぶん、チューリップを見にいくこともないだろう。わたしが行かなくても花は咲く。ウェリントンの何を見ても、どこへ行っても、以前の人生を思いだして心が張り裂けそうになる。この街自体が広大な墓なのだ。

だが、家は外の世界から逃げこむ避難所ではなくなっていた。この二十四時間で子猫が実権を握り、わが家を〝クレオの宮殿〟に変えてしまった。クレオはわたしににじり寄り、足首にからみつき、コーヒーを飲もうと椅子にすわればその背をひっかき、バスルームにまでついてきて、便座に腰をおろすと同時に膝に飛び乗ってきた。あちこちに散らばっているソックスやスーパーマーケットの袋はまだそのまま放置されているし、ほかに荒らされたところも片づけなくてはならない。スティーヴに説明せずにすませたいなら、イエロー・ページをめくってブラインドの紐をつけなおしてくれる業者を探さなければならない。わたしたちが外出しているあいだにあの子がさらにどんな破壊行為に及んでいるか、誰にもわからない。

家に帰るのをやめようか。このまま走りつづければ、港のあたりを抜けて北へ向かう高速道路へ出られる。家や猫や不安定な結婚生活や思いやりにあふれる友人たちを、みんな置き去りにできる。生まれ育ったニュープリマスの田舎町まで行って、母と暮らすのもいいかもしれない。まあ、二週間もしたらふたりとも頭がおかしくなってしまうだろうが。いずれにしても、あの田舎町ではうまくやっていけそうにない。誰かの葬式や誕生日のために帰省するたび、決まってふたつの質問をされる。「書く仕事のほうはどう？」と「いつ向こうに帰るの？」ふたつ目の質問にはあっさり答えられるが、ひとつ目のほうは言葉に詰まってしまう。わたしは自分のやっていることを〝書く仕事〟と区分したことは一度もない。思いどおりの人生を送れない人たちと彼ら自身の物語を分かちあい、ときには一緒に笑いとばすことが、いまのわたしの仕事だ。コラムの読者は友だちのようなもので、目には見えない贈り物まで届けてくれる。ここ最近はずっと、彼らは深い思いやりを示してくれた。週一回掲載されるコラムをとおして、それぞれの人生のごく個人的な一面を読者と共有することにすっかり慣れているので、わたしにはサムの死も彼らに伝えることが当然だと思えた。いま残されている道はふたつ。何も起きなかったかのように、家庭生活について気晴らしになることを書きつづけるか（これは、無理）、辞めるか。ベッドにすわってタイプライターの上に涙を落としながら、あのひどい一日の出来事を綴っていたとき、わたしは壊れた心をどうやって修復すればいいのか、まったくわからなかった。手紙やカードが何百通も届き、見知らぬ人たちが惜しみない情を寄せてくれた。とくに子どもをなくした人たちからの手紙には、ほかの何にもまさり力づけられた。いまでもハンドバッグに入れて持ち歩いている手紙がある。それはインド人ご夫妻からのもので、ふたりの二歳になる子どもは国立公園を散策中に行方不明になり、二度と戻ってこなかった。あれから十年がたったいまも悲しみに暮れているが、それでも生きている、と手紙には書き記されていた。このご夫妻は、むごい形で子どもを失った親でも——どんな形でも子どもを失うことはむごいが——生きていけるという生き証人なのだ。

このまま北へ走って大都会であるオークランドまで行き、そこで新聞社か雑誌社の仕事を探す、というやや度胸を要する選択肢もあるだろう。まあ、頭のおかしい人以外、悲しみにどっぷりと浸り、疲れきったシングルマザーなど雇わないだろうが。

ジグザグ道のてっぺんに位置する、シダで覆われた切通しの道に近づいていく。眼下に広がる街には灰色のビルが建ち並び、日ざしを受けて窓ガラスが光っている。そのビルのどれかに、ランチの休憩から仕事に戻る途中でサムの命を奪った女性がいる。彼女はどんな外見で、いま何をしているのだろうか。キャビネットからファイルを出して、誰かと電話しているとか？　ウェリントンはそれほど広くはない。わたしたちには共通の知り合いがいるかもしれない。その女性を知っていそうな素振りを見せた人はいなかったけれど。わたしが彼女を見つけたら、その命が危うくなると思ったのだろう。近々、女性は裁判所に姿を見せ、酒を飲んでいたとか、スピードを出しすぎていたとか、白状することになるはずだ。もうすぐ罰を受けるときが来る。

オフィスビルの先、レナの家の前の丘を越えたあたりにサムが眠る墓地がある。さらにその先にはマカラ・ビーチがあり、何組かの家族が残り少ない夏の日を存分に楽しんでいるだろう。母親が岩の上にシートを広げ、オレンジ・コーディアルをグラスに注ぎ、子どもたちに水はそれほど冷たくないと言う。男の子たちが波に挑んでいく。きらきら輝く海はじつは水がとても冷たくて、鳥肌が立ってしまう。男の子たちのなかにはサムの友だちがいるかもしれない。わたしはその子にも、その子の母親にも二度と会いたくない。

南風が鼻をかすめる。ほんの少しまえまでは、断層の上に建つ家に少しずつ手直しを加えながら住んでいれば、結婚生活も修復できるだろうと思っていた。いまは、とても無理な気がする。

ロブが急いで車から降りる。クレオに新しいベッドを見せたくてたまらないのだろう。猫用の砂とプラスチックのトレイをかかえ、わたしはロブのあとを追って家に向かった。心の準備をしておかなくてはならない。いまでは猫のものになってしまった家は、たぶん修羅場と化しているだろうから。少なくとも、家はまだ建っているし、外観にも変わりがない。窓には猫の姿はなかった。

錠をまわすと、小さなヒョウが廊下を駆けてきた。尻尾を旗のようにぶんぶん振っている。〝おかえり〟という意味なのか、何度も鳴き声をあげた。ひとつひとつ、最後の音をちょっと高くして。〝どこへ行ってたの？〟〝なんでこんなに長くかかったの？〟〝わたしに何か買ってきてくれた？〟クレオは後ろ足で立って顎をロブとわたしの手に交互に乗せ、ふたりの爪をかりかりとかじった。喉を鳴らす音を聞いていると、すべてを許す気持ちになった。帰ってきてみたら、雲はどこかへ消えふたたび青空が広がっていた。わたしはうれしくて仕方がなかった。どうしてこの子を追いだそうなんて思ったのだろう。この子はわたしたちを必要としているかもしれないが、それと同じくらい、わたしたちもこの子を必要としている。

ロブがヒョウ柄のベッドをさしだすと、クレオは背中を弓なりにし、尻尾を瓶を洗うブラシのようにふくらませた。さらに、シャーッと威嚇する。ベッドを本物のヒョウだと思って怖がっているのだろうか。クレオはベッドに飛びかかって噛みつき、後ろ足で蹴ってから、すばやくソファの下へ退いた。敵側には報復する間もなかった。

敵が洗濯場に連れていかれるまで、クレオは断固として出てこようとしなかった。そのときは気づかなかったのだが、それはこれ以降に勃発する〝ベッド問題〟のはじまりだった。敵が行ってしまうと、クレオはソファの下から飛びだしてきて、スーパーマーケットの袋の上で滑って遊び、それに飽きるとなかに入った。そこで一息ついたあと、電話線を襲撃し、それから安全地帯であるキッチンの鍋用の棚へ小走りで行ってしまった。

わが家の猫はヴァイオリンの弦よりもぴんと神経を張りつめさせていた。あらゆる影、綿ぼこり、買い物リストの紙、古くなったリボン、ちょっとした飾りの品などは、クレオにとってはいつ襲ってくるかわからない敵だった。音にも警戒した。ドアを開閉するときのキーという音に飛びあがり、遠くから聞こえてくる鳥の声に身体の毛を逆立てた。

家にあるソックスはすべて危険にさらされていた。クレオはベッドルームや靴のなかや洗濯場をのぞき、片足分のソックスを丁寧によりわけて誘拐した。さらわれたソックスはつま先の部分をくわえられて部屋中、引きずりまわされ、宙に放り投げられ、鋭い爪でキャッチされたあと、ぼろぼろになるまで徹底的に痛めつけられた。

頭痛のタネはどんどん大きくなった。その日の襲撃現場を片づけても、なんの意味もない。片づければ片づけるほど、クレオは新たな家庭内破壊の様式を次々とつくりだした。

「こら、やめなさい！」クレオが玄関脇のテーブルに飛び乗り、ジギタリスを挿した花瓶をおずおずと叩いているのを見て、わたしは声を張りあげた。クレオは顔をあげ、ひげを揺らして毛のなかに縮こまった。こちらの真剣さを感じとったのか、クレオは花瓶から足先を引いて、素直に床に飛び降りた。得意になって言うことでもないが、わたしとしては大満足だった。野生動物とさして変わらない生き物に命令して従わせることは、ちょっとした快感だった。誇大妄想癖のある教師はこんなふうに力がみなぎるのを感じるにちがいない。思いきって独裁者みたいな態度をとったことに酔いしれて、わたしは軽い足取りでキッチンへ行き、やかんを火にかけた。しかし、すべての独裁者と同様に、わたしは錯覚に陥っていただけだった。

家がドスンという大きな音に揺れた。わたしは玄関へ取ってかえした。ジギタリスが一本、また一本と床に落ちていき、倒れて水をこぼしている花瓶がそれに続こうとしていた。こぼれ落ちてくる水を浴びているのは四本足の動物で、水圧に負けじとなんとか身体を起こそうとしている。ついに、花瓶が床に落ちて割れた。ジギタリスが廊下に散らばり、子猫は濡れネズミになっていた。流れ落ちてくる水から逃れられず、じっと耐えるしかなかったらしい。

ほとんどの自然災害と同じように、それは終わったと思ったとたんにまたやってくる。ほんの数秒前まで、家はみすぼらしくてもごくふつうの状態を保っていたのに、いまでは国連からの救済を待つといったありさまだ。大水を浴びたあと、クレオは水はもうこりごりだとでもいうように、足先を一本一本、丹念に振った。耳はぺたんと後ろに倒れ、尻尾は垂れさがっている。これでは美人コンテストで一等賞はとれないだろう。ベスト・フェアプレー賞さえもあやしい。

わたしはロブにタオルを持ってくるよう頼んだ。モップで洪水の後始末もしなければならない。わたしがカーペットの水気を吸いとり、ロブは子猫をタオルでふいた。クレオがしょんぼりしているところを見たのははじめてだった。

癒やす者

猫は心の底から愛するが、何もかも捧げるほど熱烈に愛することはない。

スティーヴは船上での一週間を終えて帰宅し、子猫が引き起こした騒乱の現場を目の当たりにした。夫が家のなかを片づけているあいだ、わたしはキッチンの長椅子の脇に立ち、カモメが崖から上昇気流に乗って飛んでくるのを眺めていた。鳥とわたしの目線の高さが同じになる。カモメはそのまままっすぐに向かってきたかと思うと、さっとくちばしを一振りして旋回した。一瞬、わたしたちは睨みあった。

以前は鳥が好きで、そのたくましく生きる姿にあこがれに似たものを感じていた。八歳か九歳のとき、前庭の芝生の上でツグミのヒナを見つけたことがある。猫のシルベスターに襲われるまえに、わたしは羽毛で覆われたヒナをすくいあげた。するとヒナはわたしの指を止まり木がわりにした。くちばしと鉤爪は身体のわりにとても大きかった。まだうまく飛べないようだったので、わたしは仕方なく家に持ちかえった。箱のなかに脱脂綿を並べ、編み針で蓋に穴をあけた。目薬の容器に砂糖水を入れて与えると、ヒナはすごい勢いで飲んだ。一晩で死んでしまうだろうと思いながら、わたしは蓋を閉じた。箱がチュンチュン鳴った。目覚まし時計の音ではなく、鳥の鳴き声だった。箱は一晩中、鏡台に置いてあった。次の朝に見てしまうものを想像して、まえの晩はとても不安だった。けれど、ベッドから飛びだして蓋をあけてみると、鳥はちょこんとすわっていた。目は黒く光り、期待に満ちていた。わたしは蓋を閉じて、箱を前庭に持っていった。蓋をあけると、ツグミは箱から草の上に出て、ふらふらと歩いてから、つばさを恐る恐るはばたかせ枝へ飛んでいった。息を殺してじっと見つめているあいだ、ツグミは枝にとまっていた。声をかけると、谷間をさっと横切って松林のほうへ行ってしまったが、わたしはツグミが感謝のしるしに戻ってくるかもしれないと思った。もちろん戻ってはこなかった。

カモメはフェリー・ターミナルに向かっていったん下降し、それからゆうゆうと海の上を飛んだ。白い棺に入れられたわたしたちの長男がレナの家の向こう側の丘に埋められてから、五週間が過ぎた。わたしたちは何度かマカラ墓地を訪れた。吹きさらしの丘に戦没者の墓石が並ぶ光景に、わたしはなんの慰めも見出せなかった。はじめのうちは大きなモザイク模様のなかのどこにサムの墓があるのか、見つけるのに時間がかかった。スティーヴが指さしたのは、トイレにほど近い列だった。サムの笑い声が聞こえてきそうだった。あの子はいつもトイレにまつわる冗談を言っていたから。八十歳を超えるまでたっぷりと生きたふたりにはさまれた場所に、サムは埋められていた。わたしは墓地に膝をつき、涙をこぼしながら、どこかにサムの魂が漂っていないかとあたりに目を向けた。風に押されてねじまがった木々のなかにはいなかった。おかしな形をした雲の影が落ちているだけ。どこかで羊がメーと鳴いた。こんな空虚な場所にサムがいるはずがない、とわたしは思った。

わたしは自分が以前と同じ人間だとは思えない。外側だけは五週間前と同じ人間に見えるけれど。同じ車を運転して同じスーパーマーケットへ買い物に行くが、内側は身体の組織が並べかえられて金たわしでごしごしこすられてしまった感じがする。ショックが大きすぎたからだろう。わたしはもはや生きている人間の善意を信じることができない。いとも簡単に憎しみや怒りが燃えあがる。サムの両側に埋められている人たちにも腹が立つ。彼らにそれほど長く生きる権利はなかったはずだ。

学校では新しい一年がはじまっていたが、わたしたちはロブをあと二週間ほど家に置くことにした。ロブはサムのことを口には出さないが、毎日、スーパーマン・ウオッチを身に着けている。手首にいるアニメの主人公が兄へとつながるホットラインだと思っているのだろう。ロブはほかのどの少年よりもスーパーヒーローを必要としている。スーパーマンが笑顔のサムと一緒に、ロブのベッドルームに飛びこんできてくれればいいのに。

みんながスーパーマンにあこがれるのは、目覚ましい働きをするからというよりも、パッとしない男性として別の人生も送っているからではないだろうか。たいていの子は、地味で、好きな女性に振られるクラーク・ケントに親近感を持つ。普段はさえない自分でも、クラーク・ケントみたいに、いざというときにはヒーローになれると思えるから。本物のスーパーマンがどういうものか知りたければ、自分がそれになるしかない。パッとしない生活から抜けだす目的にもなる。成長してもスーパーマン探しは続く。対象がスポーツのスーパースターとかロックスターとか億万長者に変わるけれど。だが、本当のヒーローはそれほど遠くにはいない。自分たちのなかに眠っている。

わたしはクレオに助けられている。自分ではあまり認めたくないが。昼であろうと夜であろうと、わたしがどん底に落ちていることにクレオは気づく。そういうとき、足先をドアの隙間にさしこんで、ベッドに飛び乗ったりそばにすわっていたりする。何も要求せずに辛抱強く喉を鳴らし、わたしが浮きあがってくるのをただ待っている。

破壊行為さえも目的があるような気がする。いまこの場でやらねばならないことに没頭しろということなのかもしれない。ブラインドの紐が切れているとか額入りの写真が落ちているとかわめいているあいだは、サムのことで悲嘆に暮れなくてもすむ。怒られる、いたずらをする、愛情を精いっぱい示す、これらすべてに力強い鼓動がともなっている。尻尾の先からひげの一本一本に至るまで、クレオは百パーセント生きている。風が吹きすさぶマカラの空の下ではなく、サムはクレオのなかにいる。

しかし、スティーヴはそういう見方をしてはいないようだった。サムがどんなふうにクレオを抱いていたかを説明すると、かえってこの子猫からサムが生きていたときの生活を連想してしまうらしい。だからクレオの存在を認めるわけにはいかないのだろう。夫の同意なしにペットを飼えば、家族の形すら失いかねない。犬好きの家庭で育ったこの夫を説得するすべはあるのだろうか。

スティーヴはクレオがじっと見つめるなかで荷を解いた。クレオはスティーヴの衣類のなかから自分が持ち運べるものの目録をつくっているようだった。夫が子猫を横目でちらりと見る。わたしは彼の頭のなかにあるたったひとつの言葉を読みとることができた。〝散らかっている〟。

数多くあるわたしと夫の相違のひとつが、散らかっていることに対する態度だ。わたしはいまも昔も、乱雑な部屋にいるほうが落ち着く。古新聞の束や持っていたことさえ忘れている服から、ユニークなアイデアが飛びだすこともある。まあそれは、片づける気になれないときの言い訳なのだが。困ったことに、ほとんどいつもこの言い訳をつぶやいている。

一方スティーヴは、整理整頓を旨とするお坊さん学校の卒業生だと勘違いされてもおかしくない。十代の花嫁として、わたしは塵ひとつ落ちていない部屋に住みたいという夫の希望をかなえるために奮闘した。家のなかをコマネズミみたいに動きまわって幅木のほこりを払い、ブラインドをまっすぐに直し、ラグの房飾りが平行に並ぶよう整えた。わたしはかなり鈍感らしく、完璧にきれいにしたと思っている部屋を、夫が散らかっているとみなしていることに気づくまでに何年もかかった。うちの妻は掃除もろくにできないと言わんばかりに、海上から戻ってくるといつもロボットみたいに定例業務をはじめた。つまり、掃除機をかけ、キッチンの調理台をふいて、それからやっと荷を解きはじめる。つい三十分ほどまえにわたしが掃除したばかりだというのに。だが今日は掃除機をかけることもできない。毛羽立つカーペットの上は足の踏み場もない状態なのだから。スティーヴはソックスやスーパーマーケットの袋を拾い集めるだけで、ひとまず満足した。

ロブはこの子猫に夢中なの、とわたしが話しているときに、当のクレオはスティーヴのかばんのなかにもぐりこみ、黒いソックスのつま先をくわえて現われた。ささっと走りながら、ソックスを頭上に放ると同時にジャンプする。そして両方の足先で得意げにソックスをつかみ、脚のあいだに引きずったまま、ふたたび走りだした。そのとき、後ろ足でソックスを踏んづけてしまったために身体が急停止し、勢いでそのまま空中ででんぐりがえり、背中から床にどさっと落ちた。わたしは息を呑んだ。脊椎にダメージを負ったにちがいない。獣医のところに連れていかなければ。子猫は苦しげに身をよじっている。もしかして治らないかもしれないと胸に不安がよぎった。次の瞬間、クレオはもぞもぞと立ちあがり、ソックスをくわえて走り去った。

　無表情のまま、スティーヴはソックスを探してまわった。帰宅したあとのスティーヴの行動になじむまで普段でも二日はかかる。わたしがきちんと下着をたためないことに夫はムッとするが、わたしのほうも、洗い終えた鍋の縁にべとべとした洗い残しがついていないかチェックする夫の執拗さにイライラする。今回は歓迎されざる子猫をめぐって妙な緊張感がみなぎっているのだから、家庭内の調和が果たして戻るのか、それさえ定かではない。

　どこかで読んだ記事によると、子どもを失った夫婦は、その七五パーセントが不和に陥るという。わたしはそれを鵜呑みにはしていない。統計を無視するのがわたしの流儀だ。しかし、それほど多くの夫婦関係が壊れる理由をわたしは理解しはじめていた。

　スティーヴも苦しんでいるが、それをあらわにすることはなく、胸にかかえこんでいる。わたしの場合はタガがはずれたように泣き、わめき、誰かを非難しては苦しみを肩代わりしてくれる人を探し求める。夫の悲嘆は行儀がよく控えめだ。悲しみを語るとき、その言葉はよくよく考えられたすえに慎重にぽつりぽつりと吐きだされる。

　スティーヴは男性に求められるつらい仕事――遺体の身元確認、警察での事情聴取、そして明日予定されている裁判所への出頭――を負わされているあいだも、心に渦巻く感情を爆発させることはなかった。そうなってしまったのも、少なからずわたしに非がある。あの朝、夫に〝泣くのはやめて〟などと言うべきではなかった。このごろでは、夫はカーテンやカーペットやゴムの木を見つめることはあっても、わたしの目を見つめることは決してない。裁判所に一緒に行くかと訊かれたとき、わたしはノーと答えた。見知らぬ人びとの前で事故の様子を聞かされるのにはとても耐えられそうにない。わたしがもっとよい妻だったら、勇気を出して一緒に行くと答えるのだろう。ふたりとも困っているのに、互いに手をさしのべようともしないのが、いまのわたしたちなのだ。

居間に来て、とロブが声をかけてきた。息子はしゃがみこんでクレオの頭の上でスティーヴのソックスをひらひらさせたあと、それを放った。クレオは追いかけていってソックスをくわえると、小走りで戻りロブの足もとに落とした。クレオはロブのそばにちょこんとすわり、期待をこめたまなざしで息子を見あげている。

「見たでしょ？　クレオは取って戻ってこられるんだよ」

「そういうのは犬のやることだ」スティーヴは床からソックスを拾いあげた。

「ちがうよ、パパもやってみなよ」

気乗りのしない様子で、夫はソックスを放った。クレオは猛スピードでソックスを回収し、今度はわたしの足もとに落とした。

どうやらこの子猫は、ソックスを投げる権利を三人に平等に与えているつもりらしい。家族全員にゲームに参加してほしいのだろう。

「クレオ、これって〝ソッカー〟だね」とロブが言う。

クレオのはしゃぎっぷりはすさまじかった。わたしたち三人の目は、ソックスという獲物を追ってあちらこちらで踊りまくる細い身体に釘づけになった。ソックスがソファの下に滑りこんでいくのを見て、わたしはちょっとほっとした。いくらなんでも、ソファと床のあいだのほんのわずかな隙間にはクレオといえども入りこめないだろう。

しかし、わたしはクレオの身体のやわらかさを甘く見ていた。少しのためらいもなく、クレオはお尻を床にぺったりつけて、身体をくねらせながらソファの下にもぐっていった。生まれかけている赤ちゃんが母親のなかに戻っていくみたいに。

ソファの下からはなんの物音も聞こえず、わたしはだんだん不安になった。もしかしたら、どこかに引っかかって動けなくなっているのかもしれない。いくらもたたないうちに、ソファの下から黒い足先が片方のぞいた。それに続いてもう片方も。爪を床に突き立ててぐっと力を入れると、今度は顔がのぞく。さっき見たときよりも顔の長さが縮んでいる。目を半分閉じ、耳を後ろに寝かせて頭にぴったりとくっつけている。口にしっかりとくわえているのは、あのソックスだった。


太陽が丘の向こうへ沈みながら大きなトラの目のように輝きを放っている。空があかね色に染まっていく。わたしはカシミアのカーディガンをはおり、リゾット用に鶏の胸肉を切っていた。この料理なら口あたりがよくて、誰の舌にもやさしい。

クレオは希少なボルドー・ワインの香りを楽しむソムリエのように、鼻をひくひくさせ、目をなかば閉じていた。そうかと思うと、キッチンのなかを動くわたしの足首にじゃれついて、甲高い声をあげはじめる。食べ物をほしがる猫の鳴き声ではなく、足もとに供物が置かれるのを待つ女祭司の声音《こわね》で。

わたしはクレオを抱きあげ、椅子にすわって頬ずりした。クレオは鶏肉に引きつけられていたが、すぐにわたしの大切なカシミアのカーディガンに関心を移した。単なる羊毛には興味がないのに、カシミアヤギの毛を梳いて集めた繊維に、手のこんだ作業を加えて製品にしたものには大いに興味があるようで、まんなかのボタンの付近をかじりだした。

わたしはクレオをカーディガンから引き離し、床へおろした。だが、また膝に飛び乗ってきて、腹ぺこのライオンのようにカーディガンに歯を突き立てた。再度、引きはがそうとしたときに、親指に痛みが走った。指を嚙まれたのだ。この子猫はカーディガンをだめにしただけではなく、指に穴をあけた。

わたしは大声をあげ、流れてくる血をペーパータオルでぬぐった。スティーヴがわたしの傷を見て渋い顔をした。クレオは猫に対する夫の偏見をあおる見事な仕事を成し遂げてしまった。

みなが夕食の席につくと、スティーヴの眉間の皺が深くなった。クレオが「テーブルの上に乗るのはやめなさい」という言葉に反抗の意思表明をしたからだ。クレオは皿やランチョンマットや、塩やコショウの入れ物、それにフォークにもちょっかいを出した。

頭にカッと血がのぼり、親指がズキズキする。これでは、渋る夫に猫を売りこもうとする努力は水の泡だ。わたしはクレオをつかみ、洗濯場に閉じこめた。

「クレオはそこが嫌いなんだよ」ロブが情けない声で言う。

「この子にわたしたちの生活をめちゃくちゃにはさせない！」わたしは叫んで、洗濯場のドア越しに聞こえてくる子猫の悲しげな鳴き声をかき消そうとした。クレオの耳障りな声の何かがわたしの神経を逆なでした。じつのところ、その苛立ちは子猫でも親指でも夫のせいでもなく、明日の午前中に行なわれる審問のせいだった。スティーヴがあの女性と顔を突きあわせる。警察が彼女の有罪を証明する。彼女は刑務所へ行く。わたしはついにサムの死を受け入れなければならなくなる。

クレオの鳴き声が大きくなった。わたしのほうは身体が震えだし、呼吸が浅くなる。「もう我慢できない！　この子はレナのところに返す！」

ロブはリゾットを見つめ、必死で涙をこらえた。「ママ、の、いじ、わる」

わたしは腰かけていた椅子を引き、ふらふらと立ちあがると、ベッドルームへ走った。まくらに顔をうずめて大声で泣く。ロブは正しい。わたしは意地悪だ。冷静さを失ってもいる。悪い母親で、どうしようもない妻で、人間失格だ。もう、このまま眠ってしまいたい。

子どもの手がわたしの肩にふれた。「クレオはママを愛しているよ」ロブがささやく。「ねえ、聞いて……」

首の後ろに子猫がそっと置かれた。ゴロゴロと喉を鳴らすリズミカルな音が耳のなかで鳴り響く。それは子どものころに黒砂の浜辺で聞いた、太古から鳴りやむことのない波の音。赤ん坊が母親の子宮のなかで聞く音。叡智の、そして不滅の音。大地の子守歌、もしくは神の声か。

猫が喉を鳴らす音は人間の身体に多大な作用を及ぼすと言われている。ストレスを減らし、血圧をさげ、筋肉の痛みや骨折を治す効果があるという研究結果も報告されている。人間を癒やす猫の力は、多くの病院や介護施設が猫を〝ドクター〟として飼っていることで広く知られるようになった。ゴロゴロ鳴る〝薬〟は心筋組織をも修復する力があるらしい。クレオの喉が奏でるメロディーを聴いているうちに、わたしの胸は滑らかなハチミツで満たされた。

クレオはわたしの顎の下に頭をもぐりこませ、心配顔でじっと見つめてきた。そして驚いたことに、わたしの頬に濡れた鼻を押しあてた。それはまぎれもなく、子猫からのキスだった。そうしてから、わたしの首筋にうずくまり、細い前脚をのばしてわたしの顔にふれた。わたしはその足先をそっと指でつかみ、開いたり閉じたりするのを眺めた。今回はその爪に襲われる恐れはない。足の肉球はわたしの爪よりもずっとやわらかかった。一緒に〝手を握りながら〟横になっていると、わたしたちの魂は種《しゅ》の境界線を越えてふれあい、言葉のない世界でひとつにつながった。

何時間かたって目が覚めると、クレオがわたしのとなりでまくらに頭を乗せて眠っていた。子猫がここにこうして寝ているのがとても自然に思えた。白いコットンの上にぴんと耳を突き立て、安らかな寝息を立てるだけでほとんど動かない。その姿を見ていると、もしかしたら人間と猫がこんなふうに並んで眠るのは、地球が最初の夜明けを迎えて以来、わたしたちが最初ではないだろうか、と思えてきた。

女神

猫は毛皮をまとった女祭司。

「ママ、クレオのこと好きでしょ？」翌朝、ロブが朝食をとりながら訊いてきた。

わたしはキッチンの窓をあけた。カモメがけたたましい声をあげて海の上を飛んでいる。ちぎれたブラインドの紐がそよ風に揺れる。スティーヴはネクタイを締め、すでに地方裁判所へ出かけていった。

「ええ」わたしはため息をついた。

「よかった。だって、クレオもママのことが好きだもん」

「そうね」わたしは力なく微笑んだ。

「嘘じゃないよ。クレオはほんとにママのことが好きなんだよ。昨日の夜、クレオがそう言ってた」

「まあ、うれしい。早くトーストを食べちゃいなさい」

「ほかのことも言ってたよ」

ロブは感じやすい子どもだ。どんな子よりもひどいトラウマに悩まされている。ロブには審問のことは話していないが、たぶん何かおかしな雰囲気は感じとっているのだろう。いまは子猫が自分に話しかけてくるという考えにふけっている。

「クレオのご先祖はお医者さん猫なんだって」

気の毒な子どもの想像力はとめどない。

「それ、夢のなかの話でしょ？」わたしはロブが現実にしっかりと目を向けているだろうかと心配になった。

「夢じゃないみたいだったけど。ぼくに友だちができるように手伝ってくれるって言ってた」

どの家族にもひとりくらいは霊感の強い人がいるだろうが、子猫と話ができる子どもというのはちょっと困りものだ。ロブが子猫と会話をしているなんていう噂が学校で広がったら、いじめの対象になってしまうかもしれない。それはかわいそうすぎる。

「ママも知ってるわよ、クレオがしゃべることを」わたしはロブの肩に腕をまわし、耳にキスをした。

「でも、いまは内緒にしておきましょう」

「クレオをレナのところに返さないよね？」

わたしはしゃがんでロブの肩に手を乗せ、息子の顔をのぞきこんだ。とても真剣だ。身体が緊張でこわばっている。「返さないわよ。あの子はこのうちの子だもの」

ロブの肩が落ちた。ほっとしている様子が伝わってくる。頭ががくりと垂れる。髪が麦の穂のように揺れる。こっそりと喜びのダンスを踊っているのか、腕が小刻みに動いている。顔を見なくても、ロブが笑っているのがわかった。

人間は自分たちが生き残るためにどれほど猫を必要としているかを、なかなか理解しなかった。遊牧民が各地を転々とする生活に見切りをつけ、穀物を育てて定住することに魅力を感じたのは、ひとつには巨大な捕食者から攻撃を受けるリスクを減らせるからだった。人びとは何世代にもわたって繁栄を願いながら穀物を育てる一方で、より大きな惨禍をもたらす敵が壁や地下室や穀物倉で跋扈《ばっこ》していることに気づかなかった。その小さな齧歯《げっし》類動物は、肉食の従兄たちよりもはるかに大きな破壊力を秘めていた。ネズミの大群は一年分の収穫を食いつくし、ひとつの村を病気と飢餓の地獄に変えた。

野良猫はネズミというごちそうを求めて村のまわりをめぐった。大胆にも村のなかまで入りこみ、ネズミやヘビを狩る猫もいた。住民のほうも猫は害にならないとしだいに気づきはじめた。そればかりか、猫はペストの発生を防ぐことにも役立った。

人びとは猫という生き物の性質を高く評価しはじめた。気品あふれる姿を愛で、牛や犬のように人間に服従することを超然と拒否する態度に感嘆した。人間が呼んでも猫はおいそれとは寄ってこない。このことに最初に感服したのは古代エジプト人だった。

猫は宝石で飾りたてられ、皿に盛った料理を飼い主と分けあうことを許された。猫を殺せば死刑に処せられた。猫の葬儀が人間のものよりも盛大に行なわれることもよくあった。飼い猫が死ぬと、遺体は家の前に安置され、家の者はすべて眉毛を剃りおとして弔意を表わした。今日のように、地元の専門機関に電話を一本かけてすますのとはわけがちがう。

音を立てずに歩くわれわれの友人は、ネズミを殺すことによって何百万もの人びとの命を救っただけではなく、無数の人びとの心を癒やしてきた。ベッドの端に静かにすわり、人間の涙が乾くのを待った。病気の人やお年寄りの膝の上で丸くなり、ほかからは決して得られない安らぎを与えた。何千年ものあいだ人間の心身の健康を支えてきた猫たちは、心からの賞賛に値する。古代エジプト人たちは正しかった。猫は神聖な生き物なのだ。

キッチンの時計が午後に向かって刻々と進んでいく。審理は予想よりも長引いていた。時間稼ぎの無駄な証拠が提出されたところで、あの女性は危険運転で有罪だと決まっているのに、何をいまさら審理しているのだろうか。

コーヒーを飲む。もう一杯。港はサムが死んだ日と同じく、青いフリスビーのようだった。あまりにも完璧な青さに、何やら悪意が感じられる。秒針をぐるぐるまわしてやろうかと思ったときに、クレオがシンクの下の戸棚から紙袋を引っぱりだして、ロブのところへ運んできた。その上に乗り、クシャッという音を立てるのが楽しくて仕方ないらしい。ロブが紙袋の口をあけると、クレオは急いで逃げだし、ぴたりと足をとめた。振りかえってしゃがみこみ、ロブがつくった紙の洞窟を見つめる。瞳孔が広がり、クレオの目は緑色の細い縁《へり》を残してほぼ真っ黒になった。クレオはバランスをとりながら右の足先を上げ、攻撃の構えに入った。だが、そのままじっとしてなかなか動きださないので、観客であるわたしたちのほうは興味を失いかけた。なかば飽きて、まだあけていないチョコチップ・クッキーのほうへ関心を向けたとたん、クレオがビニール床を蹴り、しわくちゃの紙袋の奥へ突進していった。

「見て、ママ」ロブが丸くなって重みが出た紙袋を持ちあげた。

紙の牢屋から子猫を救出しようと足を踏みだしたところで、袋のなかから満足そうに喉を鳴らす音が聞こえてきた。

スティーヴが昼近くに戻ってきた。目が落ちくぼみ、なんだか幽霊みたいだった。ネクタイがゆるみ、だらんと垂れさがっている。

夫をいたわろうとする気持ちが急に消え去り、激しい怒りが湧きあがった。「その人、どんなふうだった？」わたしは自分の声のとげとげしさに驚いた。

「どうして怒ってるの、ママ」ロブがゴロゴロ鳴っている紙袋を手に、廊下に出てきていた。わたしはそのことにまるで気づかなかった。

「怒ってないわよ」口調がどうしても乾いて冷たくなる。

「パパ、見て。クレオはこんなこともできるんだよ」ロブが紙袋をさしだすと、なかからクレオの顔がひょっこりとのぞいた。

「いまはだめ」わたしはぴしゃりと言った。「クレオをキッチンへ連れていって」

雲行きがあやしいことを感じとり、ロブは素直にキッチンへ戻った。いつの日か、あの子も理解し、こんな態度をとった親を許すときが来るだろう。

「それで？」

「そうだな」スティーヴは疲れた様子で目をこすった。「ふつうの女性に見えた」

わたしは夫の言葉を聞いて、できるかぎり女の姿を想像してみた。髪は茶色。ひょっとしてブロンドかもしれない。身体つきはどちらかといえば太っている。保健省で働いている。コートを着ている。たぶん、ネイビーブルー。眼鏡をかけていたかどうか、スティーヴは覚えていなかった。審理の場では互いに顔を見ないようにしていたらしい。彼女は悲しげだったが、謝罪の言葉は口にしなかった。わたしはもっと知りたかった。鼻の形。ほくろの位置。におい……。細かいことをもっと聞きたかった。

「年はいくつ?」

「たぶん、三十代なかば」

「刑務所に入るの?」

わたしの左肩をじっと見つめながら、夫はゆっくりと首を振った。

「何かしらで起訴されるはずだが、処分は罰金刑くらいだろう」

ハエがスティーヴの頭上でゆがんだ8の字を描いた。

「刑務所へは送られない」その声は穏やかでやさしく、精神に異常をきたした人に話しかけているみたいだった。「あれは、事故だった」

事故ってどういう意味?

「彼女には、バスの後ろから飛びだしてくるサムに気づくすべはなかった。あの女性に責任はない。何も間違ったことはしていないんだから」

脳が動きをとめた。空は緑色だと言われているのと変わらない。サムの死が事故によるもので、あの女性に責任がないとするなら、責めを負うべき人間がいないということになる。そうなると、わたしにも彼女を憎む権利がなくなる。それどころか、彼女を許すよう求められるかもしれない。

心臓がぎゅっと締めつけられた。許しは神が与えるものだ。

蘇生

人間は学ぶのが遅いという事実を猫は考慮している。

学生時代の友人であるロージーから電話がかかってきたとき、わたしはうっかり猫を飼っていると口を滑らせてしまった。すぐに行くと言い張るロージーを、わたしはなんとか押しとどめた。ロージーに猫の話をするなんて、腹ぺこの野良猫に山盛りのイワシをさしだすも同然だ。審問から数日後、ロージーはわが家を覆う見えないバリケードを突き破って現われた。思いこんだら命がけ、他人の迷惑もかえりみないその性格ゆえに、ロージーは誰にでも好かれる人物とは言いがたい。スティーヴはとつぜん大切な約束を思いだし、街へ出かけていった。

「ちっちゃい、ちーちゃい、ベイビー・クレオ」ロージーはくちずさみながら、赤くてばかでかい眼鏡越しにクレオをじっくりと眺めた。「こんなかわいい子猫ちゃんが、猫嫌いに囲まれて暮らすことになるとはねえ」

「うちの家族がみんな猫嫌いだなんて言った覚えはないわよ、ロージー」

「じゃあ、自分たちが猫好きだって心から言えるわけ？」ロージーは真っ赤な地平線の上からわたしを睨みつけた。

「言えるわ。その、たぶん、よくわからないけど……」

「ほーら、やっぱり猫なんか好きじゃないのよ。ほんとにそうだったら、自分でわかってるもの。〝わたしはキリスト教徒です〟とか〝わたしはイスラム教徒です〟とかみたいに、自分が何者だか、ちゃんと知っているもんよ」

ロージーはわたしと同様に、イングランド国教会の信徒として育ったわけではない。聖堂で〈主の祈り〉を唱えたこともないし、〈街を離れたる青き丘に〉を歌ったこともないし、国教会への忠誠心から、家へ帰るまえにおしゃべり抜きで教区付司祭と生温いお茶を飲んだこともない。

ロージーは大の猫好きだ。六匹の野良猫を保護して、それぞれにスカルフィー、ラフィー、ベートーベン、シベリウス、マドンナ、ドリスという名前をつけている。わたしにはどの子がどの名前なのかさっぱりわからない。それに〝保護した〟というのは正しい言葉ではない。より正確に言えば、ロージーは四本足の悪党六人組を家に招き入れ、自分の資産を荒らさせ、破壊させている。まさに、恩を仇で返すとはこのことだ。身体中に毛を生やした乱暴者どもはカーテンを引き裂き、家具にはバリバリと爪を立て、家中にアンモニアの臭いをまき散らしている。ギャングの抗争にもゴミ箱漁りにも飽きると、六匹は外に出て、近所に住む野生動物を殺しまくる。近所の人が恐る恐るロージーの家を訪ねると、邪悪な六人組はかならずベッドの下に隠れる。ロージーによると、その猫たちはすばらしい個性の持ち主で、考えられないほど愛らしく、この世に舞い降りた天使、らしい。

猫についてロージーが知らないことは何ひとつない。彼女のレーダーが子猫の存在を探知し、それに導かれて訪ねてみると、子猫がジグザグ道の途中にある家で終身刑を宣告されていたというわけだ。

「でもこの子、世界でいちばんかわいい子猫ってわけじゃないわね」とロージーが言う。「ゴルフボールにだってもっと毛がくっついてるわよ。まるで捕虜収容所にいたみたい。それに、この目。なんというか……出っぱってる」

「誰だって完璧じゃないわよ」思いがけず愛情がこみあげてくる。「この子はまだ、猫としては未完成なの」

「ふーん」何やら疑わしげだ。「アビシニアンの雑種よね？　水と高いところが好きなことで有名な」ロージーは自分の知識をひけらかす機会を絶対に逃さない。「クレオは短毛のアジア系の猫とどこかでつながっているだろうから、身体つきも小さいし、比較的身体の大きなヨーロッパ系の猫よりも暑さには強いわね。そういったことを考慮しても、この子はやせすぎよ。いったい何を食べさせているの？」

「キャットフードだけど」わたしはため息をついた。

「そりゃそうでしょ。それで、どんな種類のキャットフード？」

「どんな種類って、ペットショップで売っているものよ」

「ビタミン配合？」まるで尋問されているみたいだ。

「もちろんよ」わたしは嘘をついて、話題を変えた。「クレオが〝ソッカー〟するところを見たくない？」

わたしはクレオの鼻先にソックスを垂らしたが、クレオはそんなものは見たこともないというように知らん顔をした。

ロージーが首を振った。「猫はそういう遊びはしないの」それから黄色っぽい巻き毛を前に垂らして赤いハンドバッグのなかをさぐりはじめた。わたしは彼女の訪問をちょっとだけ迷惑に思ったことを後悔した。たとえ子猫に会いたかっただけにしろ、わざわざ訪ねてきてくれたことに感謝すべきなのだ。友人の多くは、なんだかんだと口実を見つけて、この家にはもう寄りつかなくなっているのだから。

ロージーはサムが亡くなったあとも態度をまったく変えなかった。相変わらず尊大で、元気いっぱいだ。それに、この家は呪われているとでも言いたげな低く抑えた声で話すこともない。

「これ、いるでしょ」ロージーはページの角が折れた二冊の本をさしだした。『子猫の育て方』と『あなたの猫の健康を守るために』という本だった。「こういう本、けっこう役に立つのよ」

いばりんぼうで、ちょっと頭がおかしくて、やさしいロージー。意地悪なことを言うし、わたしがクレオの面倒をちゃんとみていないと思っているとしても、彼女の深い思いやりは本物だ。そうでなかったら、どうして子猫の本と一緒にエリザベス・キューブラー・ロスの『死ぬ瞬間』をプレゼントするだろうか。

悲哀と折り合いをつけられるよう、エリザベス・キューブラー・ロスがまとめた悲しみの五つの段階のことはわたしも知っている。そこには自分にも身に覚えのあることがたくさんある。
一、否認。ジェシーの家で知らせを受けた、あの衝撃的な瞬間から否認がはじまった。いまでもこの段階を抜けきれていない。交差点やショッピング・モールで、わたしはいまだにサムが走りまわって笑う姿を目にする。だがそれらはすべて、サムと同じブロンドの見知らぬ他人だ。意識下に閉じこめられている何かが、サムが生きのびたとしても植物状態になっていただろうという、救急車の運転手の言葉にしがみついている。一週間のうち幾晩か、サムがまだ生きているという事実をみんなが隠そうとしている、という夢を見る。わたしは嘘にとつぜん気づき、病院のラビリンスにも似た廊下を走りまわり、ついには暗い部屋で機械につながれているサムを見つける。サムはこちらに顔を向け、生まれたときとまったく変わらぬ青い瞳で見つめてくる。そこでわたしは目覚める。心臓の鼓動は激しく、まくらは涙に濡れている。

二、怒り。否認の二、三週間後に少しずつ怒りの段階に移行できていたら、どんなにかましだっただろう。怒りはとつぜんの嵐さながらに身体の細胞という細胞のなかで荒れ狂った。空に紙片をまき散らしたように何羽もの鳩が飛ぶ様子を見ても、フォード・エスコートだけでなくあらゆる車に乗っている女性を目にしても、サムの友人たちがのうのうと生きていることに対しても。怒りの段階からはいつまでも抜けられそうにない。困るのは、すべてのものに怒りをぶつけながらも、まだ否認の段階にいるということだ。もちろん、悲しみも果てしなく続いている。

三、取引。バスルームのなかや車の運転席で、わたしは時計の針を戻してくれと一方的に神に頼みこむことがある。一月二十一日のさまざまな出来事が五秒ずつ早く起きれば、あの車が坂道を通りすぎてからサムは向かい側の歩道に渡ることができ、鳩は無事に動物病院へたどりつき、家族みんなでキッチンのテーブルを囲んでスティーヴのレモン・メレンゲパイを食べられるのに。創造主たる全能の神の手にかかれば、時間をほんの少しいじるくらいわけないだろう。それと引きかえに、わたしはどんなことでも神の思し召しに従う。修道院に入れとか、女子のラグビー・チームをつくれとか、一生テントのなかで寝ろと命じられれば、わたしはよろこんで従う。あの出来事をなかったことにしてくれるのなら、なんでも……。

四、抑うつ。〝うつ〟と称されるクローゼットのなかには多くの服が収納されている。日ごろ家のなかで着る服は、うつと呼ぶにはちょっと大げさで、みじめな気分といったところだろう。産後のうつは、外出用のおしゃれ着。パーティーなどに着ていくフォーマルな服（精神科への通院や抗うつ剤で仕立てられている）は、自殺の危険性をともなうために治療が必要になるうつで、なかば正気を失っている。

第一次世界大戦の戦場に出征していったわたしの伯父たちは、頭のなかがすっかり混乱した状態で帰還し、うつと診断された。そのなかのひとりは精神病院に入れられた。未婚の伯母は、地元の郵便局の女性局長との仲を祖父母に引き裂かれたあと、何年も言葉を発しなかった。一九三〇年代のニュージーランドの田舎町ではそれも致し方ないことで、家族の者は伯母を〝こそこそしたいやらしい女〟と呼んだ。伯父と伯母にはそれぞれうつになるもっともな理由があったことはたしかだ。

種類の異なるうつが同じクローゼットのなかに押しこまれていても、麻素材のスカートとディオールのガウンは同じ衣類というカテゴリーにくくられるのと同じで、すべてのうつも程度のちがいこそあれ共通点がある。

けれども、わたしが投げこまれた海は、うつという言葉ではとても表現しきれない。そこには海岸線はない。底も見えない。溺れないように必死で手足を動かす日もあるが、たいていは折れたヤナギの枝のように、無限に広がる海のなかを漂っているだけ。キューブラー・ロスはこの状態をただ単に〝うつ〟と呼ぶのかもしれないが、見当違いもはなはだしいと言わざるをえない。そして、最後の段階は――
五、受容。愛らしい九歳の男の子が死んだことを受け容れる日が来ることは絶対にない。キューブラー・ロスはここに至るまでのいくつかの段階を見落としている。罪の意識とか自己嫌悪とか感情の爆発とか絶望とか妄想を。とうてい納得できない裁定を突きつけられるとか、矢も盾もたまらずに車に乗りこみ、高速道路を猛スピードで走ることも。
わたしは本を持ってきてくれたロージーに感謝し、『あなたの猫の健康を守るために』のページをめくった。

「その本、ちゃんと読みなさいよ」とロージーが言った。

「ロージー、あなたから合格点はもらえないかもしれないけれど、努力はしてみる。少なくとも、この子を死なせないようにする」

「心配しなくていいでちゅからね、クレオ」ロージーはへんな声でそう言い、子猫を盛りあがった胸にうずめた。「ロージーおばちゃんがちっちゃいクレオを守ってあげますからね」

クレオは汗だくのふたつの山のあいだで身をよじった。そのあとはスローモーションで再生された場面を見ているようだった。クレオは耳をぺたりと寝かせ、歯をむきだしてシャーッと威嚇したかと思うと、尖った爪でロージーの顔をひっかいた。

「なんてことするのよお！」ロージーが情けない声を出す。

「ごめんなさい！」わたしはナプキンがわりにふたつに折ってあったティッシュでロージーの頬についた血をふいた。「この子がこんなことするなんて……」

ロージーはティッシュで頬を押さえ、襲撃者を睨みつけた。

「この子猫……ノミにたかられている！」ロージーは断言し、眼鏡をかけなおした。

「ほんとに？」わたしは足首をかきながら訊いた。ここ何日か、スティーヴとロブは「なんか、かゆい」とぼやいていた。わたしは気のせいだと相手にしなかったが、自分自身もかゆいことにはたと気づいた。ミニチュアの火山が足首をぐるりと囲み、太腿のほうにまで飛び火している。

「ちょっと、見てよ」ロージーはクレオの腹にまばらに生えた毛をさぐった。「何十匹もいる。もしかしたら何百匹かも……」

その光景は、マンハッタン上空を飛ぶヘリコプターから撮影された写真に似ていた。見おろしているわたしたちを気にもせず、クレオの毛という通りに沿って広がるノミの街は活気に満ちていた。自分たちの業務に没頭し、いま行なっていることが世界でいちばん重要な仕事だと思いこんでいるのか、ふたりの巨大な人間を立ちどまって見あげるヤツは一匹もいなかった。

「このままじゃ、感染症を引き起こしかねない」あまりのことに感嘆したとでもいう口調で、ロージーは言った。

「どうやってノミを駆除するの？　ペットショップからノミ取り粉を買ってきたほうがいいかしら」

「そんな悠長なことをしてたら手遅れになるわよ。さっさとお風呂に入れなくちゃ」とロージーが答えた。

猫は生まれつき水が嫌いだから、子猫を風呂に入れたりしたら動物虐待になるのではないかとわたしが指摘すると、ロージーは肩をすくめた。「そう、じゃああなたは、自分の子猫の健康を守るという責任を放棄するわけね」

わたしは窮地に立たされた。言われたとおりにクレオを風呂に入れなかったら、ロージーは動物保護団体にわたしのことを告発するかもしれない。そうなったら、団体から派遣された人たちがわが家の前庭に赤々と燃える十字架を突き立て、近所のあちこちにポスターを貼ってまわるだろう。

「でも、うちには子猫用のバスタブなんかないわよ」ペットショップにだってそんなものは売っていない。「子猫用のシャンプーもないし」

「洗面台をバスタブがわりに使えばいいでしょ。あとは、人間用の刺激の少ないシャンプーがあればオーケーだわ。それと、ハンドタオルを持ってきてちょうだい」

うちにあるハンドタオルに近いものといったら色あせた青いタオルの切れ端しかない。かつてはビーチタオルとして活躍していたのに、息子たちとラータが綱引きに興じている最中に破れてしまった。そのタオルの切れ端をロージーはクレオの身体に巻きつけた。古代エジプトの職人が猫のミイラをつくるみたいに手際がいい。脚（と爪）が身体に固定されているので、クレオには抵抗のしようもない。毛に包まれた驚き顔がタオルの端からのぞいている。お尻のほうはロージーのTシャツに押しつけられている。わたしはクレオを救出してやりたくてたまらなかったが、ロージーがまたひっかかれたら、それはそれで困る。

わたしはロージーの指示どおりに洗面台にお湯を張った。ロージーが肘で湯加減をチェックする。深さと温度がちょうどいい具合だと判断すると、ロージーはタオルをはいで、クレオをわたしに渡した。

「あなたがお風呂に入れてくれるんだと思ってた」前脚と後ろ脚と尻尾をそれぞれちがう方向に動かし

てもがくクレオをわたしはなんとか押さえつけた。

「あなたがお母さんでしょ」ロージーは安全地帯であるタオル掛けのほうへ退いた。

子猫はわたしの手のなかで動きをとめた。ここにいれば安全だと思ったらしく、眺めのいい場所から下をのぞく。最初はお湯にびっくりしたみたいだったが、洗面台のなかに金魚の学校があるとでも思ったのか、その顔が興味しんしんといった感じに変わった。わたしは安心した。クレオは水が好きだというアビシニアンの血を受け継いでいるのだから、風呂を楽しんでくれるだろう。

深く息を吸いこみ、クレオをお湯のなかに入れる。風邪でも引かれたらそれこそ一大事なので、さっさとすませなければならない。クレオはこれから何をされるのかちゃんとわかっているみたいだった。まずは毛にベビー・シャンプーを垂らす。身体をこすられているあいだ、クレオは彫像のようにじっとしていた。子猫はすぐに泡まみれになった。

クレオがお湯のなかでおとなしくしているのを見て、わたしはちょっと誇らしくなった。さいわいなことに、クレオはいま自分がどんな姿になっているか見ることはできない。毛はぺったりして、ひげが頬に張りつき、ネズミと間違えられてもおかしくない。それでも、クレオは清潔第一だとわかっているらしい。ロージーは感心するだろう。

「いい子ね」わたしはささやいた。

「なんてことないでしょ。どの猫もたまにはお風呂に入れてあげなきゃ」

とつぜんクレオが悲しげな声をあげた。それはスーパーマーケットで迷子になった子どもの泣き声にも聞こえ、わたしの母親としての本能を揺さぶった。怯えが現実のものとなり、クレオの身体がぐったりして、小さな頭が片側に垂れた。

「クレオを出して！　早く！」ロージーが叫ぶ。

「わかってるわよ！」わたしは叫びかえした。お湯から小さな身体を持ちあげると、頭と脚が力なく震えた。「たいへん……」


ロブはなんと言うだろう。あの子の心はすでにずたずたになっている。新たに襲いかかってくる衝撃にはとても耐えられないだろう。わたしは母親としては役立たずだ。そんな人間に息子の心を癒やすことなどできっこない。自分の服を着ることさえやっとなのだから。


ロージーからタオルをひったくり、命が消えかかっている身体を覆う。

「クレオ、ごめんなさい！」わたしはタオルで子猫をこすりながら急いで居間へ行った。ガスヒーターをつけてクレオをできるだけ炎に近づけ、身体を懸命にマッサージする。

「ロージー、あなたは正しかった。わたしは猫の飼い主には向いてない。こんなことになるなんて」


ロージーはしかめっ面をしてこちらを見おろしている。「お湯が冷たかったのよ」

「どうしてそう言ってくれなかったの？」

「たぶんだいじょうぶだと思ったから。それともシャンプーに問題があったのか……」


手のなかにいるクレオはぴくりとも動かない。

「子猫を殺してしまった」わたしはすすり泣いた。「この子だけが家のなかを明るくしてくれたのに、クレオを溺れさせてしまった。あなたはわたしが猫好きじゃないと思っているだろうけど、わたしはこの子猫を愛しはじめていたのよ」

こういうことがこれからも続くにちがいない。自分がふれるすべてのものはこの手のなかで死ぬ運命にある。世界のためにも、わたしは南島にそびえる山にのぼり、命が尽きるまで洞窟のなかでひっそりと暮らすべきなのだろう。

そのとき驚いたことに、膝に置いたタオルからくしゃみをする音が聞こえた。タオルに包まれた身体がぶるっと震える。クレオは顔をあげ、よろよろとわたしの膝から降りると、身体を激しく振って水しぶきを飛ばした。

「クレオが生きかえった！　信じられない！」その身体にたっぷり水を浴びたあとだから、わたしの喜びの涙まで降ってきたらさぞかし迷惑だろう。

クレオはまん丸い目でこちらを見つめ、わたしの指をなめた。まるで楽しい夢から覚め、朝ごはんはなんだろうと考えているみたいだった。わたしは安堵し、毛がしっかり乾くまでその身体をふいた。息子たちが生まれたとき以来、生きて動いている生き物を見てこんなにも喜びに浸るのははじめてだった。

「ねえ、聞いて。クレオが喉を鳴らしている」わたしはロージーに言った。「わたしを許してくれるかしら」

ロージーはちょっと考えてから口を開いた。「猫に九生ありって言うでしょう。いま一回、使ったから、あと八回、残っている。この子はこの家でその八回をすべて使いきるわよ、きっと」

ロージーが帰ってから、わたしはクレオにキスをして生きかえってくれたことに感謝し、身体が冷えないよう胸に抱きしめた。

わたしとクレオはひとつのことを理解しあった。水浴びは鳥のためのものだ。

クレオがよい先生であることがはっきりした。すぐれた教師たち同様に、生徒の能力に応じて教え方を選んでいるのだから。今回、溺れかけながらクレオが身をもって教えてくれたのは、わたしが手をふれたからといって、何かの命を奪うわけではないということ。人生のなかでわたしははじめて生き物をよみがえらせた。そしてクレオから二度目のチャンスを与えられた。

思いやり

猫は超然とした生き物だが、深い思いやりを示すことができる。

「本当にだいじょうぶ?」わたしはロブのランチボックスに蓋をしながら訊いた。中身は、スーパーマーケットの棚に並ぶパンのなかでいちばん身体にいい全粒粉のパンでつくったサンドイッチ。ロブは白いパンのほうが好きだけれど、この子には健康な大人になってもらわなければ。ブロッコリーやもやしが嫌いでも、とにかく食べさせることにしている。これ以上ロブに災難が降りかからないように。

学校側は余分にもう二週間、ロブを家に置くことを了承してくれた。ロブは今年で二年生になり、同学年の子どもたちとは顔見知りだ。とはいえ、サムなしで学校に戻すのは、わたしたちとしては大いに不安だった。ロブが学校へ通いだしてから、サムは毎日、保護者の役割を果たしてくれた。校庭で喧嘩騒ぎが起きても、陽気な兄がもの静かな弟を守る盾となった。ロブに手を出したらサム(スーパーマン・キックが得意)を相手にしなければならない。そんな無謀な戦いを挑む子どもは誰もいなかった。この兄弟はスタスキー&ハッチ、またはバットマンとロビンで、まさに、ふたりでひとりだった。

「車で送っていってくれる？」

「もちろんよ」わたしはロブの新しいシャツのボタンをとめた。ヨーロッパ製で、白地につばさを広げた金色の馬が描かれている。ちょっと派手めではあるが、ロブは気に入っているし、わたしも息子に自分の個性をしっかりと表現してほしかった。

子ども服の値段についてスティーヴと言い争うことはもうなかった。この二週間のあいだ、わたしはロブと一緒によさそうな店をいくつもまわった。ニュージーランドのほとんどの小学校と同様に、ロブの学校も制服がない。そのおかげで学校にはリラックスした雰囲気が漂っている。だが、親のほうは時間とお金をかけて子ども服の流行を追わなければならない。

学校へ復帰する最初の日、やわらかい底の靴を含め、ロブが身に着けるものはすべて新しいものを用意した（靴ひもを結んでいると、「この靴、きゅっきゅって鳴る。みんなに笑われちゃうよ」とロブが言った。「みんなうらやましがるわよ」とわたしは答えた）。服を新調したのも、息子の髪をきちんと梳かしたのも、世界に向けて母親の決意のほどを示したかったからだ。この子はわたしのかけがえのない息子だ。手出しできるものならやってみろ。ロブが身に着けているもので新しくないのは、手首に巻いたスーパーマン・ウオッチだけだった。

「いじめられたらどうしよう」時計のステンレスのバンドを握りしめながらロブが言った。

決意が崩れそうになった。今日一日、影となってロブのあとを追い、六歳の子どもの息遣いに乱れはないかたしかめ、いじめっ子に遭遇したら怒鳴りつけてやりたいと思った。

「そんなことする子はいないわよ」わたしは自分の言葉が正しいことを祈った。でも、もしいじめられたら？　兄を亡くしたことでいやでも目立ち、いじめの格好のターゲットになるかもしれない。「家に帰りたくなったら、ママに電話してくださいって先生に言うのよ」

「ぼくのかわりにクレオの面倒をみてね」ロブは冷蔵庫をあけて、子どもの手には大きすぎる牛乳の瓶を取りだした。危なっかしい手つきで牛乳を皿に注ぐあいだに、床に小さなミルクの池ができた。クレオは皿に注がれたおいしそうな液体にさっそく口をつけた。尻尾をぴんと立て、舌に牛乳をのせてはひっこめる。

ロブは自分の部屋に戻ってからはぐっすり眠るようになり、もう悪夢も見なくなった。子猫に助けられていることは間違いない。

窓を叩く音に、わたしはドキリとした。ジグザグ道でもっとも魅力的な女性、ジニー・デシルヴァの高い頬骨がガラスに押しつけられていた。見事な形の唇がきゅっとあがり、グラビアモデルさながらの笑みを見せている。ジニーはマニキュアを塗った爪をこちらに向け、すべすべした指を三本立てて言った。「おはようございまーす」

ジニー・デシルヴァはビニールの金色のジャケットを着て、つけまつ毛をつけ、ばかでかいイヤリングをして、頭の片側の高い位置からポニーテールを垂らしている。わたしはいつものジャージとTシャツ。これではまるで勝負にならない。

ロブくらいの体格の男の子がジニーの手を握っている。髪の毛がつんつん立っていて、顔はいたずらっ子そのもの。

「あれ、ジェイソンだよ」少し怯えた声でロブが言った。

「どんな子なの」わたしはジニーに会釈して笑いかける一方で、声を低くして訊いた。

「クール・ギャングのひとり」

なるほど。伝説のクール・ギャング。ロブとサムが、クール・ギャングに入るくらいなら、おちんちんを青く塗ったほうがまだまし、とかなんとか話しているのを聞いたことがある。実際のところ、メンバーの募集は行なわれてはいないみたいだったけれど。

クール・ギャングよりもクールなのはその親たちのほうだ。彼らはみんな医者や弁護士や建築家で、場所を提供しあってテニスの試合を開催している。そうすれば、自分たちの裏庭に設えたテニスコートを順番に見せびらかせるというわけだ。その仲間うちで女王と王として君臨しているのが、ジニーとその夫のリックらしい。というのも、彼らのテニスの腕前はなみのプロをもしのぐからだという。リックはレコード会社を経営している。ジニーはフェイク・ファーをさっそうと着こなして、ジニーのままでいるだけでいい。

ジャーナリズムの講座でわたしは即座に判定を下すことを学んだ。ファッションモデルとは、とても美しいが異様にやせていて、浅はかで、見栄えや男をめぐって絶えず同業者にライバル心を燃やしていて、頭は空っぽ。つまり、避けたほうが無難な人種だ。ジニーとはジグザグ道でばったり会ったときに一度だけ言葉を交わしたことがある。そのとき彼女は助産師を目指していると話していたが、それはあまりにも突飛で本当のこととは思えなかった。たぶん気まぐれで言ってみただけだろう。

「おはようございます」挨拶を返して裏口のドアをあけた瞬間、彼女の茶色い髪の光沢で目がくらみそうになった。

「子猫だ！」いきなりジェイソンが大きな声をあげ、キッチンへ飛びこんできた。「ロブ、猫を飼っているってなんで教えてくれなかったんだよ。すごくかわいい。抱いてもいい？」

「クレオっていうんだ」ロブは得意げに子猫を紹介した。「パパは野良猫なんだよ。もしかしたらヒョウかもしれない」

「ジェイソンは猫が大好きなの」自分の息子が子猫をかき抱くのを眺めながら、ジニーが言った。わたしのジャージや床にできたミルクの湖（ラータがせっせとなめている）を見られたらいやだなと思ったが、ジニーはそんなことを気にもしていないようだった。

「今年はロブがジェイソンと同じクラスになるって聞いたの」ジニーが言う。「それで、ジェイソンが、今日はロブと一緒に学校へ行きたいって言うもんだから。そうよね、ジェイソン」

ジェイソンはおざなりにうなずいた。ロブがジェイソンと一緒に学校へ行くですって？　今朝どうするかは、もう決めてある。頭のなかでその場面を何度もおさらいした。母と息子が悲しそうな顔をして校門に立つ。母親はだいじょうぶだからと息子を励まして送りだす。息子のほうは勇気を出して教室へと向かう。

「ありがとう。でも、ロブはわたしが車で送っていくから」そう言ったとたんに、自分が早口でそっけなくしゃべっていることに気づいた。いったい、どうしたのだろう。ついこのあいだまで、わたしは社交的で親しみやすい人間と思われていた。小学校へ出向いたときには、子どもたちから〝ハッピー・ママ〟というあだ名をもらった。これからはもうそんなふうに呼ばれることはないだろう。「ジェイソンも一緒に送っていきましょうか？」

もちろん、ジニーはノーと言うだろう。礼儀正しくやんわりと。悲しみの詰まった殻のなかに引きこもった母親をそっとしておいてくれるはずだ。こちらからのうわべだけの申し出をジニーは辞退して、お互いにそれぞれの生活へ戻っていく。

「ありがとう。じゃあ、そうさせてもらう」ジニーは思いがけないやさしさと、別の何かをたたえた茶色い目で見つめてきた。それはなんだろう。かすかな知性の光とか？「バーアーイ」

バーアーイ？　引退したファッションモデルはそんな言葉を使うのだろうか。わたしは返す言葉もなく、ジニーが音楽雑誌から抜けでてきたスターみたいに腰を振りながら歩き去るのを見送った。こうなったら、頭のなかでリハーサルを繰りかえした校門でのシーンはカットせざるをえない。

わたしはジニー親子の大胆さにもびっくりしていた。近所というだけでほとんどつきあいのない家のキッチンに当たり前のように入りこんでくる図太さに。頭がおかしいとしか思えない。それとも、深い思いやりにあふれているのだろうか。いままでそんなふうにあの人を見たことはないが。常軌を逸しているにしろ、すばらしい人物であるにしろ、心に深い傷を負った人間に接するには、ふつうに振る舞うのがいちばん（〝バーアーイ〟と言いあう、とか）だということを、どうやら彼女は知っているらしい。こちらはやさしさのゲリラ攻撃に対して心の準備がまったくできていなかった。まあ、こんなに朝早くなのだから、仕方がない。

ジニーは賞賛に値する人物なのだろうか。金色のジャケットにヒョウ柄のスパッツなのに？　身にまとっていたあの香りはなんだろう。ムスクだろうか。ばかでかいイヤリングで耳がちぎれたりしないのだろうか。わたしは頭が混乱しすぎて、たったいま、生涯の友人ができたことに気づかなかった。

つんつん立てた髪の毛に、ロックバンドのステッカーをべたべた貼った紫色のかばん。ジェイソンは〝クール〟そのものだった。それなのに、子どもっぽさ丸だしでクレオに夢中になっている。

「この子は世界でいちばんかわいい子猫だね！」黒い生き物を腕のなかで揺らしながらジェイソンが言った。「ロブ、おまえ、ほんとラッキーだよ」

わたしたち家族のメンバーの名前と〝ラッキー〟という言葉が一緒に使われるのを聞くのは、本当に久しぶりだった。

「クレオは友だちを探しているんだよ」ロブが言った。

背中がぞわぞわした。夢のなかでクレオが友だちを見つけるのを手伝ってくれると約束したことを、ロブは覚えていた。

「放課後、またここへ来てクレオと遊んでもいい？」とジェイソンが訊いた。

「もちろん！」わたしとロブは声をそろえて答えた。

クレオはロブのベッドの上で日向ぼっこをしはじめ、わたしたちは玄関へ向かった。ラータが口から煙を吐きそうな勢いでついてくる。ジグザグ道を半分のぼったところで、老犬は息が切れたらしくぺたりと腹ばいになった。わたしはしばらく待った。息は荒いけれど、ラータはさかんに尻尾で道を叩いている。きっと〝だいじょうぶ。心配しないで〟と伝えたいのだろう。

ラータの息遣いが落ち着いてから、わたしたちは残りの道をのぼっていった。ロブとジェイソンはラータがよろよろと車に近づいていく様子を心配そうに見守っていた。見られていることに気づくと、ラータはとつぜん元気を取り戻し、尻尾をあげ、さっそうと後部座席に乗りこんだ。

校門はいまも昔もずっと同じままだ。ほかの部分がずいぶん変わったことを考えると、本当に不思議だ。校門は少なくとも七十年の月日をへている。ここを最初に通った子どもたちは、いまやおじいさんやおばあさんになっている。かつての子どもたちの身体はあちこちガタが来ているだろうに、校門は錆びついてもいない。なんだか不公平な感じがする。だからといって校門になりたいとは思わない。この先、老人になって身体に痛みをかかえるにしても、無感覚のまま百五十年も過ごさなければならない門よりも人間でいるほうがずっといい。

子どもたちが次々と校門を通りすぎ、夏休みの思い出話に花を咲かせている。きっとどの家でもサムの死がこの夏のいちばんの話題だったはずだ。ロブは関心の的になって息苦しい思いをするだろうか。それとも、なんと声をかけていいかわからない子たちに無視されるだろうか。わたしは運転席を降りて、今日一日ずっとロブのそばについていてやりたいという思いと闘った。

ロブとジェイソンが車から降りた。

「三時半にここへ迎えにくるわね」

「いいよ、来なくても」ジェイソンが答える。「おれたち、一緒に歩いて帰るから。そうするだろ、ロブ」

ロブは日の光に目を細めながらジェイソンを見て笑った。「うん、そうする。ぼくたち歩いて帰るよ」

歩いて帰る？　つまり、道路を渡るってこと？　心臓がどくんと鳴った。わたしの目が届かないところで、ロブが車の行き交う道に飛びだしたらどうしよう。だが、ジェイソンは正しい。新しい日常に早く慣れ、友だちができれば、ロブの毎日はずっと楽になる。ジニーとジェイソンはきっとこんなことを伝えたいのだろう――好意は行動で示すもの。言葉ではなく。

ジェイソンが冒険じみたことを考えているといけないので、わたしはハンドバッグのなかから買い物リストに使った紙を取りだし、その裏にたどるべき帰り道を走り書きした。学校の前の横断歩道は安全を旨とする年長の生徒たちが目を光らせているから問題ない。そこからのコースは次のとおり。小川沿いにくねくねと続く小道を行き、車がほとんど走らない道を渡る。それからいよいよ、サムが亡くなった交通量の多い道に行きあたる。丘を下ったあたりのバス停で道路を渡ってはいけない。渡るのは数百メートルほど丘寄りの、デニスさんの食料品店と新しいデリの近くの横断歩道。ロブの手に紙を押しつけ、車がいないことを確認してから道路を渡るよう念を押す。「学校が終わるまえに家に帰りたくなったら、ママに電話してくださいって先生に言うのよ。わかったわね」息子の身を案じるあまり、いつの間にか自分の声が哀れっぽくなっていた。

ロブは校門に向かい、ジェイソンに何か言われて笑っていた。並んで歩いていたジェイソンが振り向き、こちらに手を振ったあと、ロブの肩に腕をまわした。

女性狩猟家

人間とはちがい、猫には野性味があふれている。

その日の午後、わたしはクレオを腕に抱いてジグザグ道に立ち、子どもたちの声が聞こえてくるのを待っていた。わたしが描いた地図どおりに歩けば、ジェイソンとロブは家まで二十分で帰ってくるはずだった。なのに、もう七分も過ぎている。

頭は〝もしかして〟で破裂しそうだった。もしかしたら、ジェイソンがロブを誘って、もっと長くて危険なコースを選んだかもしれない。もしかしたら、ジェイソンはロブと一緒に帰ることを忘れて、クール・ギャングの一味とどこかへ行ってしまったかもしれない。胸がずしりと重くなった。それから間もなく、男の子の笑い声が谷のほうから聞こえてきた。楽しげな歓声のなかにロブの声がまじっている。もう二度とあの子から聞くことはできないと思っていた声が。学校へ復帰した第一日目は、わたしが思っていたよりもずっと実りの多いものだったにちがいない。

葉の茂った小道を曲がってくるふたつの頭が見えた。ひとつはブロンドで、ひとつは黒髪。

「どうだった？」わたしはロブに呼びかけた。

「楽しかったよ」声が真実を物語っていた。

ジェイソンはクレオを見て顔を輝かせた。

「クレオに狩りを教えてやろうよ」ジェイソンはかばんを背中からおろした。

「この子、まだ赤ちゃんなのよ」わたしは子猫をなでながら言った。クレオが生きかえってから、わたしはすっかり過保護になってしまった。「お母さんから離されたばかりなの」

「そんなの関係ないよ！」ジェイソンはわが家をセカンドハウスと認定したみたいで、廊下にかばんをどさりと置いた。「紙と毛糸、ある？」

どうしてもっとまえに思いつかなかったのだろう。自分たちの悲しみに浸りきって、わたしは子猫の成長に欠かせないものをすっかり忘れていた。ロブとクレオとわたしは、ジェイソンが新聞紙をくしゃくしゃにして、まんなかに一本の赤い毛糸を結わえつけ、蝶ネクタイをつくるのを眺めた。

「さあ、できた」ジェイソンは新聞紙の蝶ネクタイを床に置き、毛糸を引っぱった。「これはネズミだよ。ほら、つかまえてみな！」

クレオは困った顔をした。たぶんこの子はネコ科の身体に変えられてしまった本物のエジプトの女王で、姿勢を低くして紙くずを追いかけるなんてプライドが許さないのだろう。

「ほーら」ジェイソンは床におとりを這わせながら、ゴムの木のほうへ向かっていく。「ネズミが逃げちゃうよ」

クレオは耳をぴんと立て、おとりがカーペットの上でおいでおいでと誘いかけるのをじっと見つめたあと、本能には抗えないのか、足先をすっと前に突きだした。一瞬、蝶ネクタイにふれる。ジェイソンが毛糸を引く。先祖から受け継がれた血が子猫の身体のなかで騒ぎだす。クレオは身を屈めてお尻をぷるぷると揺すり、獲物に意識を集中させた。

なぜ猫は獲物に飛びかかるまえにこんなふうにお尻を右に左に振るのだろう。これにもっとも近い動きを人間が見せるのは、プロのテニスプレイヤーが時速百マイルのサーブを打つときだ。猫にしてもテニスプレイヤーにしても、身体を揺らすことによって、無意識のうちに身体全体に筋力をみなぎらせ、爆発的な動きにそなえているのかもしれない。

クレオが新聞紙の蝶ネクタイに飛びかかり、前と後ろの足先でお手玉をするのを見て、子どもたちは笑いころげた。

「ほら、やってみなよ」ジェイソンがロブに毛糸を手渡す。楽しみを独り占めにしないのが、子どもの第二の天性らしい。「高く持てば、クレオはジャンプする」

子猫はゴムの木の後ろに隠れ、暗殺者のように身構えた。蝶ネクタイが頭の上をかすめると、ひょいと一跳びして歯と前足でつかむ。カーペットに着地して獲物をがっちり引き寄せ、どうだと言わんばかりにわたしたちを見あげたあと、ものすごい勢いで紙にじゃれついた。

哀れな蝶ネクタイはほんの数分で紙片の山になった。

ジェイソンはクレオの〝ゾッカー〟の腕前にもしきりに感心し、その日以来、毎日わが家へ顔を見せるようになった。わたしのほうは、ジニー・デシルヴァのきらびやかな世界へ誘いこまれた。はじめて植込みの脇を抜けて砂利敷きの小道に足を踏み入れたとき、わたしは矯正施設を脱走した不良少女みたいな気分になった。クチナシの生垣からは甘い香りが漂い、噴水が水しぶきをあげていた。一歩進むごとに、スティーヴの不機嫌な声が聞こえてきそうだった。いわく、享楽にふけるデシルヴァ家の面々はわれわれとはちがう人種だ。

「さあ、入って、ダーリン」玄関のドアをあけたとたんに、ジニーが大きな声で言った。「シャンパン・タイムに間にあってよかったわ」

ジグザグ道のわたしたちが住む側では、誰かのことを〝ダーリン〟なんて呼ぶ人はまずいない。ほとんど知りもしない人なら、なおさらだ。ジニーみたいな人にお目にかかるのははじめてだった。つけまつ毛をつけるとか、頬紅を塗りたくるとかはさておき、午後の四時にシャンパンを飲むのはごく当たり前のことだと思わせてしまう人はそうそういない。ジニーが同じ服を二度とは着ないことにも驚いた。白い革製のソファにも、居間の隅に置かれた送電線の鉄塔みたいに背の高いステンレスの彫像にも度胆を抜かれた。ジニーはその製作者の名前を覚えていなかった。もしかしたら知っているのかもしれないが、わからない、とだけ言った。本当に知らないのか、名前をあげて自慢するのがいやなのか、そこのところははっきりしない。

ジニーの家で一時間か二時間過ごしたあとは、世界が少しだけやさしい場所に思えた。街灯が点灯しはじめ、眼下に広がる街でオフィスビルの窓が黄色く輝きだし、そろそろ帰る時間だと知らせた。わたしは砂利をざくざくと鳴らしながら家へ向かった。人間と猫の両方のお腹を満たしてあげなくては、と思いながら。

クレオは食べ物に並々ならぬ関心を寄せるようになっていた。そのくせ半分貴族の血を引くものとして、自分は安いキャットフードなど無視しても許される、という態度をとる。冷蔵庫がサーモンといった高級食材の宝庫だと気づいてからは、何時間でも大きな白い扉の前にすわりこんでいる。ときたま、扉が開くかどうか、ゴムパッキンに足先をかけて調べるが、もちろん開くはずもない。

ある朝、わたしが冷蔵庫の扉をあけると、クレオは毛の生えた弾丸となって猛スピードでキッチンを横切り、野菜室のなかへ飛びこんだ。出なさいと厳しい口調で言うと、クレオはにんじんの山のなかへもぐりこんだ。五つ星レストランのなかに住む権利を何がなんでも死守したいらしい。無理やり引っぱりだそうとすると、爪で反撃してきた。

わたしは扉をほんの少しあけたまま、なかをのぞいた。クレオは牛乳とジュースがおさまっているラックの上の白い絶壁を見つめ、本当にそこに住みたいのか確信を持てずにいるようだった。扉を大きくあけると、クレオはにんじんの山から飛びだし、キッチンの床の上で身体をぶるぶると振った。まるでこう言っているようだった。〝あそこは野菜だけがハッピーになる場所みたい〟。

クレオは冷蔵庫に住むという案を捨て、次には食事に一風変わった味付けをほどこすことを思いついたらしい。ある日、小さなトイレを片づけているとき、子猫の消化管を通り抜けた二本の輪ゴムと木綿糸一本が見つかった。

最近ではクレオは後ろ脚にめきめきと力をつけ、キッチンの長椅子に飛び乗り、わたしたちが食べているものをじっくりと検分するようになった。鶏の胸肉と魚が大好物だが、そのうちにひき肉やケーキや生卵や、バターの味にも目覚めた。

バターを冷蔵庫にしまい忘れると、正体不明の傷あとが表面に刻みつけられていることがあった。クレオは本当にバターが好きなのか、それともおいしそうに食べるふりをして、罠に引っかかりやすいラータを挑発しているのか、その点はなかなか判別がつかない。なんでも食べるわが家のゴールデンレトリバーは、動物性脂肪を多く含む食品に目がない。サムの五歳の誕生日パーティーで、コーヒーテーブルの上に出しっぱなしにしてしまったバターをまるごと一本食べたこともある。気分が悪そうだったら動物病院へ連れていこうと思ったが、ラータはいつもどおり元気いっぱいだった。ラータの鋼鉄の胃は靴ひもからピクニック・ランチの残りもの、果ては紙ナプキンまで、なんでも消化してしまう。

日が短くなりはじめるころには、クレオは父親ゆずりの野良猫の一面を見せはじめ、ジェイソンによる狩りのレッスンのおかげもあり、みずから食べ物を調達するようになった。黒ヒョウのように花壇のなかを足音も立てずに歩きまわり、そよ風に揺れる葉っぱも含め、動くものはなんでも獲物とみなした。デイジーまでも危険にさらされた。門の近くの小道にはたくさんのアリがいた。獲物にするにはあまりにも小さい働き者たちがせっせと仕事に励んでいるあいだ、クレオの首が右から左、左から右へとせわしなく動く。だが、足先でからかっても、相手にしてもらえない。アリは危険が迫っていることなどおかまいなしに、前に向かってもくもくと進むだけだった。

クレオが狩りの楽しさに目覚めたころ、ロブの部屋の窓台にいたカマキリも犠牲になった。ギョロギョロと動く目と折れ曲がった脚のせいで地球の外から来た生物のように見え、ちょっと恐ろしげだが、わたしは昔からカマキリが好きだ。昆虫の世界では一風変わった存在で、静かに活動し、まったく害がない（たまたま近くに飛んできたハエやバッタにとってはそうとも言えないが）。ほかの昆虫とちがって、人間の血を吸うことも、肌を刺すことも、命にかかわる病気を広めることもない。

ある天気のいい日にクレオがつかまえたカマキリを見て、わたしは悲しくなった。クレオは逃がしてやると見せかけては、飛びかかるといったふうに、哀れな昆虫をいたぶっていた。救出しなければと思ったときにはカマキリはすでに脚を失っていて、生きのびるチャンスはなさそうだった。

はじめてわたしはわが家の子猫に不快感を覚えた。だが、狩りやほかの生き物を殺すことをやめさせようとすれば、猫の本質を否定することになる。頭の奥のほうで、母が〝自然の摂理に干渉してはいけない〟と言っている声が聞こえた。母にしては正しいことを言う。自然の摂理に反すると、手痛いしっぺ返しを食らうことになる。

カマキリを見殺しにしたことに罪悪感を覚え、わたしはロブの部屋を出てドアを閉めた。十分後に戻ってみると、クレオはロブのまくらの上で日の光を浴びてまどろんでいた。こちらを向いてゆっくりと目をあけ、また閉じる。頭のないカマキリの胴体が窓台の下に捨て置かれていた。

そのあとすぐ、クレオはネズミや鳥を狩るようになった。恐ろしいことに、首のない死骸がささやかな贈り物として玄関マットの上に置かれた。ワスレナグサの横に墓を掘っているとき、生き物にとっては毎日が闘いなのだと思い知った。人生のある時点で、わたしたち人間は〝死《デス》〟という言葉をタブー視するようになり、かわりに〝時が過ぎ去る《パス・アウェイ》〟という言葉を使い、柵のなかにいる牛がハンバーグに変わる過程を頭から追いだすようになる。いずれは訪れる病気や加齢や身体機能の不全から目を逸らす。そうすれば苦しみは神秘に包まれたものになり、死は日常のなかにはありえないものになる。

人間はほかの動物に比べ楽に生きることを許された種であり、苦しみを免れる特権を持っていると、人はみずからに言い聞かせる。だがいつまでもこの考えを持ちつづけることはできない。避けられない難問に直面するときがかならず訪れるからだ。そういった難問の数々に背を向けていては、誰の身にも等しく訪れるつらい時期に対処するすべは身につけられない。

クレオのモットーはこんなふうかもしれない。生きることはつらいが、同時にすばらしいことでもあるのだから、何が起きてもだいじょうぶ。苦難を恐れず、生を愛し、生を生きる。困難な時期を生きのびた者たちは、苦しみの先には喜びがあることを知り、与えられた時間を存分に楽しむことができる。

クレオのモットーにならえるほど、強い気持ちを持てる日がわたしにも来るだろうか。

めぐる季節

足先にさわるほうがアスピリンを服むよりずっと効果がある。

秋の到来とともに、港を囲む丘陵はハリエニシダの花で黄色に染まった。新しい季節は足音も立てずにゆっくりと訪れ、わたしは時が移りゆくさまにほとんど気づかなかった。ついこのまえまで、クレオは前庭に出ても、さんさんと降りそそぐ日ざしに辟易して壁ぎわの涼しい日陰に避難していた。それがいつの間にか、わたしたちを押しのけてガスストーブ前の絶好の場所に陣取るようになり、いまではそこが定位置になっている。風は身を切るように冷たくなり、ポプラは黄金色に変わっていた。わたしの観察眼はすっかり衰えてしまったらしく、季節の変化だけではなく、クレオの変わりようも察知できなかった。客が来るたびに、うちにはエイリアンみたいな猫がいるんですよ、と繰りかえし語っていたので、精確なレンズをとおしてクレオを見ることができなくなっていた。わが家に住む猫は不器量だと、わたしはすっかり思いこんでいた。

ある朝、わたしは腐葉土をつくろうと思いたち、庭で落ち葉集めをしていた。そのとき、ミセス・サマーヴィル宅の屋根に見目麗しい猫がすわっていることに気づいた。毛並みがよくとても上品で、その美しさにわたしはしばらく息をするのも忘れた。神々しいとさえ言えた。田舎町で育ったせいか、わたしは動物に感動を覚えることはめったにない。母の言葉に感化されてしまったせいもある。母いわく、テーブル以外の四本足で役に立つのは家畜くらいのもので、あとはほとんどが厄介者。だがいま目にしているものは、母の戯言を吹き飛ばした。その横顔はライオンに負けず劣らず気高い。首をほんの少し傾げ、尻尾をお尻にぴったりと巻きつけた姿は、人間に置きかえると〈ヴァニティ・フェア〉の写真撮影のためにポーズをとるトップモデルそのものだ。とはいえ、人に見られているからポーズをとっているわけではない。こちらのことなど気にもとめていない。耳を前に向け、顔をやや上向かせ、近くの木になっている実に関心を向けている。

わたしはこんなにすばらしい生き物と暮らしている飼い主がうらやましくなった。暖炉のそばにすわり、片手で赤ワインの入ったグラスをまわし、もう片方の手で美しい猫の毛をなでる姿が目に浮かぶ。全身黒ずくめのところはクレオに似ているが、この猫は間違いなく血統書付きだろう。それも一枚ではなく、家に火をつけられるほどたくさんの。毛のつややから察するに、毎晩新鮮なイワシを食べているのかもしれない。こんな猫と並んだら、みじめなクレオはカルカッタの下水溝を這う〝あれ〟みたいに見えるだろう。さいわい、クレオの姿はどこにもない。たぶん家にいて、昆虫を見つけようとフルーツ用のかごをつぶさに調べているのだろう。わたしは視線を下に向け、落ち葉集めを続けた。いくら落ち葉を掃いても、禅の悟りの境地にはとても達しない。ただでさえ秋の葉はなかなか言うことを聞いてくれず、風が強く吹く日に集めるのは無駄な努力というものだ。ようやく落ち葉の山ができたと思うと、子猫みたいにいたずらな一陣の風が葉をまき散らすし、ポプラの木からは新たな葉が降ってくる。

ラータが決まった場所でトイレをすませてくれれば、このイライラがたまる作業ももっと楽しい仕事になるはずなのに。

わたしはサムには禁じていた汚い言葉をつぶやきながら、スニーカーの底で踏みつけたラータの落し物を石でこそげ落とした。秋に庭づくりをするなんて、ちっとも楽しくない。もうやめてお茶でも飲もうと思ったとき、耳慣れた鳴き声が聞こえた。

「クレオ！」かつてのバラ園に雑草が繁茂した、クレオのお気に入りの日光浴スポットに目を向けたが、丈の高い草がぺしゃんこになった丸い部分があるだけで、クレオの姿はなかった。ロブの部屋の外に突きだした窓台を見やり、もう一度呼びかける。ミセス・サマーヴィル宅の屋根にいる猫が何事かとこちらを見おろした。

「あなたには関係ないの。まったく、気取っちゃっていやな猫ね」わたしは猫を見あげてぶつぶつ言った。「どうせうちの子はあなたみたいに美しくないわよ」

猫はあくびをして、すっくと立ちあがった。雨どいに沿ってすたすたと歩き、木の枝に飛び移り、身軽そうに幹を伝い降りてわたしのほうへ駆けてきて、うれしそうにミャアと鳴いた。

「クレオ？」身を屈めて背中をなでると、猫はわたしのふくらはぎに顎を押しつけた。ネコ科の美の集大成を抱きあげ、毛のなかに鼻をうずめて本当にクレオなのかたしかめる。「なんてこと。いつの間にこんなにゴージャスになったのかしら」

この夏、わたしは悲しみに浸りきっていたので、クレオが予想をはるかに超えて美しく変身していたことに気づきもしなかった。ほんの数週間で、ギョロ目でほとんど毛がないやせっぽちは、目を奪うような麗しい猫に進化していた。真っ黒な毛は最初の冬にそなえてしっかりと生えそろっている。もはやE．T．の従妹には見えない。顔つきも母親そっくりで、いかにも貴婦人然としている。

自分の観察力が衰えてしまったと嘆いている場合ではない。いまこそ意識を集中させて、じっくりクレオに目を向けてみよう。わたしが気づかぬうちにクレオが成し遂げた変身は、何があろうと関係なく人生の輪はまわりつづけるということを実感させた。クレオの壮大な変化の過程を見逃してしまったが、これからは何も見落とさないようにしよう。そうすれば観察眼も戻ってくるはずだ。

わたしはクレオを抱いてポーチへ向かい、階段に腰をおろしてクレオを膝に乗せた。クレオは身体をねじって仰向けになり、四本の足で宙をかいた。この猫らしくない体勢が心地いいらしい。テレビの前で誰かの膝に乗り、足を突きだして頭をだらりと後ろに垂らし、顎の下から喉のあたりを丸見えにさせて寝入ってしまうこともよくある。

なでていると、毛に覆われた身体のあらゆる部分を感じとることができる。冷たくて滑らかな耳はアザラシの肌を思わせ、パタパタさせればひょいと飛ぶこともできそうだ。鼻のてっぺんには湿ったビロードのパッチが張りついている。耳と目のあいだの毛は薄く、地肌が透けて見える。だからといって不格好なわけではない。それどころか、イヴ・サンローランがつくった、ポルカドット柄に負けず劣らずすてきなタータンチェック柄のデザインみたいにスタイリッシュで、ついつい見入ってしまう。目のまわりの皮膚はぴんと張っていて、目やにを取りやすい。それにしても、どうして取っても取っても目やにがひっつくのだろう。このへんには毛が多いのに、不思議なことにまつ毛はない。そのかわりに左右二本ずつ、目のちょっと上から触角みたいなひげがにょきっと生えている。きっとそのひげにはネズミの穴を察知するといった、秘密の役割があるのだろう。口のあたりのひげは乾燥させた細い草のようで、顎の下は羽毛さながらの毛に覆われている。

お腹の毛はふわふわで、ウサギの毛よりやわらかい。〝腋の下〟にはどういうわけか、人間のわき毛と同じく長い毛が密生している。そこには先祖伝来の秘密が隠されているのかもしれない。胸のまんなかは盛りあがっていて、毛を寄せるとモヒカン・カットみたいになる。お腹の下のほうの毛は少し長めだがやわらかい。脚の内側はシルクそのもので、太腿の外側の毛はつるつるしている。

思いっきりのばしたカンガルーの脚みたいに長い後ろ脚をなでていると、喉を鳴らす音が大きくなった。ビニールよりもすべすべした肉球が日の光を受けて濃い紫色に輝いている。まわりにはごく短い毛が生え、鋭い爪を覆い隠している。

どんなに丁寧になでても、クレオの尻尾が喜びを表わさないかぎり充分とは言えない。滑らかで手触りのよい尻尾が優雅にぴんと立てば満足している証拠だ。尻尾はヘビのようにしなやかで、クレオ自身と同じく個性的だ。朝はクレオが起きるのをいまかいまかと待ちかまえ、夜眠るときはひそかに身体に巻きつく。ヘビのストーカーみたいにいつでも後ろにいて、どこまでもついてくる。

クレオは自分の尻尾を遊び仲間とみなしている。午後のほとんどの時間、お互いを追いかけてくるくるまわり、しまいには目がまわって倒れこむ。尻尾がちょっとしたいたずらを仕掛けるときもある。クレオが窓台でうとうとしていると、尻尾がぴくぴくと動いて眠りを妨げる。クレオは片目をあけて迷惑な付属物を睨みつける。その視線を無視して尻尾はなおも動き、クレオに挑みつづける。クレオのほうも反撃に出る。窓台から飛び降りて仰向けになり、爪を出した四本の足先で尻尾につかみかかり、歯を突き立てる。噛まれながらも尻尾は身をくねらせて応戦し、隙を見て相手を叩く。クレオと尻尾は仲の悪い夫婦に似て、仕方なく一緒にいるものの、虫の居所が悪くなると日に何度も喧嘩をする。お互いの非を認めあい、また元どおりに暮らしはじめるまで、けっこうな時間がかかる。

わたしはロージーに電話をかけてわが家の不器量な子猫が華麗な変身をとげたことを伝えたかったが、なんとか思いとどまった。クレオが優雅な猫に変身したことで、わたしにはふたつの〝お願いごと〟ができた。まず、クレオがみずからの美しさに気づいたとしても、それを鼻にかけるのはやめてもらいたい（見た目が悪いことで冷遇された者としては、美しいうぬぼれ女には我慢ならない。容姿に欠点がほとんどない女なんて、すぐに見飽きてしまうが）。ふたつ目。犬の飼い主は自分のペットと体型が似てくるというが、その説が猫の飼い主にもあてはまってほしい。まあ、いずれにしろ、クレオがうぬぼれ女になるとは思えないし、遊んで食べて寝ることに忙しくて、映画スターのように振る舞う暇もない。わたしがクレオに似るはずもない。どちらかというと、食べることに夢中のゴールデンレトリバーに似ているのだから。

クレオは、わたしがいままで気づかなかったロブのとてもやさしい内面を見せてくれた。ロブはわが家の末っ子で、いつでも誰かに面倒をみてもらっていたが、自分より小さいものに対して責任を負い、思いやりにあふれる世話好きな一面を表わしはじめた。愛しい子猫に食べ物を与え、毛にブラシをかけ、抱きしめることで（ジェイソンからの熱心なアドバイスつき）、息子は強くなり、みずから決断することを学んだ。ロブがいままでとはちがう自分をつくりあげ、新たな友だちを引きつれてわが家へとジグザグ道を下ってくる姿を、わたしは驚きながら見つめた。

わたしたちの愛情に対するクレオの返礼はなかなか強烈だ。家族の者たちはおつきの召使いとして四六時中、猫の要求に応えなければならない。別の部屋から話し声が聞こえると、クレオは仲間に入れてもらうまでドアをひっかき、鳴き声をあげる。日のあたるソファの背にじっとすわり、様子をうかがうだけで満足することもあるが、たいていは誰かの膝に乗り、足先をお腹の下にたくしこんで、ゴロゴロと喉を鳴らしている。

誰かが仰向けの楽な姿勢で本を読んでいると、クレオは当然のように腹と本のあいだに割りこむ。印刷された文字よりも猫のほうがずっと魅力的だと決めつけているのか、持ちあげられて下におろされると、びっくり仰天する。身分の低い人間ごときがこんな無礼な態度をとるなんて、というわけだ。ひとまず気持ちを落ち着けてから、表紙をじっくりと吟味し、これは身だしなみを整える道具にちがいないと思いこむ。歯を磨きたければ、厚紙でできたペーパーバックの表紙の角に歯をこすりつければいい。しまいには猫には歯ブラシは必要ないという結論に達する。

わたしたちが出かけるとき、クレオは非難がましい様子も見せずにロブの部屋の窓台にすわっている。家族が外出しているあいだ、クレオは退屈だろうか。いや、そうでもないみたいだ。窓の外に人間の姿が見えなくなると、秘密の業務が開始されるらしい。わたしたちの留守中に、なぜか鉢植えの植物が倒れて転がる。身元が一発でばれる足形がキッチンの長椅子に残される。半分ちぎれたハエの死骸がカーペットに散らばる。電気のプラグが抜ける。家に戻ると、クレオは窓辺の同じ場所で待っている。どうやら、家族が戻る正確な時間を知らせるレーダーを体内にそなえているらしい。クレオは尻尾を優雅に立てて玄関でわたしたちを出迎える。誰かに抱きあげてもらうと、お返しに湿った鼻を相手の頬に押しつける。

犬がしゃべることができれば、ラータはたしかな情報をもたらしてくれるだろう。布張りのソファから引っぱりだされてもつれた糸を悲しげに見つめてため息をつきながら、こう言うかもしれない。〝猫なんかかわいがっても、ロクなことないよ〟。しかし、お腹にすり寄ってきたクレオを何度もなめるうちに、乱暴狼藉の件はどうでもよくなってしまうにちがいない。生意気で、ときどきとんでもないことをしでかすけれど、家族はみんなクレオを愛している。

クレオから愛をもらえばもらうほど、わたしたち夫婦は心を開きあい、サムを失ってから他人同然になってしまった相手を受け入れることが簡単にできそうな気がしてきた。お互いにしっかりと向きあい、家族の絆をもう一度たしかなものにしはじめると、わたしたちの結婚にも温かい感情が戻ってきた。ある晩、スティーヴは新聞紙のバリケードから顔をのぞかせ、わたしの目をまっすぐに見て言った。「きみ、ひどく悲しそうだけれど、とても美しいよ」スティーヴの言葉は氷の壁を越えて広がり、わたしたちふたりを包みこんだ。

わたしはスティーヴの一風変わったユーモアがどんなに楽しいものか、すっかり忘れていた。それに惹かれたからこそ、わたしは彼に興味を持ったのに。ふたりとも社会にうまく溶けこめず、学校では友だちがあまりできなかったし、何かのグループに入っても人づきあいが下手でなじめなかった。わたしたちはふたりだけの世界をつくりあげ、社会の片隅でひっそりと一組の夫婦として生きることに心地よさを見出していた。

殻を失ったカキのように心細かったけれど、わたしたちは思いきって冬のコートを着こみ、人生が一変してからはじめて〝デート〟として映画を観に出かけた。自分でも驚くほど〈愛と青春の旅だち〉の若くてセクシーなリチャード・ギアに心を奪われたが、たとえ数分のあいだでもサムのことを考えていなかった自分に罪悪感を覚えた。エンド・クレジットが映しだされ、ジョー・コッカーが歌う主題歌が流れて照明がつくと、現実がふたたび襲ってきた。

それからいくらもたたぬうちに、スティーヴは専門医のもとを訪れ、パイプカット後に精管の機能を回復させることができるかどうかを尋ねた。顕微鏡を使用する手術だとの説明を受けたあと、成功の確率はかなり低く、約一〇パーセントくらいだろうと告げられた。それでも、医師はわたしたちの事情を考慮し、最善を尽くすと約束してくれた。自分たちの結婚生活が危機的状況にあるとわかってはいるものの、わたしたちはどうしても、もうひとり子どもがほしかった。そして、手術の日程が決まった。

わたしたちはサムのかわりを求めていたわけではない。あの子のかわりなど、どこにもいないとわかっていた。だが、家のなかも心も空っぽだという感覚は拭えなかった。いまだにわたしは毎晩、四人分のナイフやフォークをセットし、自分は過去に生きていると思い知らされ、心のなかを冷たい風が吹き抜けた。ひとり分のナイフとフォークは引きだしに戻された。

悲しみがしぼみ、忘却の彼方へ去ってくれればいいと、わたしは心から願った。秋の葉が夏の記憶を消し去り、無の世界へ押し流してしまうのに、どうしてわたしにはそんな慈悲すら与えてもらえないのだろうか。

事故の直後にサムの持ち物はあらかた処分してしまったが、まだ残してあるものもあった。家のなかでひとりきりのとき、わたしはサムの青いボーイ・スカウトの制服を出してきて、ショールがわりに肩にはおった。サムのネーム・タグが襟の内側に縫いつけられている。サムがリーディングと美術とチェスと、家事の手伝い（笑っちゃう）で優秀な成績をおさめたとして赤い布の記章を受けとったとき、わたしは息子の栄誉を称えるためにそれらを袖に縫いつけた。制服はサムのサイズにあわせて胴回りを少し詰めてあった。サムの香りがした。わたしの涙のにおいも。

母親というのは恐ろしいほどの力を秘めている。自分の身体から新たな命を生みだすとき、わたしたちは大量のアドレナリンを放出し、究極の興奮状態を経験する。ビル・ゲイツもパブロ・ピカソもあれほどの興奮は体験したことがないだろう。億万長者が築きあげたビジネスも、世界一偉大な画家による作品も、人間をひとりつくりあげることに比べたら、ほんのちっぽけなものだ。偉大な指揮者や政治家や発明家のなかにほとんど女性がいないのは、偏見（女性に才能がないなんて言わせない）のせいでも、機会がない（チャンスは男女平等）からでもない。いつの日か車を貸してくれと頼んでくる細胞のかたまりをつくりだせるときに、誰がわざわざ交響曲を書いたりするだろうか。

わたしたちの子どもに対する情熱は、原始のジャングルにその源がある。ビル・ゲイツがマイクロソフトのために自分の命を犠牲にするだろうか。ピカソが自分の作品のために人を殺したことがあるか。

母親は政治や芸術や金では手に入れられない力を持っている。わたしたちは命を与え、赤ん坊を育て、その子たちを成長させる人間だ。わたしたちがいなければ、人類は岩に張りつく海藻のような存在になる。自分たちがそれほどの力を持っているという事実をわたしたちは胸の奥底に秘め、普段はめったに口にしないが、いつでもそれを行使している。

古《いにしえ》の世から連綿と受け継がれてきた母親の力は、子どもたちに野菜を食べさせるとか、便器にきちんと排泄させるとか、毎年数センチでも身長がのびるように手を尽くすとか、そういったときに発揮される。わたしたちがスーパーマーケットや遊び場で「戻ってきなさい！」と大声で呼びかけると、子どもたちは一瞬かたまってから振りかえり、従う。まあ、たいていの場合は、だけれど。それは魔法みたいに効く。なぜか。わたしたちがそう言うから。

もう何年もまえに、わたしは自分の身体からサムをこの世に送りだした。あのときと同じように、母親の強い力を使えばサムを呼び戻すことができるのではないか。「戻ってきなさい！」わたしは全世界に向けて叫んだ。沈黙は夜の静寂《しじま》より深かった。ベッドの端に立っている幽霊でもいいから、わたしはサムに会いたかった。けれど、サムは星よりも遠い、無限の宇宙の果てへ飛んでいってしまった。

わたしはサムの学校の友だちに会うのがいやでたまらなかった。彼らの純真な顔はいまでもわたしの怒りに火をつける。しかしそのあとで、わたしは自分の反応に深く恥じ入る。青いフォード・エスコートを目にしたときも、怒りが燃えあがる。一月二十一日の出来事が、わたしたち家族と同様に、あの女性の人生を狂わせたとはいまだに思えない。あの日、事故の直後にどんな修羅場が繰り広げられていたのだろうか。サムが轢かれたあと、ロブはスティーヴを探してジグザグ道を駆けのぼった。彼女は車を降りて、死にゆく子どもを励ましたのだろうか。

ふと、わが家の子猫が廊下を元気よく走りまわる姿を見て、わたしは気分を持ちなおした。ついこのあいだまでは、子猫をただ愛するだけでいいというレナのアドバイスにはとても従えないだろうと思っていたが、クレオが奔放な愛情でわたしたちを包みこんでしまったので、こちらもお返しにクレオを愛するほかなかった。一家のなかでいちばん若くて、誰よりも喜びにあふれるクレオは、サムのいないいま、わが家にはなくてはならない存在になった。あの子をレナのところへ返そうとしたなんて、自分でも信じられない。

庭のカバノキの葉が黄金のメダルのカーテンに姿を変え、白い枝に映えて輝いている。季節はずれのバラの花が、木々のあいだで一輪だけ咲いている。

昨日の晩は南極からやってきた雨がひとしきり港に降りそそぎ、鳥を空へ四散させた。だからたとえ曇っていても、鳥たちは朝日を大喜びで迎えている。過ぎてしまった嵐などまるで気にするふうでもなく。その歌声を聞いていると、どうやら冬はまだ先のようだ。この瞬間、鳥は完璧な秋の朝を思いっきり楽しんでいる。つばさのあるものたちからは学ぶことがたくさんある。

生き物の一生はやるせないほど短いのに、いまこのとき、どの命も自然の美しさに高揚している。心を癒やす鍵は本や涙や宗教のなかに見出すものではなく、花や湿った草のにおいといったちっぽけなものを慈しむことにあるのかもしれない。子猫への愛は、ふたたび世界を美しいものだと実感させてくれる。

観察者

賢い猫は、相手の感情的な反応とは距離を置いて予断なしに観察する。

　サムを失ってからはじめて迎える冬はとくに厳しかった。港の向こうの丘には雪が降り積もっていた。南極から流れてきた黒い雲がわが家の窓を圧迫し、雨粒が横殴りにガラスを叩いた。滝さながらに雨が降りしきるなか、ジグザグ道を急いで下っていくわたしたちに風が容赦なく吹きつけてきた。

　わたしは歩道橋の下を車で走ることに少しずつ慣れていった。最初は、車が丘を下っていくあいだ、息を詰めて遠くの港に意識を向けていた。次に通ったときは、坂道をゆっくりのぼりながら、バス停と、サムが駆け抜けようとした道にぼんやりとだが目をやることができた。

　ようやく春がやってきて、黄色い花を咲かせた。わたしはサムが最後に歩いた道をたどろうと心に決め、ジグザグ道を下って歩道橋のくたびれた板の上に立った。まんなかにたたずみ、道路を見おろす。アスファルトにこすれた箇所があるように見えるのは気のせいだろうか。ほかには何も異常はない。血痕も、穴も。ひとりの少年がここで命を落としたことを示すものは何ひとつなかった。恐怖も孤独も感じることなくあの子は旅立ったはずだ。せめて、そう思いたかった。

髪が茶色かブロンドで、ネイビーブルーだかなんだかのコートを着た三十代なかばの女性を探しだすことは諦めた。道路にとまっているフォード・エスコートのヘッドライトを調べることも。その傷は何カ月もまえに修理されてしまったことだろう。いまごろあの車は人を殺した跡をすっかり消し去り、坂道を走っているにちがいない。

暖かくなってくると、事故直後の胸をえぐられるような苦しみがよみがえった。じきにサムの十歳の誕生日が来て、そのすぐあとにサムのいないクリスマス、それから事故が起きた日がめぐってくる。あの日以来、わたしは夏が大嫌いになった。

数分でもサムのことを忘れていると罪悪感でいたたまれなくなった。笑ったり幸せな気分に浸りでもしたら、サムに対して申しわけない気持ちになる。だが、しだいにわたしは気づきはじめた。いつまでも悲しみのなかに閉じこもっていたらロブのためにもならないし、サムと過ごした日々や自分がまだ生きているという事実をないがしろにすると。

スーパーマンにも負けない勇気を持って、ロブはしっかりと学校生活に溶けこんでいる。勉強の面では先生たちから小言を食らうけれど、たくさん友だちができたのだから、それでよしとするべきだろう。スティーヴとわたしはふたたび恋に落ちることはなかったが、すれちがいを気に病むこともなくなり、まえよりはうまくやっている。クレオは飽きもせずに隙あらばわたしたちの膝に飛び乗り、人生は奥が深すぎるからいちいち悩んでいてはらちがあかない、と無言のうちに教えてくれる。

わたしはクレオが高いところにのぼりたがる気持ちをなんとなく理解しはじめていた。単に親から受け継いだアビシニアンの習性に従っているだけだとしても、高い場所にのぼり、一定の距離を置いて毎日の生活を見おろすと、何かが見えてくるのかもしれない。このごろはわたしもクレオにならい、夜になるとジグザグ道のてっぺんに立ち、冷たい風に頬を打たれながら、きらきら輝く街を見おろしている。高みから眺め、さまざまな人生に思いを馳せると、痛みがすっと引いていくこともある。何度も繰りかえすうちに、屋根の上から世界を眺める猫と同じように、感情を解き放ち、穏やかな気持ちになれることを知った。

格子状にのびる街の明かりを見おろしながら、わたしはふと考えた。それぞれの人生はまえもって運命づけられていて、そのとおりにしかならないのだろうか。サムが二歳のときのある朝、わたしたちは墓地のなかを歩いていた。おぼつかない足取りで走っていたサムは、〝サミュエル〟という名前が刻まれた墓石の前で立ちどまり、それを指さしながら、わっと泣きだした。わたしは顔を真っ赤にして泣きじゃくる息子を抱きあげ、その場を離れた。あのころ、サムは字も読めなかったし、死や墓がどういうものかも理解していなかった。よちよち歩きの子が墓石から何かを感じとり、将来起きる悲劇を予感したなどということがありえるだろうか。あの日の記憶はいまでもわたしを震えあがらせる。

無関心を装っていた夜の空が、その壮大な空間にわたしを引きこんでいく。そこは決して空っぽではなく、人類がいまだ気づいていない底知れぬエネルギーに満ちているのだろう。星々の広大な受け皿は果てしない無限の荒野ではなく、わたしたちが生まれ、帰っていく場所なのかもしれない。はるか彼方なのに身近に感じられる。遠い昔に星から放たれた光が時間のなかを旅して網膜に届き、わたしたちは星を見たと実感する。サムはいまその星たちに囲まれている。あの子の息遣いさえ感じられる気がする。

空と星とサムとわたしは、遠く隔てられてはいない。サムは夕焼けのなかにいると言った母は、いまわたしが感じているようなことを伝えたかったのかもしれない。無神経にもほどがあるとわたしは腹を立てたけれど、いまになってみると、その言葉は示唆に富んでいたことがわかる。いつの日か自分の番がまわってきたときに、死は悲しい終わりではなく、家族のもとへ帰る謎に満ちた旅のはじまりだとわたしも気づくだろう。

ジェイソンとジニーに助けられ、わたしたちはもうひとつ冬を乗り越え、二度目の春を迎えようとしていた。夜が長くなるにつれ、わたしたち四人にとって夕べのひとときは一緒に集まって過ごす楽しい時間となった。たいていはジニーの家の庭で落ちあい、彼女とわたしはシャンパン・グラスを手に一日の疲れを癒やし、息子たちのほうはベッドに入るまえに残りのエネルギーを発散させた。

最初のうちはジニーの突飛な振る舞いについていくのがやっとだった。風変わりなイヤリングをつけてへんてこな髪型をしたジニーは、どんな人ごみのなかでも目立った。だがじきに、外見だけでその中身を判断してはいけないと悟った。助産師を目指すだけではなく科学の学位も取得しようとしていると彼女から聞かされたときはびっくりした。ジニーはわたしにフェイク・ファーを着せ、稲妻をかたどったアクリル製のオレンジ色のイヤリングを含め、さまざまなアクセサリーを貸してくれた。つけまつ毛をまっすぐにつけるコツを示して見せ、厚底の靴もはいてみればどうってことないと教えてくれた。ジニーは理想的な友人――人を笑わせ、賢くて親切――そのもので、必要なときにひょっこり現われるという超能力まで兼ねそなえていた。

ロブとジェイソンはもはやふたりでひとりといった感じで、熱心にクレオの世話を焼き、そろそろクレオの赤ちゃんが見たいと言った。わたしが避妊手術を受けさせたと説明すると、ふたりはいっせいに不満の声をあげた。

「なんてひどいことをするんだよ」ジェイソンは信じられないという面持ちで首を振った。

「ほんとだよ」ロブも口をはさんだ。「クレオにも子どもを持たせてあげればいいのに」

ジニーとわたしはオレンジ色の夕焼けを背にして草の上にたたずみながら微笑みあった。まったくちがう世界に身を置いていても、わたしたちはとても親しい友人同士になった。両家を隔てるジグザグ道の高低差もなんのその、ふたりの子どもたちは互いの家を自由に行き来している。ジニーとジェイソンは二階建ての豪邸に住んでいるが、わが家のみすぼらしさを気にする様子はまるでなかった。

「でもね」わたしは口を開いた。「猫っていうのは一年に三、四回は子どもを生めるの。クレオがそのたびに五匹の赤ちゃんを生むとしたら、一年で二十匹も子どもを持つことになるでしょ。家のなかを二十匹の子猫が走りまわるところを想像してみてよ」

どうやらロブにはそれがすばらしいことに思えたらしい。わたしが二十匹の子猫はどこに寝るのかと訊くと、ジェイソンが一匹ぐらいなら自分の家で飼うと申しでた。

「それでも、あと十九匹いるのよ」とジニーが言った。「それに、その子たちだってすぐに子どもを生めるようになる。最後には、何百匹、何千匹の子猫であふれかえっちゃう」

「うわあ」ロブがわたしのほうを見て言った。「なんでママたちはそんなに意地悪なんだよ」

わたしは手術の利点を説明した。手術をしなければ、クレオはボーイフレンドを探しに外へ出たがるだろう。家に閉じこめておけば不機嫌になる。獣医からは卵巣を摘出すればその部位の病気や乳がんを防ぐことができると教えられた。

「それにしたって、ひどいよ」とロブはぶつぶつ言った。

生殖器の手術について話している最中に、ふとスティーヴのことが頭に浮かんだ。もちろんロブには詳しいことは話していないが、精管の機能を回復させる手術はクレオの避妊手術よりもずっと時間がかかったし、スティーヴはかなりつらそうだった。本人は泣き言をいっさい言わなかったが、痛みで顔を曇らせることもあった。外科医によると手術は成功したとのことだったが、しっかり機能するまでにはかなり時間がかかりそうだった。手術後に少し療養したあと、スティーヴはスーツケースに身のまわりのものを詰め、海上での仕事のために足を引きずりながらフェリーへ向かった。

クレオは息子たちの不満がわたしに向けられていることがわかったらしい。わたしの腕のなかでももぞもぞして草の上におろしてくれと要求し、ナオミ・キャンベルのように優雅な足取りで家の裏のほうへ歩いていった。その後ろ姿を見ながら、わたしは一瞬、罪悪感を覚えた。クレオのような美しい生き物から、子孫を残す権利を奪ってはいけなかったのではないかと。

「子どもを持たせてあげればよかったのに」ロブはわざとらしく咳払いをした。「ジェイソン、穴を掘ろうよ」

クレオをともにかわいがるだけでなく、ふたりの興味はほかのことにも広がっていった。たとえば穴を掘ること。息子たちが掘りはじめたのは庭の隅っこの、手入れもしていない荒れ放題の場所だったので、わたしは地面が掘りかえされていることにほとんど気づかなかった。そこはシダの葉に隠され、立ち入るのもはばかられるような雰囲気が漂っていて、男の子ふたりが秘密の共同作業にいそしむにはぴったりの場所だった。

来る日も来る日も、ふたりは地下室からスティーヴのつるはしやシャベルを引きずっていった。どれも子どもたちの手には大きすぎて危険に見えた。今日《こんにち》の親たちなら、凶器になるものを放置していた廉《かど》で訴えられるかもしれない。しかし、ふたりにとって穴を掘ることは大切な一大事業だった。

真っ赤な太陽が丘の向こうへ沈んでいく。霜がうっすらと山間《やまあい》を覆いはじめている。眼下の街では明かりが灯りだした。そろそろ子どもたちを呼び戻して家で食事をとらせようと言うと、ジニーは肩をすくめた。たしかに、穴掘りの作業は大人の男になるためには欠かせない重要な通過儀礼なのかもしれない。

わたしとしてはロブを泡で包みこみ、いかなる苦しみからも守ってやりたいと思うが、一方ではそれが間違いだとわかっていた。ただ見守って自由にさせてやりさえすれば、息子は自然と自信にあふれる青年へと成長していくだろう。穴掘りはその後何週間も続き、わたしたちのなかで唯一の穴掘りのエキスパートであるラータをよろこばせた。クレオは木の枝にじっとすわり、鳥の世界にうろんな目を向けていた。その下では子どもたちがカウボーイみたいにふんぞりかえって歩き、大人ぶって汚い言葉を交わしあっていた。

なぜ子どもたちが穴を掘るのか、本人たちも含め、たしかな理由は誰にもわからなかった。目的はいつも変わった。しばらくのあいだは、地球の反対側へ抜けられるトンネルを掘るぞと意気ごみ、汗をだらだらかいて地球の中心核に近づいているとよろこびあった。数日すると作戦は変更され、今度はキャプテン・クックが最後の航海のときにこのあたりに埋めたと噂される金を探すことになった。また数日がたち、ふたりは地下室で古いマットレスを見つけた。それを外へ引っぱりだして穴にかぶせ、危なっかしいトランポリンに仕立てた。

ロブにとっては湿った土とたわむれることが癒やしとなるのだろうか。穴掘りのあと、泥をあちこちに跳ねとばし、満足げに顔を輝かせるロブを見て、わたしは祖母を思いだした。九人の子どもの母親である祖母は、農地で一生の大半を過ごした。きっと数えきれないほどの心配事や落胆に直面したにちがいない。ちょっとでも不安なことがあると、裏口から外に出て、鶏小屋の前を通り、庭へ行ったという。祖母の話では、どんな悲しみも園芸用の移植ごてを握って大地に膝をつくと、かならず対処法が見つけられたそうだ。大地に向かいあうという儀式をとおして心の落ち着きを取り戻すのが、祖母の心理療法だった。火山灰が積もってできた庭の土と対話することによって、祖母は大地とひとつになり、太古の昔から変わることのない地球の鼓動を感じとっていたのだろう。

祖母はずっとまえに亡くなったが、わたしはいま、祖母の心情を理解しはじめている。なんといっても、子どもたちが穴を掘っているあいだ、わたしも長い時間を外で過ごしているのだから。

ほんの思いつきで、わたしは春に咲かせようとチューリップの球根を植えた。庭づくりを楽しむ人は、種を落として土をかぶせ、近い将来に訪れる楽しみを心待ちにしながら、自然界の力を信頼し、雑草を抜き、眠っている種に水をやって世話をする。緑色の芽が出ると感情を高ぶらせる。芸術作品を完成させた人や、子どもを生んだばかりの人みたいに。なかには庭づくりをとおして、神になったような気分を味わう人もいるかもしれない。種が芽生え、花を咲かせ、実をつけるさまを見るのは、奇跡を目の当たりにするも同然だから。庭づくりに励む人は植物が腐ったり枯れたりするのを当然のこととして受け入れるばかりか、むしろそれを歓迎して次の年の肥やしとする。

クレオにも日々のちょっとした困りごとに対処する方法がある。それは高いところへのぼること。子どもたちの穴掘りの様子を見ようと庭に出たところで、不意にジニーが足をとめ、爪を真っ赤に塗った指先でわが家の屋根をさした。見慣れた生き物が煙突のてっぺんにすわっていた。

「クレオ、そんな高いところで何をしているの」とジニーが呼びかけた。

「たぶん、あの子たちが穴掘りに夢中だから、ご機嫌斜めなのよ」とわたしは答えた。「だから、うんと高いところにのぼってやれって思ったんでしょうよ、きっと。クレオ！」

しかし、クレオはオレンジ色の空を背景にして、わたしたちには背を向け、彫像のようにじっとすわったままだった。尻尾が優雅に煙突に巻きついている。

「クレオ、だいじょうぶだと思う？」ジニーが心配そうに訊いた。

「ああやって、機嫌をなおしているのよ」

「降りてこられないのかしら」

「たぶん、景色を楽しんでいるだけだと思うけど」

クレオは高いところへのぼって楽しいにちがいないが、しなやかさを誇る猫でも、そこから降りてくるのは無理なような気がした。

「どうしてスティーヴがいないときにかぎって、こういうことが起きるのかしらね」わたしは不平をもらした。はしごを探しに家の脇をまわったところで、とつぜん新しいモットーを思いついた。〝片目は星に向け、もう片方の目は地面に向けて犬のうんちに注意すること〟。

人のよさにかけては天下一品のジニーが、自分がのぼってクレオをつかまえてくると申しでた。サーカスのスターだってはしごをのぼるまえに二度はためらうだろうに、ジニーときたら網タイツに厚底の靴、その上、郵便局の掛け時計なみにばかでかいイヤリングをつけている。

ジニーにありがとうと言いながら、わたしは家の壁にはしごを立てかけ、空を仰いだ。

夕映えを背景に、ふたつの小さな耳が突きでている。急にはしごが脆くてガタついているように思えてきた。それに、記憶にあるよりもずっと高い。

のぼりはじめると、吐き気の波が膝から首の上まで駆けあがってきて、いまにも嘔吐物が喉からほとばしりそうになった。眩暈《めまい》までする。こんなに頭がぐるぐるまわるほどひどいのははじめてだ。

「消防隊を呼ぶ？」ジニーが大声を張りあげた。いい考えだ。その瞬間、わたしは下を見たことを後悔した。心配そうにこちらを見あげているジニーが、色鮮やかなカブトムシみたいに小さく見える。

わたしははしごのてっぺんにたどりつき、屋根の上をじりじりと進んだ。つかまるものは何もなく、錆が浮いたくぼみに手をかけても、決して小柄とは言えない女ひとりの体重を支えてくれるとはとても思えない。

「クレオ、ここよ！」煙突のてっぺんにいる猫はぴくりとも動かない。怖くてかたまっているにちがいない。「クレオ、心配しなくていいわよ。いまおろしてあげるから」

煙突に向かって這っていくと、屋根がきしんで不満のうめき声をあげた。胃のなかがかきまわされる。四本足のしなやかなクレオでさえ屋根から降りられないとしたら、眩暈のために頭がぐるぐるまわっている人間にはなおさら無理ではないだろうか。

「待ってて。すぐにそっちに行くから」

ふたつの輝く目がわたしを見おろし、不機嫌そうに細められた。クレオは、まったくもう、といった感じで首を振ったあと、煙突のてっぺんで優雅に立ちあがり、背中を弓なりにしてあくびをした。ためらう様子もなく屋根まで飛び降り、錆だらけのブリキの上を軽やかに走って近くの木に飛び移ったかと思うと、下まであっという間に降りていき、ジニーの厚底の靴からほんの少し離れたところに着地した。

「もう、吐きそう」わたしはジニーに向かって情けない声を出した。

「だいじょうぶだから。ゆっくり動いて。はしごまで這って、そうそうその調子。はしごに足をかけて。雨どいに気をつけてね……さあ、あとは降りるだけ」

ようやく大地に足が着くと、わたしはよろよろと歩いてアジサイの茂みのなかに吐いた。

「高いところが苦手なの?」ジニーが訊く。

「いつもはこんなんじゃないんだけど。こんなに気持ちが悪いのは、妊娠していたとき以来だわ」

無節制

ストレスなんか感じていたら昼寝の時間がなくなる。

猫の口はいつでも笑っているように見える。悲しいはずのときでも、口の端がきゅっとあがっている。人間の場合はそうはいかず、とくに年をとると口の両端はさがってくる。なんなく猫みたいに笑っていられる人間は、かならず何かうれしい秘密を隠しもっている。

知らせを聞いたスティーヴの顔に笑みが浮かんだ。そして笑顔のまま海上に戻り、一週間後に帰宅したときにもまだうれしそうだった。わたしも猫みたいな笑顔を浮かべていた。妊娠が間違いだった場合にそなえ、あと数週間はまわりには内緒にすることにした。

しばらくしてロブに打ちあけた。日ざしを浴びたロブの顔に笑みが広がった。

ロブはすぐに赤ちゃんは男の子がいいと言ってきた。弟ができる、と。うちにふさわしいのは男の子だからだそうだ。わたしはうなずいて、希望にそえるようがんばる、と約束した。それからロブはジグザグ道を駆けあがり、ジェイソンに報告しにいった。もちろん、ジェイソンからジニーにもすぐに伝わるだろう。

玄関先で息を切らしながら、ジニーがわたしを抱きしめてオピウムの香りのなかに包みこみ、わざとおどけて驚いたふりをした。「おめでとう、ダーリン。ほんとに、すばらしいわ！」そして、そのときが来たら、自分が赤ちゃんを取りあげると言った。人を笑わせてばかりいるこの友人が滅菌ずみの手袋をつけて仕事に励む姿を想像するのはなかなか難しいが、わたしたちの赤ちゃんが最初に目にする人間のなかに、つけまつ毛をつけてシマウマ柄のジャケットを着た女性が含まれていると思うと、なんだか楽しくなる。

わたしは吐き気に襲われたかと思うと猛烈に食欲が湧くという妊娠期間に突入していた。ニュージーランド人がひき肉とマトンを食べてなんとか生きていた時代はそれほど遠い昔ではない。十代のころに、母はピザと呼ばれる外国伝来の目新しい食べ物を食卓に出した。それ以降、世界中の食についてさまざまなことを知るようになった。よその国では、ワインはかならずしも厚紙の箱から注がれるとはかぎらないことや、等分に切られたパンが売られていたりすること、二種類以上のチーズがあるということも。街におしゃれなケーキ屋がオープンしたときは、ニュージーランドもついにここまでたどりついたか、という感慨にふけった。

一口大のシュークリーム。実際につくっている店員によると、正しい名称はプロフィトロール。巻き舌にして正しく発音してみれば、異国ふうな感じがするのだろう。

むっつりしたその店員は、シェフのエプロンを着けたミケランジェロ。こんな人がどうして軽くてふっくらしてとてもおいしいお菓子をつくれるのだろう。しかし、黄色い蛾がかわいらしい青虫をつくれるくらいだから、それもありえるのか。

彼は毎日ショーウインドウにお菓子を並べる。そのひとつひとつが裸で日光浴をしている人みたいだ。うっすらと小麦色に焼けていて、クリームを包みこんでいる。その上にチョコレート・ソースがのっかっている。きれいに並べられたお菓子がわたしを誘っている。いや、買ってとねだっている。わたしはたまらずに店のなかへ入った。

「この小さなシュークリームをひとつください」

「プロフィトロール!」店員がぴしゃりと言う。

「やっぱりふたつにしてください」

いまのわたしはひとりで二人分を食べているのだから、プロフィトロールもふたつ必要だ(クレオの分も入れると、三つ買うべきかも)。

店員がぶつぶつ言った。いったい何が不満なのだろう。正しい名前で注文しなかったから?

ジグザグ道を歩いてのぼっていくうちに、お菓子が型くずれしてクリームの脂が紙袋ににじんでしまった。

わたしはジグザグ道の途中にあるベンチに腰をおろしてお菓子を食べてしまいたくなったが、それではミセス・サマーヴィルに会う恐れがある。あの目で睨みつけられたらたまらない。ミセス・サマーヴィルの一睨みは氷の壁のようにいかなる反論も寄せつけない。悪ガキたちは郵便配達人に向かってカタツムリを投げつけたことを白状し、彼女に異を唱えようとした女性たちは、下着をつけ忘れたことに気づいたかのように顔を赤らめて口を閉ざす。

わたしはそのまま歩くことにした。わたしだけがこのお菓子を心待ちにしているわけではない。クレオはすっかりプロフィトロールの虜《とりこ》になっている。わたしの指についたクリームをすかさずぺろりとなめたあの日から、プロフィトロール中毒に陥ってしまった。それ以来、空の紙袋や皿の端っこやわたしの袖など、ちょっとでもクリームがついていそうなところを探しあてては、ぺろぺろとなめるようになった。

毎朝、ポーチのステンドグラスを背景にしてアール・ヌーボーのポスターの猫みたいなポーズをとり、クレオはわたしの帰りを待っている。今日も、こちらが息を切らしながらわが家の門にたどりついた瞬間に、彼女は尻尾をぴんと立て、首を傾げながら、大急ぎで走り寄ってきた。わたしたちは一緒に家のなかへ入り、リクライニングチェアに腰をおろし、フットレストをあげ、ヘッドレストをさげ、紙袋を破いてあけた。

クレオは〝無節制〟に対するわたしの考え方を変えてしまった。〝罪悪感〟は猫の語彙にはない。食べすぎても、寝すぎても、家のなかでいちばんふかふかのクッションを独り占めしても、良心がとがめることは決してない。楽しい時間を心ゆくまで満喫し、それがすむとほかのおもしろそうなことを探しにいく。消費するカロリー数をかぞえて無駄に頭を使うこともないし、のんびり日光浴をしすぎたと悔やむこともない。

猫は一生懸命に働かなくても自責の念にとらわれることはなく、朝起きたらまずはすわりこんでぼんやりする。猫にとって無気力とはひとつの芸術のスタイルだ。フェンスの上や窓台といった見晴らしのいい場所から、義務感に駆られた人間が単調で退屈な仕事をもくもくとこなすのを眺めている。そんなことをしていると昼寝の時間がなくなるよ、とでも言いたげに。

わたしは猫からくつろぎ方のレッスンを受けながら、半分修繕がすんだ平屋の家でだらだらする時間を楽しんでいる。のんびりして、うとうとしながら、うんと休みなさいと呼びかけてくる自分の身体の声に耳を傾けている。妊娠しているから体力を使いすぎないようにしているのではなく、本当の意味での回復に向けてエネルギーを蓄えている。クレオと一緒に恥ずかしげもなく長時間寝て、朝寝や昼寝にもふけり、ジニーの家から帰ってきたあとも、黄昏どきのうたた寝に入る、という具合。

わたしはすっかりクレオの湯たんぽになってしまった。クレオはわたしのなかにいる新しい命に気づいているが、家族の一員としてそばにいたいのか、それともただ単にふくらんできたお腹に寄り添っていると暖かくて気持ちがいいのか、どちらかはよくわからない。リクライニングチェアをほぼ水平にして、ふかふかの〝ねぐら〟にこもり、わたしたちは何週間もだらだらと過ごした。

妊娠中期のあいだ、クレオはふくらんだお腹のてっぺんに陣取り、しきりになでてもらいたがった。わたしはご要望に応え、耳の後ろを輪を描くようにマッサージし、その合間に頭から尻尾の先まで身体全体をなでた。クレオの身体に手を這わせるのは心地よく、夜に毛の感触を思いだして手が勝手に動くこともあった。

数週間がたち、お腹がさらにふくらむと、クレオは片時もそばから離れなくなり、わたしの横か、ときには脚のつけ根あたりに身体をのばして寝ていた。爪を行儀よくひっこめているときもあったが、それもあまり長くは続かず、爪をのぞかせた足先を気持ちよさそうに自分専用の湯たんぽに押しつけていた。

猫の毛にはいろいろな肌触りがある。鼻の頭はベルベットで、足先はシルクのよう。背中の毛はつややかで、お腹の下のほうの毛は綿毛といった感じ。こんなにもやわらかい毛で覆われている一方で、爪や歯は鋭く尖っている。猫という生き物は気まぐれで、矛盾のかたまりだ。ぴったりくっついているかと思うと、次の瞬間にはふっといなくなる。世話好きの親としての一面を持ちながら、傷ついた獲物をもてあそぶ冷酷な殺し屋の一面も見せつける。

クレオと一緒にアームチェアに身体をあずけながら、わたしはふと、もう一度編み物をはじめようと思いたった。クモの巣編みで繊細なベビー服をつくるのはちょっと無理そうなので、青い毛糸を三玉と太めの編み棒を何本か買い、ロブのためにメリヤス編みのマフラーを編みはじめた。

編み棒がカツカツと鳴る、心臓の鼓動にも似たリズミカルな音が気持ちを落ち着かせた。一編み一編みが結びついてマフラーという立体感のあるものを形づくっていくさまは、細胞がどんどん増えて集まり赤ちゃんがつくられるのと同じように、とても不思議に感じられた。

一目編めばその目は完成し、その作業を繰りかえしていくと、どんどん目がつながっていく。過去と未来をつなぐかのように。編み棒に毛糸を巻きつけて一目一目編んでいくうちに、わたしはいつしかサムのことを考えていた。編み棒を交差させる、毛糸を巻きつける、目をはずす……交差させる《クロス》、巻きつける《ウィンド》、はずす《リリース》……。これを一万回か百万回繰りかえせば、わたしの心も同じようになるのだろうか。解き放たれる《リリース》……解き放たれる《リリース》……。

催眠術にでもかけられたみたいに、クレオの目が編み棒の動きを追う。タイミングを見はかり、それが顔をかすめた瞬間にパシッと叩き、嚙みついて口にくわえる。編み物の最中に膝の上から追い払われたことがあるので、編み棒はクレオにとって憎むべき敵となったのだろう。敵は編み棒ばかりではない。毛糸の玉からしゅるしゅるとのびてくる青い糸も、クレオにとっては敵のようだ。

毛糸と編み棒を相手にする闘いは別として、クレオとわたしの毎日は、食べて、夢を見て、ひだまりを追いかけながらゆっくりと流れていった。どのひとときも編み物の一編みで、サムがいたころと同じ日常につながっているように思えるものの、まえとは別のものだということもよくわかっていた。家のなかのリズムは毛糸の玉から糸が少しずつ引きだされていくように、自然に刻まれていった。キッチンの引きだしからスプーンが取りだされ、使われ、洗われ、乾かされ、そしてまたもとの場所に戻される。毎朝ロブとジェイソンは一緒に学校へ行き、午後遅くに戻ってきた。洗濯物の山はよりわけられ、洗われ、港を見おろす物干し用のロープにかけられ、乾いたら取りこまれ、たたまれ、アイロンをかけられ、衣装戸棚にしまわれ、またくしゃくしゃにされて洗濯物の山に放りこまれる。完了したかと思うと、また一からはじまり、同じ手順が繰りかえされる。穏やかなサイクルが、形だけはふつうに見える日常のなかに編みこまれていく。

わたしは壁紙に皺が寄っているのを眺めながら、どうしてあんなにもあわただしく家を改修していたのか不思議に思った。なぜ壁紙を見るたびイライラしていたのだろう。壁紙なんて壁にしっかりと張りついていさえすれば、染みのひとつやふたつくらい、どうってことないのに。毛羽立ったカーペットも、もうほとんど気にならない。新しい命の誕生に心をときめかせていると、すべて後まわしにしてもいいという気持ちになる。

わたしの考えをよそに、スティーヴは修繕を進めていった。どの部屋も新しいペンキのにおいがした。

家中のあちこちにはしごが立てかけられた。夫は作業に夢中になり、バスルームの改修も終え、古くなったバスタブを趣味の悪い金色の蛇口と一緒に運びだして前庭の芝生の上に置いた。わたしは呑気にかまえ、バスタブのまわりで草がのびてきても、とくに気にもしなかった。

スティーヴはバスタブをどうするつもりなのかしら、とジニーにぽつりと言うと、スイレンの池をつくって金魚を泳がせてみたら、という答えが返ってきた。ジニーの発想の豊かさには脱帽だ。

クレオとわたしはモーツァルトにはまりこんでいた。といっても、子宮の壁をとおして赤ちゃんに聴かせ、脳の発達を促そうというわけではない。クレオはモーツァルトの美しい曲にすっかり心を奪われたらしく、とくに〈クラリネット協奏曲〉の第二楽章が気に入っている。クラリネットの流れるような音色が響き渡ると、クレオは目を細めて聴き入った。七色の日の光が毛の上で踊った。モーツァルトが心に染み入る旋律のなかに人生の哀しみを投影させているあいだ、クレオはわたしのお腹にぴたりと寄り添い、調べにあわせて喉を鳴らしていた。その曲を聴きながらわたしは思った。底知れぬ哀しみも美へと昇華されうるのだと。

代わりとなるもの

猫はすべての物語を、耳にしたことがあろうがなかろうが、注意深く聞いている。

「絶対に男の子！」身体のすべての細胞が叫んでいた。赤ちゃんの足がわたしの肋骨を蹴りつけるさまは、まぎれもなく男の子だということを物語っていた。夜半に小さな拳で膀胱を叩かれると、ボクシング・チャンピオンのミニチュア版を胎内に住まわせているような気がした。その夜三度目となるトイレへの往復でも、「おとこのこ」とつぶやきながら暗い廊下を歩いていた。

　わたしはベビー用の小さなガウンを縫い、首のところに青いデイジーを刺繍した。名前についても話しあい、ジョシュアにすることにした。サミュエルと名づけることは考えなかったが、ミドルネームにしようとは思った。

　決してサムの代わりではない、とわたしはまわりのみんなに説明した。新しい子どもは自分自身の個性を持って生まれてくるのだから。少しはサムのいたずら心を受け継ぎ、似たような目の形をして、肌は同じ草のにおいがするかもしれないが。もちろん、その子はサムではないのだから、独自性を尊重してあげなければ。サムに似ていようがいまいが、新たな命はわたしたちをふたたび四人家族にしてくれる。この子が知ることのない兄についてわたしはジョシュア・サミュエルになんでも話すつもりでいた。これから長くのびていく一本の糸が、わたしたち家族をひとつに縫いあわせてくれるだろう。

スティーヴはみずから縛《いまし》めを解いたのか、よく笑うようになった。顕微鏡と外科医の〝神の手〟のおかげで、予想を覆して子宝に恵まれたのだから、それも当然だろう。サムとロブが使ったベビーベッドは中古品で、スティーヴが地元の新聞の〝お譲りします〟の欄を見て、ただでもらってきた。当時は子どもはふたりだけと決めていたので、ロブが子ども用ベッドに移ると、夫はベビーベッドをさっさと捨ててしまった。

今回、スティーヴは黄色いリボンの飾りがついた真新しいベビーベッドを買ってきた。男の子でも女の子でもいいように、そつなく黄色を選んだのだろう。夫はさっそく包みを破り、わたしたちのベッドルームに置いた。天蓋《てんがい》から布が両サイドに垂れ、まさしく王子にふさわしいベッドだ。わたしはマットレスの上にテーブルクロスほどの大きさのシーツを敷いた。

黄色いリボンに指を走らせながら、ふと考えた。女の子を授かった親はどんなふうに育てるのだろう。わたしにはレースのついた服やバービー人形はまるでなじみがない。男の子の育て方ならわかっている。エネルギーのかたまりみたいに追いかけっこをしたり、喧嘩をしたりする子たちの世話をしてきたのだから。男の子は情緒的な面ではまっすぐだ。母親と特別なつながりを持っている。サムとわたしは鬼ごっこの別バージョンみたいな〝キスごっこ〟をして遊んだ。勝った者が負けたほうの顔にキスをするのがルールで、いつも最後にはふたりとも顔を真っ赤にして笑った。

ショート・ブーツとすてきなラグのカタログを見ながら、赤ちゃんに秘密のキスごっこのことを教えてあげようと思いついた。サムとわたしだけの遊びだけれど、まあ、いいだろう。ジョシュアは昔サムが大切にしていた木の列車を気に入るだろうか。捨てずに残してあるサムのものでほかにジョシュアが気に入りそうなものはあるかしら。お古ばかり与えるのも考えものだけれど。

母の日本製のハッチバックがジグザグ道のてっぺんでゆっくりとまるのを見て、ラータは大喜びした。何しろその車に乗って母と一緒にビーチや農場やほかの楽しい場所へ、ちょっとした小旅行に出たことがあるのだから。母はまだ子どもが生まれてもいないのに、わざわざ手を貸しにやってきた。滞在期間がどのくらいになるかはっきりしていないが、いつもどおりなら、二晩より長くなることはないだろう。母とわたしは互いに思いあってはいるものの、どちらも個性が強すぎ、衝突を回避しようとして相手に対してわざとらしい態度をとってしまう。いつも二、三日ほど一緒に過ごすと、離れていたほうが賢明だと実感する。

母が運転席から出てくると、ラータは後ろ足で立ち、母の両肩に足先をひとつずつ置いて、よだれたっぷりの舌で頬をなめまくった。ラータの重さによろよろしながらも、母の顔には笑顔が広がった。母は大の犬好きで、地球上にいる犬のなかでラータのことをいちばん気に入っている。

よだれのシャワーを浴びたあと、母はゆっくりとラータの足を地面におろした。今度はロブが駆け寄り、ぎゅっと抱きつく。ラータが尻尾を歓迎の旗のように振りながら先頭に立ってジグザグ道を下っていく。いちばん好きな人はいまここにはいない。でも二番目に好きな母がいる。残念ながら、ロブはその次だ。

客用の部屋で荷を解きながら、母はとっておきの品をさしだした。それは細い毛糸で編んだショールで、びっくりするほど編み目が細かい。まばゆいほど白く、縁は波形に仕上げてあり、しかもクモの巣編み。見事な赤ちゃん用のおくるみだった。

父が亡くなってから、母はちかちかするテレビの前で夜を過ごし、唯一の慰めとしてよく編み物をしている。ほとんどの時間、ブランケットや、工場から直接買ってきたカーペット用の毛糸で厚手のラグを編んでいる。このおくるみはそういったものとは格がちがい、細部まで丁寧に愛をこめて編まれており、母の熱意のほどが偲ばれた。〝健康に育ちますように〟というおまじないの文句まで編みこまれていて、ゆくゆくは魔法のマントになるにちがいない。

「すごくきれい！」わたしは母の手作りの品に感嘆の声をあげた。「息子も気に入ると思う」

「男の子だってどうしてわかるの？」母が訊いた。

「だって、そう感じるんだもの」しかし、母はすでにほかの話題に移っていた。

「そうそう、二十代の従妹のイヴが戻ってきてね、あ、わたしの従妹で、あなたにとってははとこかしら。彼女、ソルボンヌ大学に通ってたんだけど、奥さんのいる美容師と不倫して、それが家族にばれて、仕送りをとめられちゃって、ニュージーランドに戻ってきたの。毛皮のコートを着て口紅を塗りたくって。あれ、口紅じゃなくて入れ墨なんじゃないかってみんな思ってるんだけど……」

かわいそうなママ。本人がよくこぼしているように、母がいちばん求めているのは話し相手になる人だ。気の毒なことに、孤独な人間がかかる病気の症状が出ている——とにかくしゃべりまくる。結果として、母の古い友人のなかには、ブリッジやチャリティー活動や孫の世話で手いっぱいということでまったく顔を見せなくなった人もいる。わたしにはその人たちを責めることはできない。たしかに、従妹のイヴのエピソードみたいにおもしろい話もたまにはある（はじめて聞いた話でもあるし、セクシーとか不道徳とは無縁の家族のなかに、イヴのような大胆ですばらしいメンバーが突然変異で現われたことに興味を覚えた）。しかし、母は飽くことなく話しつづける。聞かされる側は、言葉のつるべ打ちにじっと耐える従順でやさしい心を持たねばならず、健康や天気のことをさらりと尋ねることさえ許されない。母が次の話題へまだ移ってもいないうちから、聞き手の顔にはラズベリージャムみたいな笑顔が張りつき、その一方で、表情は焼きすぎたパイの皮みたいにかたまっている。彼女たちがあそこでバーゲンセールをやっているとか、あの下着は絶対に買ってはいけないとか、そういった話に逃げこもうとすると、母はいきなり相手に向かって一喝する。「わたしの話をちゃんと聞いてちょうだい」

四百キロの距離を置いているとはいえ、母とわたしはいつも互いのことを気にかけている。わたしは週に何度も電話でその声を聞きながら、母の孤独が癒えるようにと願った。母はかならず近くのコンクリート製のタウンハウスに住む未亡人たちのことを話し、定期的に家族が訪れることをうらやましがる。そのたびにわたしの胸は罪悪感に疼く。もっと近くに住んでいれば、毎週日曜日に年老いた母の家を訪ねて温かい料理をこしらえ、娘としての責任を果たせるだろうに。

「ベビーベッドを見てみて」わたしは母とロブを、赤ちゃんの繭となるベビーベッドを置いた夫婦のベッドルームへ連れていった。

美しいおくるみを小さなマットレスの上に広げようとしたちょうどそのとき、母が叫んだ。

「ちょっと待って！」

おくるみがひらひらとそよいだ。ベビーベッドのなかで丸くなっていたのは、まぎれもなく、眠れる猫の女王だった。クレオは耳をぴくりとさせ、ゆっくり目をあけてぼんやりとわたしたちのほうを見た。クレオはこのベビーベッドがどういうものか、自分なりに解釈しているらしい。家来たちがようやくクレオの女王としての身分を悟り、彼女にふさわしい一品を用意してくれたのだと。

母はベビーベッドに身を乗りだし、「しっしっ」と低い声で言った。クレオは耳をぺたんこにして、お返しに「シャー」と威嚇した。わたしはなすすべもなく、自分が知るかぎりもっとも強烈な女性ふたりが宣戦布告しあうところを眺めた。

「おばあちゃん、いいんだよ」とロブがなだめる。「ベビーベッドに寝てみて、寝心地がいいかどうかためしてるだけだから」

「猫がいるべき場所はひとつだけ」母はそう宣言し、クレオのお腹のあたりをつかんで、玄関へ向かった。「外！」

とつぜんポーチに投げだされ、クレオは信じられないというように身体を揺すった。きっとこんなことを思っているのだろう。〝いったいなんででっかいおばあさんがいきなり現われて、わたしをわたしのベッドから追いだすわけ？〟

母はさっさとキッチンへ戻り、足もとにラータを従えて電気ポットに水を注いだ。

「あの猫は赤ちゃんを窒息させる」と母は言った。

わたしは窓越しにクレオがゆっくりと全身をなめるのを見ていた。あきらかに、なんらかの計画を企ている。

「赤ちゃんがいるところで猫なんか飼っちゃだめ」と母が言う。「そこらじゅうに毛をまき散らすから。見たでしょう？　ロブのまくらは毛だらけじゃない。この家はどこもかしこも猫の毛にまみれてる。これじゃあ、赤ちゃんがぜんそくになる。それに、あの爪。猫は我慢がきかないから、赤ちゃんの顔をひっかいて傷だらけにするわよ。犬とちがって、そうよね、ラータ。その上、焼きもち焼きだし……」

「クレオは焼きもちなんか焼かないよ」ロブが反論した。

「焼くわよ、赤ちゃんがここへやってきたら」と母が言った。

「クレオは赤ちゃんが来るのを楽しみにしてるんだ。すごくうれしいって言ってたもん」

母はポットの取っ手をつかんだままかたまった。心配そうな顔でわたしをちらりと見る。

「〝言った〟ってどういうこと？　猫があなたに話しかけてきたっていうの？」

「ちがうの」わたしは急いで言った。「ロブはクレオの夢を何回か見ただけ。べつに心配することじゃないわ。子どもがどういうものか、ママだって知っているでしょ」

「この子はひどい目に遭ったでしょう」母が声を落としてわたしに言った。「そのせいで、ちょっとおかしくなったんじゃないかしら」

「そんなことない」わたしはきっぱりと言い、トレイにマグカップを並べた。

「正直言って、なんであなたが猫なんかにかまうのかわからない。たいていの人はどうにかしてラータみたいな犬を飼おうとするのに。ラータはね、人間も同然なの。この子が近くにいると、もうひとり人間がいるみたいだもの」

母がどれだけ犬好きかをわたしはすっかり忘れていた。ラータが尻尾を床に打ちつけた。母は正しい。ラータは賢くて、世界でいちばん愛らしい犬だ。

「ここへ来るとね、夜はラータが寄り添ってくれる。ぜんぜん不安なんか感じない。だって、侵入者が現われたらラータが吠えてくれるもの。この子はすばらしい番犬よ。毛もとっても滑らか。この手触り、あなたも好きでしょう。ラータのいちばんいいところは、わたしの話を聞いてくれること。わたしがしゃべることをラータがなんでも聞いているって、あなた、知ってた？」

心臓がとまる気がした。かつては強くて気丈だった人が、どうして急に遠近両用眼鏡をかけた白髪まじりのおばあさんになってしまったのだろう。昔はふつうにはいていたかかとが高くて幅の狭いピンヒールが、外反母趾の足にもやさしい、幅が広くてやわらかい革の靴に屈してしまった。

母がおしゃれにお金をかけなくなったわけではない。お気に入りの服（肩パッドつきの明るい色のジャケット。もちろんアクセサリーもつけている）を着て、若いころと同じ真っ赤な口紅をつけた母は、七十代後半のグループのなかでひときわスタイリッシュだ。とはいえ、以前よりも弱々しく見えることはたしかだ。人生ではじめて、わたしは母から何かをねだられているような気がした。母は一緒に暮らして自分を守り、愛し愛され、話を聞いてくれる耳を持った誰かを求めている。

わたしがお茶をいれているあいだ、母はラータを連れてわたしたちのベッドルームのほうへ行った。母の生活と比べると、わたしの家庭には大人も子どもも動物もいる。それに、これから生まれてくる赤ちゃんも。母にはテレビと編み物以外の何かが必要だろう。心安らぐ何かが。母はふたつの悲しみを胸に抱いている。孫を失った悲しみと、家族のひとりを失ってぼろぼろになった娘への悲しみを。

「信じられない！」と母が叫んだ。

その声をたどってわたしはベッドルームへ向かった。クレオがまたしてもベビーベッドのなかに鎮座していた。母とクレオが睨みあう。

「どうやって家のなかに入ってきたの？」母が猫に鋭い視線を送る。

クレオは立ちあがり、少しさげた尻尾を古いポンプの柄みたいにカーブさせ、相手を睨みかえした。

「たぶん、窓からだと思う」とわたしは答えた。

「まったく厄介な猫」母はぴしゃりと言い、クレオを抱きあげてふたたび外へ出した。「ベッドルームのドアはしっかりと閉めておきなさいよ、わかったわね」

ベビーベッドをめぐる闘いは毎日続いた。部屋のドアは閉めておいても、いつの間にかあいてしまうようだった。クレオは新しいベビーベッドを占領する機会を決して逃さなかったが、母はそのたびにクレオを外へ追いだした。

頑固な両者に休戦を呼びかけるわたしの試みは失敗に終わった。猫と母のあいだで高まる緊張のため、わたしは気がおかしくなりそうだった。ある夜、わたしは眠れず、深夜にベッドを抜けだし、真っ暗な地下室のなかを手探りして手動式の芝刈り機を見つけた。月の光のなかで芝を刈っていると心が少しだけ落ち着いた（ミセス・サマーヴィルにお楽しみを提供したかもしれないが）。

「イライラしているみたいね」翌朝、母が言った。「そんなんじゃ、赤ちゃんが出てこられないわよ。猫をさっさとどこかにやってしまいなさい」

わたしは両者の関係を修復させることを諦めた。母は予想どおり早めに帰ると言いだした。別れのひとときはいつもぎこちない。わたしたち一家は感情を表に出すほうではないから。荷物をハッチバックに積みこむ母の姿が急に弱々しくなり、茶色いコートを着た孤独な年寄りに戻った。わたしたちが短いハグを交わすあいだ、ラータは顔をあげ、尻尾を垂らしていた。

「気をつけて」とわたしはささやいた。

「あなたもね」母はそう言うと、運転席のドアに静脈の浮いた手をかけた。

自宅に帰りつくまで五時間の孤独な時間が続き、そのあとはテレビの前でトーストとスクランブルエッグの軽めの食事になり、次には編み物が待っている。午後十一時ごろに、紅茶とクッキーを一枚か二枚、口にして、ベッドへ向かう。結局母は、ほぼ十二時間も誰とも会話しないことになる。しゃべらずにはいられない人にとって、それは拷問に近い。だが、母は決して泣き言をもらさない。

「しばらくのあいだ、ラータと一緒に暮らしてみる？」とわたしは訊いてみた。「ロブとスティーヴにはもう話してあって、ふたりともオーケーだそうよ」

母はとつぜん背筋をまっすぐにのばし、十歳は若がえって見えた。

「わたしたち、ふたりでうまくやれると思う。ねえ、ラータ」母はためらうことなく答えた。

ラータは真摯としか言えない表情を浮かべて母を見あげ、うれしそうに吠えた。母が誰かにこれほどまでに慕われたことは、もうずいぶん長いあいだなかっただろう。

「ちょっと待って」急に若々しくなった母は、後部座席から緑色の手編みのラグを引っぱりだし、それを助手席に広げた。ラータは尻尾を振りながら大喜びで乗りこみ、車が走りだすのを待った。

動物は人の心を癒やせる。母にもそういう相棒が必要だろう。走り去るふたりを見送りながら、銀髪の女性と金色の毛の犬は完璧な組み合わせに思えた。

さようならと手を振りながら、わたしは心の痛みを覚えた。この感覚は何度経験しても慣れることはない。同時に、興奮と恐れが身体を貫いた。新しい命がもうすぐこの地球に到着する。

誕生

猫にとっても人間にとっても、愛には痛みがともなう。

母猫は女王と呼ばれるにふさわしい。妊娠している女性もまた、女王と呼ばれてもいいと思う。男性陣が異議を申し立てるなら、男爵夫人とか女侯爵とか妖精の王女とかに譲歩してもいい。とにかく、不快な響きの〝妊婦〟とか〝経産婦〟とか、はたまた〝高齢妊婦〟みたいな医学用語で呼ばれるくらいならなんだっていい。

猫は一度の出産で四、五匹の子猫を生む。もし人間が一年に何度も猫と同じ数の子どもを生むとしたら、女性が生理痛に悩まされる時間は劇的に減るだろう。それに、一生のうち一組だけマタニティウェアを買えばすむ。子ども服のほうは、大量にまとめ買いをしなければならないけれど。ベビーカーは大工場で次から次へと製造され、学校もどんどん増設されて、四人分の学費で五人を通わせられるサービスが流行るかもしれない。

お腹に子どもがいる猫がそわそわして落ち着かなくなったら、出産の日は近い。それは人間も同じ。

手動の芝刈り機を手に月明かりの下へ逃げだしたのは、ベビーベッドをめぐる闘いに疲れたからと思いこんでいたが、それは間違いだった。あのとき、出産が近いことを直感が伝えていたのに、わたしはぜんぜん気づかなかった。

「もしもし、病院ですか？　すみませんが、もうすぐ生まれそうなんです。陣痛？　えっと、まだそんなに強くないですけど、たぶん、五分おきくらい……少し眠ったほうがいいってどういうことですか？　子どもが生まれるというときに、眠れっこないでしょう……落ち着いて、薬を服《の》めって？　ふざけているんですか？　ベッドが全部ふさがっているとか？　それなら、掃除用具入れのなかで生むわ」

わたしはスティーヴに向かって言った。「あの看護師、頭がおかしいのよ。病院にはまだ来ないでくれだなんて」

「ほら、薬」スティーヴが言った。「服んで、ぐっすり眠るといい」

「ジニーに電話したほうがいいかも。彼女ならどうすればいいか知っているから」

「ぼくがしたよ。ベビーシッターが電話に出た。ロック・ミュージックのなんとか賞の授賞式に行ってるって」

「ロック・ミュージックのなんとか賞ですって？」

「だいじょうぶだよ。深夜には終わるらしいから。ぼくらが無事、病院に迎え入れられたら、ジニーとはそこで会える」

「いま何時？」

「まだ寝ていなかったのかい。十時半だよ」

「七時間前から陣痛がはじまっているの。もう病院へ行かなくちゃ」

「でも、向こうは来ないでくれって」

「入り口まで行ったら、まさか追いかえしはしないわよ」

病院の駐車場に車をとめたとたん、わたしは家へ帰りたくなった。建物が闇のなかに不気味にたたずみ、歓迎されざる者の進入を拒んでいる。ようやくたどりついた分娩室はまるで映画の〈フランケンシュタイン〉のセットみたいだった。わたしが産みの苦しみを味わっているあいだに、壁からのびたチューブやワイヤーで電気を通された機械がバチバチと閃光を放つのだろう。吊るされている緑色の手術着の裏には汚らしい器具が隠されているにちがいない。

分娩台の用意もまだできていない。わたしはシャワーを浴びて、深呼吸しながら歩きまわった。動物のように四つん這いになってみたり、膝をついてみたりもした。さっさとはじめてくれるなら、何をされてもかまわないという気になっていた。陣痛が激しくなってきても、病院のスタッフには仕事につく気配さえない。

深夜近くになって医師がやってきたが、となりの部屋へ仮眠をとりにいってしまった。わたしはみんなをうんざりさせていた。もちろん、自分も含めて。病院のドアというドアを走り抜けて、夜のなかへ逃げだしたかった。

出産にさいしては麻酔を使わずに自然分娩を予定していたが、いきなりいやな臭いの亜酸化窒素を出すマスクを装着させられた。これがなぜ笑気ガスと呼ばれるのか、さっぱりわからない。みんながドナルドダックの声でしゃべる以外は、何もおもしろいことは起きないのに。スタッフはわたしをイライラさせるためだけにこんなことをしているのだろうか。彼らがマスクをはずそうとするたびに、わたしはそのマスクを顔にぎゅっと押しつけてはずさせまいとした。

医師が現われて、赤ちゃんの頭を包む膜を破りましょう、と言った。赤ちゃん？　この痛みと赤ちゃんは関係があるのだろうか。とつぜん、真っ白な猫が部屋に入ってきて、美しく光る目でわたしを見おろした。それは猫ではなく、ジニーだった。

「順調よ」ジニーはわたしの耳もとでささやいた。「頭が見える。ふさふさした黒髪。次の陣痛が来たら、いきんでね」

どうしてみんなしつこく赤ちゃんのことを話すのだろう。この人たち、頭がおかしいのかしら。この場で正気なのはわたしだけ？

「そうそう、その調子」ジニーが言う。「もう一回いきんで……」

ちょうどそのとき、目の前に滝が見えた。ダイヤモンドのほうき星が天井に向かって弧を描き、わたしの右膝の近くに落ちた。

泣き声が部屋中に響き渡った。小さな赤い脚ときゃしゃな足先に、スティーヴのフェリーと埠頭とを結びつけられるほど太い赤紫色のロープがからみついている。へその緒だ。かわいらしい手がツバキみたいに丸まっている。生まれたての顔はとても賢そうで、黒い髪の下からのぞく目が部屋中を興味深そうに眺めている。正しい場所に生まれ落ちたか確認しているとでもいうように。ようこそ、わたしたちの赤ちゃん！　愛という大きな波がわたしから流れでて、子どもの身体を包みこんだ。

「女の子よ。とても健康そうな」ジニーは子どもをわたしの腕におろした。「なんていう名前にする？」

女の子だとは思ってもみなかった。内心では娘を授かりたいと強く願っていたが、口にすると願いがかなわない気がして、誰にも言わなかったし、自分でも考えないようにしていた。この子は女の子として生まれたことで、自分はサムの代わりになるつもりはないと高らかに宣言している。間近に見つめてくる顔には、すでにはっきりとした個性が見てとれる。わたしはミドルネームにもサマンサという名前をつけるつもりはなかった。

「リディア」わたしは言った。「父の母からとった名前。わたしは一度も会ったことがないけれど、みんな、彼女は強い女性だったと言っているわ」

「ちっちゃなリディア」ジニーが静かに言った。「人生のにわか雨もくぐり抜けて、あなたの旅がすばらしいものになりますように」ジニーが即興のお祝いの言葉を述べるのを眺めながら、わたしははじめて気づいた。ジニーの目は言葉にされることのない叡智に輝いている。まるで、クレオの目のように。

リスク

猫の動きはミルクのように滑らかで、つねに四本の足で着地する。

ロブは正しかった。クレオは赤ちゃんに少しも嫉妬せず、不平ももらさずにベビーベッドを明け渡した。リディアが新たにわが家に加わった大切な家族だということを理解しているのだろう。生まれたての人間に興味を覚え、リディアが夜のあいだに目覚めるたびに様子を見にやってきた。この新参者が、長くて退屈な夜に変化を与えるため、三時間おきの食事のスケジュールを発案したのだと思っているらしい。午前二時でも、三時半でも、四時十五分でも、リディアがむずかると、お楽しみの時間を心待ちにしていたかのように四本足の影がミャアと鳴いた。クレオはロッキングチェアに飛び乗って、母親と新生児が仲むつまじくしている温かい輪のなかに加わった。ときにはヘッドレストにすわり、喉をゴロゴロ鳴らしながら、大きな光る目でこちらをじっと見おろすこともある。わたしたちの番人として、夜の闇から与えられた不思議な力でわたしたちを守り、愛で包みこんでいるのだ。バステト〔エジプト神話の女神。猫、または猫の頭部に人間の身体という姿をしている〕の魂が何千年の時を越え、わが家の小さな黒猫の身体に宿っている。

わたしはこんなにも安らぎをもたらしてくれる赤ちゃんには会ったことがなかった。わたしの指をやわらかい手で包むリディアには、自分が必要とされる場所にいることがわかっているようだった。もしサムが二年半前にわたしたちのもとから去らなければこの子は決して存在しなかったことを考えると、畏れにも似た気持ちが湧き起こる。いまだにわたしはサムのことを思って泣き、リディアの頭や目の形にサムを見つけようとしている。しかし、この子はほかの誰でもない、リディアとしての自分を受け入れさせようとしている。大きな喜びをもってしても、悲しみは拭い去れない。ふたつの感情が同時にわたしの胸を締めつける。

冬がふたたび近づいていた。冷たい雨をともなった風がクック海峡を越えてこの街で吹き荒れる。街角で傘が飛ばされる。年老いた女性が電柱にしがみつく。よろめきながら坂をのぼり家へと向かう人びとは、みな一様にひどい一日だと嘆息する。ようやく風が衰えても、丘陵には依然として雲が居すわる。街全体がどんよりとして、なおも雨が降りつづく。

それでも、ウェリントンに住む人たちは、悪天候ごときにいちいち腹を立てることはめったにない。南極大陸までものぞめそうな、急な坂道だらけの街に住むことに、みなそれなりの誇りを持っている。それはここがわが国の首都で、だからこそこの地に居をかまえることが重要なのだ（具体的に説明はできないが）。騒々しいオークランドや退屈なクライストチャーチの住人、さらには地方に住む無骨な田舎者（そんな人ばかりではないのだが）よりも自分たちが一段上だと信じて疑わない。天候がどんなに厳しくても、読書会は盛んだし、社会人向けの夜間クラスも充実しているし、人口ひとりあたりの映画館の数だってほかの街よりも多い。つまり、文化的にすぐれていると、みんな思っている。

「あなたがこんな天気を連れてきたのよ」と、雨に濡れて震えている、よその街からの来訪者に向かってみな非難がましい口調で言う。「あなた、昨日着いたのよね。それまではこんなんじゃなかった。二週間ずっと、晴れの日ばかりだったのに」

十日ばかり続いた雨と風の日が過ぎ去ると、ウェリントンはがらりとその姿を変える。灰色のマントを脱ぎ捨て、街はとつぜん原色に包まれる。黄色く微笑む太陽が海の青さを際立たせる。真っ赤な屋根が緑の丘を背景にして輝く。ウェリントンは子ども用の絵本から抜けでてきたような街になる。そしていま一度、地元の住人はみずから南国の楽園（まあ、南半球だから）と呼ぶ場所に住めることを互いに祝福しあう。

リディアが生まれてから六週間がたち、ロブが九歳になる日が近づいた。わが家にふたたびめぐってくる九回目の誕生日には、何やら説明のつかない影がさしている気がしてならなかった。うちの子たちにとって、九は不吉な数なのだろうか。

「どんなふうにお祝いしてほしい？」ある朝、わたしはロブに訊いた。サムのときみたいにこぢんまりしたものでいいと言われたらどうしよう、と思いながら。

「そうだなあ」ロブが考えているあいだ、わたしはシンクに屈みこんで胸を押さえていた。

「友だちと泊まる、パジャマ・パーティーがいい」

「友だちって、ジェイソン？」

「それと、サイモンとトムとアンドリューとネイサンと……」

「盛大なパーティーってこと？」わたしは楽しそうな声が部屋中に満ちるさまを想像した。「いいわね、そうしましょう！」

「ダニエルとヒューゴとマイクも呼んでいい？」

「もちろんよ。女の子も呼びたい？」

ロブは朝食にブロッコリーと玉ねぎがのったトーストを食べさせられるときと同じ顔をした。

ロブの誕生日の朝、わたしたちは息子を早めに起こし、青いリボンつきの赤い包装紙に包まれた小さなプレゼントを渡した。赤と青はスーパーマンの色だ。

「カードのほうを先にあけてもいい？」ロブは息もつけない様子で訊いてきた。

なかを見たロブの目がうれしそうに輝いた。そこにはクレオのサインがわりに、青いインクで描かれた猫の〝てのひら〟の絵が添えられていた。ロブはいつもどおり慎重に、よその男の子みたいに包装紙をビリビリ破きもせず、爪の先でセロハンテープをはがした。期待に満ちたかわいらしい顔を見ながら、わたしはそのプレゼントをロブに贈るのはまだ時期が早すぎるのではないかと不安になった。けれども、スティーヴとわたしは何度も話しあい、それをプレゼントすることにしたのだった。

「やったぁ！」喜びに顔を紅潮させる。「本物のカシオのデジタル時計だ！」親のどちらかが「マルチファンクション」と言う間もなく、息子は時計を箱から出し、手首につけた。「これ、すごいよ。ライトつきだよ。このボタンを押すと、暗いところでも時間がわかるんだ」

なんなくテクノロジーを使いこなす能力は、わたし側の家族の血を受け継いだものではなさそうだ。ロブはさっそく取扱説明書を広げ、空を飛ぶ以外に時計にそなわっている機能をわたしたちに説明した。心ゆくまで読んでから、表面に張られた保護シートをはがし、説明書を折りたたんで入っていた箱のなかにきちんとしまう。

「いままでもらったなかで、いちばんのプレゼントだ」ロブはため息をつき、ベッド脇のテーブルからスーパーマン・ウオッチを手に取った。「でも、時計をふたつもつけられないよ」

親指がスーパーマン・ウオッチの表面で輪を描く。わたしは喉が詰まった。なぜこんな無神経なことをしてしまったんだろう。

「ぼく、ほんとにこのスーパーマン・ウオッチが好きなんだ」もちろんそうでしょうとも。身に着けていればサムとつながっていられるお守りをいきなり手放すなんてできるわけがない。

「心配しなくていいのよ、ロブ。カシオはお店に返して、何かほかのものと交換してくるから」

「ダメだよ！　そうじゃないんだ」ロブは首を振った。「あのさ、もしぼくがサムの時計を引きだしにしまったら、サムはいやがるかな」

喉に詰まっていたかたまりが消え、わたしは息子を抱きしめて髪をなでた。

「サムはぜんぜん気にしないわよ」わたしは涙をこらえながら言った。息子がとても誇らしかった。

「ロブもそろそろ大人用の時計を持ってもいいんじゃないかって、サムならきっと言うわ」

その夜遅く、パジャマを着た子どもたちがジグザグ道をぞろぞろと下ってきた。門のそばの木をがりがりとかじっているオポッサムにも気づかず、にこにこと笑っている。ロブが彼らを家のなかへ招き入れた。真っ赤なガウンを着て、スペースシャトルよりもたくさんの機能がついた真新しいカシオの時計を手首にはめている。

走りまわる子どもたちの歓声が家中に響き渡った。壁が揺れる。ゴムの木が震える。ポテトチップスの欠片が毛羽立ったカーペットに散らばる。キッチンのなかをソーセージが飛び交う。昔なら歯をくいしばって早く終わってくれと祈るたぐいのパーティーだった。いまは、そんなことはない。シーツをつなぎあわせて窓から垂らす？　大いに結構。廊下でクリケットをする？　ランプがひとつ、ふたつ壊れたところで、それがどうした？　わたしもパーティーの趣旨にあわせて青いガウンを着て、子どもたちがはめをはずしまくるのを覚悟した。

サムが逝ってしまってからの二年半で、ロブがいったい何人の友だちをつくったのか、正確な数はわからない。だが、ロブに同情して友だちになってくれた子はひとりもいないようだった。みんなしてふざけあい、笑いころげる姿は、何よりもそれを物語っている。ロブは一九八三年から長い道のりを旅して、ようやくここまでたどりついた。恥ずかしがりやの弟は、友人を惹きつける魅力たっぷりの男の子に変身した。感謝と、息子を誇らしく思う気持ちで、いまにも涙がこぼれそうだった。

パーティーには猫と赤ちゃんはなじまない。わたしはリディアとクレオを家の端っこにある静かな部屋に避難させていた。しかしふたりにしてみれば、たまにひょっこりと現われる子どもたちにびっくりさせられるくらいなら、いっそのことそのなかにまじってしまったほうがいいかもしれない。わたしはリディアとクレオを連れて、輪に加わった。クレオは猫好きで赤毛のサイモンにすぐになつき、スライスしたハムのにおいを嗅ぎながら彼の膝にずっと乗っていた。リディアは青いベビー服を着て（生まれてくるのは男の子だとばかり思っていたときに買った）、国民の暮らしぶりを視察する王太后を思わせる慈悲深い笑みをたたえて、お客たちに挨拶した。

子どもたちは輪になってプレゼントのまわしっこ《パス・ザ・パーセル》、もとい、プレゼントの投げあいっこ《スロー・ザ・パーセル》をした（ありがたいことに、クレオもリディアもプレゼントの代わりを務めることはなかった）。窓に雨が吹きつけ、雷がゴロゴロと鳴った。稲妻が走ったちょうどそのとき、玄関のノッカーがドアを叩く音がした。

年老いたマジシャンがおもちゃの鼻眼鏡をつけて玄関口に立っていた。片手に大きなスーツケースを持って嵐のなかを歩いてきたらしい。鼻眼鏡とあいまって、そのスーツケースまで芝居の小道具じみていた。年は八十歳くらいだろう。遅れたことを詫びながら、レインコートを脱ぎ、つるんつるんの頭にトルコ帽をちょこんとのせる。わたしはなんだか彼が気の毒になった。やかましい子どもたちの前でマジックを披露するのはさぞかし骨が折れるだろう。老マジシャンが果敢に居間に足を踏み入れると、子どもたちは鼻で笑った。マジック・ショーは三十秒と続かないかもしれない。

手はがっしりしているが、指は煙草さながらに細い。レンガ職人みたいな手なのに、指は思いのほか華麗に動いた。マジシャンはスーパーマーケットの袋のなかでロープの長さを一瞬にして変え、インクの染みが飛び散ったハンカチをダンボール箱のなかに入れて、ちちんぷいぷい、あっという間に染みを抜いた。子どもたちは興味しんしんとはほど遠い。まあ、それはそれで仕方がない。

ショーが終わりに近づくと、老マジシャンはシルクハットを取りだした。それから本日の主役を呼び、呪文を唱えながら帽子を三回叩いてごらん、と言った。するとびっくり仰天、帽子から真っ白な鳩が飛びだした。

サイモンの膝に乗ってショーを興味深げに見ていたクレオが、とつぜん鳩めがけて目にもとまらぬ速さで床を駆けた。老マジシャンが驚いて尻もちをついた。あわてた鳩はわめきながらマジシャンの手をすり抜けた。鳩がつばさをはためかせ、ゴムの木にとまるのを、子どもたちはおっかなびっくり眺めていた。スティーヴがクレオをつかまえて部屋の外へ連れていき、わたしはマジシャンに手を貸して立ちあがらせた。

「すごい！　こんな楽しいパーティーははじめてだ」と叫ぶ子どもを尻目に、マジシャンは鳩をしまい、キッチンへ持っていった。ほかの子たちも同調してはしゃぎだし、盛大な拍手で老人を見送った。

キッチンでマジシャンは鳩をなだめながらお茶を飲んだ。デヴィッド・ボウイの独特な節まわしが壁の向こうから聞こえてきた。

「これが音楽って言えるんですかねえ」マジシャンはため息をつき、鼻眼鏡をはずしてポケットに入れた。「ビング・クロスビーのほうがずっといい」

老人はお茶を飲みほし、スーツケースを手に、いまや安全な場所となった嵐のなかへ戻っていった。わたしはさようならと手を振り、パーティー会場へ取ってかえした。少しまえのわたしなら、十五人のパジャマ姿の子どもたちが家具の上から飛び降りたり、カーペットの上で馬跳びをする光景を目にしたとたん、口うるさい女になっていただろう。いまは、子どもを叱りつけるなんて時間の無駄だと悟っている。やかましい音に身をゆだねながら、わたしは散らかり放題の馬鹿騒ぎが楽しくて仕方なかった。わたしは子どもたちのなかにロブの姿を探した。クレオを腕に抱いて真っ赤なガウンを着た息子はすぐに見つかった。

「みんな、これが好きだろぉ」ロブが大声を出して、ステレオのボリュームをあげた。ボウイがロブの好きな〈レッツ・ダンス〉をノリノリで歌うと、わたしは動きださずにはいられなかった。よーし、やっちゃおう。リディアを腰抱きにして身体を揺らし、足が痛くなるまでいろいろなステップで踊った。部屋が喜びで湧きかえった。サムがいたころは、いや、いままで一度も、こんな楽しいパーティーに参加したことはなかった。笑いすぎて涙まで流しながら、いま大切にすべきことを考えた。こんなときに子どもを怒鳴りつけるなんて愚の骨頂だ。この子たちは家具を叩きこわそうと手ぐすねを引いているわけではない。コーヒーテーブルにちょっとひっかき傷がついただけ。わたしたちは笑っている。わたしたちは踊っている。わたしたちは生きている。

ロブの誕生日パーティーから数週間がたったころ、新聞の編集者のジム・タッカーから電話がかかってきた。ジムは全国紙の〈サンデー・スター・タイムス〉の編集者として働きはじめたと言い、驚いたことに、ライターとして自分のチームに加わらないかとわたしを誘った。ジムの熱弁を聞きながら、その声に意識を集中させることで、自分が夢を見ているわけではないことを再確認した。魅力ある職場で新たなキャリアをスタートさせることが、わたしの大きな望みだった。けれども、いまこのときまで、そんなチャンスが訪れることは決してないだろうと思っていた。週に一回、ウェリントンの地元紙に寄稿している家庭生活についてのコラムは、ピューリッツァー賞を受賞するにふさわしいとはとても言えない。

ジムはすべての母親が理想とする、フレキシブルな働き方を提案した。しかし、ジムの念頭にないことがひとつあった。もしわたしがその仕事を受けるなら、わたしたち一家は猫も含めて荷物をまとめ、六百キロ北にあるオークランドへ引っ越さなければならない。わたしは声が震えるのを悟られないようにしながらジムに礼を言い、少し考える時間がほしいと頼んだ。

クレオがキッチンに入ってきて、三日月の目でわたしを見あげた。わたしはクレオを抱きあげ、絹のような毛に指を走らせた。わたしたちにはウェリントンにかけがえのない友だちがいる。どうしてジニーやジェイソンと別れることができるだろう。ロブは楽しい学校生活を送っている。誕生日パーティーの大成功はロブが大きく前進したことを物語っていた。リディアは幼すぎてわからないだろうが、わたしが仕事をしているあいだにこの子の面倒をみてくれる託児所かベビーシッターを探さなければならない。それに、クレオはどう思うだろう。猫というのは人ではなく家につくと言われているのだから。

それから、肝心の仕事のこと。わたしには赤ちゃんやカーペットの毛羽やスーパーマーケットのカート以外のテーマについて書く能力があるとジムは思っているが、彼が間違っていたら？　自然豊かな場所で暮らしていた十年のあいだに、わたしはジャーナリズムについて学んだことをほとんど忘れてしまった。脳の一部も確実に縮んでしまったような気がする。そうでないとしたら、暗号じみた買い物リストを走り書きしたあと、いざスーパーマーケットに着いたときに判読できないのはなぜだろう。何よりも困るのは、自分の失敗が多くの人の目にさらされることだ。

わたしはウェリントンを愛している。天候は厳しいし、坂道はつらいし、地震は怖いけれど、そんな場所でも住めば都だということを身をもって知った。一方で、大きくて暖かい街に住む魅力も捨てがたい。ときどき、こんなふうに思うこともある。断層帯の上に建つ家というのはそもそもが不吉で、そこに住む人は誰でも悲嘆に暮れる運命にあるのではないかと。スティーヴとわたしはリディアを授かったことで一時的に関係が修復されたが、またまえのように距離を置きはじめている。愛は冷めきっている。

ロマンスの花がふたたび開き、長い夏の夜をむつまじく過ごしたこともあったが、それも崖っぷちに立たされたふたりの最後の愛のきらめきだったのかもしれない。

話しあった結果、スティーヴはわたしの物書きとしてのキャリアを応援するため家を売り、海上勤務を数週間おきに変えてもらうという気の重い仕事に取りかかる覚悟を決めた。わたしは夫に深く感謝した。たやすい決断ではなかったはずだから。ウェリントンの友人たちから離れ、日常を変えてジムのオファーを受けることは大きなリスクと言える。だが、彼の申し出を断ることは、また別の、より深刻なリスクとなるだろう。

似たようなジレンマをかかえるクレオをわたしは見てきた。木の股に後ろ足を置き、前足をのばして壁の上に飛び移ろうとする危なっかしい姿を。木から地面に降りるには、壁を経由するのが唯一の選択肢になる。前足を出したとたんにクレオの自信は揺らぎ、身体をねじって木に戻ることを思案する。地上に戻るためには木と壁のあいだの空間に身体を思いきってのばし、確実に後ろ足を壁に乗せるしかない。全神経を集中させなければ、ぶざまに庭に転げ落ちる屈辱を味わうことになる。クレオはリスクに挑むエキスパートだ。毎日挑戦し、ほぼいつも成功する。

わたしたちはサムのいないクリスマスと、あの子の誕生日を二度ずつ経験した。いまだ悲しみが生々しい日々のあいだに、〝よい一日〟の数が少しずつ増えてはいるが、物事を楽天的にとらえることはまだできない。長い冬のあとにやっと地上に出てきた芽のように、簡単に踏みつぶされる気がしてならない。

ジムのオファーに勇気づけられ、ある朝わたしは明るい気分で市街地を歩いていた。そこでサムが幼稚園に通っていたときからの知り合いであるヴァレリーにばったり会った。彼女の顔に、いまではすっかり見慣れたお悔み用の表情が浮かぶ。「お元気?」余命を宣告された人みたいな声で訊いてくる。「先日、大伯母のルーシーが亡くなったときに、あなたのことを考えていた……」

ヴァレリーの話(大伯母のルーシーは齢九十七にして、じゃがいもを掘っていたときにとつぜん死んだ)を聞いたあと、わたしは急いで家へ帰り、電話をかけた。「ジム? オファーを受けるわ」

復帰

猫の一生に変化は訪れない。ただ、冒険あるのみ。

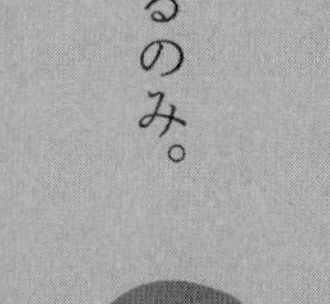

ウェリントンを離れるにあたってもっともつらいのは、ジニーに別れを告げることだった。ジニーはジグザグ道のてっぺんに立ち、イヤリングを風になびかせていた。家を売り、荷物を車に積みこんでしまったいまとなっては、決心をひるがえすには遅すぎる。わたしは気持ちを強く持ち、ふたりはこれからもかけがえのない友人同士なのだと言い聞かせた。
「あなた、きっと大物になるわよ、ダーリン」ジニーは助手席に向かって身を乗りだし、わたしにキスをした。「バーアーイ！」
　北へ引っ越すことでクレオが心にダメージを負うだろうとロージーは予言したが、クレオはふつうの猫とはちがう。クレオを立派な人間として扱えば、その分クレオは人間さながらに振る舞った。それどころか、神のごとく崇められたいとさえ思っている（夕食の席で、テーブルの上にあがればいくらでも食べ物にありつけるのに、誰かの膝の上でじっとしているのは、その証かもしれない）。

八時間に及ぶ車での移動のあいだキャリーケースに入れられて過ごすのは、猫の女王にとっては快適な旅とは言いがたい。それでもクレオは不平をもらさず、ほとんどの時間、ソックスをまくらにしてうたた寝をしていた。

わたしたちはオークランドの中心街にほど近いポンソンビーにある、路面電車の車掌が所有していた古い家を買った。わたしはポンソンビー・ロードのリラックスした雰囲気が気に入った。そこではポリネシア人の女性たちが闊歩し、若者が芸術家を気取っている。あちこちに描かれた落書きさえ見る価値があった。しばらくたってから、近所にはたくさんのおしゃれなカフェがあることに気づいた。仲のよさそうなカップルが次々にそのなかへ吸いこまれていく。

わたしは一目でその家と恋に落ちた。日あたりがいいのもさることながら、外の世界へ簡単に出ていけるという利点はウェリントンの家では得られないものだった。大きなサッシ窓がそこかしこに取りつけられ、ポーチはレースのような木製の柵に囲まれていて、そこに立っただけで街のにおいが感じられた。柵にはフジの枝が巻きつき、花かごがそよ風に揺れている。道との境をなす柵のほうはブラシノキの下で白く輝いている。

なかの造りはおもしろいほど単純だった。居間へと続く廊下の両側に三つのベッドルームが配置されている。外観とはちがい、内装にはちょっとがっかりさせられた。というのも、まるで一九七〇年代のどこかで、陰気なヒッピーが改装したかに見えたからだ。それもかなり気分が落ちこんでいるときに。そうでなければどうして、すべての部屋にこげ茶色のカーペットを敷きつめ、キッチンの木の部分を糖蜜みたいな色に塗るだろう。パネルを張った天井とレンガ製の暖炉という組み合わせも、どことなく統一性を欠いている。居間からキッチンへ抜けるのにスペイン風のアーチをくぐるのもどうかと思う。

　裏庭は子どもたちの遊び場にぴったりだった。キッチンの外にはサンルームがあり、そのフレンチドアをあけるとアカスギ材のウッドデッキに出られる。縁《へり》に沿ってベンチがつくりつけられ、屋根にはブドウの蔓がからまっていて、たっぷりと日光浴ができそうだ。ウッドデッキを降りると、香りのいい草地が平らに広がり、ジャングルジムやトランポリンを置く充分なスペースがある。奥のフェンスの向こうからはバナナの木の葉がのぞいている。これからここですばらしい時間を過ごせると思うとわたしはわくわくした。スティーヴのほうはそれほど興奮してはいなかったが、わたしの気分にあわせ微笑んでいた。

　クレオは後部座席のキャリーケースのなかでさかんに鳴いていた。引っ越しに先だってロージーに指示されたとおり、ロブはキャリーケースに入れたままクレオを家のなかに運び、廊下にそっとおろした（カーペットに目をやった瞬間、この家はわたしたち仕様につくられていると思った。どうやらわたしたちはカーペットにつまずきながら暮らす運命にあるようだ）。ロブは慎重に扉をあけた。ロージーの言葉が頭によみがえる。クレオは長旅で方向感覚を失っているから、何時間もキャリーケースのなかにうずくまっているだろう。

　キャリーケースのなかからふたつの目と黒いひげと鼻がのぞき、それに続いて黒い耳が出てきた。クレオは視線を右へ左へと向けて廊下を点検したあと、顔をあげて召使いが全員そろっていることを確認した。それから優雅に足を踏みだし、スナイパーが敵のひそむ村を偵察するみたいに家のなかを歩き、カーペットのにおいを嗅ぎ、すべての部屋の隅っこを調べてまわった。

バスルームで猫足がついた古びたバスタブの下をのぞいてクモを探しているうちに、スナックの欠片を見つけた。キッチンでは別のお宝が待っていた。シンクの下にアリが巣をつくっていたのだ。アリまで棲みついているとは、まさにここはクレオのために用意された家だと言える。

クレオは日の光を集めるフレンチドアがいたく気に入ったようだった。ドアの前であくびをしながらのびをして、光のなかで毛を青っぽく輝かせた。クレオが気持ちよさそうに目を細めているあいだ、人間の召使いたちはエジプトの女王につまずかないよう注意して、箱やスーツケースを運びこんだ。きっとクレオの祖先たちも、ピラミッドが建設されている最中にこうしてうたた寝をしていたのだろう。

ロージーはまた別の指示も出していた。クレオがパニックを起こしてウェリントンへ戻ろうとするかもしれないので、二日間は家のなかに閉じこめておくように、と。クレオは自分だけの日焼けサロンで日光浴を楽しみながら、どこかへ逃げだそうとはまるで考えていないようだった。古代エジプトの暑さに順応した遺伝子が、オークランドの亜熱帯性の気候を大いに享受しているらしい。

人間の召使いたちもクレオにならって変化に順応しようとしたが、結婚生活の分野では新たなスタートは望めそうもなかった。スティーヴのウェリントンへの通勤は、わたしたちのあいだの溝をさらに広げた。両者ともふたりを隔てる谷を越えることを諦め、別々の社会生活を送りはじめた。スティーヴは新しくできたわたしの友人がやかましくて我慢ならないようだったし、わたしとしても、夫の友人はおとなしすぎて不気味だった。スティーヴはサンルームにソファベッドを置いて、そこで寝るようになった。わたしたちは子どもたちのために現状を維持しようとしていた。よい友人同士ではあったが、夫婦としてのふたりの関係は破綻していた。

ロブはまえの学校では人気者だったけれど、こと勉強に関しては優等生とは言えなかった。学校での面談のたびに、ロブは明るくていい子だけれどもう少しがんばって勉強してほしい、と教師から苦言を呈され、わたしは小さな椅子にすわっているのがたまらなくいやになった。わたしが学校へ通っていたころは、教室の窓から外を眺め、遠くの木に日がさす様子に見とれてほとんどの時間を過ごしていたので(一度、二匹の犬が重なっているところを見たことがある。母がわたしのベッドに置いていった性教育の本でしか見たことがない光景だった)、なかなか成績があがらないことに関しては、ロブもわたしも同じだった。ただひとつちがうのは、ロブのほうは学校でよそ見をすることもなく一生懸命、勉強しているとことだった。必死にリーディングや算数に取り組んでもCやDしかとれないことに、ロブは苛立った。教師たちは頑迷になるほど年をとっているわけでもないのに、子どもたちを支配する独裁者みたいに自分たちは正しいと思いこんでいた。兄が亡くなったことや両親が不仲なこととは関係なく、ロブには何か〝問題〟がありそうだと彼らからほのめかされることに、わたしはうんざりしていた。教師たちは成績があがらない原因を探そうともせず、怠慢なのか想像力が欠如しているのか、ロブに手をさしのべようともしなかった。

オークランドへの転居により、ロブが新しい環境でのんびりと学べればいいと思っていたが、そもそも学校に〝のんびり〟を期待できないこともわかっていた。新たな学校へ行ってみると、校舎のなかにも外にも、いたるところに原色で塗りたくった子どもたちの作品が展示されていた。校庭にある遊び道具(コンクリートの土管やケーブルを巻きつける巨大な糸巻きみたいなもの)は、どこかの大規模な工事現場からもらってきたものみたいだった。ロブの新しい先生、ミセス・ロバーツは、赤毛を短く切り、きらきらと輝く青い目をした女性だった。絞り染めの絹のスカーフを肩から垂らし、ロブには独特な雰囲気があるとさりげなく言った。

「あの先生、ちょっと変わっているわね」校舎から出たあと、ロブとわたしは巨大な土管をくぐって、車をとめた場所に向かった。「ここにあるものはみんなそうだけど」

「どういうこと?」

「なんでも気楽にやってみなさいってことらしいわよ。陶芸がいやだったら、ダンスとか演劇とか、そういうのをやればいいみたい。ここでは誰もサムのことは知らない。ロブはもうお兄さんをなくしたかわいそうな子じゃない。ロブのままでいればいいの」

そうはいっても、陶芸やダンスや演劇にいそしむロブの姿は想像できなかった。この子の部屋はプラモデルの飛行機で埋めつくされていて、まるでバトル・オブ・ブリテンのミニチュア版だ。ビーチでは、ほかの子たちが果敢に波に挑むのを尻目に、ロブは何時間もかけて排水設備や歩道橋がある街をつくりつづけた。そういう子がタイツを無理やりはいて、〈白鳥の湖〉の王子役をやらせてほしいと頼みこむとは考えられない。でも、まあ、せっかく新しい学校へ行くんだから、やってみてもいいかもしれない。

次なる課題は、リディアの面倒をみてくれる、子ども好きで信頼の置ける申し分のない人を見つけること。ジムは好きな時間に働いていいと言ってくれたが、毎日きちんと出社しなければならないだろう。見知らぬ人に一歳のリディアを預けると思うと、胸が痛くなった。

ベビーシッターの紹介所で、わたしはメリー・ポピンズと聖母マリアを足して二で割ったような人を求めていると説明した。担当者は笑ったが、それならベビーシッターの制服を着て子どもに意地悪をする人を紹介してやる、と内心で思っているような皮肉な笑いではなかった。むしろ、こちらの希望を了解したという印象を受けた。「登録名簿にぴったりの人がいるわ」と彼女は言った。「名前はアナ・マリー。ちょっとびっくりだけど、いま担当している赤ちゃんはいないようね。彼女を希望している人は何人かいるけれど。まずは、アナがあなたを気に入るか、訊いてみなくちゃ」

ベビーシッターのほうがわたしたちを選ぶわけ？

アナ・マリーの紹介状はこれ以上は望めないほどすばらしいものだった。乳幼児保育の専門家を養成する、イギリスの名門ノーランド・カレッジを卒業しただけではなく、自分の子を四人育てた母親でもある。

淡いピンクと白という色合いの、染みひとつないワンピースを着たアナ・マリーがわが家にやってきたとき、わたしはすっかり恐縮してしまった。靴は真っ白で雪のように輝いている。茶色い目はやさしげで、リディアを見るとさらに温かみが増した。リディアは、ようこそ、という視線をアナに向け（娘はアナ・マリーを一目で気に入ってしまった）、ぷよぷよした両腕をあげてアナの首にまわした。胸にちくりと嫉妬のとげが刺さる。働く母親なら誰でも、世話をしてくれる人に自分の子どもを預けるときにはこういったかすかな痛みを感じるのだろう。

翌日、心待ちにしていた電話が鳴った。アナ・マリーはよろこんで娘の面倒をみると言った。

わたしはふたたび新聞社で働けるという幸運が信じられなかった。悲しみや笑いや狡知が入りまじり、まったくちがうものが同時に息づいているニュースルームをどれほど恋しがっていたことか。放浪の果てにみずからの部族のもとへ帰る者のように、わたしもようやくホームグラウンドへ戻ってきた。アウトサイダーの群れのなかに。世の中を斜めに見る一風変わった態度ゆえに、ジャーナリズムの世界以外では受け入れられない者たちの集団のなかに。

大好きなメアリーは、すごく魅力的なのに自己不信に陥りがちな、アイルランド人のファッション・ライター。ロック・ミュージック担当のコリンは、憂いに満ちた雰囲気で女性のハートを鷲づかみにしている。編集者のティナは、怒りっぽくてすぐに癇癪玉を破裂させるけれど、ときどきふと、氷の女王の仮面が落ちてちらりと温かい心を見せる。

テレビ用の原稿を書くニコルはブロンド美人で、マレーネ・ディートリッヒから盗んできた脚が自慢。わたしが見たところ、ニコルは自分の時間をつまらない男に費やす気はさらさらないらしい。彼女もわたしと同様に十代で結婚し、離婚の泥沼を経験している。型にとらわれない半面、ほかの同僚と同じく心に傷をかかえている。テリアみたいにタフで、いい話に食いついたら絶対に離さない。わたしは彼ら全員を心から愛している。

わたしはふたたびきちんとした服を着ることがうれしくて仕方なかった。この十年間、衣装戸棚にあるのはジャージとマタニティウェアとガウンだけだったのだから（どれもグレイか黒か茶色）。明るい紫色のスーツに袖を通し、コバルトブルーの蝶ネクタイ（ファッション的にはどうかと思うけれど）をつけると、がぜんやる気が出た。毎朝化粧をして、高いヒールの靴で歩くと自然に気分が高揚する。まだ舞踏会は終わっていなかったと気づいたシンデレラの気分だ。音楽が鳴り響き、招待客が笑いさざめくなか、わたしは王子に呼ばれてガラスの靴を取り戻す。

なんでも屋のライターとして、わたしはどんな仕事でも引き受けた。ナンキンムシについて書けと言われてもよろこんで承知しただろう。驚いたことに、ジムとティナは直感でわたしの能力を信じてくれた。そして、世界的に有名なシンガーであるジェームス・テイラーやマイケル・クロフォード、さらには、マーガレット・アトウッドやテリー・プラチェットといった作家にインタビューする仕事をわたしに割りあてた。それればかりか、わが国の首相やアイルランド共和国の大統領、メアリー・ロビンソンにインタビューする機会まで与えてくれた。そういった経験をとおして、世界という舞台で名声が高まれば高まるほど、人びとは謙虚に、そして気さくになるということをわたしは知った。たとえこの辺鄙な農業国へやってきて時差でふらふらになっているとしても。メアリー・ロビンソンがほかの何よりも生き生きと語ってくれたのは、自宅のキッチンで子どもたちの宿題を手伝っているときのエピソードだった（これはわたしにとってラッキーだった。国際政治はわたしにはちょっと荷が重い）。

ジムは社説も書かせてくれた。わたしは頭を柔軟に働かせて、原子力エネルギーから動物園までさまざまな題材を選び、四苦八苦しながら書きあげた。四十分というかぎられた時間で原稿を仕上げるのは、出力数をあげた電子レンジのなかでくるくるまわっているようなものだった。

ある朝、わたしは大あわてで〝アルコルー〟がもたらす危険性について政府の無関心ぶりを叩く記事を書いた。タイプライターのキーの上で指が滑ってしまったのか、教室の窓から外を眺めていたことのしっぺ返しを受けたのか、原因は定かではない。原稿は奇妙な綴りを含んだまま編集補佐のチェックをすり抜けた。この記事のおかげでここ何週間かは、新聞社の評判を地に落とすことは間違いないだろう。ジムとティナがそれでもわたしを道端に放りださなかったことが信じられなかったし、ありがたくもあった。ふたりはうなずき、笑みさえ浮かべて、またおもしろそうな仕事をわたしに割りあててくれた。たぶん、本物のジャーナリストはみんな酒を飲みすぎて雑魚寝をしたあげく、おかしな伝染病にかかって死に絶えてしまったので、わたしを使わざるをえなかったのだろう。

わたしは職場が大好きだが、一日でいちばん待ち遠しいのは、古い家の玄関ドアの鍵をあけたとき、クレオが廊下を駆けてきて〝おかえり〟と出迎えてくれる瞬間だ。

クレオの言語能力がずいぶん発達したことはあきらかだった。家族の誰かが帰宅したときにかわいらしくニャオと鳴いて〝おかえり〟と伝えるのはもはや当たり前で、抱きあげてもらうと行儀よくお礼を言い、締めだされたときは〝入れてよ、意地悪しないで！〟と情けない声を出す。クレオの礼儀正しさは、わたしたち四人が束になってもかなわない。誰かがドアをあけてなかに入れると、クレオはツンと澄まして〝ありがとう〟と早口で言い、通りすぎていく。

時間どおりに食事が用意されていないと、とたんに野良猫ふうな口調になり、冷蔵庫の前に立ちはだかってこう叫ぶ。〝いますぐ食べ物を出さなきゃ、あんたの頭に飛び乗って、目玉にタトゥーを入れてやるよ！〟

クレオはひげをぴくりとも動かさず、家のなかや街を歩きまわる。いまは道路沿いに住んでいるので、クレオが車に轢かれでもしないかと心配でたまらなかった。とくに、夜になってから出かけるときは。暗い道路にいる黒い猫に、いったい誰が気づく？　またしても、わたしはクレオを過小評価していた。クレオはなんなく道路を渡るすぐれた遺伝子を持っているようだ。きっと、父親から受け継いだものだろう。

ある夜、家のすぐ近くで猫が喧嘩をする騒がしい音が聞こえてきたあと、クレオが耳に怪我を負って玄関に現われた。それ以降、わたしはクレオを家のなかに置くようにしていたが、毎晩クレオが訴えかけてくるので、しばらくしてまた外に出してやった。あの晩の喧嘩はかなり激しいものだったが、クレオは相手を追いだしてそこを自分の縄張りにしたにちがいない。それからは、いがみあう声が聞こえてくることはなかった。

クレオの鳥を狩るスキルは新たなレベルに達していた。靴箱の靴のなかには小さな死骸と羽が詰まっていた。

わたしは子どもたちにどうしてもと頼まれて、裏庭の隅に穴を掘り、池をつくって水草を浮かべた。そこに泳ぐ金魚はクレオの次なるターゲットとなるのは間違いない。クリスマスが過ぎたらもういなくなっているだろう。予想に反して、金魚たちは策略をめぐらし、目覚めている時間のほとんどをスイレンの葉の下でせっせと何事かに励んでいた。ほどなくしてたくさんの金魚の子どもが泳いでいるのを見て、魚には避妊をしようとする気はないのだろうか、と考えた。

クレオが喧嘩で負った傷もだんだんと癒えてきた。そのときわたしは思った。クレオだっていつでも礼儀正しくしているばかりではなく、いやなやつを力ずくで追い払うときもある。わたしはクレオにならい、仕事中にいやなことがあっても、そんなものはさっさと払いのけることにした（たとえば、息を切らした男から電話がかかってきたときのこと。ずいぶん長いことたってから、男は走ってきたわけではなく、健全とは言えない行為にふけっていることにわたしはようやく気づいた。またあるときは、ふたりのファッションモデルの名前がごっちゃになり、エレガントな人のほうに、悪い噂のあるモデルの名前をキャプションでつけてしまい、そのあと苦情の電話でてんやわんやになった）。クレオが足を滑らせて壁からアジサイの茂みに転げ落ちたときと同様に、わたしも屈辱に耐え、それを払いのけて、愚かしい失敗を繰りかえすなと自分に言い聞かせた。ついでに、弁護士のお世話になるようなことが起きませんように、と願った。

年が明けると、わたしたち夫婦は、夫が家にいるときは互いに避けあうようになった。統計によると、関係を終わらせたがるのは男よりも女のほうらしい。統計なんて信じたことはないけれど。別の説では、男が関係を終わらせたがっている場合、わざと一緒に暮らすのが難しくなるように仕向け、女のほうが仕方なく別れ話を切りだすという。

わたしたちの結婚生活は、ボウルのなかの卵白みたいだ。空気を入れてかきまわすと、しっかりツノが立つときもある。そういうときはつやつやしたメレンゲができあがるかもしれないが、どんな菓子職人でも知っているように、長く、あるいは激しくかきまぜすぎると、メレンゲはぺしゃんこになってしまう。

ある日の午後、仕事から帰ると、ついに来るときが来た。スティーヴは庭に立っていた。どんな会話を交わしたか詳しいことは覚えていないが、たぶん、誰かがキッチンの長椅子にバターを出しっぱなしにして、それをクレオがなめた、とかそんな他愛もない話だったと思う。会話は口論へエスカレートしていった。口論など一度もしたことがないのに。その勢いで、わたしたちは離婚について話しはじめた。スティーヴがいつまでもサンルームで寝るわけにはいかないことは、どちらもわかっていた。それでも、離婚という言葉が出たときは衝撃を受けた。

スティーヴは横目で赤いブラシノキの花を見ながら、できるだけ弁護士を介入させないようにしたいと言った。花が同意してうなずく。通りのほうから車が走り去るのが聞こえた。前庭はこのような会話をするべき場所ではないように思えた。ならば、みんなどこで離婚の話をするというのか。わたしの知るかぎり、キャンドルを灯したレストランでも、花の香りのするベッドルームでもないことはたしかだ。

スティーヴは翌週に出ていくと言い、廊下に飾ってあるヨットの絵と、ほかのものもいくつか持っていきたいと付け加えた。わたしは夫がそういったことを用意周到に考えていたことにショックを受けた。具体的なことをもう何年もじっくりと考えていたのだろう。スティーヴは子どもたちの面倒は半々でみることと、金のことは後日話しあうことを提案した。

猫はわたしが引きとることになった。

開放

猫好きではないと言い張るのは大人げないが、
自分は犬派だと断言する人間はもっと大人げない。

夜、ため息をつきながらベッドに向かう子どもの姿がないと、家は洞穴のように虚ろだった。ロブは国語の宿題を手伝ってほしいのではないか、スティーヴは二歳半になったリディアの面倒をちゃんとみているだろうか。クレオも楽しくなさそうだ。いまはロブのソックスに囲まれて子ども部屋のベッドで寝ている。

スティーヴが担当する週には、わたしはふたりに会うために仕事をやりくりして、リディアを託児所から引きとり、ロブを車でシー・スカウトの活動場所へ連れていった。ひとりきりになると、なんとか時間をつぶそうと、バスルームの棚を片づけ、原稿を推敲したが、どうしても子どものことを考えずにはいられなかった。心は大きな望遠鏡となって空を漂い、わが子のどんな行動も見逃すまいとした。ロブはスクールバスに乗りこむまえに車が来ていないか確認しているだろうか。リディアは風邪など引いていないだろうか。ふたりとも、母親がいつも見ていることに気づいているだろうか。

写真のなかのサムがマントルピースから見つめてくる。生意気そうな笑顔が。わたしはフォード・エスコートの女性のことを考えた。彼女の記憶にあるサムは、本人とは似ても似つかない少年だろう。いまではわたしも彼女に責任はなかったと認めている。自分が彼女の立場だったらどうするだろうか。よその国へ引っ越し、新しい身元を金で買うかもしれない。ある晩、シー・スカウトの活動を終えたロブを乗せて車を走らせている途中で、わたしは猫を轢いてしまった。とつぜんの出来事だった。ヘッドライトのなかに白い毛がよぎった瞬間、いやな衝撃音がして車輪が骨を砕いた。ブレーキを踏む間もなかった。あの女性も同じだっただろう。ショックを受け、良心がとがめて吐きそうになりながら、わたしは車をとめた。命の消えた動物が横たわっていた。申しわけない思いでいっぱいになり、猫に駆け寄る。子どもを轢いたら、この何万倍もひどい気分に襲われるだろう。

いずれにせよわたしは子どもを失う運命にあるのだと考えもした。自分を憐れむことはないが、もうとにかく、すべてのことにうんざりして、この状態から抜けだす手立てを探しはじめた。そのひとつとして、子どもを失って悲嘆に暮れる親たちの集まりに参加し、インタビューをこころみた。なかには、つい最近、悲劇に見舞われたばかりの人たちもいて、その心の傷はわたしのものよりもずっと生々しかった。何か別のことに目を向ければ悲しみもいつかは癒えるだろう、などという慰めの言葉はとうていかけられなかった。この五年間で、わたしは人間の悲哀とはどういうものかを知った。ひとつとして同じ悲しみはなく、他人の痛みをわがことのように感じることは誰にもできない。

精神分析医の机にはティッシュの箱が置いてあった。つまり、涙が商売を成り立たせているわけだ。

涙に暮れるありふれた患者がまたひとり現われた、とは絶対に思われたくなかったので、わたしは目をしっかりと乾かしておくことにした。

「あなたに必要なのは新たなスタートよ」精神分析医が脚を組み、ピンクがかったレンズをとおしてじっと見つめてくる。「自尊心を取り戻すの」

わたしの身体は涙のかわりにほかの液体を流さずにはいられないらしく、鼻水がとめようもなく垂れだした。ティッシュのほうに目をやったが、それに手をのばせば負けを認めることになる。唯一の手段として、鼻をずずっとすする。

「そのために何をすればいいかわかるかしら」彼女はゆっくりと椅子に身体を沈めた。ちょうどその頭の上に、淡いピンクと黄色のロスコの抽象画が飾られている。温かい色彩の絵で苦悩する患者の心を落ち着かせようとしているらしいが、功を奏するのはロスコがうつの果てに自殺をとげたことを知らない患者に対してだけだろう。「男を見つけるの。一夜かぎり《ワン・ナイト・スタンド》でもいいから」

彼女の言葉が部屋をさっと横切り、ミサイルとなってわたしの耳のなかで炸裂した。母が聞いたらどう思うだろう。大切に育てた娘が、神の意に背いて自堕落な女に成りさがったと嘆くだろうか。

「つまり、どこからか一夜かぎりの男を探しだして誘惑し、自尊心を取り戻すためにその人と寝ろっていうこと？」

精神分析医はうなずいた。この女性はあきらかに頭がおかしい。言うとおりにしようものなら、わたしは罪悪感のあまり死んでしまうだろう。

「人生の新たな一ページをスタートさせるには、それがいちばんよ」

「子どもたちはどうするの」

「べつに知らせる必要はないわ。お子さんたちとは関係のないことだもの。元のご主人が子どもたちの面倒をみる週末を選んで、手はずを整えたらどうかしら」

手はずを整える？　一夜のアバンチュールとは、手はずを整えてのぞむものなのだろうか。彼女はまず候補者のリストをつくってみろと言った。知り合いの男は職場にしかいない。だが男のジャーナリストというのは信じられないほど分別に欠ける。わたしは〝手近な男とやっちゃった女〟のリストには載りたくない。友人の夫という線も考えられないこともないが、せっかくできた女友だちを裏切るまねはできない。つまり、わたしのリストは真っ白というわけ。

「幸運を祈るわ」精神分析医は言い、わたしが小切手にサインをするあいだ微笑んでいた。「大胆にね」

精神分析医のアドバイスを実行に移す機会は数週間後に訪れた。ファッション・ライターのメアリーが資金調達のパーティーで知り合いになった男性を紹介してくれたのだ。きっとナイジェルのことを気に入るわ、とメアリーは言った。彼はつい最近、二度目の離婚をしたばかりだが、一緒に住んでもうんざりすることはなさそうだし、袖にするのはもったいないとのことだった。わたしはこっそり顧客リストをめくって、ナイジェルがどんな仕事に就いているのかチェックしてみた。彼は食欲が異常に旺盛な巨人も同然の企業に勤めていて、小さな会社を容赦なくむさぼり喰っていた。わたしのまわりにはいないタイプで、金の話ばかり聞かされたら退屈するかもしれない。だが、インタビューするのがわたしの仕事だ。必要とあらば、もっとおもしろい話を引きだす自信はある。メアリーによると、ナイジェルは理想の条件をすべて満たしているという。わたしの理想の条件とはなんだろう。もう何年もデートとはご無沙汰しているし、ルールは変わってしまっているはずだ。昔のデートのルールはたったひとつだけ。相手が結婚する意思をちょっとでも見せないかぎり、手出しはさせないこと。何年も郊外の片隅に埋もれているうちに、わたしの〝デート〟はスーパーマーケットへの往復と、動物相手に過ごすことに形を変えてしまった。

　デートの夜が来た。わたしは気が気ではなく、手まで震えだしていた。クレオはぎこちなく化粧するわたしをいつも観察する。バスルームの化粧道具を入れた引きだしをあけると、かならず洗面台に飛び乗る。絶好の場所からわたしが熱心に作業するのを見ると、エジプトの女王の血が騒ぐらしい。ちょっと隙を見せれば、チークブラシをくわえて逃げ、ベッドの下で一本一本、毛を抜く。今日は引きだしに乗り、ケースの蓋をあけたアイシャドーをとんとんと叩いている。本日のラッキーカラーは紫のようだ。ほかに美容部員はいないので、わたしはクレオのアドバイスに従うことにした。まぶたにアイシャドーを塗っていると、クレオが励ますようにニャオと鳴いた。出来ばえのほどは、マーク・アンソニーに連れられてカクテルパーティーに赴く女性というよりも、モハメド・アリにカウンター・パンチを食らったボクサーみたいだが、塗りなおしている時間はない。クレオは赤い口紅にじゃれついている。わたしはそれをさっと取りあげた。

「どうかしら」口紅を塗り、訊いてみる。

　クレオは腰をおろして前足をバレリーナのようにちょこんとそろえ、首を傾げて瞬きした。オーケーのサイン。わたしは一晩立ちっぱなしで自分の脚がもつだろうかと考えた。何しろ、一夜かぎり《ワン・ナイト・スタンド》の男を相手にするのだから。

わたしのそわそわした気分を感じとり、クレオは客を出迎える役を買ってでた。尻尾を優雅にカールさせてナイジェルのほうへ速足で近づいていく。ナイジェルは背が高く、堂々とした体格の男性で、茶色い口ひげをたくわえていた。顔のどこかに毛を生やした男はわたしの〝ワン・ナイト・スタンド〟にふさわしいだろうか、とちらっと考えたが、頭のなかにあの精神分析医の言葉がよみがえった。〝大胆にね〟。

「猫！」ナイジェルの眉毛が株式チャートなみに跳ねあがった。「ぼくは猫アレルギーなんだ」

「まあ、どうしましょう」

ナイジェルの反応を気にもとめず、クレオは背中を弓なりにして一度大きくのびをした。それからまた尻尾をカールさせて、お客を居間へ案内する。わたしたちの前を小走りで進むクレオは、ゲストを迎える女主人の役を見事にこなしていた。ナイジェルのスーツの背には皺ひとつ寄っていなかった。

わたしはソファに置いてある新品のクッションを指し示し、飲み物はいかが、と訊いた。

「シャルドネがあったら」ナイジェルはソファの肘掛けに腰をおろした。パンくずやコカ・コーラの染みからアルマーニのスーツを守る男を責める気にはなれない。

冷蔵庫のなかには、牛乳からコーディアルまでさまざまな飲み物があったが、シャルドネはなかった。注文の品にいちばん近いのは、半分空になった厚紙の箱に入っているリースリング。中身をグラスに注ぎながら、ナイジェルが気づきませんようにと願う。

ナイジェルは長い脚を交差させたり、そろえたりしていた。何やら動揺しているらしい。クレオはその足もとから少し離れたところに腰を落ち着け、容疑者にあてるライトさながらにナイジェルを見据えていた。

指紋がべたべたついたワイングラスを受けとりながら、ナイジェルは口を開いた。「猫といて困るのは、かならず好かれてしまうことなんだ」

クレオはしゃべっているナイジェルににじり寄りながら目の光を強め、いきなり後ろ脚を高くあげて大切な部分をなめはじめた。

「やめなさい、クレオ」わたしは大声でいさめた。しかし、動物なんだから仕方ないでしょ、とでもいうように、クレオは平然としていた。それからごろりと仰向けになり、ナイジェルを誘うように身をよじった。

「挨拶のつもりなのよ」わたしは苦しまぎれに言った。「お腹をなでてもらいたいみたい」

「悪いけど、できない」ナイジェルはポケットからペイズリー柄の緑色のハンカチを取りだし、口ひげにあてた。「さっきも言ったけど、アレルギーがあるんだ。ほら、むずむずしてきた……」

彼のくしゃみの余波でカーテンが揺れた。クレオは驚いて起きあがり、爪をカーペットに食いこませ、尻尾をふくらませた。

「だいじょうぶ。いま、この子を奥へ連れていくから」

身を屈めてつかまえようとすると、クレオは手をすり抜け、本棚にのぼった。わたしの手は届かず、ナイジェルは動かない。それを確認して、クレオは本棚のいちばん上の棚のなかを気取って歩き、高価なヴィクトリア朝時代の花瓶を尻尾で叩いた。ものすごく楽しそうだった。

「このままじゃすまないからね」わたしは低い声でうなり、本棚のほうへダイニング用の椅子を引きずっていった。椅子に乗って手をのばしたとたん、クレオは本棚から飛び降り、ナイジェルの太腿の上に着地した。ナイジェルが小さな悲鳴をもらす。わたしは椅子から降り、クレオの腹を両手でつかんだ。だが、この猫が闘わずして降参するわけがない。クレオが客人の太腿に爪を食いこませる。人間と猫が同時に叫び声をあげる。

「ごめんなさい」ナイジェルがじっと耐えて天井を睨むなか、わたしはクレオの爪をひとつひとつ引きはがした。

クレオを奥の部屋に閉じこめてから居間に戻ると、ナイジェルがハンカチのなかに慎み深くくしゃみをしていた。

彼はハンカチをポケットにしまい、心ここにあらずといったふうに、本物と想像上の猫の毛をソファの肘掛けから払った。「つまり、ぼくは犬派なんだ」

「わたしも」そう言って、わたしはなんとかその場の雰囲気をとりなそうとした。「厳密に言うと、だけど。うちにはとても美しいゴールデンレトリバーがいたんだけど、いまはわたしの母と住んでいるの。とっても年寄り。あっ、つまり、犬が」

「犬は猫よりもずっとおとなしい。じつは、子どものころ、猫に襲われたことがあるんだ」

「ほんとに？」

「うん。自転車で新聞配達をしていたときに、猫に飛びかかられた」

ナイジェル少年が凶暴なトラ猫に襲われて自転車から転げ落ちた姿を想像し、わたしは笑いそうになった。とはいえ、ナイジェルの猫恐怖症には心理学的な要因があり、根深いものだということもはっきりした。いくらクレオでも、それを一晩で取り除くことはできないだろう。

「その経験があったからこそ、あなたはビジネスマンとして成功してやろうと思ったんじゃないかしら」わたしは心理学ふうな味を加えてあてこすりめいた冗談を口にしたことをすぐに後悔した。しかし、彼はその言葉をまじめに受けとったようだった。

「そうだな、いままではそんなふうに考えたことはなかったけれど、きみの言うことにも一理あるかもしれない」ナイジェルは威厳を取り戻したようだった。「もし猫に襲われていなかったら、今日《こんにち》の自分はなかったかもしれない」

ナイジェルはうん、うんとうなずきながら、いまゴーストライターに書かせている『ナイジェル――成功への九つの段階』という自伝に猫に襲われたエピソードを加えようと言った。そのとき、ベッドルームのドアがギーッと開く音が聞こえてきた。猫の姿が視界をよぎる。鍵をかけていないドアをあけることくらい、クレオにはお手のものだということをわたしはすっかり忘れていた。

ナイジェルがほくほく顔で子どものころのトラウマを成功への一ページにしようと語るあいだ、クレオは奇襲のころあいをうかがう兵士みたいに、壁にぴたりと身体を寄せて忍び足で歩いていた。それから、ナイジェルに気づかれないよう、本棚の陰にうずくまり、客人が二十年前に見たという猫の悪夢について話すのを聞いていた。ぴくりとも動かず、口にはチェシャ猫っぽいにやにや笑いを張りつけている。

不意にクレオが潜伏地から飛びだし、ナイジェルめがけて駆けた。ひとっ跳びでその太腿に乗る。ワイングラスが宙に舞う。客人が腹の底から獣めいたうなり声をあげる。わたしはあまりのことに啞然としながらも、急いでグラスをつかもうとした。が、スローモーションのなかでグラスは手をかすめてカーペットへと落下していき、わたしたちふたりはワインの噴水を浴びた。

ナイジェルは立ちあがって、しきりにズボンの水気を払った。わたしはキッチンからペーパータオルを取ってきて、膝の染みをふいた。期せずして、身体がふれあう格好となった。「ごめんなさい！」

「ずいぶん手荒い歓迎だな」ナイジェルはソファに身体を沈め、脚を組んだ。すかさずクレオが彼の肩にのぼり、首に身体を巻きつける。

「クレオはあなたのことが好きみたい。でも、アレルギーが心配だわ。さあ、こっちへ寄こして」

「いいよ、もう」ナイジェルはぼそっと言い、クレオを首から引きはがして、顔をしかめながら膝の上に乗せた。「ぼくならだいじょうぶ。この猫、レックスのにおいを嗅ぎつけたんだろうな。あっ、それ、うちのドーベルマン。運動神経が抜群で、とても忠実な犬だよ」

「そう」わたしたち、会話と呼べるものに突入しているのかしら。「犬って……忠実よね」

「そういう意味では、犬は男っぽいと言える。猫のほうは女っぽい。そう思わないかい。そのことを本に書くといい」

客人の顔がとつぜんオーストラリア産の赤ワイン、シラーズの色に染まった。クレオが床に飛び降りて廊下のほうへ行ってしまうと、ナイジェルは目を見開いて天井を見つめた。アレルギー反応が出たのか、喉もとを押さえている。

「だいじょうぶ？」

ナイジェルは片手をあげて不快そうに口をゆがめ、ささやくように言った。「きみの猫、ぼくの膝で、小便をした」

ナイジェルは家へ帰って着替えると告げた。彼を見送ったあと、クレオを叱ってやろうと思い、いつも隠れているベッドの下や衣装戸棚のなかを探したが、クレオはうまうまと姿を消していた。ロマンスのつぼみを摘みとったことに満足し、壁のなかへ溶けこんでしまったのか。

わたしは屋根の上に猫の姿を見つけた。両の目が灯台の光のようにこちらに向けられている。遠くからでも満足げに輝いているのがわかった。

ほかにすることもないので、母にワン・ナイト・スタンドの顚末でも聞かせようと思ったとき、母のほうから電話をかけてきた。母の声は沈んでいた。ラータとの散歩がひどく困難になっているらしい。週末に丘を下ってビーチへ行ったところ、ラータは帰り道で坂をのぼれなかったという。母は仕方なくラータを担いで丘をのぼった。あんなに大きな犬を背負って坂道を歩くのは、さぞかしたいへんだっただろう。獣医の診断は肺気腫とのことだった。

月曜日の朝、職場に着くと、ニコルから頼みごとをされた。彼女のルームメイトの男性が二週間後に結婚するのだが、新郎新婦ともにアメリカ人で、結婚式に出席する人の頭数が足りないという。

「お願いだから、一緒に来て。一時間ほどいてくれればいいから。少しのあいだだけでも大勢集まっているように見せたいの」

わたしが加わったくらいで会場を人でいっぱいに見せることができるとは思えない。〝レンタル客〟として参加するのも気が引ける。だが、わたしには金曜の夜に何もすることがない。それはニコルも知っている。子どもたちが父親の家へ行っているあいだに、レゴのブロックを箱にしまうくらいはするかもしれないけれど。

「お願い、いいでしょ、いいよね」

結婚式はサンセットの時間にオークランド博物館の階段で行なわれることになっていた。太陽がその日最後の光を放つなか、わたしは車の鍵をかけ、博物館に向かって坂をのぼっていった。見あげると、新郎新婦の姿があった。新婦はバービーで、新郎はケン。だが、わたしの目を釘づけにしたのは花婿の付添人だった。なんというハンサムな人だろう。アフターシェーブ・ローションの広告に起用される程度のふつうのハンサムではなく、ギリシャ彫刻ふうの巻き毛を輝かせた美しい人だった。もしかしたらゲイかも。そうだ、ゲイに決まっている。きちんと手入れをした髪が日に焼けた額にかかり、広い肩が仕立てのいいスーツに包まれている。もしくは、既婚者か。そうでないとしても、決まった恋人がきっといるはず。

一目惚れというのとはちょっとちがう。正確に言うなら、〝一目見て寝たいと思った〟だろう。日没まぎわの太陽の光が眼鏡のレンズにあたり、青い目が輝くのを見たとき、わたしは身体が疼くような衝撃に圧倒された。いや、それよりも強い〝この人とつながっている〟という感覚。これまでの人生で彼とは一度も会ったことがないのに、前世ですでに知りあっていたかのような。見も知らぬ人とはいえ、わたしは身体の深い部分で彼のことを知っている気がして仕方がなかった。

式のあとのウェディング・パーティーはサー・エドモンド・ヒラリー〔一九五三年、人類初となるエベレスト山頂への到達に成功した〕の屋敷で行なわれた。新郎がこの有名な登山家の親戚のもとで働いているらしい。地球の反対側で偉業を成し遂げたサー・エドモンドは、ウェディング・パーティーの会場に快く自宅を開放してくれたという。偉人の邸宅にしては、決して派手ではない、こぢんまりとした家だった。壁は淡い黄色で、装飾品はいたって上品。絵や手織りの敷物はどれも持ち主の業績を物語っているもののようだった。

忘れかけたころになって、ゲイだか既婚者だか恋人ありだかの花婿の付添人がこちらへやってきて、〝l《エル》〟がひとつのフィリップ《Philip》だと名乗った。間近に見ると、信じられないくらいハンサムだった。スポーツ選手なみの体型をしている理由を知り（軍隊にいた八年間で鍛えた）、活動の場を銀行業界に移したと聞かされたとき、この人とわたしの未来はないと諦めた。とどめの一撃に、彼は自分の年齢を告げた。二十六歳。わたしより八歳も若い。まるで大人と子ども。シングルで、離婚経験もなく、子どももいない。まったくちがう世界（やっぱりゲイかも）の人。息子と言ってもいいくらい。でも、彼はとてもいい青年だった。大多数の男たちのようにまわりくどくもない。わたしのほうは精神分析医のアドバイスを忘れていなかった。こちらがワインをがぶがぶ飲んで内緒にするからと言い含め、彼のほうは頭がいかれていて（もしくは、このさい誰でもいいと思って）話に乗ってくれたら、いよいよワン・ナイト・スタンドを実行に移せるかもしれない。

わたしは、夜はあまり外出しないけれど、ランチならだいじょうぶよ、と言って、職場の電話番号を紙ナプキンに走り書きした。彼はこちらの態度に驚いたようだった。驚くのも当然だろう。たとえわたしの役まわりが、彼の罪深い告白を聞き、恋の相談に乗るだけだとしても、それはそれでかまわない。友人になるだけでもいい。わたしはかなり大胆になっていた。

月曜日の朝、わたしは職場で電話を睨みつけていた。しつこく苦情を申し立てる購読者以外、誰も電話をかけてこない。翌日も、その次の週も、電話はいっこうに鳴らなかった。三週目に突入するころには、フィリップのことはすっかり忘れていた。だから、彼からの電話を受けたとき、「ぼくです。結婚式で会いましたよね」と言われて、ようやくフィリップのことを思いだした。

「軍隊から銀行に鞍替えしたお子ちゃま」わたしは電話を切ったあとにため息をついた。

「いちばん近い幼稚園はどこか、聞きたかったんでしょ」とニコルが言った。

「お芝居《プレイ》に誘われた」とわたしは答えた。

「児童公園《プレイグラウンド》ってこと？」

「ちがうわよ。観劇ってこと。芝居を観て食事をするんだか、食事をして芝居を観るんだか、そんな感じ」

「言っておくけど……」ニコルはペン先をわたしに向けて言った。「年がちがいすぎるのは……」

「言われなくてもわかってる。きっと、誰か話し相手がほしいだけよ」

「そうよね、あんな堅そうな人、あなたには向かないもんね」

いままで何度かこんなふうに警告されたことはあるが、それに背いたとしても、一度として言われたとおりの結果になったことはない。たとえば、小学校の陶芸クラスで美術の教師からこんなことを言われた。「もし誰かがわざとわたしの粘土にさわったら、その生徒はいままでいちばんひどい目に遭います」また、ジャーナリズムの講座で担当講師から「あなたはちゃんとした物書きにはなれない」とはっきり言われた。わたしはニコルの言葉を聞きながら、なじみのあるとげが背中をちくちくと刺すのを感じていた。こちらからの返答はまえのときと同じだ。〝そう思う？　じゃあ、見てて〟。

その日の仕事帰りに、わたしはストリップ・クラブや古着屋が並ぶ街の一角に立ち寄り、お堅い青年銀行家の気をそそるような服を買った。派手な刺繍をほどこした中国製の黒いサテンのパンツスーツは、見るも艶やかな一品だった。

キス

子猫のキスにまさるほどすてきなものはない。

猫のキス。クレオはいつもキスしてくれる。顔を近づけて、顎や目をなぞったあと、そっと唇をかすめる。たぶん、それで満足なのだろう。あとは身体をなでてほしがるだけ。猫のキスほど完璧なキスはない。

フィリップはまだ姿を見せない。いまごろどの服を着ていこうか考えているのだろうか。いや、くだらない芝居にわたしを誘ったことをすっかり忘れているに決まっている。あれこれとやりくりして、この週末は子どもたちの面倒をスティーヴにみてもらっているというのに。わたしはそれほど忘れられやすい存在なのか。腹立ちのあまり汗が吹きだし、中国製の服の裏地にまで染みている。質としては天然素材の繊維に遠く及ばない、通気性の悪い生地が肌にくっつく。侮辱されたという思いが怒りの炎をかきたてる。あんな男の顔など見たくない。いったいあの男と何を話せばいいのか。わざわざ新しい服なんて買うんじゃなかった。

〝l〟がひとつのフィリップがいまさらのこのこと現われたら、わたしの名前のヘレン《Helen》は〝l〟がふたつだと言ってやろう。月曜日に職場でニコルとメアリーはきっとこう言うだろう。〝なんてやつだろう。そんな男はほっときなさい。あなたみたいにいい女にはもっとすてきな男が現われるわよ〟。

いやなことばかり考えながら、わたしはベッドにすわり、中国製の服にぴったりなしゃれたサンダルの片方を脱ぎ捨てた。フィリップには来られない立派な理由があるのだろう。たとえば、店のショーウインドウに映る自分の姿に見とれて、電信柱にぶつかったとか。

そもそも、わたしにはあの男にかかずりあっている暇などない。自分の世界の中心には子どもたちがいて、毎日の仕事があり、そのふたつだけで手いっぱいなのだから。わたしの願いは、喉の痛みも、学校からの呼び出しも、ミミズがのたくったような字で書かれた頭のおかしい購読者からの手紙もなく、一週間を無事に乗り切ることだけ。大切なものを守れるなら、自分の世界の九〇パーセントが真っ暗闇でもかまわない。くだらない一夜のアバンチュールをすすめるなんて、あの精神分析医は頭がいかれている。そうだ、あの女がいけないのだ。藁にもすがる思いであんなところへ出向いたわたしが馬鹿だった。

クレオがベッドに飛び乗ってきて、鳴き声をあげながら膝にすり寄ってきた。〝なでて、なでて〟と言っている。すうっと気持ちが和らいだ。心の痛みと怒りが徐々にしぼんでいき、やがてバスルームの排水口に残った泡くらいになった。わたしはもう片方のサンダルを脱ぎ捨て、微笑んだ（足にマメができそうだったから、ちょっとほっとしていた）。自尊心とやらが少しばかり傷ついていたけれど、一週間の仕事を終え、クレオと一緒に暖炉の前にすわって夜を過ごすのも悪くない。悪くないどころか、ぜひともそうしたい。

わたしはクレオを抱いて廊下に出た。暖炉の前にうずくまり、火を起こす。そのとき、玄関のドアをあわただしく叩く音がして、わたしたちはびっくりした。

「この近所をずっと車で走りまわっていて」わたしがドアをあけたとたんに、フィリップがそう言った。「アルバニー・ロード三三のドアをノックした。この通りと平行に走っている通りだ。出てきた女の人は戸惑っていたよ。ぼくのほうも。しばらくしてから思いだしたんだ。きみの家はアードモア・ロード……」

そういうことか。この人は若くてお堅いだけではなく、間抜けでもあるらしい。軍隊に残って指揮官にでもなったら、それこそ世界の一大事だっただろう。わたしはイライラしてきた。と、そのとき、彼の表情に気づいた。厳しい目を中国製のスーツの上にくまなく走らせている。まるで大規模なテロが起きた現場を目の当たりにしているとでもいうように。

「この服がお気に召さないのかしら？　なんなら、もっと、なんというか、ふつうの服に着替えてくるけど」

フィリップはうんともすんとも言わなかった。わたしは無言のうちに侮辱された気がして、クレオをフィリップの腕のなかに押しつけ、急いでベッドルームへ戻った。茶色いスカートとクリーム色のブラウスに着替えながら、こう考えてもいた。中国製の服を着て浮かれている女と一緒に街を歩くのはごめんだ、と暗に伝えてくる彼の率直さを評価すべきなのかもしれない。

「すてきな猫だね」とフィリップは言い、わたしたちは外へ出た。

芝居の開幕にはもちろん間にあわなかった。暗いなかでお粗末な出来の〈やけたトタン屋根の上の猫〉を観ながら、いくらワン・ナイト・スタンドのためとはいえ、こんな茶番は馬鹿げていると思えて仕方なかった。理由はいくつもある。まず、フィリップはわたしから見れば高校を出たばかりの子ども同然だということ。その経歴はすでに異色なのに（軍隊出の銀行マン！）、さらにおかしな経験を積むつもりはないはず、ということ。こと芝居に関してはものすごく趣味が悪いということ。わたしのファッション・センスを理解できないということ。

人の服にケチをつけた当人の格好はというと……。靴はぴかぴかに磨かれていて、それを鏡がわりにして眉毛を整えられそう。ストライプのシャツに、コーデュロイのズボン、それにあわせて慎重に選んだと思しき革のベルト。頭のかたいおじいさん向けのカタログから抜けでてきたみたい。

それでも、なかなか格好よく見えるのはたしかだ。それに、フィリップは高原の森の匂いがする。酒や煙草や、発生源がなんなのか知りたくもない臭いを漂わせている男性ジャーナリストとは雲泥の差がある。わたしの冗談に笑うとき（それも大きな声で）、目は青いガスの炎に似た輝きを見せる。冗談のひとつはヨーロッパ製の車を運転する鼻持ちならない人間についてのものだった。早く劇場へ行かねばと気が動転していたわたしは、フィリップの車の車種にはまったく気づいていなかった。芝居がはねたあと、彼が古いアウディの助手席側のドアをあけたとき、その顔に浮かんだ皮肉な笑いはまさに賞賛に値するものだった。

フィリップはとても楽しい若者だ。単に恋の悩みを相談する聞き上手の人を探しているだけだとしても、彼と友人になれるのならそれでかまわない。わたしはうちでコーヒーでもいかがと誘ってみた。

「いただくよ」と彼は答えた。「でも、普段はこんな夜遅くにカフェインはとらないことにしている。ハーブティーはあるかな」

職場でもハーブティーを飲む人は何人かいるが、彼と同じ理由で飲んでいる人はいないと思う。

「悪いけど、うちには紅茶しかないの」

子どもたちがいないと家のなかは信じられないくらい静かだ。あの子たちが眠っているときでさえ、毛布がこすれる音や夢を見ながらつくため息が聞こえる。わたしは靴を脱ぎ捨て、陶器をかちゃかちゃ鳴らしながら食器戸棚のなかをさぐって二組のおそろいのカップを取りだした。

「おもしろい猫だね」別の部屋から声が聞こえてくる。「この猫、人間みたいだ」

トレイの上にティーバッグを入れて蓋をしたポットをのせ、欠けたカップを自分のほうに寄せて居間まで運ぶ。ふと目にした光景にわたしはびっくりした。クレオが喉を鳴らしながらフィリップの脚に身体をすり寄せていたかと思うと、膝に飛び乗り、シャツをよじのぼって顎のあたりに顔をうずめた。クレオがはじめての人にこれほど愛情深い仕草を見せたことはない。

「ごめんなさい、いますぐおろすから」

「いいよ、このままで」フィリップはクレオの背中をやさしくなでた。「いい子だなあ、きみは。そういえば、お子さんのことを聞かせてよ」

身体がこわばった。フィリップは立ち入ってはいけない場所へうっかり入りこんでしまった。もちろん、子どもがいることを隠してはいない。あの子たちは手や足と同じようにわたしの身体の一部みたいなものだ。隠しておきたくても、できないだろう。この家のあらゆるものが〝子ども！〟と叫んでいる。

居間はレゴのブロックだらけ。キッチンの食器戸棚にはリディアの野獣派ふうの絵がセロハンテープで貼ってある。ロブの通学かばんが子ども部屋の前でだらしなく寝そべっている。

子どもたちはわたしの人生の中心にいる。そのかけがえのない者たちと離れていると、身を引き裂かれる思いがする。フィリップには子どもたちのことを訊く権利はない。あの子たちは一夜かぎりの相手となるかもしれない男とはなんの関係もないのだから。とはいえ、この人がそうなる可能性は急速に薄れているのだが。

「じゃあ、あなたについて聞かせてよ」とわたしは返した。「結婚したことはあるの？」

フィリップの顔から表情が消えた。まるで網タイツをはいてジュディ・ガーランドのアテレコをやったことがあるかと訊かれたかのように。

「ない」

「お子さんはいるの？」

フィリップは首を振り、苦しまぎれの笑みをかすかに浮かべた。

「じゃあ、恋人のことで悩んでいるとか？」

クレオはフィリップの顎から顔を離し、今度は耳のほうへ寄せた。

「いや、いないってことで悩んではいるけど。音楽でも聴こうよ」

音楽ですって？　音楽にあわせて質問責めにされたいってわけ？　答えを待たず、フィリップはわたしのレコード・コレクションをさぐり、最近購入していまいちばん気に入っている、エラ・フィッツジェラルドとルイ・アームストロングが歌う〈お友達になれない？〉をかけた。

フィリップはあきらかに何か問題をかかえている。そうでなければ、なぜここにいる？　こうなったら、ジャーナリストとして腕によりをかけて彼の悩みを聞きだそう。吐きだしてしまえば、フィリップはせいせいして家に帰ることができ、わたしは眠りにつける。

「踊らないかい」とフィリップが言った。

「え？　ここで？」

「いいじゃないか」

この人、頭がおかしくなりかけている。でも、踊ってあげれば満足して家に帰るかもしれない。わたしは汗をかいて湿った手をフィリップの冷たくてさらさらした手に置き、レゴブロックを踏んづけながらぎこちなく身体を揺らした。この部屋がダンスホールに変わると知っていたら、子どものおもちゃを片づけて、靴をはいたのに。

エラの澄んだ声が部屋を官能のもやで包み、わたしはフィリップがとても上手にリズムをとっていることに気づいた（たぶん、何年も閲兵場で行進していたことと関係があるのだろう）。互いにふれあうと、フィリップの身体がかたい鎧に覆われている感じがした。鎧にしてはずいぶんと形がいいなと思ったとき、不意に気づいた。それはわたしにはなじみのない素材でつくられていた。つまり、引き締まった筋肉で。

「それで、お子さんは何歳なのかな」

もう、やめて。あなたには関係のないことでしょう。

「もうすぐ三歳と十二歳」

しつこいほど辛抱強く、フィリップは子どもたちの名前と、週末は何をして過ごすのが好きか、離婚している両親とどうやって向きあっているのかを聞きだした。わたしは話題を変え、しばらく無言で踊りつづけた。フィリップはすばらしい肉体を誇っているわりに不器用らしく、こわごわと身体を近づけてきた。あの精神分析医の言葉が耳のなかで鳴り響き、彼が形のいい頭をさげて唇にキスしたとき、わたしは身を引くこともできなかった。

部屋が万華鏡のなかでくるくるまわりだす。アンズ色の壁を背景にしておもちゃやソーサーにのったカップが次々に目に飛びこんでくる。クレオが魔法のようなキスに酔っているわたしを満足げに見つめている。やわらかくて甘美なキス。完璧なキス。最高のキス！

わたしは動きをとめ、背筋をまっすぐにのばした。なんてことだろう。こんなつもりじゃなかったのに。今夜の予定は芝居を観ることだけだったはず。このうんと年下の男には、クレオとおしゃべりをする権利も、わたしをダンスに誘う権利もなかったのに。その上、子どものことまで聞きだすなんて……。

フィリップのほうもかたまっていた。少なくとも、こちらのムードが変わったことには気づいたらしい。

「ベッドルームへ行こうか」とフィリップは小さな声で言った。

しばらくのあいだ、もしかしたら六カ月、もしくは千二百年にも思える長いあいだ、わたしは答えを口に出せずに突っ立っていた。少しくらいのことでは驚かないはずのわたしが、ショックを受けていた。いまの気持ちを表わす言葉はほかにはない。

「あなたのことを嫌いなわけじゃないの……」わたしは後ずさりした。

フィリップは厚紙の切り抜き人形さながらに身体をこわばらせた。

「本当なら、たとえ嫌いでも、たぶん、あなたと寝ていた。精神分析医がそうしろって言ったから……」

フィリップは中国製のパンツスーツをじろじろと眺めていたときと同じ目つきでこちらを見つめている。

「い、いまは、あなたのことが好きすぎて、寝ることはできないの……」

フィリップは呆然と立ちつくしていた。友軍の基地へたどりついたとたんに敵の銃撃を浴びた、といった感じで。わたしのほうは、こんなことを考えていた。日焼けしたアドニスと愛を交わすチャンスを棒に振る女はこの世にひとりもいないだろう。

「もうかなり遅いし……あなたはどうかわからないけれど、わたしは週末は忙しいの……」

「また電話してもいいかな」フィリップは上着を手に取りながら、冷めた口調で訊いた。わたしはクレオと一緒に彼を玄関まで見送った。

「いえ、あっと、いいわ、もちろん。それじゃ、おやすみなさい」

ドアを静かに、しっかりと閉める。クレオはこちらに尻尾を向け、廊下を先に歩いていった。

告白

本物の危機に直面すると、猫は凍りつく。

「服を着替えさせたですって?」ニコルが笑い声のボリュームを必死で抑えたので、その声が届いたのはニュースルームの半分だけですんだ。

「べつに、着替えさせられたわけじゃないわよ」わたしはくすくす笑いながら言った。それにしてもどうして女というものは男性との出会いをべらべらとしゃべらずにはいられないのかと、内心では忸怩《じくじ》たる思いだった。とくに相手のことを笑いものにするときは。今回の場合、笑いものにされるのは、わたし自身のはずなのに。

ニコルにデートの首尾を訊かれたとき、少しは頭を働かせて〝よかったわよ〟とだけ言っていれば、それで話は終わったかもしれない。けれど、ニコルなら何かおかしなことがあったと気づくだろう。まあ、そのとおりなのだから仕方がない。「わたしの着ているものが気に入らないみたいだったから、こっちから着替えるって言ったの」

「ほんとに？　わたしなら気にしないけどな」

そりゃそうでしょうよ。ニコルは気にする必要なんかないもの。たとえおばあちゃんの寝巻を着て髪にカーラーを巻いて通りを歩いていても、すれちがう男は全員、その魅力に振りかえるにちがいない。

「それに、芝居がお粗末でね。そろいもそろってみんな大根役者《ハム》。焼いて食べられるくらい。まったく、あの人、わかってない……」

「印象に残るようにしたかったのかも。それで、その……あっちのほうは進展があった？」

「もちろん、ないわよ！」サウナに入っているみたいに、顔から汗が吹きだしそうになった。あのキスはなんでもない。話題にするほどのものでもない。「彼、さびしかっただけだと思う。いずれにしろ、もう二度と会うつもりはないから。うんと年下だし、退屈だし」

「そう言ったでしょ」ニコルはキーボードに指を走らせた。「この原稿、十一時までに仕上げなきゃならないの。なのに、まだ一語も書いてない」

「ふたりも子どもがいる中年のシングルマザーなんかと、つきあいたがる男なんていないわよ」わたしはそうつぶやき、先週、世界的に著名な作家とのインタビューのさいに速記文字で書いたメモを判読しようとした。書いたときはちゃんと意味をなしていたのに、いま見るとまるで古代のアラビア文字だ。

「あの人、頭がおかしいのよ、きっと」

「誰？」そう訊きながらも、ニコルの関心はテレビ・ディレクターの自宅の電話番号を探すことに向いていた。訊きたいことがあるのに、なかなかつかまらないらしい。

「あの子ども」

「ああ、年下の彼《トイボーイ》ね。もう忘れちゃいなさい」

そう、まさしくそれだ。トイボーイ。マウスウォッシュの新製品につけられた商品名みたい。フィリップにその商品名のラベルをセロハンテープで貼りつけて、箱に入れて棚にしまっておこう。人生の残念な思い出のひとつとして。

ティナがわたしの机に記事の原案のリストを滑らせた。リストのいちばん下に走り書きがあった。〝ハロウィンの出し物。何かおもしろそうなものを考えて。ちなみに、去年はカボチャを飾っただけ。つまらない！〟

仕事。わが人生は仕事なくしてはありえない。心を無にして没頭できるものはほかにはない。

「ヘレン、電話だよ」騒がしい政治記者のマイクが部屋の向こうから大声で呼びかけてきた。「気取った声の男。間違っておれのほうにかかってきた。いま、まわすよ」

女性ジャーナリストが電話に応答するときには、それなりの形式がある。まずは若々しい声で気さくに話しかける。もしかしたら、記事にすれば〈ニューズウィーク〉の表紙を飾るようなネタを電話の相手がもたらしてくれるかもしれないから。たとえば、恐竜がどこかで目覚めて、郊外の町をドスドス歩いている、とかいうような。頭のおかしな人や苦情屋に対処するために、テフロンみたいにかたい声で応答するときもある。

「ゆうべはどうもありがとう」相手の声が慎重かつ丁寧に言う。

「げっ」わたしはとっさにそう言った。

ニコルの指がキーボードの上でぴたりととまる。彼女はわたしのほうに顔を寄せ、小声で訊いた。

「誰？」ニコルのネタを求める本能はいつでも感度抜群だ。

わたしは電話を顎にはさみ、指で〝1がひとつ〟と伝えた。

「すごく楽しかった」フィリップは続けた。

まさか。この嘘つき。献血でもしていたほうがましだと思っていたくせに。

「わたしも」

ニコルはため息をつき、わたしのほうを見ながらゆっくりと首を振った。

「ひどい芝居につきあわせて、すまなかった」

「そんな、おもしろかったわよ」

ニコルはボールペンをつかみ、首にあてて真一文字に引いた。

「もしよければ、次の週末の晩、食事でもどうかな」

衝撃が頭から靴の先へ走り抜ける。

「次の週末は子どもたちが家にいるの」わたしは落ち着き払った声で答えた。ニコルが満足げにうなずき、またキーボードに向かった。以上。おしまい。残念でした、トイボーイくん。

「じゃあ、その次の週末はどうかな」

「えっ？」衝撃がよみがえる。「その、とくに予定はないけど……」

ニコルが立ちあがって、こちらを見おろす。鼻息まで見えそう。

「よかった。土曜の七時半でいいかな」

「いいわ」

「じゃ、そのときに」

「まったく」わたしはつぶやき、受話器を置いた。

「どうしてだめって言わなかったのよ」ニコルが苛立ちもあらわに訊いてくる。

「わからない。断る口実がとっさに思い浮かばなかったの」

「ノーと言ったら天罰が下るとでも思ったわけ？　やりたくないことにはしっかりとノーと言う。そうすればうじうじ悩むこともない。それとも、あなた、服を着替えさせた男とほんとは出かけたいと思ってるの？」

「わたし、どうすればいい？」

「デートの二、三日前に電話して、叔母が亡くなったから実家に帰って葬式に出なきゃならないと言いなさい」

「いいアイデアだわ。そうする」

わたしはニコルの指示に従わなかった。それにはいくつか理由がある。嘘をつきたくない、というのがひとつ。嘘でも大好きなライラ叔母さんが死んだと言うのは気が引けた。それに、クレオはフィリップのことを気に入っている。あとは……これといって思いつかない。あのすてきなキスは別として。

最初のデートらしきものでいやな思いをしたはずなのに、あの人はどうしてまたデートを申しこんできたりしたのだろう。頭がおかしいのだろうか。気がへんになったのかもしれない。それとも、もともと変わった性格の人なのか。もう、何がなんだかわからない。

可能性が宝くじに当たるより高ければ、なんでもやってみる価値はある、とわたしはよく子どもたちに言っている。しかしフィリップのようなすてきな人がわたしのトイボーイになる確率はほぼゼロに近いと諦めていた。その予想とは裏腹に、それからも彼は何度か電話をかけてきた。

フィリップとの未来はないとニコルに言われたにもかかわらず、夕食のデートは一度きりでは終わらず、わたしはしだいにいろいろな顔を持つ彼と一緒にいることが楽しくなっていった。一方で、ジレンマに直面していた。そもそも、わたしは彼をワン・ナイト・スタンドの相手とみなしていたはずで、実際にそういう夜が訪れたらもうそれっきりということになる。ワン・ナイト・スタンドの目的は人間同士の関係を構築することではなく、一夜の楽しみを享受することなのだから。精神分析医のアドバイスに従い、そういう相手としてフィリップと寝ることはできそうにない。

さらに、頭を悩ませることがある。三度も出産を経験した女性は、ちょっと馬鹿げているかもしれないが、自分の身体を人目にさらすのをいやがるものだ。ジムに行って汗を流すことを避けている場合はとくに。〝一週間で服のサイズをひとつ落とす〟ダイエットは、たいてい〝一週間たったら二サイズ上になっていた〟で終わる。出産後の女性の身体の線はほっそりしているとはとても言えないが、ルノアールやルーベンスといった画家は、ありがたいことにそれを〝女性らしい〟ものとして作品上で表現している。三人もの子どもを生んだあとでは、女性の身体は多かれ少なかれ、ヘンリー・ムーアの彫刻みたいになってしまう。わずかに鼻が曲がっている（ラグビーで怪我をしたせい）だけで、あとは完璧な肉体を誇る青年なら、体型が崩れた女の身体にわざわざ挑む必要はない。しかし、ナイル川の水源を突きとめようとするリヴィングストンのように、フィリップは断固として諦めなかった。

わたしはしだいにクイーン・サイズのシーツが発明された理由を理解しはじめた。西洋の女性たちにとって、それはイスラム教徒の女性が身に着けるチャドルにも匹敵する。クイーン・サイズのシーツは頭を含めて身体全体をすっぽりと包む大きさがあり、ちょっとあいた隙間からあたりをのぞくこともできる。女はその隙間からもはや正常に戻すことができない男の身体をのぞいて、こう言う。「すごいのよ、このシーツ。わたしの気持ちをわかってくれるの」もうひとつの慈悲深い発明はライトのスイッチだ。女は子どものころから〝人工光過敏症〟に悩まされているため、ライトのスイッチはかならず切られなければならない。わたしの身体は見栄えがいいとは言えないが、明かりがひとつもないなかでなら、とくに気に病むこともない。

こういう〝暗闇での邂逅〟のひとときに、フィリップからタウポ湖のほとりにある彼の家族が所有するコテージで週末を過ごさないかと誘われた。ふたりの関係が〝一夜かぎり〟ならぬ〝幾晩かかぎり〟を越えて、何やらこみいったものになりそうな予感がした。

「でも、その週は……」

「じゃあ、お子さんがいない週末に行くことにしよう」

わたしにとって子どもたちは神聖不可侵の存在であり、そこには自分の立ち入りが許されていないことをフィリップはようやく受け入れていた。

「でも……猫の面倒をみてくれる人がいないし」

「クレオは一緒に来ればいい。車酔いしなければ、だけど」

クレオは車に乗ることが大好きだとわたしは答えた。そういうわけで、二週間後の金曜日の仕事帰りに、クレオは大喜びで古いアウディに乗りこみ、わたしの膝の上で田園風景を眺めた。湖に近づくにつれて、丘陵は黄金色に変わり、真っ赤に染まったあと、濃い紫色に包まれていった。

日がすっかり落ちたあとに、コテージに到着した。タウポの夜が黒いベルベットのようにわたしたちを包む。まったく何も見えないけれど、気分が浮き立つ。あたりにはマツの香りが漂っている。雪が遠くから風に乗って流れてくる。ふと、岸に打ち寄せる波の音が聞こえた。木造の建物の外観はシンプルでこぢんまりとしていた。暗くて細かいところまでは見えないが、この場所には魂が宿っていると感じられる。冒険旅行に出た子どもみたいに、わたしはフィリップの懐中電灯の明かりを頼りに網を張ったドアにたどりついた。

「ちょっと待ってて」とフィリップが言った。「鍵の隠し場所まで行ってくる」

フィリップはコテージの脇をまわっていき、すぐに鍵を持って戻ってきた。「これでよし」と言ってから、錠にさしこむ。「くそっ」

「どうしたの?」

「鍵を壊してしまったみたいだ」

「まあ、だいじょうぶ?」

「錠にささったまま、動かない」

「窓を割っちゃだめかしら」

「警報装置が作動する」

「それなら、解除したら?」

「暗証番号を覚えていない」

わたしはクレオを脇にかかえ、フィリップとふたり、数分間暗闇のなかに立ちつくしていた。わたしたちのお泊まりデートは何やら複雑な様相を呈してきた。

「仕方ない、モーテルに泊まろう」フィリップはため息をついた。「朝になったら、修理屋に電話する」

モーテルの入り口には〝ペットお断り〟という看板が出ていた。ハンドバッグに入れられてロビーを通り抜けたクレオは、一度も鳴き声をもらさなかった。翌朝、わたしたちはコテージの前でちょっと意地悪な笑みを浮かべる修理屋と会った。

湖のほとりに建つ古いコテージは、三世代のあいだフィリップの親族が所有してきたという。フレンチドアをあけると芝地が広がり、その先には小石のビーチが続く。コテージは昨夜想像したよりもずっとすばらしい場所に建てられていた。湖がスリランカ産のサファイアのように輝いている。灰色がかった緑の島が遠くのほうに浮かんでいる。

流木を燃やした焚き火の前で寝転がるクレオを残して、フィリップとわたしは川沿いの道を歩き、川幅が広くなって岩の上に流れこんでいるあたりの川べりで立ちどまった。シダの葉が水に向かって頭を垂れ、影を落としている。小さな虫が何かを待ちこがれるように宙で翅をはばたかせている。もしフィリップがわたしという人間を理解したいと思うなら、遅かれ早かれサムのことを知る必要がある。そうなったら、ロマンスの発展は行きどまりになるかもしれない。年上の女性を受け入れるのとは、また別のことだから。ふたりの子がいる上に、亡くなった子どもまでいるとなると、話はもっとややこしくなる。フィリップがさらに先まで進むつもりなら、子どもを失うことがどれほど心に痛みを残すかを理解しなくてはならないだろう。たとえ残りの人生をともに過ごし、ふたりのあいだに子どもが生まれても、わたしの心にはフィリップが決して踏みこめない場所が存在しつづけるにちがいない。そこは、サムを思い、愛しつづける場所だから。

「あなたに言わなくちゃならないことがあるの」わたしは遠くにぽっかりと浮かぶ雲に意識を向けた。

「ロブとリディアには兄にあたる子がいた……」

雲の端っこが空に溶けこもうとするようにちぎれはじめた。山からは冷たい風が吹きつけてくる。わたしは薄いレインコートのなかに身を縮めた。アウトドアの経験が豊富なら、すでに冬が訪れている場所には手袋を持っていこうと思いついただろう。

「サムのことなら知っている」フィリップは穏やかに言った。

「どうして？」わたしは驚いて、訊いた。

「事故が起きたころにきみが書いたコラムを読んだ」

「ほんとに？　軍隊にいたのに、どうしてそんなものを読んだの？」

「きみの物語には心を揺さぶられた」しばらくのあいだフィリップは顔をあげて、雲を見つめていた。

「サムのことを聞かせてくれ」わたしの手を取り、こすって温めはじめる。

「本当に知りたいの？」

フィリップはわたしの指にキスをして、自分の手のなかに包みこみ、ゴアテックスのジャケットのポケットに入れた。「知りたい」

わたしは彼のポケットに手を入れたまま川沿いの道を並んで歩いていった。そのあいだずっとフィリップはサムについてのあれこれに耳を傾けていた。とても楽しいのに、たまらなく悲しい話に。子どもを失うことは手足をもがれるようなもの、いや、それよりもひどい、とわたしは彼に語った。それがどんな影響を自分に及ぼしたか、いまでも及ぼしているかということも。事実をありのままに受けとめ、もうサムはいないという現実に向きあおうとしても、テーブルに余分なフォークとナイフをセットすることがあるし、これからもたぶんそうしてしまうだろう、と。世界中には、同じ悲しみから立ち直った母親もきっといるはずなのに。

お定まりの〝どんな気持ちだったか想像もつかない〟とか、もうちょっとランクが上の〝きみはとても強い人にちがいない〟とフィリップが言ったとしても、わたしはたぶん許しただろう。しかし彼はただ、じっと聞いていた。そのことにわたしは感謝した。

クレオは火のそばでわたしたちの帰りを待っていた。

「それじゃあ、この猫も物語の一部なんだな」フィリップはクレオを抱きあげた。「きみはサムとつながっているんだね」

喉をゴロゴロ鳴らしながら、クレオはにゅっと前足をのばし、フィリップの首を叩いた。それからあくびをして、彼の胸にぴたりと身体を寄せた。フィリップの胸に抱かれてとても満足そうだった。

そのあと、わたしたちはディンギーに乗りこみ、ピンク色の夕焼けに染まる山を背にして釣りをした。夕食の席でニジマスに舌鼓を打ち、赤ワインを飲んで、笑った。わたしたちにはほとんど共通点はないが、出会ったころからお互いに気づいていたことがある。それは、ふたりとも我が強く、仲間の輪のなかに溶けこむことができないし、溶けこもうとも思わないこと。わたしの場合は、ふつうの人たちとつきあうことさえうまくできない。フィリップがサムの話やわたしの傷口から目を背けなかったことは、なんだか不思議なことに思われた。それに、彼はクレオが果たした役割を直感で見抜いてもいた。

わたしは恋に落ちたことに気づきはじめていた。

尊重

猫は同等に扱われることを求める。
それ以上でも以下でもなく。

ニュースルームで恋を秘密にしておくのはダイエット中にチョコレート工場で働くようなものだ。

「ダスティンていう人から電話」ニコルがいぶかしげに言った。

恋に年の差なんて関係ない。フィリップとわたしはその話題で盛りあがり、歴史上有名な、女性のほうがうんと年上の恋人たちの例をあげてみた。ジョンとヨーコ。〈卒業〉のミセス・ロビンソンとダスティン・ホフマン。

フィリップが職場に電話をかけてくるときは、ダスティンというコードネームを使う。わたしのほうはミセス・ロビンソンの名前でフィリップにメッセージを残す。

「ダスティンて誰？」ニコルがさぐりを入れる。

「遠い親戚」

「あら、そう。あなたがトイボーイから別の男に乗りかえて、ほんと、よかったわ」

ふたりで過ごす時間はお互いにとってかけがえのないものになっていった。子どもがクリスマスを指折り数えて待つように、わたしはフィリップと会う日を待ちこがれた。ひそかにデートをするようになってから二カ月がたち、いまの悩みはこの二重生活をいつまで続けられるかということだった。子どもたちが家にいるあいだは、フィリップは夜にこっそりとやってくる。わたしは夜が明けるまえに彼を起こし、多感な年ごろの目がぱっちりと開かないうちに、そっと玄関から送りだす。彼とはいつまでもつかわからないのに、そんな男と子どもを会わせるわけにはいかない。子どもたちがいない週末は、フィリップはクレオを膝に乗せてくつろいでいる。そういう姿を見ていると、ふたりの関係はいつまでも続くような気がしてくる。いつまでも――危ない言葉だ。

「それで、いつ子どもたちに会わせてくれるのかな。きみが彼らのことばかり話すから、ぼくはすっかりふたりとは知り合いのような気がしてるんだけど」

「そのうちね」クレオがフィリップの膝からこちらを見あげ、瞬きをした。

「二十年後じゃないだろうね」

「とにかく、この家ではだめ。あなたがふたりのテリトリーに入りこんでいると思わせたくないの」

「わかった。それじゃあ、中立地帯で会おう。街に新しくできたピザの店があるんだ」

どうやらフィリップは入念に策を練っていたらしい。一緒にピザを食べるだけなんだから、そう目くじらを立てることもないだろう、というわけだ。

たしかにわたしはフィリップを愛しているが、いままでの経験をふまえると、ロマンティックな愛というものはプールで泳ぐのと似ている気がする。思いきって飛びこんでも、あわてて水からあがるはめになる。ずぶ濡れで髪はぼさぼさ。たいていワンピースの水着はどこかが破れている。子どもへの愛はもっと原始的なものと言える。すさまじくて底が知れない。子どもたちのためなら、死を賭して闘いもする。サムに対してわたしが抱く悲しみをフィリップにはわかってもらえないだろう。その悲哀を分かちあいたいとは思わないが、もし彼がわたしたちとともに生きたいと望むなら、拭い去れない悲しみが存在するということを理解してもらわなければならない。

フィリップにはわたしに背を向けて逃げだす理由がいくらでもある。しかし、いったん子どもたちの人生に入りこんだあとに、あの子たちを裏切って見捨てたりしたら、彼を存分に痛めつけ、時間をかけて八つ裂きにしてやる。

ロブは胸のあたりにＵＳＡの文字が張りついている、お気に入りのぶかぶかのトレーナーに袖を通した。わたしはリディアの靴のバックルをとめ、なめたティッシュでほっぺたについている正体不明のべたべたしたものをふきとった。

「行儀よくしてよ。あの人は子どもに慣れていないんだから」

「子どもに慣れていないって、いったいどういうやつなんだよ」とロブが言う。「まあ、おれはガキじゃないから、どうでもいいけど」

ピザの店はショッピング・アーケードの地下にあった。錬鉄製の手すりがついた偽の大理石の階段を降りながら、子どもたちは、はしゃぐほどではないにしろ、そこそこは興奮しているようだった。店はそれほど広くはないが、いやな脂の臭いはしない。これまた偽物のツタが化粧柱に巻きつき、どのテーブルにも赤と白のチェック柄のテーブルクロスがかかっている。全体が映画のセットみたいで、わたしたちは〝家族〟の役をもらいにオーディションを受けにきた役者の一団に見えなくもない。

ウェイターが階段の下の目立たない席に案内してくれて、わたしはほっとした。職場の人間がこの店に現われないともかぎらない。誰かに見られでもしたら、月曜の朝には噂がオフィス全体に水疱瘡のように広がっているだろう。〝ブラウンとトイボーイ、結婚に向けてテスト・ドライブ。そのもくろみの成否やいかに！〟

わたしたちはピザとコーラを注文した。ロブはもはや無邪気な子どもではない。十三歳の身体にはテストステロンがみなぎり、むっつりと黙りこんで、子どもに慣れていない人間に無関心を決めこんでいる。フィリップには難しい年ごろだと一応は警告してある。リディアは、どうしても身に着けると言い張った三重のビーズのネックレスを首から垂らし、ストローをくわえてずずーっと音を立てながら、グラスの中身をあけている。その音が響き渡り、フィリップはあわててきょろきょろとあたりを見まわした。

「やめなさい！」わたしはリディアに向かって声を荒らげた。

「なんで？　おもしろいのに」

「お行儀が悪いでしょ」

「そうかなあ」リディアがグラスからストローを持ちあげた。コーラの滴がタータンチェックのスカートに落ちる。

「そうなの！」わたしは紙ナプキンでリディアのスカートをふいた。フィリップのほうをちらっと見ると、法律関係の書類でも見るように、じっとメニューを睨みつけている。わたしが子どもたちに会わせることを避けてきた理由を、いまになって理解しているらしい。

「あなたにもママがいるの?」リディアが訊いた。そのあいだも、テーブルの脚を蹴り、フォークとナイフをかちゃかちゃかちゃ鳴らしている。

「うん、いるよ」フィリップはメニューをテーブルに置き、ようやく子どもが話しかけてくれたことにほっとしているようだった。

「どうしておうちへ帰って、ママと一緒にいないの?」

沈黙。わたしはフィリップが席を立って逃げ去るのを覚悟した。

「ぼくのママは忙しいから」

「あなたのママに忙しくしてちゃだめって言って。あたしたちには、あたしたちのママがいる。あなたにはあなたのママがいる。だからあなたには、あたしたちのママはいらないでしょ」

フランク・シナトラの〈夜のストレンジャー〉が近くのスピーカーから流れてきた。音楽の素養に欠ける耳には、レコーディングが船荷用のコンテナのなかで行なわれ、ミュージシャンはブリキでできた楽器を使っているように聞こえる。そのバックグラウンド・ミュージックは、ありがたいことに沈黙を埋めてくれた。

フィリップは紙のランチョンマットに印刷されたゲームをしばらく見つめたあと、〈ヘビとはしご〉のゲームをしようとロブを誘った。〈ヘビとはしご〉なんてだめ! わたしはフィリップにそう言いたかった。ロブは何年もまえにそんなお子さま向けのゲームを卒業したのだから。馬鹿にされたと思うに決まっている。とはいえ、子どもの成長の度合いを見抜けないのはフィリップの落ち度ではない。わたしは息を呑んで、テーブルの向こうから怒気を含んだ拒絶の言葉が飛んでくるのを待った。

「おれはこっちのほうがいい」ロブはマス目に囲まれて縦横に並ぶ点を指さした。わたしはそのゲームを見たことがなかったが、白熱戦が予想された。各プレーヤーは一度に鉛筆でふたつの点をつなぐことができ、それを順番に繰りかえして正方形をつくっていく。完全な正方形を多くつくったほうが勝ちとなる。これはランチョンマット上で繰り広げられる戦争と言える。

ゲームはピザを食べるわたしの目の前で静かにはじまった。リディアも口いっぱいにピザを頬ばっているので、余計な口出しはできなかった。

雰囲気を明るくしようと、わたしはメニューに載っているピザの歴史を読みはじめた。最初のころは質素な食べ物で、ギリシャ人が平たいパンの上に具をのせることをはじめて思いついたという。

「転機は十九世紀初頭、ラファエレ・エスポジトという名のピザ職人が独特なピザをつくりはじめたときに訪れた。彼はチーズを使いはじめ……」

わたしはそれを読みあげながらも、人生における大切なふたりの男のあいだで行なわれている戦闘をこっそりとチェックしていた。ロブは右側の隅にいくつか正方形をつくっている。一方のフィリップは反対側にどんどん線を引いていく。ゲームはどちらが優勢か、まだはっきりしない。

「しばらくして、エスポジトはチーズの下にソースを敷くことを考えついた。それと同時に、生地を丸い形にしてふっくらさせた……」

ロブの正方形が紙の上で勢力を拡大していく。フィリップのほうは自分のサイドで無意味に思える作業を繰りかえしている。わたしはというと、唇をぎゅっと一文字に引き結んで、笑みが浮かぶのをこらえていた。フィリップはロブを勝たせようと、意外な大人の一面を見せている。コーデュロイのズボンとフィッシャーマンズ・セーターに身を包んだこの人は、義理の父親になるにふさわしい人なのかもしれない。

「エスポジトのピザはみなに愛されて評判を呼び、ついには、イタリアの国王夫妻のために特別なピザをつくることを要請された。彼は赤いトマトソース、白いチーズ、緑のバジルでイタリア国旗の色を表わし……」

ふたりのつくる正方形が互いに近寄っていく。鉛筆が剣となってきらめく。勝負は引き分けの様相を呈してきた。ロブの威厳が保てるならばそれでかまわない、とわたしは思った。もうほとんど正方形をつくるスペースは残されていない。

「エスポジトは王妃にちなんでそのピザをマルゲリータと名づけ……」

緊張感が耐えられないほど高まる。

「新しいピザであるマルゲリータは爆発的にヒットした」

わたしは最終盤の闘いをとても見てはいられなかった。二本の鉛筆がテーブルに転がる音がして、勝負がついたことを知った。

「あなたの勝ちだ」ロブが男らしい笑顔を浮かべて言った。

「あなたが勝ったの？」わたしはフィリップのほうを向いて言った。

「厳しい闘いだった」フィリップは満足そうににやりと笑い、肩をすくめた。

厳しい闘いですって？　子ども相手に、とりわけわたしの子どもに対して、厳しい闘いも何もあったもんじゃない。息子の人生はすでに充分、厳しいのに、その上、いきなりぬっと現われた見せかけだけ義理の父親然とした男にプライドを蹴散らされるなんて、あんまりだ。

フィリップを子どもたちに会わせるんじゃなかった。この人の振る舞いはまるで子どもだ。いや、子どもよりたちが悪い。わたしにはもうひとりの息子なんか必要ない。これでフィリップとロブの関係はこじれてしまった。ゲームに負けたことで、ロブは落ちこむだろう。

わたしたちは無言のまま車で家へ戻り、門のところであっさりと別れの挨拶を交わした。

「あの人、おうちに帰れてよかったね」リディアがわたしの気持ちを代弁するように、そう言った。

「ママがさびしがってるよ」

「彼のこと、どう思う？」わたしはクレオに食事をさせ、リディアを寝かしつけてから、ロブに訊いた。

「クールな男」

「あれじゃ、温かい人と思うのは無理よね」

「いや、おれはあの人のこと、好きだよ」

「好きなの？　あんなくだらないゲームであなたを負かしたのに」

「大人っていつでも手を抜いておれを勝たせようとする。そういうの、もううんざりなんだ。しかも、こっちが気づいてないと思ってる。あの人はおれを大人として扱ってくれた。クールだよ。あの人のこと、もっとちゃんと見たほうがいいよ」

それぞれの場所

猫は人よりも家につくと言われている。
しかし、その通説が間違っていることを証明した非凡な猫もいる。

電話をとおして聞く母の声はとぎれとぎれだった。うろたえないようにと釘を刺され、わたしは悪い知らせを覚悟した。母はラータをふたたび獣医のところへ連れていかなければならなかった。老犬は弱りきり、歩くこともできなかった。獣医は若くてやさしい女性で、ラータの友だちでもあったそうだ。母とともに決断を下したとき、獣医は半分泣き顔だった。母がラータをやさしくなでているあいだに、すべては終わった。ラータの尻尾は動かなくなった。

ビデオにおさめたラータの姿が次々と目に浮かんだ。サムと一緒に波に挑むラータ。息子たちが砂浜に穴を掘っているところに自分も加わって、暑さでへたばったラータ。サムがラータのために海へ向かって短い流木を投げ、取って戻ってきたラータは身体をぶるぶるっと振って、海水をわたしたちに浴びせた。ジグザグ道を小走りで下っていくラータ。大きな足のあいだにもぐりこんできたクレオを見守っていたラータ。やさしくて、誠実なラータ。

その話を伝えたとき、ロブは何も言わなかった。わたしたちはお互いの身体に腕をまわした。ロブは背がとても高くなった。老犬の旅立ちで、サムとのつながりがまたひとつ、失われた。母もそれを感じているだろう。わたしは二、三日こっちで過ごしたら、と誘ってみたが、子どもたちが出たり入ったりするせわしない家には母が長くいたがらないこともわかっていた。

忙しくしていれば気もまぎれる。子どもたちが家にいる週は、目のまわるような毎日だ。学校へ送りだし、宿題を見てやり、職場から急いで帰ってミートソースのスパゲティをつくり、リディアには寝るまえに本を読んでやる。ふたりが寝たあとは、翌日のための原稿をチェックする。疲れ果てて、テレビを見ることもできない。

アナ・マリーがいなければ、家のなかはめちゃくちゃになっていただろう。本来ならベビーシッターはこんなことをやらないのよ、と言いながら、彼女は洗濯物をたたみ、掃除機をかけ、サンドイッチをつくり、おもちゃを片づけ、ほかにもいろいろな家事をこなしてくれた。わたしが仕事から帰ったあと、コーヒーにもつきあってくれて、お互いに母親としてのたくましさを認めあった。わたしは疲れきって帰宅し、そのまま床に倒れこみ、ひだまりのなかでうとうとしてしまうこともあった。雇い主のそんな姿は見たことがないとアナは言った。雇い主にかぎらず、ここまで疲れている人は見たことがない、とも。それでもわたしはなんとかエネルギーをかき集め、リディアのお遊戯会のために天使の羽を縫い、ロブにスシのつくり方を教えた。完璧にはほど遠いが、精いっぱい心をこめて。この世にはシングルマザーを見守る女神がいるにちがいない。ここぞというときに力を与えてくれて、必要なときにふさわしい人を寄こしてくれる女神が。もしかしたら、猫の姿をしているのかもしれない。

スティーヴは車で五分ほど行ったところにある小さな家で新たな人生をはじめていた。彼に女性の友だちができたと子どもたちから聞かされて、わたしはうれしくなった。そして、彼の幸運を祈った。あのピザの夜にフィリップはロブの賞賛を勝ちとりはしたが、実際に子どもたちに会ってみてどう思ったかは、わたしには見当もつかなかった。わたしたち三人（プラス猫）の生活に入りこむのはごめんだと考えているのかもしれない。その証拠に、何日も電話は鳴らなかった。しばらくして、驚いたことに電話が鳴った。フィリップは懲りていないらしく、クレオを含め、みんなで週末を湖で過ごそうと誘ってきた。

むすっと黙りこむ息子と、ぐずっている娘を加えた日中のドライブは、前回のときよりも長く感じられた。道は果てしなく続き、その先には暗雲が立ちこめている気がしてならなかった。

「お腹が痛い」車が曲がりくねったのぼり坂を走っているときにリディアが言った。

「そんなことないでしょ」心配症の母親とはちがい、わたしは子どもがどこかが痛いと言っても、思いこみだとして取りあわない。本当に具合が悪いとわかるまでは。

「吐きそう」

「深呼吸してみなさい」わたしは振り向いて、後部座席にいるリディアを見た。いつもならピンク色の頬がブルーベリーの色に変わっている。

「車をとめて」わたしはいやな臭いのする嘔吐物やそのほかの身体から流れでる液体に車のなかが汚されるのには慣れっこになっているが、フィリップのほうは、子どもを乗せる車にありがちな〝香り〟がアウディに染みつくことに、心の準備ができているとは思えない。

フィリップは丘をのぼりきったあたりで車をとめた。リディアが身体のなかのものをすっかり吐きだしているあいだ、わたしは眼下に広がる丘陵の景色を眺めていた。

霧がコテージを包みこんでいた。フィリップは銀色のカバノキの脇に車をとめた。せっかくここまで来たのに雨とは、とわたしはちょっとがっかりした。「湖ではどんな天気でも遊べるからだいじょうぶだ」とフィリップは言った。空気が湿っているので、葉の匂いが強く感じられる。クレオは勝手知ったる場所とばかりにさっそく車から飛び降り、ノネズミの棲み家と思しきシダの茂みにもぐりこんでいった。

子どもたちも少しずつ興味が湧いてきたようだった。ロブは寝袋を手に、コテージのなかへずかずかと入っていった。網を張ったドアがバタンと閉まる。フィリップはその無骨な振る舞いを気にするふうでもなかった。軍隊で男たちの荒々しい姿をたっぷり見てきたからかもしれない。もしくは、数年前までは自分も十代の若者だったので、その時期の男がどういうものかを覚えているのだろう。いずれにしろ、十代の反抗的な態度には慣れているようだ。わたしはいつも対処に困るのに。

車からリディアを湿った地面へおろす。

「森だあ」娘は顔をあげて木を見つめた。

わたしたちは荷物をなかへ運びこんだ。海藻と燃えた流木のにおいが鼻をくすぐる。わたしは家族の写真が飾られた壁の前で足をとめた。みんな笑顔で湖でのクリスマスを祝っている。フィリップの家族はどの人も美形で日に焼け、真っ白な歯が薄暗いなかでも輝いている。家族のなかには、太った人も、だらしない人も、身持ちの悪い人も、他人に突っかかっていく人も、いないようだ。数ある写真のなかの人たちはオリンピック選手かと見まごうばかりだった。水上スキー、テニス、スキー、釣り。どれもわたしには縁がない。十代の母親にはそれらを楽しむ時間もお金も体力もなかった。

写真のなかには若い女性たちの姿もあった。均整のとれた身体にかわいらしいビキニを着けた女の子たち。法律家か歯科医師になるための学校に通っているらしい。まさに、このコテージに集うにふさわしい女性たち。フィリップと、彼のふたりの兄弟にぴったりの、すてきな花嫁になりそうだ。にっこりと笑うこの人たちは、きっと愛らしい赤ちゃんを生むことだろう。わたしが彼女たちのことを尋ねると、フィリップは退屈な女性ばかりだと言い捨てた。

〝トイレット・ペーパーはちょっとだけ使ってね〟トイレにはそう書かれた紙が貼ってあった。わたしも子どもたちも、トイレット・ペーパーがちょっとだけですむほどお上品であればいいのだが。

「泳ごうよ」フィリップはロブに大声で呼びかけた。

「雨だよ」

「カヤックに乗るっていうのはどうかな」フィリップはかなり諦めの悪い人間らしい。

「寒すぎる」

「ベッド！　二段ベッドがある！」リディアの興奮した声が聞こえてきた。わたしがベッドのある部屋に行くと、ロブが上の段で寝袋に入っていた。リディアは下の段のマットの上で、ぷくぷくした腕を振りまわしながら、楽しげに跳ねていた。

窓の外の湖はしわくちゃのクッキングホイルみたいだった。雨粒が窓の表面を滑り落ちていく。フィリップは暖炉の前にうずくまって、新聞紙を丸めている。何度目かの点火でようやく火が起き、部屋にパチパチと鳴る音が響いた。クレオは薪の山にいるクモに飛びかかり、その脚を口に入れてゆっくりと味わってから、いつものように火の前の暖かい場所に陣取った。そして半分閉じた目でわたしを見つめてあくびをしたあと、何かを伝えてきた。〝なんかいやなムードだけど、だいじょうぶ。うまくいくから〟。

「すぐに戻る」フィリップが言った。

わたしはリディアを膝の上に乗せ、象といたずらな赤ちゃんの絵本を読んでやりながら、娘の指先をこっそりとふいた。コテージの内装は質素だとはいえ、子どもの指で汚すわけにはいかない。簡単には拭えない指紋を家具に残したことで非難されるのは避けたかった。

フィリップが窓を軽く叩いて、外へ出てくるよう手招きした。雨は小止みになっていた。わたしはリディアにゴムの長靴をはかせた。リディアはクレオを抱きあげ、頭を下に、お尻を上にして外へ連れていった(リディアが歩くことを覚えて以来、クレオはそんなふうに抱かれても平然としている)。ドアをあけると、部屋いっぱいのダイヤモンドよりもすばらしい贈り物が待っていた。フィリップは銀色のカバノキのいちばん高い枝にロープをかけ、その端を古いタイヤに通して結わえつけていた。

「わあ、タイヤのブランコだ!」

リディアはそのあとずっと、ブランコに乗って背中を押してくれと言いつづけていた。タイヤの上に腹ばいになって脚を投げだしたり、タイヤにまたがってすわったり、縁《へり》に立ってロープにすがりついたりしながら。自分の子ではない子どもとこんなにも辛抱強く遊ぶ男性を、わたしは見たことがなかった。それでも、何かがわたしを押しとどめた。このすばらしい男性がいま目にしているとおりの人で、湖よりも深い思いやりを持っているとしても、わたしたち三人と猫に囲まれて暮らすのは、いくらなんでも彼には重荷だろう。

　夜の闇がコテージを包みはじめるころには雨もすっかりやみ、フィリップは庭にあるレンガ製のバーベキューコンロでソーセージを焼いた。外で食べるには地面が湿っていたので、わたしはフォーマイカのテーブルセットを庭に出し、みんなそろって電球の明かりの下で食事をした。

「明日は自転車に乗って出かけないか」フィリップはロブに訊いた。「丘の上を走るのは気持ちいいよ」

「やめとく」

「テニスもできるけど……」

　ロブは自分の皿のトマトソースを見つめていた。経験豊富な親なら、子どもの機嫌を考慮してそれ以上無理強いはせず、話題をほかのことに振るだろう。この場の雰囲気をしらけさせないためにも、フィリップが話を別のほうへ向けてくれることを願った。

「午前中はカヤックに乗らないか。きみ用のライフジャケットを出しておくから」

「もうほっといてくれ！」ロブがフィリップに向かって声を荒らげた。「自分の兄さんが道で轢き殺されるのを見たこともないあんたに、おれの何がわかるんだ！」ロブは椅子から立ちあがり、二段ベッドの部屋へ引きあげてしまった。残されたわたしたちは電球の明かりに照らされて、無言のままじっとすわっていた。

「こんなことがときどきあるの」わたしは小声で言った。だが今回は、反抗期の子どもの爆発で片づけられるものではなかった。この湖のコテージのガレージはスキーの道具やボートやカヤックがいっぱいで、わたしたち家族とのちがいをはっきりと見せつけている。フィリップは夏が来るごとに、かわいらしい女の子たちとボート遊びを楽しんでいたのだろう。それに比べて、わたしたちの生活はつねに問題をかかえ、死と離婚が暗い影を落としている。フィリップのように何不自由なく育った人間に、ロブとわたしがかかえる悲しみを理解できるはずがないし、理解する必要もない。

「彼と話してくる」フィリップは立ちあがり、ロブのあとを追おうとした。

「やめて。そのうち、機嫌を直すから」

実際のところ、ロブが思春期の爆発を起こすたびにわたしは手を焼いていた。対処するすべはなく、気持ちがおさまるのを待つしかない――ときには何日もかかることもある。

わたしの言葉には耳を貸さず、フィリップは二段ベッドの部屋へ急いだ。壁をとおして、穏やかにロブに話しかける声が聞こえた。はっきりとした内容までは聞きとれなかったが、声の調子からだいたいのことはわかった。フィリップはロブの痛みに真正面から向きあい、両者のちがいを受け入れながら、話しかけていた。

「彼はもうだいじょうぶだ」フィリップは少ししてから戻ってきて、そう言った。「いまは、眠りたいそうだ」

翌朝、屋根を叩く雨の音で目が覚めた。リディアがパジャマ姿で歩きまわり、戸棚のなかに箱にしまわれたブロックがあったとよろこんでいた。

「このおうち、子どもがいたのね」とリディアは言った。

クレオは蛾の残骸をむしゃむしゃと食べていた。リディアは象のお城づくりに取りかかり、赤ちゃん象のブランコもつくると張りきっている。

「ロブはどこにいるの？」とわたしは訊いた。

「知らない」とリディアは答えた。

フィリップも知らなかった。不安のあまり、胃がずしりと重くなる。夜のうちにロブがここから抜けだしていたとすると、もうかなり遠くまで行っているだろう。材木を積んで高速道路をひた走るトラックをとめてヒッチハイクし、オークランドまで戻ったとも考えられる。それとも、森のなかをさまよっているとか。いずれにしても、こんな暴風雨のなかでは危険な目に遭ってもおかしくない。ロブの父親に電話をしなくては。警察にも。このままだと惨事になる。なぜわたしは〝惨事〟とラベルが貼られた箱をいつも手にするのだろう。

「見て」フィリップがわたしの肩に手をかけて、ゆっくりとフレンチドアのほうを向かせた。雨に濡れたガラス越しに、海の波ほどの大波が岸辺に打ち寄せ、黒っぽい雲が低く垂れこめているのが見える。遠くのほうに、カヤックに乗った人影が見えた。

右から左から押し寄せる波にカヤックは完全に呑みこまれたかに思えたが、ふたたび現われた人影が水のなかにパドルを突き刺し、別の波に向かってカヤックの向きを変えている。その人物は恐れを知らず、何があっても水に浮かんでいようと心に決めているらしい。

「なんて馬鹿なことを。いったい誰がこんな天気の日に湖に出たがるの」

「ロブ」フィリップは謎めいた笑みを浮かべた。「きっと何かに立ち向かおうとしているんだな」

自由

人間は愛するものすべての所有権を主張する。
しかし、猫は誰のものにもならない。たぶん、月は別として。

わたしがシングルマザーになったころ、クレオは狩りの腕をあげた。街には食料を売る店が一軒しか残っていなくて、ベーコンを手に入れるのにもわたしがたいへんな苦労をしていると思ったのかもしれない。わたしは身体に毛の生えていない、哀れな二本足の動物（あくまでもクレオから見た場合）というだけではなく、世界の平和がその一点にかかっているとしても、ネズミ一匹、狩ることができない。クレオはわたしの未熟な狩りの腕前を補うために、毛や羽が生えている死骸を、玄関のドアマットの上やらベッドルームからキッチンまでの廊下やら、あらゆる場所に置いてまわった。わが家は動物の剝製をつくるアマチュア職人の作業場のようになった。残虐な行為をやめさせるために、わたしは偽物のダイヤモンドの飾りと鈴がついた首輪を買った。狙われている動物が鈴の音を聞けば、警戒警報とみなしてすばやくねぐらに退散するだろう。

「猫は首輪なんかつけないわよ」母は〝生き物を大切にせよ〟という戒律を伝えにきたとでもいうよう

な口調で言った。

母がやってくるのをわたしも子どもたちも楽しみにしている一方で、母はかならず何かしら異を唱えるべきものを見つけだす。今回、それは猫の首輪だった。

「だって、クレオは動物を殺しまくっているのよ」わたしはいやがるクレオに首輪をつけた。「それに、こうすると、オードリー・ヘプバーンみたいでしょ」

「ぞっとする」母は言った。「動物を殺すのは猫の仕事なのに」

今回だけは、クレオは母の言葉に同意した。首を激しく振って、クリスマスの飾りみたいにチリンチリンと鈴を鳴らす。

「ほらね。〝それ〟じゃなくて〝彼女〟。彼女はじきに首輪に慣れるわ」

「〝それ〟は首輪が嫌いなのよ」

クレオとわたしの意地の張り合いがはじまった。首輪をつけることはクレオの〝大嫌いなもののリスト〟の筆頭に躍りでた。ちなみに、そのリストには猫嫌いの人間も含まれる。クレオは起きている時間はずっと首輪をひっかいたり、かじったりしていた。そのせいで三つの偽物のダイヤモンドが落ち、かつては鮮やかなピンク色をしていた首輪自体は、いまや色があせてよれよれになっている。クレオが細めた目でじっとわたしを見つめる。きっとこんなことを言いたいのだろう。〝こんなチンケなものをわたしにつけて、いったいどうしようっていうの？　なんの権利があってこんなことをするわけ？　あなた、わたしを所有しているとでも思ってるの？〟

「あれが新しい恋人？」母はキッチンでわざと声を低くして訊いてきた。「ドアをあけたとき、警察官が来たのかと思ったわよ。髪をきちんと短く刈っているから。でも、あなたのタイプじゃないわよねえ」

わたしは自分の恋愛について母にあれこれと詮索されたくなかった。母の観察眼は辛辣で抜け目がなく、たとえば、アフターシェーブ・ローションの原料にまでいちいち物申さなくては気がすまない。フィリップの登場により、母は分析すべき新たな素材を手に入れたことになる。

「軍隊にいたそうじゃない。そういえば、あなたは水兵と結婚してたんだっけ。次は飛行機乗りにしたらどうかしら」

職場でも気楽ではいられなかった。わたしがいまだに〝I〟がひとつのフィリップと会っているという秘密がもれたとたん、同僚の多くが眉毛をゴシック様式の大聖堂のアーチ型にして驚きをあらわにした。トイボーイについての冗談がニュースルームのあちこちでささやかれた。ジャーナリストは自分たちが偏りのない広い心を持っていることを誇りにしているが、その広い心もある一定の場合にのみ適用されるらしい。仮りにわたしがうんと年上の薬物中毒の男と夜明けまで大酒を飲んで浮かれ騒いだとしても、彼らは気にもとめないだろう。映画界では、ブルドッグに似たご面相の年寄りの俳優が二十歳も年下のモデルとつきあうのは日常茶飯事だ。ある女が髪をきちんと短く刈った年下の男とつきあうのは俗悪だとして断じられるのはフェアじゃない。彼らには、ほんの遊びだから、とツンと澄まして言いかえしていたが、その〝ほんの遊び〟が予想よりも長く続いていた。

フィリップにとっても状況は芳しくなかった。輝かしい未来を約束されているまわりの若者たちは、フィリップがおかしな女にかかずりあっていることを懸念している。彼のもとには、もっとふさわしい女性たちからのランチやパーティーの誘いが殺到していた。この街は、フィリップのような男性を探し求める皺ひとつない美しい女性たちであふれている。

一夜かぎりのつもりでいた相手と恋に落ちるのは、いままでにないうれしい驚きの連続だった。フィリップのことを少しずつ知っていくのは、地下の洞窟を探検するようなもので、最初は暗くて、あたりのものがおぼろげにしか見えない。しかし、どんどん深く掘り、いくつかの角を曲がっていくと、希少な水晶の鉱脈にたどりつく。彼はハンサムで一緒にいると心が和み、子どもたちにもやさしいだけでなく、スピリチュアルなことについて強い関心を持っている。わたしの不可思議な夢や、ときたま意識が身体から離れていくという話に興味深く耳を傾けてくれたのは、フィリップがはじめてだった。ふたりは一緒になる運命にある。わたしはそう思い、心のなかでクレオにつけたものとそっくりだが目には見えない首輪（色は無色透明で、もちろん鈴はなし）を彼の首に巻いた。

「どう見られようがぜんぜん気にならない」わたしは彼との関係について尋ねてくる人にそう言い放った。「中身が大切だから」

はじめのうちは、恋に夢中になるわたしをフィリップがいさめることもあったが、そういう彼の一面さえもわたしには魅力的に感じられた。このごろでは、年がうんと離れていることも、それはそれでおもしろいと思っている（〝シャーリー・バッシー〔一九五〇年代から活躍しているイギリスの女性歌手〕って誰？〟と訊かれたとき以外は）。彼の昔ながらの礼儀正しさもそれほど鼻にはつかず、たまにそれをネタにしてからかうこともある。軍隊生活と銀行についても、学ぶべきことが多くあった。ふたりの関係は意外にも完璧に近いとさえ言えた。

フィリップがきちんとアイロンをかけたハンカチをいつもポケットに入れているところも、わたしは大好きだった。女性が涙を流したときには、かならずハンカチがさしだされる。くしゃみをして鼻水が飛びだしたときにも。さらに感心したのは、街をぶらぶらするときでも、つねに車道側を選んで歩く彼の習慣だ。古い時代なら、走ってくる馬や、馬車の車輪が跳ねあげる泥から女性の身を守る必要があっただろうが、いまの時代でそんな騎士道精神を発揮する男性は、フィリップのほかにはわたしの父だけだった。たまたまわたしが車道側にいたりすると、フィリップはわたしの腕を取って反対側に移動させ、その手を自分の曲げた肘に滑りこませる。こちらは彼に守られながら店のショーウインドウを眺める。はじめてそんなふうにされたときには、残りの人生を一緒に過ごすのはこの人以外には考えられない、と思った。

それでも……。なぜいつも〝それでも〟という言葉がついてまわるのか。哀れなシングルマザーの女王が王子に出会って恋に落ち、白いドレスに身を包んでバージンロードを歩いたあと幸せな人生を送る、なんてことは夢の世界の物語だから。人生は〈王さまと私〉や〈サウンド・オブ・ミュージック〉のようなロジャース＆ハマースタインが制作したミュージカルとはぜんぜんちがう。現実の人間は消し去ることのできない過去を持ち、悩みや恐れや心配事やエゴや野心をかかえている上、判定を下したがる口さがない友人や家族に囲まれている。

わたしたちは、子どもたちと一緒にいるところを見られないように努力するのをやめていた。少なくとも、わたしのほうは。土曜日の午前中にTシャツを買いに四人そろって街へ出かけたときも、大通りに車をとめ、みんな一緒に店へ向かった。フィリップはいつものように車道側を歩き、子どもたちは駆け足で店のなかに入っていった。わたしは映画の主人公になった気分だった。ヒロインがすばらしい人生を送る場面で物語は大団円を迎え、観客はポップコーンを食べ終え、スクリーンにはエンド・クレジットが流れる。

「これがいい」リディアは妖精の格好をしたテディベアの図柄のTシャツを掲げた。色は予想どおりだった。

「この子、三歳のピンク世代の真っただ中にいるの」わたしはフィリップに言った。「わたしはあえて反対はしないけどね。異議を唱えたりしたら、この子が大きくなったときに精神分析医のところに駆けこんで、成長期に欠かせないものを母親に拒否されたって訴えるでしょうよ」

フィリップは笑わなかった。それどころか、ロットワイラーに出くわした猫のようにかたまっていた。

「サラ！」フィリップはわたしの肩の上で満面の笑みを浮かべた。

わたしは彼の視線を追った。大胆なビキニ姿で試着室の前に立っていたのは、バービーよりも脚の長いブロンドだった。湖のコテージで見た写真のなかにいた〝退屈〟な女の子のひとり。理想の花嫁候補。

「フィリップ！　いったいどこにいたのよ。もうずいぶん長いあいだテニスコートにも現われないし。会いたかったわ」

サラとやらにフィリップがわたしのことを紹介してくれるのを待ったが、彼はアクリル製の箱に入って蓋をパタンと閉め、自分の世界からわたしを閉めだした。わたしは偶然フィリップのとなりに立っている見ず知らずの買い物客になり、子どもたちは透明人間になった。

「仕事が忙しくて」フィリップはサラに近づいていった。「一年のこの時期がどんなか、きみも知っているだろう」

「歯医者も似たようなものよ」彼女はうんざりしたように天井を見あげ、ブロンドをきらめかせた。「最近は審美歯科治療が大流行りで。誰もが歯を真っ白にしたがるの。あなた、元気そうね。よかった」

「きみもね」フィリップの声が壁に跳ねかえってわたしの耳に入りこみ、脳のなかを跳ねまわってから脊柱に沿って下りはじめ、胸のどこかに穴をあけた。

「ご両親はお元気？」

ふたりの会話が熱を帯びて親密なものになっていくにつれ、自分がチャールズ・ディケンズの小説に出てくる人物になった気がした。雪のなかで震えながら、窓の向こうの幸せそうな顔に囲まれた暖炉をじっと見つめる哀れな人間に。

「さあ、行きましょう」わたしはロブに小声で言った。

「でも、あたし、このピンクのがほしい」とリディアが言った。

「いまはだめ」わたしはTシャツを衣類の山に戻し、リディアの手をつかんで店からそそくさと出た。ロブがあわてて追いかけてくる。

「フィリップを待っていなくていいの？」と訊いてきたが、わたしはかまわずに人波を縫って歩きつづけた。

「わたしたちが出ていったことにも気づかないわよ」

わたしはなんて馬鹿だったんだろう。間抜けもいいところだ。ニコルや母やそのほかの人たちが発した警告をちゃんと聞くべきだった。みんなの言うことはもっともだ。フィリップとわたしは、お互いに相手の世界へ入りこむことはできない。彼はわたしのジャーナリスト仲間とはうまくつきあえないだろうし、わたしも二十四歳のバービーみたいな歯医者のお友だちにはなれない。それに、子どものこともある。並はずれて度量の広い男でないかぎり、自分の将来に他人の子どもを組みこむようなまねはしないだろう。

浅はかで大人になりきっていない人間に子どもたちを会わせたのが間違いだった。その上、彼はお堅いときている。頭が堅くて鈍い男は、パイプでもふかして歯医者と結婚すればいい。

「待ってくれ」追いかけてきたフィリップが息を切らして、わたしの肩に手を置いた。「いったい、どうしたんだ」

わたしはロブにマクドナルドへ行って、フライドポテトと、リディアのためにハッピー・ミール・セットを買ってくるよう頼んだ。

「どうせ、わたしたちのことが恥ずかしいんでしょ」わたしは吐き捨てるように言った。

「なんのことだい」フィリップが訊いた。とぼけているとしか思えない。

「どうしてわたしたちのことを紹介してくれなかったの？」

「きみは興味がなさそうだったから」

「彼女が興味なさそうだったからでしょう」

「聞いてくれ。ぼくは……」物見高い買い物客が立ちどまり、無関心を装いながら口論に聞き耳を立てていた。

「あなた、サラのことを退屈な女の子って言ってたわよね」わたしは自分の声が恨みがましく震えているいることに我慢ならなかった。いかにも執念深そうで、こんな女とつきあいたがる男はいないだろう。

「退屈しているふうでもなかったけど」

「彼女は……ただの友だちだ」

「じゃあなぜ、わたしたちを無視するようなまねをしたのかしら」

フィリップは頭上のネオンサインを見つめた。なんのいたずらか〝エンゲージリング〟という文字が光っている。

「ぼくにとってこれが簡単なことだと思っているのか？」フィリップは感情を爆発させた。「子どもが嫌いというわけじゃない。あの子たちはすばらしい。ただ……」

わたしは待った。数えきれないほど大勢の買い物客が光るネオンサインの下を通っていった。

「いますぐ父親になりたいのかどうか、自分でもよくわからない」

フィリップがわが家の前でわたしたち三人を降ろし、走り去ったとき、わたしはクレオの首輪がなくなっていることに気づいた。彼女はとうとう首輪を嚙みきり、自由を宣言したのだった。

猫の魔法使い

ときに、月を愛するのがたやすく思える。

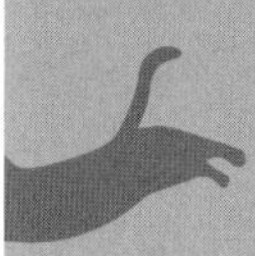

失恋した女性は次にどういう行動をとるべきか。それほど多くの選択肢はないが、魔女になるというのはなかなかいいアイデアだ。魔女なら呪いの言葉を撃退できるし、自分自身の幸運をつくりだせる。魔法にはかぎりない可能性が秘められている。クレオは屋根の上にいたかと思うと、同時に暖炉の前にもいる。彼女は完璧な猫の魔法使い。理想的な色をしていることは言うまでもない。

猫がいるだけで部屋はぐんと美しくなる。椅子がそっぽを向いていても、おもちゃが散らばっていても、皿が食べっぱなしのままになっていても、彼女の優美なたたずまいのおかげでその部屋は人の心を癒やす神殿になる。窓台に女神のごとく鎮座して、彼女は数かぎりない人間の脆さを目にしては、心の平安を授けてきた。哀れな生き物は過去にしがみついたり、未来をコントロールしようとして、無数の過ちを犯す。人間はありのままに生きることの大切さを猫から学ぶ必要がある。

猫の耳は、床に通学用のかばんが放りだされる音も、母親が砂糖入れのなかにアリを見つけて悪態をつく声も聞きとれる。人間がちょっとした悲劇に過剰に反応するさまは、彼女をおもしろがらせる。何をもってしても彼女の平静を乱すことはできないが、子どもたちが赤ちゃん用の服を着せたり、乳母車のなかに押しこんだりすると、当然ながらムッとする。

彼女は足先で大地のわずかな揺れも感じとる。目は人間が見るよりも多くのものを読みとる。眠るときは第三のまぶたと呼ばれる半透明の膜を出して眼球を保護する。猫はつねになんでも見ているが、賢明にもさしでがましく口をはさむことはしない。

黒猫は幸運を呼ぶものか、はたまた不吉の象徴か。それは大西洋の両側で異なる。もし黒猫が目の前を横切ったら、イギリスでは幸運が舞いこむとされている。北アメリカでは、黒猫は危険を意味する。

黒光りする毛並みと鏡さながらの目のせいで、かつて黒猫には邪悪な魂が宿るとされていた。黒猫は闇に溶けこんでしまうため、猫の生態など知る由もない人びとにとっては悪魔の化身であり、農家の屋根の上を歩けば、すなわちその家は悪魔に狙われているということになる。黒猫が幸運を呼ぶとされているイギリスでさえ、迷信の内容は猫になんら利するところがない。黒猫が道を横切ると、人は災難を免れて幸運に恵まれる、というだけの話なのだから。

精神分析医のもとをふたたび訪れても意味はない。新しいワン・ナイト・スタンドにチャレンジしろと言われるのがオチだ。それがどんな結果を生むか、いまではよくわかっている。いずれにしろ、失敗から学んだこともある。わたしはデートの相手を探すことをやめ、賢くなろうとした。しかし、どうやら母のように孤独な人間が患う病気にかかったらしく、同じ話を何度も何度も人に聞かせるようになった。見つめられていることに気づくと、話を中断し、こう尋ねる。「この話、まえにもしたかしら」礼儀正しい人たちはノーと答える。

誰かに訊かれたときは、わたしはこれ以上ないくらい幸せだと答える。何か問題でも？　猫は決して笑みを絶やさない。わたしは男など必要としない自立した魔女になるために、できることはなんでもした。妥協という言葉はわたしの語彙にはない。中国製のパンツスーツは定期的に虫干ししている。壁に陶器のアヒルを飾りつけ、ワインを飲み、好きなときにおならをする。子どもたちが父親の家に行っているときには、となり近所にも聞こえるくらいステレオのボリュームをあげ、マーヴィン・ゲイの曲に乗って半分裸で踊る（エラとルイの曲は二度とかけない！）。女友だちは好意的に見てくれた。自信がついたみたいね、と言ってもくれた。

〝自信がついた〟と言われたのはうれしかったが、正直なところ、そこまで達してはいなかった。魔女は自分の人生をコントロールできるはずだが、なんともマメな孤独という名のストーカーがついていた。子どもたちがベッドに行ってしまうと、わたしはグラスにワインを注ぐ。クレオがそばにやってくる。ヘビみたいな尻尾の影が壁に揺らめく。毛をなでると、静電気が腕にビリビリッと走る。クレオを抱きあげて、裏庭のデッキに出る。星空の下に一緒にすわり、お互いの傷をなめあい、月のクレーターを眺める。

「誰も魔女のハートにはふれられない」わたしはつぶやき、ベルベットのような毛に鼻をうずめる。

それでもやはり、わたしは電話が鳴るたびに飛びついた。フィリップからはかかってこない。かかってくるはずがない。別れたとき、彼はきちんと説明してくれた。〝準備ができていない〟と。それが何を意味するにせよ、すべての準備が整うまで待っていたら、何もはじまらないだろう。人生にメニューはない。〝準備ができている〟ものから順番にオーダーするわけにはいかない。わたしはサムを失う準備はできていなかった。フィリップに別れを告げる準備ができていたとも思えない。フィリップの言葉は真実を告げていたのだろうが、彼の目は愛と悲しみにあふれていた。いくらあの人の言葉を受け入れようとしても、わたしはいまだに彼の目を信じずにはいられない。あの人はなぜ離れていってしまったのだろう。

わたしはフィリップの落ち着いた物腰が恋しかった。暖炉の火が燃えるような温かい声も。妙に昔ふうな服装も。曲がった鼻も。耳のなかに生えている産毛も。何よりも恋しいのは、彼の匂い。めったにアフターシェーブ・ローションはつけないのに、いつもイトスギの森を思わせる香りを漂わせていた。どうして恋人の香りについて書かれたソネットはほとんどないのだろう。ロブも彼を恋しがっている。フィリップは子どもたちの手本となる人だと思っていたのに、マネキンみたいに心がない、見せかけだけの人間だった。わたしはなんて馬鹿だったんだろう。こんなふうにロブを傷つけずにすむよう、もう二度と男とはつきあわない、とわたしは胸に誓った。

フィリップはどうしているだろう。彼は着古したイタリア製のジャケットみたいにわたしたちを捨てたのだろうか。きっといまごろは若い歯医者や弁護士にうつつを抜かしているにちがいない。ふたりの世界がもう少し近ければ、仲間うちの誰かが心配して電話をかけてきてくれて、わたしの疑問に答えてくれたかもしれない。だが、わたしたちには共通の友人はいない。フィリップは冥王星へ旅立っていったも同然だ。こうして何週間も過ぎ去り、月も変わっていった。

わたしが魔女になるのなら、クレオには使い魔になってもらわなければならない。わたしはクレオを肩に乗せる練習をはじめた。最初のうちはなかなかうまくいかず、ふたりとも痛い思いをした。しかし、彼女は練習熱心な上、シルク・ドゥ・ソレイユの一員になれるほどのバランス感覚の持ち主なので、すぐにわたしの服に爪を食いこませ、肌を傷つけずに肩の上に安定して乗れるようになった。わたしは訪問客の顔に浮かぶ驚きの表情を楽しんだ。ドアがあいた瞬間に、家主の肩の上から黒猫がじっと見つめてくるのだから、さぞかしびっくりしたことだろう。テクノロジーが発達して洗練された世の中になったとはいえ、人びとは遠い祖先からＤＮＡを受け継いでいる。そう、彼らはいまだに魔女がいると信じている。少しまえの時代なら、近所の人たちは夜明けとともにわが家の庭に集まり、わたしと猫を火あぶりにしただろう。

「女には男なんていらない。蝶にとって潜水服が無用の長物であるのとおんなじで」わたしはエマに言った。彼女はこのところわが家をちょくちょく訪れる。エマとは、ある本の出版記念会で、トイレのドアの前をうろうろしていたときに知りあった。エマは男女同権に関する本がずらりと並ぶ書店に勤めている。ハーブを育てるのを手伝ってくれるし、男性に対して厳しい目を向ける女性たちの集まりに誘ってもくれた。ワインで熱を帯びた討論を聞きながら、わたしは何度もうなずいた。いわく、男性は種としては劣勢で、パンツのなかのふくらみの虜であり、消滅するのも時間の問題だ。

エマのように髪を短く切り、銀色に染めるつもりはないけれど、そのスタイルにはあこがれている。ターコイズブルーが彼女の色で、彼女の身のまわりのものは、腕輪やスカーフや、サングラスさえも、すべてターコイズブルー。数ある店や露店をめぐってこれだけの品を集める時間があるのは、子どものいない女性だけだろう。彼女のお気に入りのアクセサリーは、ターコイズがはめこまれ、鳥の羽根飾りがついたペンダント。アメリカ先住民族のホピ族の首長から贈られたもので、彼はエマの身を清め、セージを焚いて家から邪悪な魂を燻しだし、彼女の守護動物はクーガーだと伝えたという。

エマは書店からしょっちゅう本を持ってきてくれた。『なぜ女性は血を流すのか』とか『男の利用術』などといったものを。母親業につきもののストレスとは無縁で、子どもたちにとっては気のいい〝おばさん〟だ。リディアとトランポリンをしたり、ロブとサッカーに興じたりするエマの底なしのエネルギーには感心する。わたしにとってエマの存在はとてもありがたかった。

休む間もなく次から次へと仕事が降ってくるニュースルームでの日々もありがたかった。締切りに追われ、その合間に同僚たちのウィットに富んだ会話を聞いているうちに、心にあいた穴は少しずつふさがっていった。誰も、ニコルさえも「だから言ったでしょ」と言わないことにも感謝している。トイボーイの冗談が飛び交うこともなくなった。心機一転して仕事に打ちこむわたしを、みな歓迎してくれた。そういう同僚をわたしは心から愛している。

わたしはティナのことをよく知らないが、どうやら彼女は凄腕の魔女らしく、ときたまその力を見せつけてくる。つい最近、わたしは彼女のオフィスに呼ばれ、イギリスのケンブリッジ大学のプレス・フェローシップに応募するようすすめられた。受け入れられる可能性はほとんどないが、ひとまず申込書に必要事項を記入した。出願者には興味のある分野をあげるよう求められている。合格する自信はまったくなかったので、わたしは一風変わった主題を考えだした——スピリチュアルな側面から見た環境問題についての一考察。

子ども不在の何もすることがない週末がふたたびめぐってきた。エマがパスタとサラダを用意するので土曜日に自宅へ来ないかと誘ってくれた。わたしはよろこんで応じ、丘に囲まれた彼女のかわいらしい家へ車で向かった。

「調子はどう？」エマが出迎えてくれた。

彼女はわたしが本音を話せる数少ない友人のひとりだ。

「いいわ。えっと、あんまりよくないかも。なんだか疲れているみたい」

エマはオーストラリア産の赤ワインをグラスに注いだ。わたしたちは眠りを誘うような風鈴の音を聞きながら庭で食事をした。

「あなたって、ほんと、いい友だちね」わたしは手作りのレモンプリンを皿からすくった。「こんなにおいしい料理でもてなしてくれるなんて。料理がとても上手。わたしなんかとてもまねできない。じゃがいもの皮をむくのもおっくうで」

「ありがとう」エマの歯が白く光る。ホピ族の首長の目はたしかだ。彼女にはどこかクーガーに似たところがある。夜に光を浴びているときには、とくに。

片づけを手伝おうと立ちあがると、エマがわたしの手を取った。「いいの。すわってて。今夜はあなたのための夜だから。ハードな仕事をこなしながらお子さんを育てるのはたいへんでしょう。わたしにまかせておいて」

なんてうれしいことを言ってくれるのだろう。ようやく誰かに理解してもらえた。

「この音は何かしら」わたしは訊いた。「ここには噴水があるの？」

「あなたのために、お風呂を用意しているの」

お風呂？　わたしはそんなに臭うのだろうか。家を出るまえにシャワーを浴びたのに。

「あなた、何よりもお風呂に入るとリラックスできるって言ってたでしょう」エマはわたしが驚いていることに気づいたらしく、そう付け加えた。

「ええ。でも、それは家にいるときの話だから」

「家のお風呂よりもっと気持ちがいいわよ。あなたのためにフランス製の泡が立つ入浴剤を用意したから」

「それは……どうもありがとう」こちらにその入浴剤を手渡して、家に帰してくれたらいいのに、とわたしは思った。

「あなた用のバスローブを出しておいたわ」一瞬、エマがクーガーに見えた。「バスルームに」

わたしは不意に身体がカッと熱くなり、うろたえた。これまで何年にもわたって、たくさんの女性と知り合いになった。一生の友人となったジニーのように、みんな強くてすてきな人ばかりだ。わたしたちはともに笑って泣いて、男の悪口を言いあい、身体についての個人的な悩みも互いに打ちあけた。そういった女性たちはわたしの悲しみを癒やし、出産の手助けをし、離婚の相談にも乗ってくれて、数々の失敗談を一緒に笑いとばしてもくれた。けれども、わたしのために風呂の用意をしてくれた人はいなかった。それも、泡風呂の。

「心配はご無用よ」エマが言った。「あなたのための特別な夜なんだから」

まあ、いいか。お風呂に入るくらい、どうってことない。ここで断ったら無粋な人間と思われるかもしれない。わたしはエマが好きだ。彼女はわたしの疲れをほぐそうとしている。その思いやりを台無しにしたくないし、人の親切を無にする人間だとみなされたくもない。

フランス人は泡風呂に慣れているのだろうか。お湯の表面に大きな七色の泡が浮かび、火を灯した色つきのキャンドルが窓台に並んでいる。これは間違いなく火災の原因となる。バスローブが洗面台にきちんとたたんで置いてある。わたしは条件反射で鍵をかけようとした。鍵はどこにもついていなかった。

わたしは泡のなかに身体を沈めながら、壁に貼られた〝女性はなんでもできる〟というポスターをじっくりと眺め、しきりに考えをめぐらせた。エマに何かおかしなシグナルを送ったのだろうか。いや、そんなはずはない。彼女はわたしの性的指向が〝ストレート〟だと知っている。彼女も当然そうだと勝手に決めつけていた。そういえば、エマから過去の恋愛について詳しい話を聞かされたことはない。プライバシーについては秘密にしておきたがっているのだと思っていた。もうちょっと突っこんで訊くべきだったのだろうか。エマは一度だけ男の話をしたことがあるが、あとはもっぱら女友だちのことばかりだった。わたしは〝友だち〟をそのままの意味でとっていた。もしかして、彼女の誤解を招くような言い方をしたとか？　女性を愛していると言ったことはあるが、ふつうは〝へんな意味じゃなくて〟と付け加えたりはしないだろう。と、そのとき、奇妙な音が、できるだけしっかりと閉めたドアの下から聞こえてきた。

「クジラの歌よ！」エマが言った。「潜在意識にメッセージを送ってるの」

「そう」わたしはそっけなく答えた。「どういう意味かしら」

「クジラの歌に隠されている、はっきりとは聞きとれないメッセージなの。あなたの考え方を変えるための」

わたしはとつぜん不安になり、お湯から首をにゅっと突きだして、そのメッセージとやらを聞こうとした。何やらもぐもぐと言っている声がかすかに耳に届く。エマはわたしを洗脳して、あやしげな宗教に誘いこむつもりかもしれない。

「なんて言っているの？」わたしは不安を押し隠して訊いた。

「リラックスして、とか、心を解き放て、とか、そういうようなこと」

シロナガスクジラだろうがマッコウクジラだろうが、クジラがバックコーラスのメンバーを選ぶオーディションを受けにきたら、わたしは即座に不合格にするだろう。いま聞こえてくる歌は調子っぱずれもいいところなのだから。

「お湯加減はどう？」エマがいきなりバスルームに入ってきて、ニンニクくさい息が嗅げるほど顔を近づけてきた。

「いい湯加減よ。ありがとう」わたしは溺れない程度にできるだけ泡のなかに身体を沈めた。「ほんと、温かくて……」

「そう？」エマがバスタブの縁から乗りだして言う。

「もう出ようかな」

「まだメッセージを受けとっていないでしょ」エマはいきなり太い指でわたしの首をもみはじめた。

マッサージ？　わたしはいやいやながら身を縮め、無理やり風呂に入れられている犬みたいにじっと我慢した。エマの息遣いが耳に届くほど荒くなった。ニンニク臭のまじったエマの男っぽいにおい（アフターシェーブ・ローション？）のせいで、わたしは吐きそうになった。

がっしりした体格の女性と彼女のターコイズのコレクションとともに、バラに囲まれたコテージで暮らすという未来像が頭に浮かぶ。高校生のころ、そんなふうに暮らすふたりの女教師がいた。彼女たちはゴシップが広がらないように別々の車で学校へ通ってきていたが、それはもはや周知の事実だった。噂によると、一緒の墓に入る手はずを整えているということだった。

それもひとつの選択肢として考えられる。エマと暮らせば、男性から受ける残酷な仕打ちを回避することができるだろう。テストステロンとのつきあいもなくなるだろうし、ブロンドの歯科医と張りあうことも最小限に抑えることができるだろうし、女性同士の楽しみが増えるだろう。猫とするみたいに、ぎゅっと抱きしめたり、軽くハグしたり。わたしはエマが好きだ。だが、ひとつだけ難点がある。それは彼女を愛してはいないことだ。そういう意味では。

エマは両手でわたしの顔をはさみ、湿った唇をわたしの唇に押しつけた。こっちはそういうタイプの女じゃないのに。

最後にフィリップと会ってから六カ月が過ぎ、わたしは彼とのことは乗り越えた。少なくとも、そういうふりはしていた。子どもと仕事に全力を注いでいるいまは、男など必要ない。職場では、わたしは女性問題に関するちょっとした権威になっていた。そんな折りに、エマが地元の〝魔女〟を紹介してくれた。その魔女が女性の超自然的な力に関するインタビューを受けることを了承し、オフィスへやってきた。どうやら魔女もほかの職業と同様に宣伝が欠かせないらしい。首からさげた水晶玉と、ビルケンシュトックのサンダルから突きでた足の指の何本かに巻いた絆創膏を除けば、彼女はスーパーマーケットでカートを押す女性となんら変わりはない。インタビュールームへ彼女を案内し、笑みを交わしたときに、ふと思った。この人は魔女としてのわたしの潜在能力を認めるだろうか。訊いてみようと思ったところで、ペットはいるかと訊かれ、わたしは驚いた。クレオのことを話すと、彼女は水晶玉をかたかた鳴らしながら身を乗りだした。

「黒猫は魔女にはぴったりのパートナー。黒猫の身体には霊力がみなぎり、魔女に寄り添って魔力を発揮させる手助けをする」

「クレオがわたしの夢をかなえるために力を貸してくれるってことかしら」

魔女は声を立てて笑った。ふつうのおばあさんみたいにワッハッハと。

「まあ簡単に言うと、あなたの言うとおりかもしれないね」

部屋をノックする音でインタビューが中断された。ティナが顔をのぞかせ、魔女のほうにちらりとジャーナリストの目を向ける。たったそれだけで、ティナは千ワードの原稿を書きあげるネタを仕入れたようだ。

「邪魔してごめんなさい」とティナが言った。「あなたに会いたいという人が下に来ているの。名前はダスティンですって」

不在

猫はいつでもチャンスをうかがっている。

クレオは身体に低電圧の電流が走っているとでもいうように、落ち着きをなくしていた。ひげを動かしながら、カーペットの上を行ったり来たりし、テーブルにのぼっては降りるを繰りかえす。道路から車が走る音が聞こえると、動きをぴたりととめ、耳を寝かせる。車が通りすぎると、またカーペットの上を歩きまわる。となりの家の息子が大きな声で友人の名を呼んだ。クレオは背中を弓なりにして、ラグに爪を立てた。

次にクレオはベッドルームの窓際に置いてある机の上にのぼった。そこからは通りを見渡すことができる。いったん床に降りてまたのぼり、前庭と、道路の向こうに並ぶ家を眺める。何度かそれを繰りかえしたあと、鳥の声が聞こえてきた。クレオはふたたび机に飛び乗り、カーテンをくぐって外をじっと見つめてから、がっかりして床に降りた。遠くのほうでゴミ容器の蓋をあける音がすると、ふたたび机に乗って近所の様子をうかがった。それがすむと床に飛び降りて、またうろうろと歩きはじめた。

そのとき、待ちかねていた、門が開く音が聞こえてきた。クレオは机の上にのぼり、玄関へ向かってくる人影をカーテン越しに見やった。尻尾がふくらんで喜びに揺れる。すぐに机から飛び降りて、うれしそうな声をあげながら玄関のドアに向かって廊下を駆けていった。

わたしがドアをあけてフィリップを迎えると、クレオは彼のほうへ突進して太腿に飛びついた。

「クレオはずっとあなたを待っていたのよ」フィリップはクレオを抱きあげた。彼女はフィッシャーマンズ・セーターをよじのぼり、フィリップの首をなめて顎の下に頭を押しつけた。クレオパトラがアントニーと和解したとき以来、こんなにも愛情あふれる再会はなかっただろう。

子どもたちの出迎えはもっと用心深かった。リディアは熱中していた木製のジグソーパズルから視線をあげてフィリップを見つめた。その表情は無言のうちにこんなことを言っていた。〝また、あたしたちと仲良くなりたいなら、ごめんなさいって言いなさいよ〟。ロブは自分の部屋から出てきて、礼儀正しく会釈しただけだった。

何週間も過ぎ去り、何度か月も変わっていくうちに、しだいに温かさと信頼が戻り、以前よりもわたしたちの絆は強くなっていた。フィリップがふたたび背を向けて去っていくかもしれないと、心のどこかで非常線を張っていたけれど、わたしたち全員がフィリップを愛していることはたしかだった。

ある日曜日の午後遅く、フィリップはわたしたち全員――クレオも含めて――を車に乗せた。

「どこへ行くの？」わたしはすっかり秘密や不意打ちが嫌いになっていた。

「じきにわかるよ」

ロブがクレオを膝に乗せ、そのとなりにリディアがすわり、後部座席の雰囲気はほのぼのとしていた。

「サーカスに連れていってくれるの？」とリディアが訊いた。この子の最近の夢は自分で名づけた〝さかさまレディ〟になることで、そのレディはサーカスのテントの屋根から宙吊りにされ、羽根とスパンコールのついたピンクのボディスーツを着ているそうだ。

「今回はそうじゃないんだ」フィリップは〝ちがう〟という言葉を使わずに答えた。親がよく使う言い方をフィリップが早くも覚えたことにわたしは感心した。

「博物館に何しにいくの？」ロブは植物園の先にある博物館に向かっていると思ったようだ。

「もうすぐわかる」

フィリップは駐車場に車をとめた。そこは、ふたりが出会った晩にわたしが車をとめた場所だった。しばらく車のなかで待っていてくれ、と言い残し、彼は階段をあがっていった。

「恐竜を見るの？」とリディアが訊いた。

「見られないよ」ロブが答えた。「博物館はもう閉まってるから」

「そのとおり」わたしが付け加える。「もうそろそろ日が落ちる時間だもの」

金色の太陽がふわふわした雲のなかへ沈んでいく。博物館の柱から長い影がのびている。わたしたちがはじめてお互いを見たときとまるっきり同じ光景だった。すぐに、あの日のことが心によみがえった。結婚式に出席するためにここへ来て、ハンサムなアーミー・ボーイを一目見た瞬間に〝この人とつながっている〟と強烈に感じたときのことを。あのときの身体の疼きは、ソウルメイトといきなり出会った衝撃のせいだったのか、それとも単なる性欲のためだったのか、いまでもよくわからない。

フィリップが戻ってきて、階段の上まで行こうと手招きした。わたしたちは車から降りた。いつもならロブはクレオを車の後部座席に残していくが、重大な出来事が起きる予感がしたのか、クレオを抱いて階段をのぼっていった。わたしはリディアの手を取った。

驚いたことに、フィリップはわたしがはじめて彼を見た場所に立っていた。博物館の扉の右側、ちょうど沈みゆく太陽の光が射す場所に。

「きみに見せたいものがあるんだ」フィリップは横を向いて、手をのばした。どうやらコンクリートの窓枠を指さしているようだ。そこは陰のなかにひっこんでいて、何を見せたがっているのかよくわからなかった。この人はこんなにまわりくどい人だっただろうか。

「もっと近づいてみて」フィリップは微笑んでいる。

よく見てみるとそこには小さな青い箱が置かれていて、なかにはダイヤモンドの指輪が入っていた。ロブとリディアとクレオの前で、フィリップはその指輪をわたしの指にはめた。

「どうやってわたしのサイズを知ったの？」わたしはロマンティックなムードを台無しにする自分の問いにうんざりしながらも、心から感動していた。

「きみの宝石箱から指輪をひとつ拝借した。気づかれたらどうしようかと内心はらはらしていたよ。でも、気づいていなかったみたいだね」

わたしは首を振った。いま答えるのは無理だ。涙をこらえるのに精いっぱいなのだから。

彼との話し合いの結果、いまは婚約するだけにとどめ、結婚の日程は定めず、一年くらいたってから家族としてみんなで一緒に住むことにした。わたしはまだ三十六歳で、フィリップが自分の遺伝子を受け継ぐ子どもがほしくなったとしても、まだまだ余裕はある（ちょっと言いすぎ）。ジェーン・オースティン〔一七七五年生まれのイギリスの女流作家。小説のなかで当時の女性の結婚や愛について描いている〕を満足させるくらい長く婚約期間を置くことを、口さがないジャーナリスト仲間に告げるのはちょっと勇気がいったが、それがいちばんいいやり方だと思えた。これはふつうの結婚とはちがう。ひとりの男性と、両親が離婚した子どもたちとその母親プラス一匹の猫がこれからの人生を家族として歩むのだから、誰にとっても納得がいくようにしなければならない。

婚約指輪をはめていることに慣れてきたころ、とても重要な封書がポストに届いた。

「ケンブリッジって、ちょっといかれているのよ、きっと」わたしはその封書をフィリップに手渡した。「わたしを合格させるだなんて」

フィリップは笑いながらたくましい腕でわたしを抱きしめ、絶対合格すると思っていた、と言った。タイミングとしては完璧だった。フィリップはスイスにあるビジネス・スクールの国際経営開発研究所《IMD》でMBAプログラムに参加することが決まったばかりだった（この人は略語の海で溺れる計画でも立てているのかと思うときがある）。ケンブリッジでの三カ月のフェローシップを終えたら、子どもたちとスイスで合流し、その年の残りをフィリップとともにローザンヌで過ごすことができるかも……。

しかし、ことはそれほど簡単ではないだろう。わたしがケンブリッジにいる約三カ月のあいだは、ロブとリディアをニュージーランドに残していかなければならないし、そのあとでスイスへ行くとなると、クレオとは丸一年も離れることになる。そんなことはできない。ケンブリッジへ手紙を送り、寛大な心に感謝して、辞退しよう。

次にいつ、こんなチャンスが訪れるかわからない、とフィリップは辞退することに猛反対した。スティーヴと母もフィリップの意見に賛成した。わたしの留守中、最初の一カ月は母が子どもたちの面倒をみると申しでて、残りの二カ月はスティーヴが子どもたちを引き受けると言った。クレオが見つめてくる。彼女は行かせてくれるだろうか。それとも行かせたくないか。

結論が出た。ケンブリッジでのフェローシップが終了したら、リディアはスイスでわたしたちと合流し、フランス語を習う（子どもならすぐに覚えてしまうだろう）。ロブはニュージーランドの高校にそのまま残り、学校が休みの期間にスイスで休日を過ごすという。総合的に判断しても、これは無謀で非現実的な計画に思え、アンゴラの地雷原を行く以上の惨事を引き起こす危険性が高い。それでも、わたしたちはそうすることに決めた。

クレオにも手伝ってもらい、留守のあいだ猫つきの家を借りたいという人たちの面接をはじめた。最初の人は、ジェフという名前の、青と白のチェック柄のシャツを着た堅実そうな会計士だった。なかなかよさそうな人物だったが、クレオは彼を見るなりシャーーッと威嚇し、椅子の下に隠れてしまった。一時間後に、ヴァージニアというアロマセラピストがシルクのスカーフと、パチョリ油の香りに包まれてやってきた。クレオは眺めのよい本棚のてっぺんから彼女を見つめていた。誰かが訪ねてきたときにクレオが高いところへのぼりたがるのは、その人物をよく思っていない証拠だ。そういう人に家を貸そうものなら、たちまち両者のあいだに境界線が引かれ、お互いを脅威とみなすことになる。意思のぶつかりあいが起きるのは火を見るよりあきらかだ。わたしは事前に電話でこう説明していた。契約には猫と暮らすことが含まれる。〝含まれる〟どころか、契約を結ぶ上での大前提である、と。

ヴァージニアはクレオを見つめかえしながら言った。「わたしがアロマセラピーに関心を持ったきっかけのひとつは、猫なの。猫に近寄るとくしゃみがとまらないから。そこで、猫をラベンダーのアロマオイルを入れたお風呂に週一回入れたら、くしゃみがとまるんじゃないかって考えついたわけ。涙目になるのもどうにかしなきゃならないんだけど、そっちのほうは同種療法《ホメオパシー》でなんとかなると……」彼女がペパーミント・ティーを飲みほすまでしゃべりたいだけしゃべらせてから、わたしは、来てくださってありがとう、と言った。

次にやってきたのは、派手な格好をしたオードリーという女性。わたしは好印象を抱いた。ご主人が女だか男だかわからないマッサージ師と駆け落ちしてからずっと、新しい生活をはじめる場所を探しているという。首に巻かれているビーズのネックレスをほめると、彼女はうれしそうに頬をピンク色に染めた。本当のところ、それは警察が犯罪現場に張りめぐらすテープと、従兄の牛小屋で見たぶらぶらした紐を足して二で割ったようなものだったのだが。彼女の話では、アクセサリー作りを生業にしている片腕のイタリア人アーティストの手製の品とのことだった。

この家は部屋が多くて理想的だ、と彼女は言った。発泡スチロールを使って巨大な生殖器の彫像をつくる趣味があり、そのためにたくさんの部屋が必要なのだそうだ。できればロブの部屋を工房に変えたいという。今日はロブがいなくてよかった。あの子の苦情を聞かなくてすむ。オードリーはロブの部屋を見まわした。頭のなかで息子がつくったプラモデルの飛行機をどけて、あいたスペースに生殖器の像を並べているのだろう。そのとき、オードリーの足もとを影がよぎった。彼女はすばやく反応し、クレオをつかまえて胸に押しつけた。

「かわいい猫ちゃん」オードリーがはしゃぐ。「あなたみたいなすてきな猫と暮らせるなんて、最高！」

熱烈に抱きしめられても、クレオはよろこびもしなかった。オードリー本人よりも彼女のネックレスに興味しんしんらしく、好奇心もあらわに、銀色の安っぽい飾りを足先で叩いている。

「その子を下におろしたほうがいいわ」クレオが何をしでかすかわからない。

「いやよ！　わたし、猫が大好きなんだもの。この子だってわかってるわ」

「彼女はふつうの猫とはちがうから……」

わたしがオードリーから引き離そうとすると、クレオはいきなりネックレスに歯を突き立て、嚙みちぎった。表層雪崩が起きたみたいにネックレスが床めがけて滑り落ち、あっという間にリボンからビーズが滝となって散らばった。オードリーが悲鳴をあげる。片腕の職人でも、彼女の足もとに落ちているちぎれたリボンをつなぎあわせるのは無理だろう。

こちらでビーズを糸に通しなおすか、誰かに頼んでやってもらう、と持ちかけたが、オードリーは首を振った。わたしはスーパーマーケットの袋を持ってきて、芸術品の残骸をそのなかに入れた。彼女は寛大にも、わたしかクレオを絞め殺しもせず、わが家をあとにした。

わたしは絶望的な気分になった。この世にはクレオにふさわしい人はひとりもいないのか。最後にようやく、緑の瞳に黒い巻き毛の若い医者、アンドレアが現われた。猫好きとのことで、彼女ならクレオの面倒をきちんとみてくれそうだ。彼女はほかの人たちのようにクレオの気を引こうとせず、家のなかを見てまわり、さりげなくいくつか質問をしてきただけだった。アンドレアが帰ろうとして立ちあがると、クレオはなでてくれと言わんばかりに背中を丸めた。わたしたちはクレオの足形のはんこを押した契約書にサインした。

クレオは愛情豊かであると同時に、タフで独立心が旺盛で、逆境をものともしない。それでも、わたしは心配でたまらなかった。彼女のやわらかい毛に鼻をうずめながら、かならずもう一度会えますようにと祈った。

三カ月も子どもたちを残していくことは、自分の大切な片腕を切り落として冷凍庫にしまいこむに等しいが、サムを失ったときとはちがって身体をばらばらにされるのではなく、一部を切って冷凍させておくだけだと自分に言い聞かせた。母とスティーヴは子どもたちのことは心配いらないと言っているし、アナ・マリーも手を貸してくれる。三人ともロブとリディアを愛していることはわかっている。わかっているのに、子どもの身を案じてわたしの心は揺れつづけた。三カ月なんてあっという間だ、とみんな何度も言った。フィリップは自分にプレッシャーをかけて勉学に励み、通常なら二年かかるMBA取得を一年で終えてみせると約束した。

ケンブリッジ大学は何世紀にもわたり、イギリスが誇る数々の偉大な人物を輩出してきた。ここで学ぶ者たちは、地球上でもっとも美しい街のひとつに住むことになる。ケンブリッジでは古いものから新しいものまで、三十一のカレッジがケム川のほとりに散らばっている。ゆったりと流れるこの川は憩いの場ともなるし、ロマンティックな舞台にもなるのだろう。わたしが到着した一月の身を切るような寒さのなかでさえ、ケンブリッジは物思いを忘れさせるほど美しかった。キングス・カレッジ・チャペルの塔が空に向かってそそり立ち、緻密な文様が天井を飾る。あまりの繊細さに、人間の手ではなくハチによって彫られたような気さえする。

「ミス・ブラウン、お待ちしておりました」知識と力と威厳がそなわる神のような声が言った。それはカレッジのポーターの声だった。

堂々とした落ち着いた態度に接し、この人にまかせればすべてオーケーだと安心した。彼が案内してくれたのは、窓から四本の果樹が見える、広くて住み心地のよさそうな部屋だった。わたしはさっそく子どもたちとフィリップとクレオの写真を棚に並べ、涙に暮れた。

ケンブリッジの何もかもに、わたしは戸惑った。ニュージーランドでは、一月は一年のなかでもっとも暑い月にあたる。イギリスの冬が厳しいことは知っていたが、寒さが服や靴を突き抜けてくるとは思いもよらなかった。イギリスの太陽は朝七時半にようやくのぼり、二十ワット電球の弱々しい光を投げていたかと思うと、午後三時ごろにはすっかり沈み、そのあと闇が訪れる。

何はともあれ、わたしはケンブリッジの古めかしさを大いに気に入った。石畳の道、歩くと軋《きし》むカレッジの建物、キングス・カレッジ・チャペル（という名の大聖堂）の晩禱で神に捧げられるボーイソプラノの美しい歌声。いまでは誰もその由来を覚えていない古くからある奇妙な慣習と、それをかたくなに守ろうとするところも。たとえば、カレッジのフェローだけが芝生の上を歩くことを許されている、など（自分がフェローと呼ばれるにふさわしいか定かではないので、ためしたことはない）。ケンブリッジでの慣習のほとんどは、守られなければ弊害が出るというたぐいのものではないので、おかしなものでも寛容に受け入れられている。仮りに教授が晩餐会にダイビング・スーツとマスク姿で現われても（本当にあったと噂されている）、彼は誰も覚えていない伝統を守っているのだろうとみなされ、とがめられることもない。

ケンブリッジのいたるところに猫がいる。猫を恋しく思うあまり、わたしは果樹の背後のレンガの壁にすわっているオレンジ色の太った猫と友だちになろうとした。猫はわたしを見るなり、逃げていったけれど。

ある日、黒い尻尾が古い教会の角を曲がっていくのが見えた。見慣れた色の尻尾に、わたしの胸は高鳴った。もちろんクレオではないとわかっていたが、その猫がクレオの心を運んできてくれたのだと思った。教会の脇の滑りやすい道に出たときには、猫の姿はもう消えていた。

教授の自宅へうかがったとき、三毛猫が暖炉の前でくつろいでいた。片目だけあけて顎のまわりをなめ、足で耳をかいたあと、眠ってしまった。眠りながらも足先をもぞもぞと動かし、尻尾を揺らしている。きっとネズミの夢を見ているにちがいないと思った。

最初の一、二週間はホームシックにかかり、論文の下調べもはかどらなかった。わたしはフィリップに手紙を書き、毎日子どもたちに絵葉書や声を録音したテープを送った。クレオは夢にちょくちょく出てきた。ある夜の夢のなかでは、三倍の大きさになったクレオがアードモア・ロードの家にいた。煙突に頭を乗せ、前脚をのばしてミャオーと鳴いている。メトロ・ゴールドウィン・メイヤー製作の映画のオープニングに登場するライオンの咆哮を思わせた。自分は元気で、家を守る責任を果たしていると伝えてきたのだろう。わたしはすっかり目が覚めてしまい、靴下を二重にはき、階段を降りていった。居住者が共同で使っている黒電話は、ありがたいことに通話が無料だ。何度も呼び出し音が鳴ったあと、もう切ろうとしたところで相手が電話に出た。

「アンドレア?」わたしは声を張りあげた。

「いま何時？」アンドレアは眠そうな声でつぶやいた。

「ごめんなさい。起こしちゃったかしら」

「いいの。気にしないで」わたしは彼女をベッドから引きずりだしてしまったらしい。「さっき目が覚めたところだから。こっちは土曜の朝よ。あなた、どこにいるの？」

「まだイギリス。クレオはどうしているかなと思って。いえ、その、あなたとうまくやっているかなって。猫といて困っていることはない？　つまり、なんというか、家は快適？」

「散々な夜もあった。こっちがぐっすり眠っているときに、クレオったら明かり取りの窓をめがけてベッドに飛び乗ってきたのよ」

この電話を皮切りにして、それから何度も国際電話のやりとりがあり、いつも決まってエキセントリックな黒猫の話に花が咲いた。アンドレアはクレオが三つのものに執着していることに気づいていた。高価なもの、愛をこめてつくられたもの、盗んだものを隠すこと。

「朝、職場に出かけようとしたときに、バッグがね、あっ、言っておくけど、バンコクで買ったコピーじゃなくて本物のグッチ。そのバッグが妙に重いなあと思って、なかをのぞいてみたらクレオがいたの！　あれは確信犯ね。職場に連れていってもらうのが当然って感じだったから。彼女はそのバッグが大好きなのよ。でも、どうやってコピーと本物を見分けるんだろう」

クレオはいつでも品質のよいものと、それほどではないものを嗅ぎ分ける。何かを嚙みたくなったときは、ウールよりもカシミアを、ポリエステルよりもエジプト綿を、プラスチック製品よりも革製品を選ぶ。たとえそれがどんなに高価なプラスチック製品でも。

次の電話の話題は、アンドレアのお母さんお手製のテーブルクロスについてだった。それは彼女の二十一歳の誕生日に贈られたもので、美しい刺繍がほどこされているという。ある晩、アンドレアが帰宅すると、クレオがそのなかに丸くなって寝ていた。どうやら自分でテーブルから引っぱりおろしたらしい。

「クレオには第六感があるの」わたしは遠慮がちに説明した。「愛をこめてつくられたものだってことが、直感でわかっちゃうみたい」

数週間後、ランニングシューズの靴ひもが、右も左もなくなってしまったとアンドレアが話した。

「庭に出て、シダの茂みのなかを探してみて。金魚の池のすぐ向こうの」とわたしは言った。

そのアドバイスに従って、アンドレアは靴ひもを発見した（湿ってぼろぼろになっていたが）。それだけではなく、ソックスを偏愛する誰かさんによって物干し用のロープから盗まれたと思しき何枚もの靴下まで見つけた。

「ごめんなさい」わたしは海の向こうの相手に向かって詫びた。「そんな悪さまでして」

意外にもアンドレアはあっさり許してくれた。それどころか、彼女はクレオのやることなすことに興味を覚えて、動物行動学の夜間クラスを受講しはじめたという。

「クレオには〝分離不安〟の症状が出ているのかも。行動の幅を広げて自立心を高めることが大切だと思う。わたしね、クレオが何かに没頭できるように、おもちゃをいくつか買ってきたの。効き目があるといいんだけど、あの子、まだ靴ひもを狙っている。テーブルに乗っかったときには……」

「わたしたちもやめさせようとしたけれど、クレオは自分がいちばんえらいと思っていて、言うことをぜんぜん聞かないの」

「わたし、すごい解決策を思いついちゃった。水鉄砲」

「クレオに水を浴びせているの？」

「テーブルに乗ったときだけよ。お尻にピシュッと。すっかり懲りたみたい」

なんだか自分が非行少女の母親で、矯正施設から報告を受けている気分になった。とはいえ、アンドレアがクレオのことを好きなのは間違いないし、彼女がとった手段も功を奏しているようだ。わたしの留守中にクレオの突飛な行動が少しでもおさまってくれれば、何も言うことはない。


次の電話では、アンドレアが雇ったトレーニング・コーチについての話をした。ロイという名前のそのコーチは週二回、家へやってくるそうだ。アンドレアによると、クレオは彼がやってくる火曜日と木曜日を〝ロイの日〟として覚えてしまい、その日になるとトレーニング・ウェアに身を包んだアポロンが門をあけるまで、玄関の窓辺でじっと待っているらしい。ロイが玄関に現われると、自分のためにどんな遊び道具――トレーニング・チューブとかボール？――を持ってきてくれたのか、しきりにたしかめたがる。彼が床にマットを敷いたとたんに、その上で仰向けになり、四本の脚をのばして首を左右に振り〝ほめて〟と言わんばかりにコーチを見つめる。

「それを見たら、ロイはクレオが雇ったトレーニング・コーチだって誰もが思うでしょうね」アンドレアはぶつぶつ言いながらも、その声には笑いがまじっていた（よかった）。けれど、きつい腹筋運動をしているときに、クレオがマットの下にもぐりこんで邪魔をするとか、指導しているロイの脚に抱きついて後ろ足で蹴りつけるとか、そういうときにはさすがにちょっとムッとすると正直に話した。

バランスボールに足を乗せて腕立て伏せをしていたとき、アンドレアはロイの視線がカーテンの後ろで動きまわるクレオを追っていることに気づいた。ロイは犬派だと自称していたが、猫にも魅力を感じはじめ、どこでクレオのような猫を手に入れられるかとアンドレアに訊いた。彼女は、海外へ行ってしまった一風変わった家族の留守を預かるといい、と答えたらしい。

ケンブリッジは新たなすばらしい世界への扉を開いてくれたが、三カ月後にリディアとフィリップに再会したときの喜びはひとしおだった。ファッション・ライターのメアリーがアイルランドへの出張をわざわざ計画し、ニュージーランドからリディアを連れてきてくれた。リディアは飛行機がオークランドを発って飛んでいる最中に、メアリーのジャケットにオレンジ・ジュースをぶちまけるという形で〝お礼〟をした。

わたしたちはヒースロー空港で落ちあい、ジュネーブへ飛び、湖のそばを走る列車に乗った。列車はいくつかの小さな村の駅に停車したあと、中世の趣きが残る街、ローザンヌに到着した。

わたしは五歳になるリディアに言った。きっと新しい学校が好きになるし、すぐにフランス語を話せるようになると。どちらの見込みもはずれた。たしかに教育制度はスイス・アルプスなみにゆるぎなくしっかりしているが、スイスの学校はリディアにとっては悪夢だった。娘はまわりの人がしゃべる言葉を一言も理解できなかった。毎朝ふたりで地元の小学校までの道をとぼとぼと歩きながら、わたしは娘の関心を道沿いに植わっているチューリップや、湖の向こうの雪をかぶって輝くアルプスの山々に向けようとした。学校の門に着くと、リディアはかならず「お腹が痛い」と訴えた。顔を赤くして泣きじゃくる娘を教師の手にゆだねて立ち去るのは本当につらかった。教室ではマダム・ジュリアードの親切心が仇《あだ》となった。彼女は生徒たちにフランス語で話してから、リディアのために同じ内容を英語で繰りかえした。その結果、娘はクラスメイトとは会話ができないままだった。

フランス語を覚えられないのとはべつに、リディアはスイスの初等教育の厳格さに音をあげた。一日の終わりには、ほかの子どもたちと一列に並んで、先生と握手を交わし、「さようなら《オルヴォワール》」と挨拶しなければならない。ニュージーランドの学校とちがい、スイスの学校は規則だらけで、そのなかにはなんのために定められたのかわからないものが数多くあった。あらゆることに規則がついてまわった。たとえば、体育の時間には決められた運動靴をはくとか、水泳のクラスがある日には、子どもたちの髪の毛を乾かすために数名の母親が学校へ行かなければならないとか。そのための当番表まであった。母親たちのあいだにも暗黙のルールがあった。自分のどこが悪いのかさっぱりわからなかったが、わたしが学校へ出向くとかならず冷たい視線を浴びるような気がしてならなかった。ある日の午後、子どもを迎える時間に学校へ行くと、英語を話すお母さんに隅のほうへ連れていかれ、ほかの母親たちからの視線が気にならないかと訊かれた。やはりへんな目で見られていたのだと知り、被害妄想に陥っていたわけではないことがはっきりして、わたしはほっとした。自分の何がいけないのかと尋ねると、そのお母さんは声を落として言った。「あなたのジャージよ」

ニュージーランドでは夏にビーチで過ごすことが多かったので、水泳がリディアの得意課目になった。体育の教師は地球の反対側から来たおたまじゃくしに興味しんしんだった。リディアはプールに入るまえにシャワーを浴びることや、いつでもスイミング・キャップをかぶらなければならないことをいやがったが、泳ぐことは大好きで、海で鍛えた泳法で室内プールの端から端まで軽々と泳ぎきった。幼いスイマーを育んだ大いなる自然のことを知る由もない体育教師は、リディアは将来、シンクロナイズド・スイミングの選手になれそうだと言った。娘とわたしは顔を見あわせて、にやっと笑った。

わたしはスイスに住む主婦として及第点にはまったく達していなかった。フィリップはビジネススクールでのハードなプログラムを懸命にこなしていた。たまの休みの日に、ビタミン剤のカプセルほどの大きさしかないゴンドラに揺られて山をのぼっていたとき、フィリップはわたしの手を取ってエンゲージリングをずらし、すっかり指輪のあとがついてしまった、と言った。言われてみると、そのとおりだった。わたしたちの長い婚約期間は品質保証期限を過ぎていた。結婚するならスイスがいいと思う、とフィリップが提案した。わたしも大賛成だった。決してお似合いとは言えないふたりをゴシップや笑いのネタにしたがる人びとから遠く離れたところで結婚できるなら、それに越したことはない。

スイスという国はアルプス山脈、チョコレート、銀行、時計、チーズ、ハト時計など、たくさんのもので有名で（アルペンホルンや、どの家にもある核シェルターも）、それらを求めてやってくる人が大勢いる一方、結婚しやすい国として売りだすつもりはまったくないらしい。わたしたちはそれを身をもって知った。

世界のなかで婚姻手続きをするのがもっとも難しい場所を競う大会があるとしたら、まず間違いなくスイスが優勝するだろう。だが、フィリップとわたしにはどんな困難なことでもやってのける才能があるし、結婚するならこの時計とチョコレートの国で、と決めていた。本音を言うと、誰かが、やめておけ、と言ってくれればよかったのにとも思う。その忠告には耳を貸さなかっただろうけれど。

フィリップはよその国で法的手続きをとるためのテクニックまでは勉強しておらず、役人と喧嘩腰の交渉をするはめになった。まずは、ふたりの名前が記された書類（出生証明書やわたしの離婚を証明する書面から、ガール・スカウトでの〝靴下の穴かがり〟大賞の賞状まで）をすべて確認してスタンプを押す必要があるとのことだった。地球の反対側にいる弁護士との電話とファックスのやりとりが数週間続いたあと、スイスの役所はようやく満足した。膨大な量の書類にサインが記入され、どれも三部ずつ作成された。だがそれだけでなく、スイスの役人たちはわたしたちの両親と祖父母についてまで、根掘り葉掘り訊いてきた。彼らは誰にも自分たちの国では結婚させたがらず、どうにかしてそれを阻止したいのだろう。彼らの方針はこの三つ。結婚を認めない。膨大な量の書類を提出させる。カップルには結婚ではなく同棲をすすめる。

結婚式に向けて、しっかりと英語を話せる司祭を探すことがわたしの仕事となった。それは思ったよりたいへんで、タヒチでシロクマを見つけることのほうが簡単だと思えるほどだった。何度電話をかけても、イングランド国教会系の教会は折り返しの電話を寄こさなかった。高校で学んだ程度のわたしのフランス語では、相手に理解してもらえなかったらしい。もしかしたら、わたしの声にどことなく堕落した雰囲気を感じとり、離婚経験者だと直感して、こちらとのかかわりを避けたのかもしれない。数週間にわたって門前払いを食らいつづけたあと、ようやく不承不承ながら話を聞いてくれる長老派教会の聖職者を見つけだした。スコットランド人のその聖職者は、三日間放置したスコーンみたいにガチガチの石頭で、わたしのことを一度結婚に失敗した女として警戒していた。しかし、何度か会って話をするうちに打ちとけ、レマン湖のほとりにある中世に建てられた美しい教会で式を執り行なうことに同意してくれた。

外国で結婚すると決めていちばんよかったことは、心から祝福して式に参列したいと思う人だけが集まってくることだ。わざわざ遠くまで足を運ばなければならないのだから。式は学校が休みになる九月に行なわれるので、ロブとほかの家族たちも参列することができる。わたしはクリーム色のスーツと、それにあわせた帽子を買った。また、日帰り旅行でレマン湖を渡ってエビアンへ行き、リディアのために〈サウンド・オブ・ミュージック〉から抜けでてきたような紫色のリボンがついたフランス製のドレスを買った。

式のために四十人ほどがスイスにやってきて、ほとんどの人がわたしたちの小さなアパートメントに泊まりたがった。そうなると、ワードローブのなかに寝てもらうしかない。居間が〝流浪の民〟たちに開放された。母とロブはリディアの部屋で寝た。母はさっそく〝親切なスイス人〟とかかわることになった。ある夜、中身がいっぱいになった車輪つきのゴミ容器を母が外へ出すと、近所の住人が声をかけてきて、警察を呼ぶぞ、とフランス語で言った。決められた日以外にゴミを出した廉《かど》で、母を逮捕させるつもりだったらしい。

ケンブリッジで知りあったニュージーランド人のエコノミスト、ブロンウィンがイギリスからやってきて、花嫁の付添人になってくれた。また、ニュージーランドから来た、友人でテレビ・ディレクターのピーターは、車をピンクのリボンで飾りつけるのを手伝い、教会まで運転してくれることになった。馬二頭がすれちがうのもやっとというほどの狭い石畳の道をピーターが慎重に運転しているとき、スイス人のドライバーたちがいっせいにクラクションを鳴らした。とたんにピーターはどぎまぎしだした。「なんでみんなクラクションを鳴らすんだよ。おれ、なんか悪いことをしてるのか？　間違った車線を走っているとか？」　非難と思えたスイス人たちの行動は、じつは祝福を表わすものだったと、あとになって知った。ウェディングカーに向けてクラクションを鳴らすのが、スイスの伝統だという。

わたしたちの結婚式は、いままで自分が出席したなかでいちばんすばらしいものだった。週末のハネムーンも和気あいあいとしていた。母とロブを含めた五人の招待客と一緒に、わたしたちはイタリア北部のマッジョーレ湖で楽しいときを過ごした。ただひとつ、小さな黒猫だけが欠けていた。

招待客が帰ったあと、フィリップはエリート養成のスパルタ教室へ戻っていった。金色の秋の日はみぞれが降る灰色に変わった。夏には絵本の一ページだった古風な趣きのある石畳の道は、ぼやけた木炭画になった。

「お花が降ってる！」　初雪の日にリディアが興奮して言った。その白いものはお花じゃないのよ、と娘に説明しなければならなかった。わたしたちはヨーロッパの骨の髄まで凍る冬に慣れることはなく、どんなに厚手の靴下をはいてもつま先がかじかんだ。

いよいよスイスを去る日が来ても、離れがたいとは思わなかった。きっとスイスのほうでも、さっさと帰ってくれと言うだろう。ジュネーブ空港の係官は、奇妙な三人組を見てテロリストにちがいないと思ったらしい。わたしたちは引きとめられ、尋問された。〝本当にご夫婦なんですか〟〝ところで、彼女はどなたのお子さんですか〟。銃など持っていませんと言っても、信じてもらえなかった。わたしたちは別室へ連れていかれ、スーツケースをあけさせられた。最小限の破壊行為が可能となる武器が発見された――わたしの傘。
　ニュージーランドへ戻る途中で、ニューヨークへ寄って数日過ごすことになり、わたしは古い友人のロイドに会った。彼は女性がよろこびそうな場所をよく知っていた。ゲイの男性はみなそうなのだろうか。わたしは観光の途中で休憩をとりたいと言って抜けだし、Kマートに入って妊娠検査薬を買った。ロイドの家へ戻ると、アフリカの仮面コレクションの前を通って急いで二階にあがり、バスルームのドアを閉めた。検査用のスティックを明かりにかざしたが、手の震えがとまらず、なかなか結果を読みとることができない。やった！　そこには陽性のサインが現われていた。

忍耐

待つということは、しばらくのあいだ、ただ雲を眺めること。


「クレオは何歳になったの？」電話の向こうからロージーが訊いた。

「十歳」わたしは答えた。

「びっくり！　あの子がそんな長生きをするとは思わなかった」

「わたしたちと暮らしてってこと？」

「まあ、はっきり言うとそうね。あなた、なかなかやるじゃない」

　猫が人間よりすぐれている点はたくさんあるが、そのなかのひとつが時間の観念に縛られないことだ。年を月に区切り、一日を何時間、何分、何秒に区切ろうとはしないので、猫は時間のことで頭を悩ませることはない。何をするにもタイムリミットはないし、遅いとか早いとか考えることもない。十年生きたから年寄り、なんてことは思わない。クリスマスが六週間も先だとしても、なんの疑問もなく大喜びでクリスマスプレゼントを受けとる。はじまりと終わりを気にすることもない。猫の不可思議な観点からは、終わりがはじまりになることがよくある。窓台で思う存分たっぷりと日光浴を楽しんだつもりでも、人間の時間に換算するとたったの十八分でしかない。

もし人間が時間を忘れるようプログラムしなおしてもらえるなら、ひとつの悩みもない人生を送れるだろう。過去を悔やむことはなく、将来の不安に怯えることもない。空の青さに気づき、生きていく上での煩わしさはすべて消え去る。猫のように生きられたら、人生は永遠だと思えるにちがいない。

クレオがどんなふうにわたしたちを迎えてくれるか、見当もつかなかった。愛する者と離れて暮らすには一年は長すぎる。クレオがわたしたちを忘れていることもありえる。アンドレアを愛するようになっているかもしれない。それはもっともな話だ。アンドレアが食事を与えているあいだ、わたしたちはどこかへ消えていたのだから。

タクシーが門の前にとまったとき、家が柵の向こうから微笑みかけてくる気がした。前庭の植込みの丈が少しのびている。フジが勢力範囲を広げている。わたしは小さな黒猫の姿を探して窓と屋根に目を走らせたが、どこにもいない。前日に引っ越していったアンドレアは、わが家の猫はまだ生きていると言っていた。クレオは生きてはいるが、家を出ていってしまったと、彼女は伝え忘れたのだろうか。

わたしは胸に不安をかかえながら、フィリップとロブがタクシーからスーツケースをおろすのを手伝った。門を開くときには相変わらず耳障りな音が鳴る。風がためらいがちに花を揺らす。

「クレオ！」ロブが呼びかける。ちょっとかすれた声はすっかり大人の男の声だ。

家の脇から黒いものが現われた。彼女がこんなにも小さいことをわたしは忘れていた。最初はこちらに目もくれず、しゃなりしゃなりと歩いていた。まるでクモを探しに郵便受けのなかをのぞきにきたとでもいうように。耳をぴんと立てて、見知らぬ者を見るまなざしを向けてくる。一瞬、彼女が尻尾を垂らしてどこかへ隠れてしまうのではないかと思った。

「ただいま、クレオ！」リディアが大声を張りあげた。

クレオはミャオとうれしそうに鳴き、走ってきた。わたしたちも荷物を置き、クレオに向かって走った。争うようにかわるがわるクレオを抱きしめ、キスの雨を降らせる。ロブとリディアは去年に比べ大きく成長していたが、クレオはわたしたち四人を忘れていなかった。

家のなかへ入るころには再会の高揚がおさまっていた。クレオは置き去りにされたことに対して遺憾の意を表することにしたらしく、不意にふらりと外へ出て、何時間も屋根の上にすわっていた。わたしは荷を解いたあと、クレオが大好きだったバーベキュー・チキンのキャットフードを入れたボウルを手に、降りてきてと頼んだ。食事の最中にクレオは顔をあげて目くばせをした。まるでこう言っているようだった。〝それで、また妊娠したんですって？　まったく、人間ってものはどうしていつも発情してるわけ？　まあ、仕方がないわ。もう二、三年、赤ちゃん用の服を着せられたり、人形用の乳母車に乗せられても、我慢してあげる〟。

はじめは、自宅で出産することなど考えてもいなかった。妊娠初期にわたしは専門医のもとを訪れ、今回の出産は帝王切開にしてほしいと頼んだ。医師は承諾した。三十八歳で四度目の出産にのぞむわたしには、高齢経産婦という医学用語がついてまわる（大ヒットを狙うロックバンドがちがう名称を考えてくれないものだろうか）。医師は、母親が四十歳に近づくにつれ、子どもに先天異常が発生する確率が高くなることを示すグラフを見せ、不安をあおった。わたしは年寄りになった気分で病院をあとにした。気分がふさいだ。そこで少しでも不安を解消させるために、医師のアドバイスに従って出生前診断を受けた。胎児は健康で、女の子だという結果が出た。

ある日の午後、わたしはクレオを膝に乗せ、ウェリントンにいるジニーに電話をかけた。ジニーはまぶしいライトのもとでメスがギラリと光る出産シーンにやんわりと異議を唱え、かわりにジリーンという経験豊富な助産師を紹介してくれた。

ジリーンのために玄関のドアをあけた瞬間に、赤ちゃんがわたしのなかで宙返りをした。ジリーンの茶色い瞳はこの上なくやさしげだった。小さな手が身体の前で組みあわされている。わたしはこの人なら赤ちゃんを無事に取りあげてくれると確信した。

雲が月を隠していく。シューベルトの音楽が部屋をやわらかく包んでいる。暖炉の火が壁に映るフィリップとクレオとジリーンの影を揺らす。時が溶けていく。わたしはサーファーが波を迎える要領で、訪れる痛みをひとつずつ果敢に乗り越えていった。陣痛がピークに達すると、ジリーンがフィリップに痛みを和らげるマッサージの仕方を教えた。フィリップはわたしのお腹に手をあて、円を描きながらやさしくなでた。午前二時、キャサリンは兄の部屋で顔を真っ赤にして盛大な泣き声をあげながらこの世に生まれ落ちた。アナ・マリーと地元の産科医を含むサポート・チームの面々は達成感に顔を輝かせた。バンジージャンプに挑戦して成功させた人たちのように。その夜、ロブは父親の家に泊まっていた。十六歳になる息子が自分の部屋では二度と寝ないと言いだすと困るので、出産の現場となった正確な場所をあえて教えないことにした。ロブがベッドカバーの上に落ちていた鍼灸療法用の針を見つけて真実を知りたがった時点で、わたしたちの計画は失敗に終わったが、驚いたことに、息子は自分の部屋が分娩室になったと聞かされてもいやな顔ひとつしなかった。それどころか、その事実を誇りに思っている感さえあった。

時はすべてを癒やすと言われている。わたしたちの生活も表面上は順調に見えた。わたしはもう、ロブの学校で教師と面談したときの心配性の母親ではない。ロブは勉強に励み、教師たちが話す内容も変わった。苦言を呈するのではなく、医者でもエンジニアでも、ロブは好きな道を選べるだろうと太鼓判を押した。高校生活最後の成績はすばらしいもので、大学の工学部へ進学するための奨学金を得ることができた。

わたしはこのことをよろこぶと同時に、フィリップが安定をもたらしてくれたことに感謝した。しかし、ロブとわたしの心の奥底にはいつも何かがしまいこまれていた。それについては、ほかの家族とはもちろんのこと、ふたりのあいだでもめったに話されることはなかった。

「ときどき、ぼくたちの人生はふたつにくっきりと分かれていると思うことがある」ある日、家のなかが静まりかえっているときにロブが言った。聞こえてくるのは、冷蔵庫の前をうろうろしているクレオの鳴き声だけだった。「サムがいたころの人生と、死んだあとの人生に。ぼくたちはふたつの人生を生きてきた」

わたしはうなずいた。ふたつの世界をつなぐものはほとんどない。数名の友人と親戚、そして何年もまえにサムが選んだ小さな黒猫を除いては。わたしたちは笑い、働き、楽しいときを過ごすけれど、悲しみはいまだに癒えることなく、心の奥深くにうずまっている。ふたりとも専門家のカウンセリングを受けようと思ったことはない。たまにわたしが「覚えている？　サムがあのとき……」と話しはじめると、ロブはもうひとつの人生があったことを思いだす。わたしたちはアルバムをめくり、おしゃべりをして微笑みあった。だが、時がわたしたち親子を癒やしてくれることは絶対にない。サムを失った大きな悲しみを封じこめてはいるが、まだふたりとも心のなかでは手足をもがれたままだ。そう、わたしたちはサムが死んだときに手足を失った。何年もたったいまでは、その傷口はロブとわたし以外には誰にも見えない。

ロブは背の高いハンサムな若者に成長した。泳ぎがとても上手で、フィリップにすすめられてトライアスロンにも挑戦し、ヨットも操る。ときおり情緒の面で気になることはあっても、身体の健康について心配したことは一度もない。ロブはどんなウィルスでもたった一日で撃退できるのだから。

ロブが波に突っこんでいくのを眺めながら、その兄がとなりに並んで泳いでいる姿を想像することがある。生きていたらサムはどんな男性になっているだろう。弟よりちょっと背は低いが、同じようにハンサムなのは間違いない。サムが脇道に逸れて、自由奔放な道を選んでいたらどうしよう。軽い気持ちでドラッグに手を出し、映画を製作する仕事に就いて夢ばかり追い、心配のあまりわたしの髪には白いものが増える、とか。いや、きっと母親の希望どおりに法学部を卒業して、郊外に家を買おうとしているところかもしれない。こんなふうに夢想しても、なんの助けにもならないことはわかっている……。

ロブは大学に入学した。最初の一年が終わったあとの休暇中に、わたしと息子とフィリップは地元のショッピング・センターへ買い物に出かけた。そこでとつぜん、ロブが顔を真っ青にして具合が悪いと言いだした。「病気なのかしら。あなた、病気なんかしたことないのに」わたしはうろたえた。ロブも途方に暮れていた。いままで病気知らずだったので、いきなりの身体の変調にどう対処していいかわからないのだろう。息子は道路ぎわにうずくまり、朝食にとったものを戻した。きっとあやしげなハンバーガーか何かを食べたのだろうとわたしは思った。すぐに回復するだろう、とも。だが、それは間違いだった。

そのままロブは寝こみ、何日も食べることも飲むこともできなかった。かかりつけの医者はそれほど深刻なものではなく、じきに回復するだろうと告げたが、その週の終わりにロブはひどい脱水症状を起こして病院に搬送され、腸の炎症性疾患である潰瘍性大腸炎と診断された。原因は不明だという。病状はかなり重かった。

わたしはなすすべもなくベッドの脇にすわり、しだいに弱っていく息子の姿を見つめていた。少しでもよくなるように息子を励まし、元気づけたが、まるで功を奏さなかった。わたしは病室を抜けだし、何度も廊下の隅で涙を流した。もうひとり息子を失うことにでもなったら、とても耐えられないだろう。映画から抜けでてきたような緑色の手術着を身に着けた若い外科医が病室に現われた。医師の話によると、薬が効かず、腸の炎症がさらにひどくなった場合には、約二メートルの大腸をすべて摘出しなければならないとのことだった。外科医は手術について詳しく説明しはじめた。

ロブの病室の窓からは建築中のビルが見えた。わたしは頭のなかで時間の流れを早めてみた。ビルが完成し、ロブはふたたび健康を取り戻し（神がいるなら、どうかご慈悲を）、すべてが丸くおさまった。だが実際には数分たつのが何時間にも思え、時計の針は何かに抗うかのようにのろのろとしか進まない。険しい峠を越えていくロバさながらに、ぴたりと歩みをとめたかに思えるときもある。

ロブは赤ちゃんのころに戻ってしまった。わたしは息子の髪を梳き、身体に必要な栄養素が含まれているとはいえ、恐ろしくまずい缶入りの飲み物を飲ませた。ロブの気分をよくするためならなんでもためした。しかし、息子の恐怖心を拭い去ることは難しかった。わたし自身が同じように恐れているのだから。ロブはお腹の上にパワーストーンのひとつであるピンク色の水晶を置いている。それが激しい痛みを和らげてくれるらしい。誰かが自分のために祈っているとか、〝パワー〟を送っているという話を聞くと、素直によろこんだ。パトリックという心霊療法士が見舞いにやってくると、いつでも歓迎した。パトリックに手を握られると、もう片方の手に見えない力がみなぎってくると言った。

わたしはベッドの上の壁に夕焼けに赤く染まる山の写真をピンでとめた。ロブはそれを見あげては、いつかそこへ行くと話した。スキー場で働くことをずっと夢見ていたからと。

ある朝、外科医を含めた医師の一団がロブの病室を訪れた。手術が必要かどうか見定めるために血液検査を行ない、レントゲン写真を撮るという。それらの結果を見て判断を下すとのことだった。

医師たちの方針が手術をする方向へ傾きそうだったので、わたしは急いでロブをベッドから出し、彼らの目の前で廊下を歩かせた。五十メートル先のシャワー室にたどりつくのさえ一苦労だった。ロブはほとんど歩けない上、車輪つきの点滴スタンドまで引きずっていかなければならない。わたしたちがよろよろと医師たちの前を通りすぎたとき、彼らの顔は驚きでかたまった。このときのロブのがんばりは、オリンピックのマラソンで優勝した者と肩を並べられるほどだった。

手術は見送られた。ロブの病状は徐々に回復した。ある晩、テレビ室にすわっているロブを見て、わたしたちは容態が快方に向かいつつあると感じた。

「ずいぶんよくなったみたいだろう」ロブはフィリップに言った。

正直に言って、それほどでもない。体重が十キロ落ち、赤い部屋着とは対照的に顔は真っ白だし、まだ点滴をしている。とはいえ、自分で〝よくなった〟と言えるのはいいサインだ。

ロブは腸の炎症を抑えるために山ほどのステロイド薬を処方され、腸を摘出しなくてはならないときが来るかもしれないと警告された。退院の許可がおりるころには、すっかりやせ細ってしまった。何週間かまえには水上スキーを楽しみ、アポロンのように雄々しく湖上を滑っていたというのに。筋肉と日焼けした肌の色がこんなにも短期間のうちに消え去ってしまうなんて、とても信じられない。いまでは身体が弱って駐車場までの距離も歩けず、わたしが車をまわしてくるまで病院の玄関先のベンチですわっていなければならないほどだった。

わたしたちはロブのベッドルームをきれいに掃除して空気を入れ替えたが、ロブは何よりも外へ出たがった。わたしは庭に椅子と毛布を出し、クレオがロブに付き添った。

「空がこんなに青いなんて気づかなかったよ」ロブはぶかぶかになってしまったズボンの上にクレオを乗せた。

息子は草も木も花も熱心に見つめた。一度死にかけた人間にはあらゆるものが新鮮に感じられるのかもしれない。

「どれも、色が鮮やかだな」ロブが言った。「鳥も、虫も。まえはなんとも思わなかったけど。こいつはすごい。いつでもこんなふうにはっきりと世界を見ていたいよ」

体力が戻るとすぐに、ロブはおんぼろ車に荷物をぎっしり詰めこんで南へ向かった。奇跡的にその車はロブが南島の端っこに到達するまで持ちこたえた。クイーンズタウンに近いスキー場のコーヒーショップでアルバイトをしながら、スキー三昧の冬を過ごしたあと、ロブは大学へ戻り学位を取得した。

しかし完全に健康を取り戻したとは言いがたかった。最初に症状が出たときほどひどくはないにしろ、たびたび再発に見舞われ、ステロイド薬に頼らざるをえない状態が続いていた。症状をおさえるために、数カ月ごとに薬の量は増えていった。

これといって心躍る出来事も起きずに過ぎていく日々のなかで、ある晩、仕事から帰ってきたフィリップが昇進したことを告げた。ひとつだけ厄介なのは、オーストラリアのメルボルンに転勤しなければならないことだった。

失踪

猫は説明もなしに姿を消しても許される。

今回にかぎっては飛行機に対するいつもの恐怖症はどこかに消え、機内にいると思われる猫のことが心配でたまらず、わたしは神経をすり減らしていた。クレオは凍えていないだろうか。クレオのキャリーケースのとなりに荒っぽいピット・ブル・テリアがいたらどうしよう。わたしは耳を澄ました。飛行機の後部からくぐもった猫の鳴き声が聞こえてくるかもしれない。二名の男性客室乗務員が、映画の〈プリシラ〉に登場するドラァグクイーンみたいに大げさな身振りで緊急時の対応について説明している。「目の前に酸素マスクが降りてきますので、口と鼻にあて、ゴムひもを頭にかけてください」ワゴンがガタガタ鳴り、赤ちゃんが泣き、パイロットのアナウンスが流れ、クレオの悲痛な鳴き声は聞きとれそうにない。

わたしは心配するなと自分に言い聞かせた。クレオがこの飛行機に乗っていない可能性のほうが大きい。わたしたちよりも二十四時間は遅れて現地に到着する予定だと言われているのだから。

ポパダム〔インド料理の薄いパン〕を思わせる乾燥した大地が眼下に広がっている。メルボルンに向かって下降するにつれ、エンジンの音が大きくなる。不安と興奮が交互に湧きあがる。タクシーに乗るまえに、乾いた空気を吸いこみ、真っ青な空を見あげる。オーストラリアでは何もかもが大きくて、自信に満ち、外に向かってのびている。わたしはこの日に焼けた広々とした土地で、できれば家族だけで隠れて暮らしたいと思った。

娘たちは百五十年前にこの国へ送られてきた囚人たちと同様の心持ちで今回の引っ越しにのぞんだ。当時の囚人たちとちがうのは、親がオーストラリアへの転居をすばらしいことだと思わせるために格別な努力をしたことだ。簡単に言うと、娘たちを買収した。恥ずかしげもなく堂々と。キャサリンはカンガルーを買ってくれと頼んできたが、電動のエレベーターがついたバービー・ハウスで妥協した。リディアは市街地を走る馬車（〝馬の頭に赤い羽根飾りがついたやつ〟）で学校へ通わせろと、いまだに粘り強く交渉している。

タクシーがメルボルン郊外の緑豊かなマルバーンに建つ新居に到着しても、わたしはまだクレオのことを心配していた。高齢なのにだいじょうぶだろうか。輸送されてくるほかの動物たちにまじって、手荒な扱いを受けてはいないか。クレオを引きとるというロージーの申し出を聞き入れたほうがよかったのかもしれない。猫の十五歳は人間に換算すると七十五歳にあたるとロージーは言っていた。その上、いままでわたしたちと暮らして散々苦労してきたことを考えると、クレオが今回の長旅を乗り切るのは奇跡にほかならない、とほのめかした。さらに、クレオの身体は苛酷な飛行機での移動には耐えられないだろう、とも。ロージーの猫たちと一緒に余生を送らせるのが、慈悲深い選択だったのだろうか。いや、ちがう。クレオは毛布にくっついた猫の毛みたいにしっかりと家族の歴史のなかに織りこまれている。わたしたちは心の底から猫好きとは言えないかもしれないが、彼女を置き去りにするなど想像すらできなかった。

五年前にスイスから帰国して以来、多くのことが変わった。ロブは学位を取得し大学を卒業したあと、メルボルンでエンジニアとして働きはじめることになった。リディアはもうすぐティーンエイジャーになる。キャサリンは学校へ通いだした。元の夫のスティーヴはアマンダという女性と再婚し、娘がひとり生まれた。悲しいことに、母は大腸がんを患い、病名を告げられてから数週間で亡くなった。最後の数日の苦しみようはそばにいる者にとってもつらいものだったが、母は勇敢に旅立っていった。自分の殻に引きこもりがちになるにつれ、かえって母の魂は身体全体から輝きを放ち、純粋無垢なものに変わっていった気がする。母が息を引きとったとき、わたしは母とふたりきりの世界にいた。いまは、電話での会話や絶え間なく送ってくれた激励、薄暗い明かりのもとで生活していると思われるのをいやがった母の姿を、とても懐かしく思いだしている。

一方で、まったく変わらないままのこともある。クレオはいまだに家族のなかで女王として君臨している。

「玄関先に何か届いているよ」とロブが言った。

行ってみると、ポーチに大きな箱が置かれていた。まえの借家人が置いていったガラクタだろうか。どういうわけか、箱の一方がメッシュになっている。わたしたちは恐る恐る近づいた。網目の向こうで見慣れた緑色の目が光った。

「ああ、よかった」とフィリップが言った。

こちらを見つめる目が輝きを増し、こんなことを伝えてくる。〝まったく、いつまでも待たせないでちょうだい〟。

「クレオ！　もう着いていたんだね」娘たちが口をそろえて言った。

クレオはわたしたちよりも数時間早く新しい国に到着していた。こうも早いと、クレオがなんらかの手を打ったとしか思えない。検疫の順番を待っているときに、通りかかった係官をちらりと見た、とか。見られたほうの役人は彼女がエジプトの女神だと気づき、いちばんに通したのだろう。

クレオは数分でオーストラリアでの最初の食事を平らげ、早くも新しい環境に慣れはじめているようだった。わたしは手始めにニュージーランドの知り合いに電話をかけ、到着したことを報告した。みんな電話をもらってうれしそうだったが、すぐにわたしたちの存在が彼らにとっては過去のものになる気がした。

故郷に電話をかけるのは簡単な仕事だった。たいへんなのは、かかりつけの医者や美容院、ショッピング・センターや子どもを遊ばせる場所などを、知らない国ですべて一から探しだすことだった。さらに苦労しそうなのが新しい友人を見つけること。わたしはニュージーランドの新聞と雑誌の〈ネクスト〉向けにコラムを書く仕事を引き受けていた。熱心な読者とのつながりを断つのは忍びなかったからだ。自宅のパソコンの画面に向かってコラムを書いていたら、友人にめぐりあう機会をつくれそうもない。だが、親しい間柄の知人をつくることは何よりも重要で、子どもたちの学校に提出する書類にもその名前を書きこまなければならない。〝緊急の連絡先〟という欄があって、〝友人や隣人の氏名を記入のこと〟という但し書きがついている。となりの国から来たばかりで右も左もわからない身としては、空白のまま提出するしかない。すぐに友人を見つけられない場合は、でっちあげるしかないだろう。

クレオを規定どおり二日間、家のなかに置いたあと、わたしは裏口のドアをあけた。クレオはひげを揺らして外のにおいを嗅ぎ、慎重に片足を持ちあげた。オーストラリアでは庭のにおいのなかにポッサムの毛とユーカリとオウムの羽のにおいがまじりあっている。こちらがとめる間もなく、クレオは鱒のようにするりとわたしの足首のあいだをすり抜け、鳥の楽園となっている茂みのなかへ消えた。

「クレオはさっそく探検に出かけたわよ」わたしはキャサリンに言った。「夕食の時間には戻ってくるでしょうよ」

夕食の時間はすでに過ぎた。クレオは戻ってこない。この十五年間でこんなに長い時間姿を消したことはない。夕暮れから夜になり、外はすっかり闇に包まれ、その上、雨まで降りだした。クレオは雨が嫌いだ。わたしたちはクレオの名を呼んだ。返事はない。

「きっと、どこかで雨宿りしているのよ」そうであってほしい。「朝になれば、戻ってくるわ」

一晩中、雨が屋根を打っていた。そんな、馬鹿な。オーストラリアは豪雨ではなく、日照りと砂漠で有名なのに。夜が明けると急いでドアと窓をチェックしてまわった。クレオが入れてくれと鳴いているだろうから。だが、どこにも愛しいクレオの姿はなかった。これはオーストラリアへの転居が散々なものになる前触れだろうか。

フィリップはクレオを案じて顔を曇らせたまま、転勤後初の職場へ向かった。朝食をすませると、娘たちとわたしはレインコートを着て、クレオの名を呼びながら近所を探してまわった。ある家の窓から白い無愛想な猫がじっと見つめてくる。道路の向こう側で犬が吠えている。ほかの動物たちを圧倒する力は以前ほどではないかもしれないが、クレオはいまだにタフな猫だ。けれど、オーストラリアの動物がもっとタフだったら？　ロットワイラーにでも遭遇したら相手を睨み倒せないかもしれない。いまでも走れるとはいえ、優秀なアスリートとは言いがたい。

その夜、娘たちを寝かしつけながら、心の準備をしておくように、とわたしは言った。「クレオはね、とても長く生きたし、すごく楽しかったはず」

「ママはクレオが死んだと思っているの？」とリディアが訊いてきた。

「思ってないわ。まだ元気だし。それに、わたしたちにはクレオが必要だってことを、彼女はちゃんとわかっているから」

しかし、この賭けはわたしたち側に圧倒的に不利だと思われた。高齢の猫が見知らぬ国で逃げだした場合、生きのびる見込みは千にひとつだろう。一時間たつごとに、クレオが生き残るチャンスは減っていく。

翌日、雨がやんだ。わたしたちはもう一度近所を探した。クレオの名を呼びつづけて喉が痛くなった。どの小道もくまなく見てまわり、建築現場にも足を運び、道のはずれにある公園のなかを見渡した。新しいわが家の二軒先には交通量の多い大通りが走っている。そこを探しても無駄な気がした。もしクレオがそちらの方向へ行ってしまったとしたら、二度と帰ってはこないだろう。

わたしたちは沈んだ気持ちで家の門へ戻った。こんなことになるならロージーの申し出を受けて、折り紙つきの猫愛好家のもとで余生を過ごさせてやればよかった。そもそも、オーストラリアに引っ越してきたのが間違いだった。友だちすら見つけられそうにないこの国に。わたしは涙をこらえ、娘たちの肩に腕をまわして最後の望みをかけて「クレオ！」と叫んだ。家も木も沈黙で答えた。

道路の向こう側にある家の地下室へ続く階段あたりに、影らしきものがちらっと見えた。昨晩、犬が吠えていた家だ。その影が前へ進みでて、クチナシの生垣をくぐり抜けた。最初は、オーストラリアに棲息するウォンバットみたいなちょっと変わった動物かと思ったが、耳が立っているし、ひげもある……。なんと、それはクレオだった。クレオはわたしたちを目指して、道路を小走りで渡ってきた。いままでクレオがどこにいたのかはまったくわからない。もしかしたら、どこかの家族が彼女を食べ物でおびき寄せたのかもしれない。何はともあれ、クレオは自分の意思でわたしたち家族のもとへ帰ることに決めたのだった。

オーストラリアでは鳥も含めてあらゆるものが派手で、どぎつい色をしている。近所を視察してまわったあと、クレオは羽があるものたちの領域も自分の帝国に組みこむことにしたようだ。だが、オーストラリアの鳥たちはおいそれとは屈しない。どの鳥も、自称〝メガスター〟のデイム・エドナ〔オーストラリアのコメディアン、バリー・ハンフリーズが扮する派手で図々しい女性のキャラクター〕ばりに自己主張が激しく、猫の朝食になるつもりはさらさらないらしい。

クレオは裏庭のナシの木に住みついている七色のインコに夢中だ。緑や赤の羽をずたずたにする場面を想像しながら、舌なめずりをしている。インコたちのほうは年寄りの黒猫に向かってあざけるような鳴き声を浴びせている。猫が近づこうものなら、爪でひっかき、くちばしで突っついて、その身体を肉片に変えてやるつもりでいる。

つがいのカササギが鳥族を代表して、猫に対して徹底抗戦を宣言していた。ある日の午後、キッチンの窓から外を見ていると、クレオが頭を低くして尻尾を垂らし、家のほうへ一目散に駆けてくるのが見えた。二羽のカササギが戦闘機となってクレオを追い、急降下しては楽しげな鳴き声をあげている。わたしは急いでドアをあけ、安全地帯へ逃げこんでくるクレオを出迎えた。

安全地帯とはいえ、わが家の四方の壁はあらゆるものからわたしたちを守ってくれているわけではない。新しい生活にそろそろ慣れてきたと思ったころ、はじめての気温四十度の日が襲ってきた。わたしは寒いよりも暑いくらいの気候のほうが好きだ。温度計の目盛りが数度あがるとうれしくなる。田舎育ちのわたしにとっては暖かい日ざしは大歓迎で、さっそく窓とカーテンをあけ、さわやかな風が吹きこんでくるのを待った。が、そんなものは一陣たりとも訪れない。かわりに熱風が突進してきて、わが家の居間を大陸中央部の焼けつくように暑いレッド・センターに変えた。熱が家全体を覆う。放っておけば通りすぎていくと思ったのが間違いで、熱は見えないベールとなってあっという間に広がり、すべての部屋にこもって天井まで覆いつくした。腕と脚が二倍のサイズにふやける。髪が汗で湿ってだらりと垂れさがる。心臓の鼓動が激しくなる。ソファにぐったりと身体を投げだしたまま、動くこともできない。わたしはやっとのことで洗濯物が入ったかごを物干し用のロープまで引きずっていった。下着が風を受けて、燃えあがりそうになった。

家族全員が熱に打ちのめされた。なかでも、クレオは悲惨だった。黒い毛が熱を吸収し、身体に自前の暖房器をかかえているも同然となった。たしかに寒い日には暖炉の火であぶられるのが好きだが、この暑さはわけがちがい、クレオは死んだように身体を横向きにして寝そべっていた。脚は死後硬直を起こしたみたいにこわばり、舌は降伏を示す旗さながらに波打っている。

猛暑の日々が来襲して、やがて去っていくあいだ、ロブの身体は病気のために衰弱した。腸の炎症が再発する間隔はしだいに短くなり、症状はよりひどくなっていった。ロブはエンジニアとしての職に就いていたが、もはやふつうに働くことはできなかった。一緒にハイキングに出かけた日に息子の衰弱ぶりを目の当たりにし、わたしはショックを受けた。ロブは二本の電柱のあいだの距離を歩くのがやっとで、ハイキングどころではなかった。消化器の専門医から服用するステロイド薬を増やしても症状を抑えることはできないだろうと告げられ、ロブは手術を受けることを考えはじめた。

わたしは社会生活も含めて、ロブのことが心配でたまらなかった。学生時代の友人はみんなニュージーランドにいるので、オーストラリアには同年代の友だちがほとんどいない。キャサリンの同級生の母親であるトルーディーにそのことを話すと、彼女は姪のシャンテルをわが家に連れてきて、ロブに紹介してくれた。シャンテルはこげ茶色の髪の若く美しい女性で、わたしたちは彼女の明るい性格に魅了された。不思議なことに、フィリップにはじめて会ったときと同様に、彼女とは以前から知り合いだったような気がしてならなかった。たぶんシャンテルがとても社交的だからだろう。温かい雰囲気をつくるのも上手だ。彼女はロブをサッカーの試合観戦に連れだし、弟のダニエルを紹介した。息子はシャンテルに恋心を抱いているようだが、難しい手術が目前に迫っているいま、友だち以上の関係に発展する見込みはありそうもない。

わたしは不安でいても立ってもいられなかった。ロブが決して簡単とは言えない手術を受けなければならないということが、いやでたまらない。わが子を切り刻まれてうれしがる親などいない。手術が失敗したらどうしよう。かといって、手術を受けなければ息子の将来はさらに厳しいものになるだろう。ステロイド薬の服用のせいでむくんで青白くなった顔を見れば、ほかに選択肢がないことはあきらかだ。ロブはわたしの目の前で死にかけている。

ある朝、キッチンの窓をあけると、レンガ敷きの小道に丸々としたツグミのヒナが仰向けに横たわっているのが見えた。クレオは気づいていないようだ。獲物を察知するレーダーが衰えたのだろうか。少しまえなら、もうすでに殺しているはずだ。ヒナは目を見開き、あたりを警戒している。親鳥と思しき二羽のツグミが柵にとまっている。わが子を巣から落としてしまったのかもしれない。わたしはそっと外に出てみた。

ヒナに気づいたクレオがとどめを刺そうと近づいていったとき、わたしは怒りでカッとなった。さっきまではおとなしくて愛すべき猫だったのに、いったいどうすれば瞬時にして、親鳥の目の前でヒナを殺す冷酷なハンターに変われるのか。今回にかぎっては、わたしはクレオの行く手をはばみ、その身体をつかんで家のなかへ放りこんでから、ドアをバタンと閉めた。

その日の午後、わたしはクレオと一緒に親鳥が柵とツバキの茂みを往復するさまをずっと眺めていた。二羽は必死に甲高い鳴き声をあげ、ヒナに生きる力を与えようとしている。少なくとも、わが子が引き裂かれるむごたらしい場面を見ずにすんでいる。〝少なくとも〟という短い言葉は、いつも不安をまぎらすために使われる。

クレオはわたしの感傷的な振る舞いに腹を立てていた。こんな言葉が聞こえてきそうだった。〝馬鹿みたい。あなたは状況を悪くしているだけ。わたしを解放してとどめを刺させなさい。それが自然ってものよ〟。

次の日の朝が来ても、わたしはクレオを外に出さなかった。ヒナは同じ場所でぴくりとも動かずに横たわっていた。目は虚空を見つめ、爪は何かをつかもうとするように丸まっている。わたしは涙をこらえた。親鳥はまだツバキの茂みにいて、死んだヒナを呆然と見つめている。鳥にも人間と同じくわが子を亡くして嘆き悲しむ心があることを、わたしははじめて知った。サムが言っていたように、動物の世界は人間が考えるよりもはるかに複雑で美しいものなのだ。

クレオは窓から死んだヒナを眺めながら、呑気に足先をなめている。クレオのほうが正しかったのか、わたしにはよくわからなかった。

喉を鳴らす音

看護する猫のほうが人間の看護人よりも献身的だ。
その方法が型どおりではないとしても。

潰瘍性大腸炎や、同様に腸に炎症が起きるクローン病は、研究が進められているとはいえ、いまだに発症の原因は不明のままだ。潰瘍性大腸炎を患うのはおもに十五歳から三十五歳の若者で、その理由もまたあきらかではない。そんな難病を患うロブのことを考えると、いやでもサムを失ったときと同じ、やり場のない悲しみを覚えてしまう。完治させる治療法は大腸の摘出手術以外にはない。

ロブは不安を表に出さなかった。車で病院まで行くときも普段のドライブと変わらず、まるでランチを食べに街へ出かけるとでもいうようだった。川沿いの道を走りながら、わたしは外科医の腕を信じようとし、どうか手術を成功させてくださいと祈った。永久に身体の内部を変えてしまう難しい手術に耐えようとしている息子に、いったいどんな言葉をかければいいのか。

「川がきらきら光って、きれいね」

「そうだね」ロブは低い声で答えた。手術が成功すれば、息子には新たな人生が与えられる。いまは失敗する可能性のことは考えないようにしよう。ロブは二メートルほどの大腸を切除され、人工肛門をつけて帰宅する。こんなことになるとは思いもしなかった。この子は五体満足で生まれてきた。わたしは健康な状態が続くよう、母親として持てる力をひとつ残らず注ぎこんできた。今回はどんなに手を尽くしても、病気を治してやることはできなかった。すべてうまくいけば、二カ月後に人工肛門をはずす二度目の手術を受け、そのあとは少なくとも、身体的にはふつうの生活が送れる（また〝少なくとも〟だ。なんといやな言葉だろう）。

会話はほとんどなかった。歯ブラシは？　持ったよ。ひげ剃りは？　持った。どうして大切なものをロブは持っていないのだろう。健康は？　なくした。わたしたちはエレベーターに乗って八階へあがり、小さな灰色の病室へ入った。壁には十字架がかかっている。まえにこの病室を使った患者は思ったよりも長く患っていたのだろう。ロブはアームチェアと呼ぶにはあまりにも質素な肘つきの椅子にすわった。救いなのは、窓から街が見渡せることだけだった。

「シャンテルがあそこにいるかもしれない」ロブは灰色の四角い建物を指さした。「あの大学に通っているんだ」

心が沈んだ。ロブは二十代の男としてごく自然に恋心を抱いている。なのにその身体はちゃんと機能することを拒否している。なんという残酷な話だろう。この階に入院している若者は息子ただひとりで、あとはすべて年寄りばかりだ。

かけるべき言葉を探すあいだ、沈黙が流れた。

「愛してる」とわたしは言った。こんな言葉では、ハンサムで感受性が豊かで猫が大好きなわたしの息子に、こちらの気持ちを充分に伝えられない。

「もう帰っていいよ」ロブは窓から目を離さずに言った。

「準備がすむまでいるわよ」

ロブは首を振った。「クレオにすぐ帰るからって伝えて」

病室を出るときに振りかえると、息子は窓のほうを向いてぽつんと椅子にすわっていた。

わたしは外に出て、道路の向こう側に植民地時代に建てられた木造の小さな教会を見つけた。耳を澄ませて神の声を聞こうとしていた子どものころが思いだされ、もう一度祈りを捧げてみようかと思った。だが、神との対話はいつも一方通行だ。

木の枝が空に向かってのびている公園にいたほうが、心の安らぎを得られそうな気がする。神がいるとしたら、命があふれる葉や花に囲まれた場所だろう。青々と茂った葉も美しく咲きほこる花もやがては枯れて死んでいく。神は自然の摂理を見つめているにちがいない。

わたしはきれいな空気を胸いっぱいに吸いこみ、病院のそばには公園が必要だと判断したヴィクトリア朝の人びとの心遣いに感謝した。草や木は人間の不安を和らげ、心を落ち着かせてくれる。

六時間後、わたしはバッグに手を突っこんで病院の電話番号を書いた紙を探した。手は震えて汗で滑り、電話を耳に押しあてるのに苦労した。外科医の声は疲れきっていたが、満足げでもあった。

「手術は成功しました」

最初の手術と、二カ月後の二度目の手術のあと、わたしとクレオはつきっきりでロブの看病をした。

少しずつ体力を取り戻すあいだ、ロブはクレオをお腹の上に乗せ、クレオのほうは喉を鳴らして傷の端から端まで音を行き渡らせていた。科学者はペットが人間を長生きさせることをあきらかにしているが、猫が喉を鳴らす音に人を癒やす力が秘められていることについては、さらなる研究が期待される。それは岸辺に打ち寄せる波のリズムにも似た太古の旋律であると同時に、効果抜群の秘薬でもある。

猫は喜びを表わすときだけでなく、痛みを感じているときにも喉を鳴らす。猫の〝子守歌〟がみずからの痛みを癒やすのは、母親のぬくもりに包まれ安心して眠っていた子猫のころを思いだすからだという。その振動が人間の体内組織を修復させる力があることを科学者が事実として立証する日が、いつかかならず来るだろう。

ある日、ロブが言った。「ねえ、聞いてよ。クレオがすごい勢いで喉を鳴らしてる。スーパー・ゴロゴロだよ」

「小さいころに、クレオが話しかけてくるって言ったこと、覚えてる？　あれ、本当のことだったの？」

「あのときは本当にそう思った」

「いまでも話しかけてくるの？」べつに息子の正気を疑っているわけではない。ロブがクレオと特別な絆を結び、そのおかげで状況が好転したことを、わたしは何年もまえに確信している。

「ときどき、夢のなかでね」

「クレオはどんなことを話すの？」

「このごろは話すよりも、見せてくれる。ふたりでサムがいたころに戻るときもある。三人で一緒にジグザグ道を走りまわるんだ。たぶんクレオはすべてうまくいくって言ってるんだと思う」

クレオは前脚をのばし、背を弓なりにしてあくびをした。クレオにとっては、ロブの夢に登場するのも遊びのうちなのだろう。

わたしはロブの苦しみを肩代わりしてやりたくて仕方なかった。そんなふうなことを言うと、ロブは肩をすくめて答えた。いろいろな意味で、この病気は贈り物なのだと。息子の話し方に、わたしは身震いした。まるで老人だ。だがたしかに今回のことを乗り切って、ロブは同じ年ごろの若者よりも視野が広くなったようだ。

「いいこともあったし、悪いこともあった。もちろん、いいことのほうが多かったけど。ひからびたパンを食べたあとは、焼き立てのパンがものすごくありがたく思える」

ロブはしだいに食べ物を受けつけるようになり、かたいものも飲みこめるようになったが、依然として戦時の捕虜収容所からの生還者も同然だった。何かの理由で、たとえば合併症を起こしていて身体が回復することを拒否していたら、この先病気と闘う力は残らないのではないか。さいわいなことにロブはまだ若く、何年も運動で身体を鍛えてきたのだから、どこかに体力を蓄えていると思いたい。

クレオはわたしなんかよりもよっぽどまじめな看護人で、家中どこでもロブのあとをついてまわり、毛布のなかへもぐりこみ、ときたま首のないトカゲと思しき見舞い品を贈った。

長い時間をずっと一緒に過ごしたため、うれしいことに、わたしはロブのことをより知るようになった。二十代の若者が母親と気持ちを分かちあうことは珍しいだろうが、病気のおかげで息子とわたしの関係はぐっと親密になった。

「もっと楽な人生ならいいのにと思うことはあったよ」ロブが低い声で言った。「悪いことがひとつも起きずに何年も過ごす家族もいるんだし。悲劇とは無縁の。運に恵まれているってやつだね。でもそういうのって、人生の半分しか生きていないんじゃないかな。悪いことは遅かれ早かれ誰の身にも起きる。ずっと楽に生きてきた家族にそういうことが起きたら、ショックは計り知れないものになる。悪い出来事がいままで身に降りかかったことがないわけだから。そうなると、財布をなくしたぐらいのことが人生最悪の出来事になり、その日が台無しになると思いこむ。本当の悲劇がどういうものか、彼らにはまだわからない。それに襲われたとき、はじめてその人たちはとてつもなく強い人間になるんだ」

ロブは一瞬一瞬を大切にすることも覚えたらしい。「サムの事故をとおして、現状がいかにあっさりと変わってしまうかを学んだ。だからぼくは、どの瞬間も大切にするけれど、いつまでもそれにしがみつかないよう心がけた。そうしてみると、人生は刺激的で濃いものになる。三日しかもたないヨーグルトみたいなもんだ。三週間もつものよりもずっとうまい」

ガウンを着た若き哲学者は東洋的神秘主義の向こうを張る説を打ちだしている。しかし、心の底で息子がすべての若者と同様の夢を抱いていることを、わたしも本人も知っている。何よりもロブは愛と幸せを望んでいるのだ。

つながり

夢に登場する猫は、キッチンの床の上を歩く猫に劣らず、リアルだ。

超自然的な力を持つ猫は、日常のあらゆる場面でさりげなくその力を使う。キッチンに入ってくるのと同じように、ふつうに夢のなかにも現われる。召使いたちが外出先から戻るころあいを見はからって、お気に入りの窓台にのぼりじっと待つ。守護者としての霊的な力を行使して、祝福を与えている人間たちを守るためにバリアを張りめぐらす。人間がそういう猫の能力に気づくときもあるが、それはまれなケースだ。

二カ月たっても、ロブは依然として冬に芽を出した若木のようにやせていて、わが子の身を案じる母親の目をとおして見るかぎり、完全に回復しているとは言えなかった。それなのに、ロブは学生時代の友人ふたりと内陸の広大なアウトバックへ出かけると言いだした。計画では、車で砂漠を走り、オーストラリアの中心部にあるウルル〔アボリジニによるエアーズロックの呼び名〕まで行くという。旅は三週間に及ぶ。〝不安〟という言葉ではとてもわたしの気持ちを表わしきれない。だが〝病人〟と書かれたステッカーを額に貼りつけてこれから先の日々を送るつもりはないという息子の気持ちは理解すべきだろう。ごくふつうの若者として望む冒険に満ちた人生、それがどんな危険を息子にもたらすか。考えただけで、わたしの心臓は破裂しそうだった。

わたしは獰猛な生き物たちの巨大な動物園であるアウトバックについて息子たちにレクチャーした。ワニやヘビ、クモやアリに至るまで、攻撃的な生き物は人間という種に対して好意の欠片も抱いていない凄腕の殺し屋だ。カンガルーでさえも間の悪いときに遭遇すれば、運転席の窓を叩き割って人間を殺すこともありうる。

息子たちはしっかりと耳を傾け、真剣な面持ちでうなずいた。三人とも寄り道をしてまで、みずからを危険にさらすまねはしないだろう。

野生動物よりももっと心配なのは車の故障だ。手術を受けて以来、ロブは脱水症状を起こさないように注意してきた。どこかの乾いた荒野で車のエンジンがとまったりしたら、水不足が重大な問題になる。三人は予備の水をたくさん積んでいくと約束した。みなもう子どもではないし、法的に結婚できる年齢を越えている。彼らを信用するしかない。

「何がそんなに心配なんだい」ある晩、眠れずにいたわたしにフィリップが訊いてきた。「ロブの友人はすばらしい若者だ。毎日病院に見舞いにも来てくれただろう。だからロブの病気のことだって知っている。彼らと一緒ならロブも安心だよ」

三人が乗るおんぼろのフォードは、オーストラリアのまんなかの無人地帯を走るには理想的とは思えなかった。彼らはヘビよけの加工をほどこした最新式のキャンプ道具を用意していると言っているが、照りつける太陽の下で不毛地帯を少しずつ移動していく三人の姿を想像すると、もっと安全でふつうのことをしてくれと頼みたくなった。たとえば、料理教室へ通うとか、ダンスのレッスンを受けるとか。アウトバックへの旅以外ならなんでもいい。だが、親にはしっかりと口を閉じていなければならないときがある。今回がそのときなのだろう。

それから三週間後の三人が帰宅する予定の日、クレオは廊下をうろうろと歩きまわっていた。窓台に飛び乗って道路のほうを眺めたあと、床に降りてまた歩きまわる。まるで砂漠の一本道にうっかり出てきたコブラみたいにそわそわしている。抱きあげてもいっこうに落ち着かず、耳を寝かせて腕のなかで身をくねらせる。仕方なく、わたしはクレオを自由にさせた。

「心配ないわよ、女王さま」わたしはクレオにというよりも、むしろ自分に言い聞かせた。「ロブは元気に帰ってくる」

赤い砂ぼこりまみれのフォードが見えたとき、安堵の滝がわたしを洗い流した。クレオを抱いて、三人を出迎えに外へ飛びだす。ロブが後部座席から出てきて身体をまっすぐにのばし、駆け寄ったわたしを両腕で包みこんだ。それにしても、昔はつま先立って母親にキスをしていた子どもが、いまでは母からのキスを受けるために頭を低くするとは。百八十センチを超える身体の隅々に目を走らせ、わたしはロブの健康状態がぐっとよくなっていることに気づいた。

「旅はどうだった？」

「すばらしかったよ！」

ロブの友人たちが帰るまえにささやかなバーベキュー・パーティーを開き、炭火にあたりながら、またたく星を眺めた。

「あっちの夜空はこんなもんじゃないよ」ロブはため息をついた。「忙しくて息もつけないときは、星になったつもりで下界を見おろしてみればいい。地球上では、ぼくらは人間というちっぽけな生き物がとても重要だと思っている。たしかに不可欠な存在かもしれないが、宇宙から見たら塵みたいなものだ」

クレオが隙を見て、ロブの皿のトマトソースをなめる。

「旅行中にすごい体験をしたんだ。ある夜、キャサリン渓谷の近くでキャンプを張っていたとき、ちょっと変わった白猫の夢を見た。その猫は心臓を七つ持っていて、丘に囲まれた入り江の端っこにすわっていた」

「化け猫だったの？」とわたしは訊いた。

「ちがうよ。とても賢くて、先生みたいで、こっちに話しかけてきた」

「やめてよ。またなの？」わたしは微笑んだ。「それで、なんて言ってた？」

「ぼくは何年ものあいだ、一匹の猫に守られていて、その猫がぼくを申し分のない人びとのところへ導いてくれたって言ってた。ぼくらの世界は悲しみと痛みで押しつぶされていたけれど、ようやくいちばん大切なものを学んだ、とも。なりたいものになるには、恐れと欲を捨てて、愛を持てって。自分を愛し、まわりの人間を愛し、地球を愛せってこと。

まだ先があるんだ。ぼくを導いてくれた猫は、ぼくがいろんなレベルの愛を見つけるのに手を貸してくれた。たったひとつ、まだ見つけていない愛があるんだけど、自分でも気づかないうちにそれに向かって歩きはじめているらしい。まだまだ道のりは遠いけど。その愛を見つけたら、ぼくの守護者である猫のこの星での役目はすべて果たされたことになる」

流れ星が夜空を駆け抜けた。わたしは言葉をなくした。

「次の日の朝、ぼくはふたりにこの奇妙な夢のことを話した。入り江の様子やそれを囲んでいた丘のことも説明した。しゃべる猫のことを話したときは笑われたけど。数時間後、ぼくらは夢で見た地形とそっくりな場所に行きあたった。入り江も丘もそこにあった。詳しい地形まで話していなかったら、そこが夢に出てきた場所だってことをふたりは信じなかったと思う。アボリジニの男性が話しかけてきて、そのあたりのことを教えてくれた。彼によると、そこは聖なる土地らしい。入り江の端っこあたりにある、こんもりとした七つの小山を指さして、昔はその七つの山を〝キャッツ〟と呼んでいた、と話してくれた」

クレオはお気に入りの場所であるロブの肩に乗って、炭火に照らされた人間の顔をひとつひとつ眺め、瞬きをした。

許すこと

許すことは猫の本能に組みこまれている。

よその国へ転居して困るのは、ひとつには休暇で旅行に出るときにクレオの面倒をみてくれそうな信頼の置ける友人をなかなか見つけられないことだ。

新しいご近所さんとつきあうようになったとはいえ、知りあってからまだ日が浅い隣人に猫の世話を押しつけるのは気が引ける。いままでクレオをペットホテルに預けたことはない。彼女のように何よりも自由を愛する猫をグアンタナモ収容所〔キューバのグアンタナモ米軍基地内にある、テロの容疑者を収容するキャンプ。収容者への非人道的行為が問題視されている〕に匹敵する猫用の施設に一週間も置くのは、わたしとしては不安で仕方なかった。だが、これまでクレオはどんな場所にも順応してきたし、タフな猫だ。わたしは彼女ならだいじょうぶだろうと決めてかかった。

根拠のない思いこみは危険この上ない。ペットホテルから連れもどした二日後、クレオの目にねばねばした目やにがたまった。その上、食事もとらずひっきりなしに咳をした。生まれてはじめて、クレオは重い病気にかかってしまった。

近所の獣医はふさふさした銀髪の、太った赤ら顔の男で、サラミ・ソーセージみたいな指でクレオの身体をつつきまわした。

「この猫は何歳かね」獣医はクレオを靴底についたゴミみたいに扱いながら訊いた。

「十六歳です」

獣医が驚愕の面持ちで見つめてくる。

「本当かい」

「正確な年齢はわかっています。上の息子が亡くなったすぐあとに、うちに来たので」

「それなら、たしかだな……」獣医がため息をつく。「これ以上、生きながらえるとは思えない。猫の平均寿命を考えると、六年前に死んでいてもおかしくない」

なんという不愉快な獣医だろう。そんなことを平気で言うなんて。若いころは獣医という仕事に一生を捧げようと心に決め、動物に対して深い思いやりを抱いていたはずだが、いまとなってはその気持ちもすっかり枯れ果てているらしい。それとも、こんな飼い主にやさしく接するなんてとんでもないとでも思っているのか。危なっかしくてわたしには猫をまかせられないというロージーの見解と同じ考えを持っているのかもしれない。この男の奥さんが彼を捨てて街角の歯科矯正医のもとへ走ったとしても、彼女のことは責められない。

「命の保証はできないが、抗生物質を投与してみたらいいかもしれない。もしお望みなら」

もしお望みなら？　この男はわたしたちがすでにクレオのことは諦めていると思っているのだろうか。

「お願いします。彼女は家族の一員ですから」

この猫は長いあいだわたしたち家族を守護し、これからも見守っていてくれる、と話してみたところで、こいつはあっさりと聞き流すに決まっている。

「こういう状態だから、あんたが帰ったあとも、こちらでは最悪の事態にそなえておくことにしよう」

帰宅して獣医に言われたことをそのまま伝えると、娘たちは必死で涙をこらえた。ふたりともクレオがゆりかごのなかをのぞきこんでいたことを覚えている。言うなれば、クレオはこの子たちのもうひとりの母親なのだ。

「これは自然なことなの」わたしは意図せずに母そっくりのしゃべり方をしていた。「わたしたちは運がよかったのよ。こんなに長いあいだクレオと一緒にいられて」

さいわいなことに、二日もたつとクレオの目はきれいになり、咳も出なくなった。一週間もしないうちに、もりもりと食べるようにもなった。こうなれば、ハエも輪ゴムもソックスも安全ではいられない。毛のつやも元どおりになった。キッチンのテーブルの上で踊り、カーテンによじのぼるクレオは、老いてなお元気いっぱいだ。あの獣医はゾンビとみなすかもしれないが、彼女としてはまだまだ若いつもりでいる。

だが、クレオが警告を発したことはたしかだ。うまく取りつくろっているようでも、関節のあたりには老いの影が忍び寄っている。まえにも増して長く眠るようになったし、寒さがこたえてもいるらしい。

とはいえ、クレオは女王の名にふさわしく冷静沈着に高齢者としての堂々たる態度を見せた。以前は人なつこくてかわいらしかった鳴き声が、威厳に満ちたものに変わった。長いあいだ人間の振る舞いをつぶさに見てきたからか、遺憾の意を表明したり姿を消すタイミングを熟知していて、いつでもかならず隠れ場所を用意してもいる。若いころはリディアに逆さ吊りにされて運ばれても、ひげをぴくりともさせなかったものだが、いまでも、メルボルンカップ観戦のさいにキャサリンが身に着けていた帽子をかぶらされ、毛糸の手袋をはめられても平然としている。おばあちゃんになっても昔と同じように、クレオは忍耐と愛情を示してくれている。

クレオが高齢期を迎えたからには、それ相応の手段を講じるべきだと考えた。子猫のころは夜になると外に出たがり、月明かりが照らす屋根の上を歩きまわった。寒い時期でもヒーターの室外機の近くで丸くなって眠ることがあった。彼女の健康のために、これからはライフスタイルを変えてもらう必要がある。本当の意味での〝家猫〟になってもらわなければ。その第一歩として、寝心地のいいベッドを探すことにした。

わたしたちはペットショップからクレオ用にビーンバッグのクッションを買ってきた。同じタイプの人間用のクッションをいつも占領していたので、クレオはこのクッションもきっと気に入るはずだ。実際には大型犬用として売られていたのだが、それに気づかれる心配はないだろう。

クレオには犬にまつわるものを察知するレーダーが内蔵されていて、遠くにある犬小屋さえも嗅ぎつける。だが、このビーンバッグのクッションには犬のにおいがついているはずもない。まったくの新品なのだから。製造元にしてみれば、ダルメシアンやシェパードやふつうの雑種犬など、とにかく犬が使うものとして制作し、販売したのだろうが。

その犬用のビーンバッグのクッションがいかにゴージャスで寝心地がいいか、こちらが何度示して見せても、クレオは近寄ろうともしなかった。暖炉の前やキッチンのひだまりといったクレオのお気に入りの場所にクッションを置いてみたが、どこへ置こうが結果は同じだった。クレオは犬用につくられたものには鼻も引っかけなかった。

わたしはついに諦め、ネズミにでも食われてしまえとクッションを地下室へ放りこんだ。もしかしたらひとつではなく、朝用と夜用に別々のベッドを用意するべきなのかもしれない。わたしたちはもう一度ペットショップへ行き（店員にはどこかの避難所で寝起きしている人とみなされた）、ふわふわのピンクのクッションと、綿入りの四角くて茶色い敷物を買った。今度はどちらも猫用につくられたものだ。ピンクのふわふわのほうを家族用の部屋にあるふたつのソファのあいだに置いたが、それは使われないまま放置された。昼のあいだ、クレオはソファの肘掛けにすわるか、誰かが仰向けになって本を読んでいれば、その腹の上に乗っかった。そこにいれば暖かくて女王気分に浸れるだけでなく、本の角で歯を磨ける特典もついている。クレオが〝使ってやってもいい〟という態度を見せたのは、茶色い敷物だけだった。食べ物用のボウルと猫用のトイレと一緒に敷物を洗濯場に置くと、クレオはしぶしぶながら夜はそこで寝た。

休暇に家を空けるときの問題がまだ残っていた。リスクを考えるとふたたびペットホテルに預けるわけにはいかない。〝キャットシッター〟に来てもらうのが唯一の解決策で、友人のマグノリアがその役を引き受けてくれた。

マグノリアの料理の腕は世界の名だたる料理人にも引けをとらない。熱気球サイズのお腹の女性が美しいとされる国のひとつであるサモアで育ったので、食べる量は半端じゃない。食べるだけではなく、おいしいものをつくる才能にも恵まれている。彼女がつくるココナッツ・ケーキのレシピは、天使から拝借してきたものとしか思えない。お手製のブルゴーニュ風牛肉の赤ワイン煮はジュリア・チャイルド

〔アメリカ人の有名な料理家〕もショックで真っ青になるほどのおいしさだ。マグノリアが料理用の鍋と、何やら食材の入った袋を手にやってくると、クレオは待ってましたとばかりに彼女の顎をなめた。

「心配はいらないわよ」マグノリアはさっそくエプロンを身に着けた。「存分に楽しんでらっしゃい。わたしたちならだいじょうぶだから。わたしが猫を好きなことは知ってるでしょ。もちろん、その味が、ってことじゃないわよ」

わたしはクレオの小さな額にキスをしたが、彼女のほうはそんなことはどうでもいいらしく、マグノリアがコンロに大きな鍋をかける様子に見入っている。

休暇の旅行に出ているあいだ、わたしたちはクレオのことが心配で仕方なかった。

「クレオはとても感受性の強い猫だから」わたしはフィリップに言った。「知らない人と家のなかにふたりっきりにされて、きっと神経がまいっちゃうわ」

電話をかけるたびに、マグノリアは猫は元気だと答えた。本当だろうか。〝元気〟というのは〝ツグミに襲われて目を突っつかれたけれど、元気〟とか〝ものを食べないけれど、元気〟とかいう意味ではないのか。

「いまは話していられないの」とマグノリアが言う。「ブイヤベースを火にかけているから。ねっ、クレオ。あとで新鮮なエビを買いに行かなきゃいけないし」

「クレオ、だいじょうぶだと思う?」と娘たちが訊いてきた。

だいじょうぶよ、と答えたが、たしかめるすべはない。

娘たちは一日早く家へ帰ろうと言い張った。クレオが家族を恋しがっているだろうからと。マグノリアが玄関のドアをあけたとき、ミシュランの星つきの香りが鼻をくすぐった。ワインで煮てトリュフまで加えられた温かい肉料理のにおいが。小さくて丸々とした生き物がマグノリアの腕に抱かれている。アカデミー賞の授賞式会場へ入る途中でサインをせがまれる映画スターみたいな表情を浮かべて――〝申しわけないけれど、ここではだめなの。どうしてもとおっしゃるなら、宣伝部の者からサイン入りの写真をもらってちょうだい〟。

「クレオ！」わたしたちはいっせいに声を張りあげ、彼女に手をさしのべた。

クレオは少しのあいだためらってから、キャサリンの腕のなかへ移った。

「彼女、食べ物に夢中なの」マグノリアが笑った。

クレオは身をよじって床に飛び降り、しゃなりしゃなりとキッチンのほうへ歩いていった。この二週間でぽっちゃりしたばかりでなく、妙に気取った猫になった。

「もう一緒に寝られないと思うと、さびしいわ」とマグノリアが言った。「ほんと、かわいいのよ。ベッドにもぐりこんできて、わたしのとなりでまくらに頭をちょこんと乗せて眠るんだもの」

わたしはムッとし、いくら女神とはいえ猫とまくらを共有するなんてごめんだわ、と意固地な子どもみたいに思った。どうせマグノリアほど料理がうまくないわよ、とも。

クレオはわたしたちを懲らしめようとしているのだろうか。置き去りにされて心が傷つき、ひどいことをされたと腹を立てたのかもしれない。けれども、わたしたちのベッドのまんなかにうんちを放置することで、ひとまず気は晴れたようだった。

その後、家を留守にするときは毎回キャットシッターを頼むのがふつうになった。あるとき、わたしたちがいないあいだに、キッチンの椅子が倒れてクレオの尻尾を直撃し、その先っぽに消えない傷が残ってしまった。ずいぶんと血が出たらしく、シッターは何度も謝った。キャサリンはその傷を見て泣きだした。ずっとあとになっても尻尾の先をさわられると痛んだようだが、クレオはとくに恨みがましい顔を見せることもなく平然としていた。へこんだ尻尾は歴戦の騎兵隊将校の古傷と同じように、気品に満ちたプライドさえ感じさせた。消えることのない傷を負わされても許すのは、クレオにとっては呼吸するのと変わらず、いともたやすいことなのだろう。

わたしは〝許しの達人〟の技を見習いたいと思った。わたしたち人間はわが身に受けた傷を意図的になめつづけ、犠牲者然とした態度をとる。そんな人間から猫はいまも昔もつねに虐待を受けている。中世には膨大な数の猫たちが魔女の化身とみなされ、そのために狩られ、殺された。十六世紀のパリでは、袋に詰めこまれた猫が焼かれるのを大勢の人たちが娯楽として見物した。今日でもふつうのこととして、生まれたばかりの子猫が袋に押しこまれ溺れさせられている。あらゆる年齢の猫が医学や科学の発展のためと称して動物実験に使われている。アジアの一部では、猫の肉を食べることが、ある年齢の女性たちの身体にはよいとされている。

猫たちは人間からこういった残酷な仕打ちを受けても、驚くべきことに、なおもわたしたちに寛大に接してくれる。人間の暴虐非道な行ないを忘れてはいないはずなのに、何百年にもわたってわたしたちを許しつづけている。捨てられたり親からはぐれた子猫たちは、声をかぎりに人間に助けを求めてくる。ひどい目に遭うかもしれないと恐れつつも、わたしたちの良心に一縷の望みをかけて。子猫の無垢な目にあふれる信頼と期待に応えないかぎり、わたしたちは自分たちを進化したものとみなすことはできない。

わたしは何年もまえにサムを轢いた女性のことをいまだに考えている。彼女はわたしの心に取りついてしまっている。彼女に対する怒りは炎となって荒れ狂い、事故直後には、親がわが子を殺した犯人を許すという新聞の記事を読むたびに、彼らは偽善者だと断じていた。

時間はすべてを癒やしはしないが、ものの見方を変えてはくれる。フォード・エスコートは何年かまえに生産を終了し、青いものも含めて、もうほとんど街では見かけなくなった。サムを殺した車もたぶん廃車になっているだろう。道路は四輪駆動車に埋めつくされている感がある。わたしはようやくサムの事故は彼女にとっても悲劇だったのだと認めることができるようになった。一九八三年一月のあの日は、わたしの心だけではなく彼女の心も切り裂いたはずだ。運転席にすわるたび、ブロンドの少年が通りを渡るのを見るたびに、彼女はサムの幽霊を見たにちがいない。

わたしはやっと彼女と語りあう心の準備が整い、雑誌のインタビューという形で会えないだろうかと紙面に投げかけてみた。その女性の肩に腕をまわし、彼女が何年ものあいだ耐えてきた痛みを分かちあい、あなたを許すと告げてあげたい。心の底から。

返事が郵便で送られてきた。しかし、予想していた相手からではなかった。

親愛なるヘレン

妻から最近あなたが書いた記事を見せられ、あなたに手紙を書くようすすめられました。サムが亡くなってからあなたが筆舌に尽くしがたい毎日を送られたことを知り、わたしたち夫婦が悲しい気持ちになったことを伝えるようにと。

この手紙が慰めになるかはわかりませんが、筆をとらせていただきました。あの日わたしは偶然、事故が起きた直後の現場に車で通りかかりました。そこには車を運転していた者の姿はありませんでした。救急車を呼びにいったのだろうとわたしは思いました。同僚が車を降りてほかの車の通行をとめ、わたしはサムのそばへ行きました。すでにサムの意識はなく、痛みや苦しみに苛まれることもなかったはずです。わたしが駆け寄った時点で、サムはすでに息を引きとっていたと思われます。それからしばらくして、ようやく警察と救急車が到着しました。彼らはみなとても親切で思慮深い人びとでした。

最後に警察官から、お帰りくださってもけっこうです、と言われたので、同僚とわたしはその場を離れました。わたしはひどく頭が混乱していて、その晩に帰宅し、妻にサムのことを話すときもうまく言葉にできませんでした。ひとりの少年の命が失われたことが残念で仕方ありませんでした。しかし、それは誰の責任でもなかったのです。

あのとき、そちらに電話をかけようと思いましたが、あなたにとってはわたしは見も知らぬ人間だし、あなたのプライバシーに立ち入るようなまねはするべきではないと考え、思いとどまりました。こうして手紙をさしあげるのがよいことなのかどうかわかりませんが、サムが孤独ではなかったことをお知らせすべきだと思いました。この手紙が少しでも慰めになれば、わたしとしても手紙を書いた甲斐があります。

アーサー・ジャドソン
クライストチャーチ

P．S．もう何年も新聞に載るあなたのコラムを楽しんで読んでいます。

わたしはその手紙を何度も何度も読んだ。温かい心を持った見知らぬ人の視点をとおしてあの日の出来事を追体験し、衝撃が身体を走った。こちらからも手紙を送ったが、彼に対する感謝の気持ちを表現しきれているか、あまり自信がない。死にゆく少年のかたわらに付き添うのはかなりの勇気を要しただろうし、こうして手紙をしたためたこともまた、勇気ある行動と言える。彼からの手紙を受けとって、今回紙面で呼びかけて本当によかったと思った。あの女性に会ってもここまで深い感慨は得られなかっただろう。

いまでもわたしはその手紙を大切に保管している。サムが痛みも孤独も感じずに旅立ったことを知り、わたしの悲しみは大いに慰められた。

この世界には彼のような名もなきヒーローがたくさんいるにちがいない。立ち去るほうが気が楽であるにもかかわらず、事故の現場にとどまる勇敢な人たちが。みずからの心の平安を失うかもしれないのに、他者に対してできうるかぎりの慰め――孤独に死んでいくのではないという慰め――を与え、まるで羽が生えた天使のように足跡も残さずに去っていく人たちが。

変化

心の変化を見逃さないように。彼女は猫の話にはもう飽き飽きかもしれない。

「ねえ、このかわいい子猫を見て！」通りがかりの人がわが家の前庭にスフィンクスさながらにすわっているクレオを見て大声をあげた。

「彼女は子猫じゃないんです。もう、かなり高齢で」

「本当に？　とても若く見えるけど」

クレオを若く見せている遺伝子をなんでもいいから瓶に入れることができたら、いまごろは海沿いの別荘やヨットやスペースシャトルの搭乗券を手に入れていただろう。若く見えるのは、年をとるという概念そのものがないからかもしれない。クレオにしてみれば、老いるのは悲劇でもなんでもない。あちこちにガタが来て、思うように動けないことがいやなだけだ。

クレオが老いてもなお若々しさを発散させて尊大さを増し、わが家における唯一の支配者として君臨しつづける姿を見れば、更年期を迎えた女性たちも勇気が湧くだろう。高位につく女祭司として、クレオはあらゆることに目を光らせている。たとえば、自分が食べる魚がほどよくすりつぶされているか、どうしたら朝早くに人間の召使いどもをベッドから引きずりだせるか、などなど。夜明けとともに起きださない者は、ベッドルームの前で甲高い声をあげるクレオのモーニングコールを聞くはめになる。

わたしはまえにも増して物申したがる年齢層に突入している。世界を変えるという望みを捨ててからずいぶんたつのに、いまだあらゆることについて自分の意見を聞いてもらいたくて仕方がない。有権者は議員をどう選ぶべきか、金髪の人間に四輪駆動車を勝手気ままに運転させてはいけない、などなど。車のてっぺんに拡声器をつけて、ほかのドライバーや道行く人びとに、人間がいかに自分たち自身や地球を危険にさらしているかを説いてまわりたいくらいだ。

自然のサイクルに従い、わが家もだんだんと空っぽになってきた。リディアは大学を一年間休学し、コスタリカで英語を教えている。ロブはロンドンに移り住み、ワインショップで働いている。わたしたち親子が超自然的な力でつながっているという証拠を得たければ、互いに電話をかけるだけでいい。地球の反対側に住みながら、ほぼ毎回、同じタイミングで電話をかけあうのだから。今日電話したときも、ロブがこちらにかけていたので電話は話し中になった。

「ぼくが今日、誰に会ったかあててみてよ。きっとあたらないから」電話をとおして聞こえるロブの声は興奮して弾んでいた。「シャンテルだよ。こっちへ来て、低所得者が多く住む地域で学校の教師をしているんだって」

シャンテルに恋人がいると聞かされて、わたしは少し悲しくなった。ロブによると、その彼氏はなかなかの好人物で、サーフィン好きのオーストラリア人だそうだ。いかに波乗りが達者でも、イギリスの真冬を乗り切るのは厳しいだろう。ロブもひとりで暮らしているわけではなく、クイーンズランド州出身の看護師と一緒に住んでいる。恋というものはタイミングがうまくあってこそ成就するものだ。ロブはいまでもシャンテルに特別な感情を抱いているようだが、これほど間が悪いと、ふたりがつきあう見込みはかなり薄いと言わざるをえない。

数カ月後、シャンテルの弟のダニエルがとつぜん死亡したと知らされ、わたしはショックを受けた。なんの前触れもなかったという。遅かれ早かれ、悲劇はどんな家庭にも襲ってくるが、それがシャンテルとその家族のこととなると、いても立ってもいられなかった。ロブがショックと悲しみに打ちひしがれるシャンテルの力になってくれれば、とわたしは願った。

家にひとり残された十三歳になるキャサリンはクレオの世話係を引き受けた。「昨日の夜、友だちがひどいことをしたの」友人たちが泊まりにきていた翌朝に、キャサリンは涙ながらに訴えた。「あの子たち、とっても意地悪で、クレオの胸を白く塗っちゃったの」

白くなった毛をじっくり見てみると、どうやら小麦粉か何かを塗りたくったようだった。

クレオは一歩一歩ぎこちなく足を出して歩くようになり、その姿は老いを感じさせた。あまり認めたくはないものの、その歩き方はわたしにも身に覚えがある。クレオは〝ソッカー〟に興じることもなくなったが、ベッドにはロブのお古になったスポーツ用のソックスを置いている。もはや、キッチンの長椅子に飛び乗ることもない。クレオ同様、わたしの関節も弾性線維のエラスチンが減少し、悲鳴をあげる節々は階段を使うのはやめてエレベーターに乗るようにと頼んでくる。

クレオの毛も、わたしの髪も変わりつつある。仕事熱心な十代の美容師は、細くなってきた髪をボリューム満点でつややかにする方法を教えてくれた（「このムースを頭皮につけて、そうね、ピーナッツ大くらいかな、のばしながらマッサージするといいわ。一本、百二十五ドルでちょっと高いかもしれないけれど、一年はもつわよ」）。次に、美容師の姉が肌のお手入れについてレクチャーしてくれた（「ブルーベリーを一日一カップ食べると、わたしみたいなお肌になれるわよ。わたしの年をあててみて。やんなっちゃうけど、ほんとに年寄りなの。もう二十五歳だもの」）。

若い美容師からとやかく言われることもなく、クレオはシーツや下着や、食べ物の上にまで黒い毛をまき散らしていた。

黒かったひげはグレイに変わってきた。わたしのほうは、顎から目障りな太い毛が生えた。

クレオもわたしも相変わらず暖炉の前にすわって火にあぶられるのを楽しんでいる。近ごろでは、火に寄りすぎると脚が火星の表面みたいになってしまうが。クレオは火に弱くなったようで、十分もすると地獄の業火からあわてて逃げだして、ほてりをとるために冷たい壁に身体を押しつけている。

年をとると品質が何よりも重要になってくる。贅沢だと思いつつも、わたしはシーツや上掛けのスレッドカウント〔糸の密度を示す数値で高いほど滑らか〕が気になり、イタリア製の文房具を好むようになった。

視界もぼやけはじめ、検眼医からは読書用の眼鏡をすすめられた（このわたしに読書用眼鏡ですって？）。仕方なく、メタル・フレームで、色が緑と青の、店でいちばん風変わりな眼鏡を買ってきた。

「どう？」買ったばかりの眼鏡をかけて、フィリップとキャサリンに訊いてみる。

ふたりの反応はあきらかだった。なんといっても、年寄りがわざと風変わりに見せるために選ぶような眼鏡なのだから。

わたしはクレオの目のなかに奇妙な斑点があることに気づいた。またひとつ、老いという現実を突きつけられたのだろうか。あの不愉快な男以外の獣医を探しだして訪ねてみると、今度の獣医はクレオがどれほどかけがえのない存在であるかをきちんと理解してくれた。彼によると、斑点は白内障のせいではなく、年をとるうちに自然に現われたものとのことだった。だが、親切な獣医はクレオが腎不全を起こしていると診断し、クイーンズランド州まで行けば腎臓の移植手術を受けることもできると言った。ただし、成功する可能性はそれほど高くはないという（〝猫がわざわざ飛行機で飛んで腎臓移植を受けるなんて馬鹿げている！〟ニュープリマスの墓地に埋めた骨壺のなかで叫ぶ母の声が聞こえてきそうだった。〝ほんと、おかしな世の中になったこと〟）。

わたしは年をとって魅力的に見える部分が減ったことをしぶしぶながら認め、まだ多少は見栄えがする箇所を重点的に磨くことにした。そこで思いついたのが爪で、さっそくネイルサロンを探し、ほとんど英語を話せないベトナム人一家が経営する店を見つけた。ここならつまらない話を聞かされることもないし、若々しい手や脚を保つための方法を無理やり伝授されることもない。親しくなってくると、彼らは笑顔つきの会釈で迎えてくれた。そしてわたしを〝ヘロン〟と呼んだ。この機会に名前を正式にヘロンに変えてみようかと思った。

同じころ、クレオの爪は板張りの床の上でタップシューズみたいにカツカツと鳴るようになり、暗殺者として生きてきた日々は過去のものとなった。爪は薄くなり、クロワッサンのように表面がはがれ落ちた。そこでわたしはクレオを膝の上に仰向けに乗せ、得意になってフィリップの爪切りを手に、クレオの爪の手入れに挑戦した。いざはじめてみると、読書用の眼鏡をかけていてもクレオを傷つけてしまいそうで怖かった。刈り込みばさみすらうまく使えないのに、小さな足先にうずもれた爪の手入れをするとなるとなおさら難しい。ちょっとでも失敗すれば、たちまちかぷりと噛まれた。何度かためしたあと、クレオは安心して身をまかせるようになり、爪を切っているあいだは喉をゴロゴロと鳴らしていた。わたしはクレオの公式なマニキュアリストとエステティシャン（こちらのほうは猫用のドライシャンプーで全身をきれいにする）の称号を手にして誇らしかった。言うなれば、おつきのメイドにすぎないのだけれど。

わたしたちは長いあいだ家族として暮らしてきたので、こちらが何をするにしても心ではクレオのためを思っていることを彼女もわかってくれている。いままで一緒にたくさんのことを乗り越え、互いのなかに安らぎを見出してきた。そしていま、年をとり多少の不都合があるとはいえ、わたしたちにはまだまだたくさんの楽しみがあることにも気づいている。

こと食べ物に関しては、クレオもわたしもまるで自制がきかなくなっていた。わたしはチョコレート、それもカカオの含有率が七〇パーセントのブラック・チョコレートに取りつかれ、スイス製でアルプス山脈の写真入りの包装紙に包まれたものがないと夜も日も明けぬありさまだった。なんとか気持ちをイタリア製の便箋や千スレッドカウントのシーツに向けようとしたが、チョコレートよりも心惹かれるものを何ひとつ見つけられない。一方、クレオはある食べ物にすさまじい執着を見せている。そもそも「だめ」と言われても知らん顔を決めこむのがクレオの流儀だが、いまではその言葉自体を〝人間の語彙リスト〟から消去してしまい、新たに〝チキンマン〟という言葉を加えた。

誰かが「チキンマンへ行ってくる（近所の陽気なアジア人が経営する店から鳥の丸焼きを買ってくる、という意味）」と言うと、玄関まで見送りに出て、丸焼きが到着するまでじっと同じ場所で待っている。クレオは食べつけないものにはむやみに手を出さず、自分で殺したり盗んできた獲物のほうを好んで食べる。だが、チキンマンとなると話はちがい、焼き立てのチキンのにおいを嗅いだとたんに、よだれがあふれだす始末だ。チキンがのった皿を無防備な状態にしている者は悔しい目に遭うことになる。家族に対する思いやりも愛情もそっちのけで、クレオはチキンをめぐる闘いの火蓋を切る。

わたしたちはチキンを心ゆくまで味わうために、クレオを部屋から閉めだすことにした。「クレオがかわいそう」キャサリンが言ったそばから、優雅な黒い足先がドアの下から現われる。「かわいそう」などと言っている場合ではない。ドアをしっかりと閉めておかないと、クレオが部屋に躍りこんでくる。骨と紙ナプキンが宙に舞い、皿が床に落ちて割れる。老いも若きも、みんなでチキンを奪いあうはめになる。

たいていの場合、家族の者はわたしたちの執着ぶりに見て見ぬふりをしている。ただ見過ごせないのは、クレオがまったく太らないことだ。そればかりか、むしろ縮んでいるように見える。胸骨が突きでて、ただでさえほっそりしている顔が骨ばっている。やせた身体に皮膚が垂れさがり、まるで素人がつくった剝製のようだ。

わたしたちは当然ながらはしゃいでいるばかりではない。カーテンをしっかり閉めて、半径五百メートル以内に人の目がないことを確認しても、マーヴィン・ゲイの曲に乗ってひとり踊っているところを研究熱心な人類学者にのぞかれていないともかぎらないのだから。

近ごろのクレオは、にわか雨のあとに子猫のようにお尻を振りながら木の幹をのぼり、半分までたどりついたところで、いきなり老いの逆襲を受けて滑り落ちたりもする。

かつては細くてしなやかな動きを見せていた脚は、膝と足首（あくまでも人間にたとえるとして）にしこりができて、ちょっとずんぐりしてしまった。だが、クレオは泣き言ひとつこぼさない。わたしのほうはジムへ行ってウエイトリフティングで汗を流すと、あとになって背中と首が痛む。クレオみたいに四本足で暮らしていれば、こんな痛みに悩むことはないのかもしれない。年老いた人間が四本足で大地を踏みしめていれば、転ぶのを怖がることもなくなるだろう。こういう点でも、クレオは人間よりも進化した種だということを見せつけている。

身体に老齢を迎えたサインが現われるにつれ、クレオとわたしは何事にも我慢しないようになった。スーパーマーケットのレジに並んでいるとき、かつてわたしはお人よしとみなされていた。よちよち歩きの子どもだろうが老人だろうが、前に誰かが割りこんできても、不平も言わずに好きにさせていた。だがいまは、割りこむ輩がいようものなら、足を踏んばり怒りをたぎらせて「先に並んでいるんですけどっ！」と怒鳴る。インドのムンバイからセールスの電話がかかってくると、黙って切らずに立て板に水のごとく文句を並べる。

クレオはさらにわたしの上を行き、ほれぼれするような高慢ちきな態度をとる。弱視の友人、ペニーが盲導犬のミシカを連れて訪ねてくると、わたしは水を入れたボウルを二つ床に置く。小さいほうはクレオ用で、大きいほうはミシカ用。クレオは大きいほうへ歩み寄り、クリーム色のラブラドールを睨みつける。ミシカは身体のサイズを半分くらいに縮め、仕方なく小さいほうのボウルへ行く。

ペニーは笑ってクレオの無礼な態度を許してくれた。子どものころにクレオが同じようなことをラータにしたと話すと、床にすわっているペニーが楽しそうにうなずいた。ミシカがご主人の膝にそっと前足を乗せる。飼い主と忠実な犬を描いた美しい一枚の絵のようだ。クレオにはその仲むつまじいふたりの姿が我慢ならないらしく、ミシカを鋭い目で見据えた。気の毒なラブラドールはしゅんとして部屋の隅へ退散し、クレオはペニーの膝におさまった。

　ある日、ロージーが唐突に電話をかけてきた。「かわいそうなクレオはどうなった?」

「元気よ」

「いまごろはもっとまともな場所にいるでしょうね」ロージーがため息をつく。「あの世にある猫の王国では毎日イワシが食べられるのよ」

「ちがうの、ロージー。クレオはこの世で元気に暮らしてる」

「えっ?　嘘でしょ!　で、いま何歳なの?」

　ずけずけと年を訊いてくる人間にはうんざりだ。「二十三歳」

「まさか。ちょっと待って。えーっと……人間の年にすると百六十一歳じゃない。ほんとに同じ猫なの?」

「同じ猫よ」

「あなた、何をしたの?　特別なものを食べさせているとか。それとも、長生きさせる薬を服《の》ませているとか」

「とくに何もしていないけど。スカルフィーとラフィーとベートーベンとシベリウスはどうしてる?」

気まずい沈黙が流れる。「スカルフィーはどっか行っちゃって、ベートーベンは腎臓をやられた。シベリウスとラフィーは十年前に猫の王国へ旅立ったわ。あの子たちはクレオとちがって、すべてにおいて最高の環境のなかで生きていたのよ。それにしても、よくあの子たちの名前を覚えていたわね。猫嫌いのくせに」

「そんなことない！　猫嫌いなはずないでしょう。もしそうなら、クレオはわたしたちと一緒にこんなに長く生きていないわ。それに年をとったって、わたしもクレオもまえとおなじ人間と猫よ。もう、ロージーったら、いい加減にして。わたしは猫派の人間なの！」

それから数日後、フィリップとわたしはレストランで十四回目の結婚記念日を祝っていた。

「あなたがわたしたちをピザの店へ連れていって、点をつないで正方形をつくるゲームでロブを負かした夜のことは忘れられないわ」

「あれ、〈ヘビとはしご〉じゃなかったっけ？」フィリップがシャンパンを一口飲む。

「〈点とマス目〉よ。あなた、本当に負けそうだった。わざと勝ちを譲るんじゃなくて。あんなふうに勝つなんて大人げないわよ。わたし、返り討ちにしてやろうかと思った」

「まいったな」フィリップは楽しそうに答えた。「ぼくのほうは、クレオが家のなかを跳ねまわっていたのが忘れられないよ。自分の王宮にいるみたいに」

「実際にあそこは彼女の王宮だったの。それはそうと、よくもあなた、わたしたちを自分のペースに巻きこんでくれたわね。ふたりの子どもと、自分より八歳も年上の女を」

自分たちの人生にフィリップを迎え入れることができたのは宝くじに当たったみたいなものだ、とロブは言っていた。フィリップが血のつながりがあるキャサリンと、ロブとリディアを、父親として分け隔てなく育ててくれたことに、わたしは心から感謝している。子どもたちのフィリップへの愛もまた、まっすぐで深い。こんなにも心の広い男性と何年も過ごすことができて、わたしは本当に幸せ者だ。

フィリップのポケットのなかで携帯電話が鳴った。「仕事に戻るなんて言わないでちょうだいよ」

「キャサリンからだ」娘のひどく動揺したとぎれとぎれの声を聞き、フィリップの顔は険しくなった。

「すぐに戻ろう。クレオがひきつけを起こしているらしい」

不愉快な獣医と親切な獣医

一日一度のチキンマンで医者いらず。

帰宅すると、クレオはいつもどおりぴんぴんしていた。

「ほんとに怖かった」キャサリンはまだショックで顔を紅潮させていた。「おっかない声で鳴いて、ひっくりかえって、ぴくぴくしたの。それから、ぜんぜん動かなくなって。よっぽど苦しかったみたい」

クレオはすっかり落ち着き、キャサリンの話を聞きながら足先をなめていた。こう言っているようだった。〝何をそんなに騒いでいるのかしら。ちょっとしゃっくりをしただけなのに〟。

翌朝、朝食のあとに、クレオはひどく具合が悪くなった。わたしは電話へ駆け寄り、親切なほうの獣医に電話をかけた。ハチミツみたいな声の受付係が応答し、今日は医師のスケジュールがいっぱいで診る時間がないと言った。

「でも、いま診てもらいたいんです！」

「それなら、ほかの獣医に診てもらえばいかがですか」彼女はきっぱりと言った。

親切な獣医のくせに、なぜこんな心の冷たい受付係を雇っているのだろう。ほかにクレオを診たことがある獣医といえば、あの意地悪で不愉快な男しかいない。

「毛布にくるんで、すぐに連れてきてくだされば診察するそうです」不愉快な獣医のほうの受付係が言った。

動物病院へ連れていく途中で、クレオは少しだけ回復し、道路や空を眺める余裕が出てきた。抱きしめると、ちょっとだけ喉を鳴らした。薬を服めばすぐによくなるだろう。だが、楽観は禁物だ。なんといっても、クレオは二十三歳半なのだから。

わたしもクレオも不愉快な獣医の診療所のすべてがいやでたまらなかった。待合室に漂っている麻酔薬のにおいも、隅のほうに墓石みたいに積んであるペットフードの袋の山も。口からだらりと舌を垂らした黒くて大きなラブラドールが、クレオはとくに気に入らないようだ。首に巻いている青いエリザベスカラーがどうしても目につく。クレオが何を考えているかは一目瞭然だ。〝犬ってやつは、なんでこんな屈辱的なアクセサリーを首につけていられるのかしら〟。

不愉快な獣医が診察室から現われ、なかへ入るよう手招きした。クレオは憮然としながらステンレスの診察台に乗り、レディとしては他人にさわられたくない場所をつつきまわされた。獣医が診断を下す。腎不全と甲状腺機能障害。

「この状態をあとどれくらい長引かせたいかね」獣医の声は平坦だった。

声も聞こえたし意味も理解できたが、わたしには答えを口にすることができなかった。

「そちらがそうしてほしいなら、いますぐ彼女を楽にさせてやることもできるが」

いますぐに？　ここで？　ショックが顔に出てしまったのだろう。獣医はこう続けた。「わかった。こちらで二、三時間預かって様子を見よう。そのあいだにご家族でよく考えてみなさい。決まったら、五時に電話を寄こして」

わたしはクレオをひったくって家へ連れて帰りたかった。だが、ぐったりとしているクレオをなすべもなく見守ることには、とても耐えられそうにない。ドアへ向かいながら、わたしは心の底からこの不愉快な獣医を憎んだ。そのとき、彼が声をかけてきた。

「毛布を置いていきなさい」

家にいるときと同じものをそばに置いておけば猫も安心するだろう、とこの獣医は考えているのだ。不愉快な獣医は思ったほど心の冷たい人間ではないのかもしれない。

わたしは家へ帰り、家具を覆っている古いタオルやラグを集めてまわった。そこらじゅうにおもらしをする年老いた猫がいなくなったら、家具が汚れる心配はなくなる。洗濯場に置いてあるクレオのベッドを見て、外のゴミ箱に捨ててしまおうかと考えた。馬鹿な。いまそんなことができるわけがない。

クレオにそのときが来たとしても、不愉快な獣医のところで荼毘にふすのではなく、門の近くに植わっている月桂樹のそばに埋葬しよう。

フィリップは早めに帰宅して、五時に電話をかけた。不愉快な獣医が来てくれと言っている。よくないサインだ。キャサリンは家に残ってテレビを見ると言い張り、わたしはフィリップと一緒に気の重い任務についた。

今回、不愉快な獣医は友好的だった。たぶんこれが彼の〝安楽死モード〟なのだろう。「彼女は一時的にひどく具合が悪くなっただけのようだ。何も食べないかもしれないが、血圧や心拍数は正常だし、心臓もしっかりしている。この年にしては良好な状態と言える」

彼の目の光がその言葉を裏づけていた。クレオは身体が弱りきっていても、獣医に魔法をかけて彼の頭にある猫の寿命グラフを消し去ってしまったのだろう。

獣医は青い毛布にクレオをくるみ、食欲を刺激する薬と一緒にこちらへ手渡した。「ああ、それから、何か食べさせたいなら、道路を渡ったところにうまいチキンスープをテイクアウトできる店がある。どういった材料を使っているのか知らんが、一口飲んだ瞬間に、どんな猫でも夢中になる」わたしは思った。一日一度のチキンマンで医者いらず。

クレオは帰る道すがら、ずっと喉をゴロゴロと鳴らしていた。

わたしはもう一度タオルやラグで家具を覆い、クレオのベッドを整えた。わたしたちは借りた時間を生きている。サムの死から学んだことのひとつは、時間は貸しだされているにすぎないということだ。返してしまった時間は取り戻せず、人生を変更することはできない。それを知ってしまってからは、出かけるときはいつも、何かの理由で二度と戻ってこられない場合にそなえ、化粧台の上に目を走らせるようになった。わたしはとりたてて整理整頓好きの人間ではないが、いつも散らかし放題にしていた者として人びとの記憶に刻まれたくはない。

イギリスにいるロブにもクレオの現状を伝えておこうと思い、わたしは受話器を取った。

「こっちからも電話をしたけど、話し中だったよ」とロブが言った。

「わたしがそっちに電話をかけていたからよ」わたしはクレオのことを話すのをできるだけ引きのばそうとした。「それで、あなたのご用件は何かしら」

「イギリスの冬はもうこりごりだ。ここではみんな一日のほとんどを日のあたらない地下で暮らしていて、まるでモグラだ。それで、メルボルンの会社がエンジニアを募集していたから応募してみた。うまいこと採用されて、クリスマスにはそっちへ戻れることになった」

ロブが帰ってきてからほどなくして、意外なお客がわが家にやってきた。彼は背の高い黒髪の若者で、ブラッド・ピットとジョニー・デップを足して二で割ったような容貌をしていた。わたしは映画スターばりの顎のラインとくっきりした眉毛にさっと目を走らせた。が、目をのぞきこむまでは、彼が誰なのかわからなかった。

ロブと一緒にジグザグ道を駆けまわっていた子どものジェイソンが、すっかり大人の男性に変わっていた。ジニーの息子の来訪は、予期せぬ贈り物にも似た出来事だった。ジェイソンは、アーモンド型の目をして、ジェイソンから両の頬にキスを受けて、わたしは一瞬ぼーっとなってしまった。成長したジェイソンは、アーモンド型の目をして、いたずらっ子っぽい笑顔を浮かべていた少年とは似ても似つかない。最後に会ったときには、わたしのウエストほどの背丈しかなかった。彼が子どものころの楽しかった思い出を忘れず、何年もたったのちに訪ねてきてくれたことに、わたしは感動した。

「クレオがまだ生きているなんて言わないでよ！」

「まだ、ちゃんと生きてるわよ」わたしはロブに電話をかけ、なつかしいお客を連れて息子の職場近くのカフェへ出向いた。ロブは会った瞬間すぐにジェイソンだとわかったようだ。わたしはロックスターなみの若者ふたりと食事をする栄誉に浴した。そう、これが立派に成長したふたりの息子とともにテーブルを囲んだときの偽らざる気持ちだ。サムが生きていたら、こんなふうに何度もみんなで集まったことだろう。温かさと一抹のさびしさが入りまじった感慨を覚えながら。そこには悲しみはみじんもなく、ときおりそれぞれの家族がかかえる苛立ちと責任が垣間見えるだけにちがいない。

「いちばん鮮明な思い出はなんだと思いますか？」ジェイソンがワインリストを見ながら訊いた。

「穴を掘ったこと！」ふたりが声をそろえて言った。

わたしはぽかんとした顔をしていたらしい。

「お宅の庭の隅に荒れ放題の場所があったの、覚えてますか？　ロブとぼくが穴を掘ったところ。掘っても掘っても、ちっとも深くならなかった」

ふたりの子どもがシダの茂みのあたりを掘りかえしていた光景が、昨日のことのようによみがえった。

「そうだったわね。シャベルやつるはしを使って。子どもがつるはしを振るうのはまずかったんじゃないかな。いまなら、わたしは訴えられているでしょうよ」

「そこですよ、大事なのは」ジェイソンが言った。「男らしくて危険な感じがした。ぼくらが古いマットレスを見つけた日のことも覚えていますか？　穴の上に置いて、しばらくのあいだトランポリンがわりにしていたっけ。そのうちに飽きて、それをどけて、また穴を掘る作業に戻った」

いまでもときどきロブが言っている。どうしてあの穴はいくら掘っても深くならなかったのだろうと。

大人の自分があの場面に戻ることができたら、半日で仕事を終えてしまうだろう、とも。

「穴が広すぎたんじゃないかしら。ところで、どのくらい深く掘りたかったの？」

「ちょうどいい深さ、かな」とジェイソンが答えた。

わたしは子どもたちに中国語やグレゴリオ聖歌を教えてあげればよかったと後悔した。ジニーが助産学の博士号を取得したことを考えると、ジェイソンは母親の頭脳を受け継いでいて、ふつうの子よりもたくさんのことを吸収できる子どもだったはずだ。一方で、穴を掘ることは、彼らに哲学者的なものの見方を授けたのだろうとも思えた。

くつろいで赤ワインを飲んでいる大人の男性が、ジグザグ道に住んでいた子どもたちと同一人物だということが信じられない。オーストラリアではブッシュファイヤーと呼ばれる山火事が頻繁に起き、鎮火後には植物が見事に再生する。彼らを見て、わたしはそのことを思いだした。黒焦げになった高木が立ち並ぶなか、バンクシア〔オーストラリア原産の常緑樹〕やワトル〔アカシア属の花。ワトルの一種であるゴールデン・ワトルはオーストラリアの国花〕が新たに芽吹く。それと同じように、ふたりの少年は強くハンサムな若者に成長した。ジグザグ道でつらい日々を送っているあいだ、人間には再生する力があることをわたしは忘れていた。

再生

猫の不可思議な観点から見ると、ときに終わりがはじまりとなる。

子猫と恋に落ちるのはいともたやすい。ふわふわした毛に覆われた子猫を一目見たら、抱きしめずにはいられない。成長した猫は輝くばかりの毛としなやかな動きで人びとを魅了する。だが、年老いた猫にもいぶし銀の味わいがある。年や病気のせいでクッションの上におもらしをしたり吐いたりするけれど、高齢の猫と暮らす人たちはそんなことで騒ぎ立てたりしない。いままで家のなかを汚されたことのない飼い主は、窮余の策として家具を古いタオルや毛布で覆うようになる。

クレオの毛は細くなり、古代エジプトの墓らしきにおいを漂わせるようになった。痛む関節に無理をさせてソファに飛び乗るまえに、しばらくじっと考えこんでもいる。はじめてわが家を訪れる客がおぼつかない足取りで迎えに出るクレオを見ると、一瞬、眉をひそめる。年老いたクレオはもはや美しいとは言えないが、彼女に対するわたしたちの愛情は、時が尽きかけていることを察し、ますます深まっていった。

そんなある日、クレオの顔の右側がひどく腫れ、片目があかなくなってしまった。わたしはクレオを毛布でくるみ、不愉快な獣医のもとへ連れていった。本当のところ、もう誰も彼を〝不愉快〟とは思っていないが。

「うーん」獣医は渋い顔をした。「歯原性腫瘍だな。ふつうなら歯を抜いてしまうが、彼女の場合は身体が弱っているので、手術には耐えられないだろう」

今回、彼はクレオの背中をなでながら、穏やかに、だが、はっきりと、とるべき道を示した。

「長いあいだ家族の一員として生きてきた動物がどういう存在かは、わたしにもわかっている」

彼はじっくり考える時間を与えるため、いったんわたしたちを家へ帰した。クレオが人間なら、〝自然に死ぬ〟のを待たねばならないだろう。母が耐えたように。病気が進むにつれ、患者が死を願うほどの苦痛に苛まれるさまをわたしは見てきた。死を迎えるときは、多かれ少なかれ苦しみがともなうのかもしれないが、選べるものなら、母をもっと楽に逝かせてやりたかった。クレオは動物であるがゆえに、これ以上の苦しみに耐えなくてもいいはずだ。苦痛から逃れる死は、動物たちに与えられた数少ない特権のひとつなのだから。

キャサリンは滝のような涙に頰を濡らし、これが正しい道だと同意してくれた。フィリップは、もう決して不愉快ではない獣医のところへ最後に一度だけ連れていくために、クレオを毛布にくるむのを手伝ってくれた。

「お嬢さん、ゆっくりお休み」獣医はクレオの足の甲に細い注射針を入れた。最期のときは穏やかに流れ、クレオは足をぴくりともさせなかった。わたしたちは、さようなら、と別れを告げた。クレオは三日月の形に身体を丸めた。頭が力なくしなだれる。クレオは、逝ってしまった。

獣医はクレオを薄く色のついたプラスチックの袋に入れた。わたしたちはその上に毛布をかぶせ、クレオを家へ連れて帰った。

フィリップは前庭の月桂樹のすぐそばに穴を掘りはじめた。シャベルがざくっ、ざくっと土を掘りかえしていく。彼は一言もしゃべろうとしなかった。穴を掘りつづけるフィリップの後頭部を見て、彼が泣いているのだとわかった。とめどなく涙を流すのではなく、必死に悲しみをこらえようとしている。そんな泣き方は身体によくないだろうに。

シャベルを置いてわたしの腕のなかで思いっきり泣いてほしいとも思ったが、それでは悲しみを長引かせるだけだろう。こういうとき、男は何かに没頭していたほうがいい。涙なら、とめようもなくわたしの目から流れ落ちている。

とても長く感じられる時間が過ぎ、フィリップはようやく手をとめてシャベルに寄りかかった。わたしたちは穴のなかをじっと見つめた。必要以上に深かったが、それも致し方ない。この人は家族のこととなるとなんでも一生懸命にやりすぎてしまう。もちろん、大切な家族の一員であるクレオのためにも。

「毛布にくるんだままクレオを埋葬したくない」とフィリップが言った。

フィリップは地面の上で毛布を広げ、プラスチックの袋からクレオを出した。そして、前に屈みこんで額にキスをしてから、クレオを穴のなかにおろした。

「クレオはぼくよりも長く、この家族の一員だった」フィリップはため息をついた。

鳥がレクイエムを歌うなか、シャベルに盛られた土が、ひとつ、またひとつ、クレオの身体を覆っていった。

世界には自分たちの庭に親族を埋葬する人たちがいる。わたしはそのわけを理解しはじめていた。ひとつには、毎朝、郵便受けをのぞきに行く途中でクレオにおはようと言えるから。月桂樹のあたりは深く掘らないでくれと言うと、庭師はびっくりした顔をする。わたしたちの大切な猫には何にも煩わされずにいてほしい。

クレオは二十四年近く、わたしたち家族の上に君臨し、決して回復することはないだろうと思っていた傷を癒やしてくれた。癒やしを与えるというみずからの役目を終えたいま、自分なしでも家族はやっていけるだろうと安心しているかもしれない。ただし、別の種類の悲しみをわたしたちに置いていった。古代エジプト人がともに暮らしていた猫が死ぬと眉毛を剃りおとした理由を、わたしは身をもって知った。

まわりの人たちは、新しい猫を飼ってはどうかと言ってきた。彼らによると、一匹飼うと、たいていは二匹目もやってくるらしい。ある日、友人からペットショップへ行こうと誘われ、ふたりでたくさんの子猫が囲いのなかで跳ねまわるのを眺めた。ほとんどが三毛猫で、とてもかわいらしい。夢中になってじゃれあっている子たちもいれば、束になってごろごろ転がっている子たちや、うつらうつらしている子もいる。どの子も愛らしい。グレイの子猫がメッシュの壁に爪を引っかけ、わたしたちを見おろすくらいの高さまでのぼっていく。買い物客の一団が囲いのまわりに集まってくる。どの顔もレオナルド・ダ・ヴィンチの絵画のようにやわらかい表情を浮かべている。そのなかに、先ほど通りで見かけた、髪の毛がぼさぼさの男性がいた。通りにいたときは眉間に皺を寄せ何やら腹を立てているようだったので、誰もが彼を避けて歩いていた。だが、猫を見ているいまは、顔から険しい表情が消えていた。無精ひげを生やした顎までも、笑顔に包まれてやさしげに見える。メッシュの壁に寄りかかりながら、彼は愛情あふれる目で子猫たちを見つめている。どうやらグレイの子猫に夢中のようだ。子猫は簡単には降りられないと不意に気づいたらしく、不安そうに下を眺めたあと、メッシュの壁にへばりついた。それ以上はのぼれない。子猫は捨て身の覚悟で後ろ向きのまま飛び、背中から着地した。見ていた男性は声を立てて笑った。もしかしたら、この人は子猫の姿に自分を見ていたのかもしれない。上へ上へと天を目指していたはずが、しまいにはどすんと地面に落ちるはめになる、と。

「一匹、家に連れていこうよ」十代の子が母親に言っている。彼もまた、子猫に心を奪われたらしい。もし彼が母親を説きふせて猫を飼うことになったら、その子猫は気高い使命を担うことになるだろう。この少年は精神的な不調をかかえているようだから。

さびしげな女性がかわいらしい三毛の子猫を指さしている。ひとり暮らしの家でやわらかい肉球にそっとふれるのを心待ちにしているのかもしれない。

この囲いのなかにいるどの子猫にも、果たすべき役割がある。人間の心を癒やすとか、本物の純粋な愛とはどういうものかを人に教えるとか。わたしは一匹残らず抱きあげて、温かくてやわらかい身体を腕のなかに包みこみたかった。だが、その日は子猫を連れて帰る気にはなれなかった。

猫というのは偶然に〝もらわれてくる〟のではなく、必要とされるときに、目的を持ってみずから飼い主の人生に現われるものだ。最初のうちは、家族は誰もその目的に気づかないかもしれないが。わたしはサムが亡くなった直後に、子猫なんか飼いたくなかった。状況が状況だっただけに。ところが、人生は矛盾に満ちていて、ほしくないものと必要なものとが、ときには同じだったりする。クレオの抱擁ややわらかい毛や高慢ちきな態度は、まさにわたしが必要としていたものだった。たとえひとときでも悲しみを忘れさせ、生きてさえいれば楽しいこともあると思いださせてくれた。くつろいだり、笑ったりするのも大事なんだ、心を強く持て、と教えてくれた。

クレオは家族の守護者として、わたしたちの旅を見守りつづけ、二十年以上の長きにわたり、自分を必要とする者たちとともに日々を送った。彼女をわたしたち家族のもとへ届けてくれたのがサムなのかエジプトの猫の女神なのかはわからないが、いずれにしてもクレオはほかの生き物には望むべくもないほどのありったけの力を使い、わたしたちの心を癒やした。

生きる力が目覚めるとともに、魔法に導かれるように、ジニーやジェイソンやアナ・マリーやフィリップといったすばらしい人びとが最高のタイミングで目の前に現われた。大切な人たちと知りあうたびに、クレオが彼らとの出会いをお膳立てしてくれたのだと思えてならなかった。サムの死から立ち直るのに手を貸してくれた大勢の人びとに対し、これからもつねに感謝の気持ちを持ちつづけることだろう。しかし、息子の死を過去のものとして考えることは決してない。わたしたちは変わり、成長もしたが、サムは、その人生も死も、いつまでもわたしたちの一部でありつづけるのだから。

怒りは許しへと変わり、事故から何年もたったのちに、サムが孤独と恐怖に苛まれながら旅立ったのではなかったと知らされて、わたしは大きな安堵感を得た。スーパーマンは実在する。彼は事故の現場にとどまり、犠牲者たちに手をさしのべるヒーローだ。わたしたちのヒーローの名前はアーサー・ジャドソンという。

何年ものあいだ、わたしはウェリントンのジグザグ道を再訪するのを避けてきた。ジニーはこちらの気持ちを感じとり、無理強いすることはなかった。ふたりで会うのはオーストラリアか、ニュージーランドのほかの場所で、いつも一緒においしいソーヴィニョン・ブランを飲んだ。が、わたしはついに行きたい気持ちを抑えられなくなった。レンタカーがワズタウンへ向かうのぼり坂にさしかかると、胃がぎゅっと締めつけられた。最初のカーブを曲がり、もうひとつ曲がると、そこにはまだ国有地や小さな公園があり、港が見おろせた。わたしはそのあたりにサムの記念碑を建てる夢を見たことがある。夢のなかに現われたコンクリート上に突きでたステンレスの碑は温かみに欠けていて、なくした子どもを偲ぶにはまるでふさわしくなかった。

道路はまっすぐで狭い急なのぼり坂となり、絞首刑用の横木を思わせる歩道橋に向かっていく。車がその下を抜けるとき、さまざまなイメージが脳裡をよぎった。サムが歩道橋の階段を降りて、道路ぎわで弟のほうを振りかえり「うるさい」と言うところ。アスファルトのかたい表面に飛び散る血。胸がざわついた。こんなところを通ることになんの意味があるのだろうか。

わたしたちが昔住んでいた通りに建つ家々はどれも鮮やかな色に塗られ、庭はきれいに手入れされていた。わたしは通りの端っこに呆然と立ちつくした。ジグザグ道が消えていたのだ。このあたりに住む家族がお金を出しあって、どの家へも車が乗り入れられるようにブルドーザーで土地をならしたと、まえにジニーから聞かされていたが、どんなふうに変わったのか想像がつかなかった。折れ曲がっていた古いジグザグ道は、崖の下に広がる道に変わっていた。いまは一本の道路となった旧ジグザグ道のてっぺんに立ち、わたしは街を見おろした。街自体が丘陵のかなり上まで広がっている。新たに建てられた高層のオフィスビルもいくつかある。南から風が吹きつけてくる。

「シャンパンの時間よ、ダーリン」耳慣れた声が聞こえた。ジニーとわたしはしっかりと抱きあった。笑いじわができ、髪に白いものがまじっても、ジニーは相変わらず美しい。ヒョウ柄のタイツと奇抜なイヤリングは、ミラノで着ていてもおかしくないひらひらのスカートとシルクのシャツに様変わりしていた。

わたしたちはジニーの家まで、かつてはジグザグしていた広い道を歩いていった。わたしは昔のわが家を見ないようにしていた。ちらりと見ただけで、悪魔の一群を解き放ってしまいそうな気がしていた。デシルヴァ家を囲んでいたジャングルのような植込みはなくなっていたが、家は以前と変わらず優雅なたたずまいを見せている。シャンパンのコルクを抜きながら、ジニーは打ちあけ話をした。リックと一緒に市街地のマンションに引っ越すことも考えたが、この家からの眺めは何にも代えがたいと考えなおしたことを。

わたしはうなずきながら、部屋のなかを眺めた。ジニーのインテリアの趣味は八〇年代のスタイルからヨーロッパふうな落ち着いたものに変わっていた。三十年近くこの地で暮らすジニーとリックは、いまでは近所ともかなり深くつきあうようになったらしい。バトラー家は十年前に引っ越したとか。ミセス・サマーヴィルは天上の広い職員室へ行ってしまっていた。

「それで、わたしたちの家は？」わたしはおずおずと尋ねた。

「しばらくのあいだ、サッカー選手とその恋人が住んでいたわ。建てなおそうとした人がいたけれど、結局断念したみたい。いまも誰かが住んでるはずよ。上へ行って、眺めてみましょう」

わたしはジニーのあとについて階段をのぼった。万が一、気が動転して泣きだしたりしても、ジニーならどう対処すればいいかわかっているだろう。ジニーはカーテンをあけて、窓辺のほうへ手招きした。古い平屋の家はすぐにはそれとわからなかった。小道にワスレナグサが並んでいた前庭はあとかたもなくなり、子どもたちが穴を掘っていたあたりは、車を二台はゆうに駐車できそうなコンクリート敷きの一角に変わっていた。正直なところ、住みやすそうではある。食料品を詰めた袋をかかえて玄関までずぶ濡れになって歩かなくてもよさそうだ。玄関のドアも以前とは似ても似つかないものになり、暗い色だった表面が白く塗りなおされている。〝個性的な物件〟と思わせていた、チューダー様式ふうに壁に組みこまれた木の骨組み部分も、同じく白くなっている。誰かが建物全体に白いペンキをぶちまけて、幽霊を追いだそうとしたかのようだ。もともと小さかった家が、さらにこぢんまりして見える。クレオがよくすわっていた、ロブのベッドルームの窓のあたりや急勾配の屋根は昔のままだが、それはもはやわたしたちが住んでいた家ではなかった。ジグザグ道と同様に、このあたりのあらゆるものがどこかへ消えてしまっていた。

わたしはかつてのわが家を見て動揺しないよう気を引き締めていた。ところが、ジニーと一緒に見おろしていると、意外にも心が軽くなり和らいだ。ひとつの輪が完成していた。ジグザグ道での人生が古い写真さながらにセピア色になる。それは思い出にすぎない。重要なのは、いまわたしたちが歩んでいる人生のほうだ。

クレオは旅立ってからも、家のそこここに自分の存在を示すものを残していた。見間違えようのない黒い毛がいまでもシーツや服にくっついている。冷凍庫の奥にはキャットフードが保存されている。クレオが使おうとしなかった犬用のクッションを地下室から引っぱりだしたあと、わたしはロブに電話をかけた。今回ももちろん話し中。

ようやく電話がつながり、わたしは訊いた。「こっちに電話しようとしてた？」

「いや、してないよ。ほかの人と話してた」

「誰？」

「シャンテルだよ。彼女、オーストラリアに戻っているんだ」

「まあ、それはよかったわね。恋人と一緒に？」

「彼とは別れた」

ロブとシャンテルの友情は彼女の弟が亡くなったことで深まっていた。兄を失って苦しんだロブには、彼女の痛みが充分に理解できた。ふたりはいま、兄弟をなくした呼び名のない者同士として心を通わせている。シャンテルが戻ってから一年もたたないうちに、彼らは一緒に暮らすようになり、婚約をし、どんな猫を新たな家族として迎えようか相談しはじめた。インターネットを検索して、いろいろと考えているようだ。ブリティッシュ・ショートヘアがいいか、それともシャムか。

ある夜、ほぼ十年前に互いを引きあわせてくれたシャンテルの叔母の家にふたりが泊まったおりに、そこに住むバーミーズ〔原産国がミャンマーの猫〕が彼らと一緒に寝たがったという。

「血統書付きの子猫と暮らすのはたいへんそうだ」ロブが言った。「その猫、自分のベッドはいやだとかなんとか、一晩中ぼくに話しかけてきた」

「あなたって、猫が話しかけやすい人間なのかしら」

「わからない。でも、クレオもそうだったな」

わたしは六歳のロブがわが家に来たばかりの子猫を抱いている姿を思いだし、微笑んだ。サムなしでひとりで眠るはじめての夜、クレオはロブに寄り添い、夢のなかで話しかけ、友だちをつくる手助けをすると約束した。それからほぼ四半世紀にわたりクレオはロブを見守りつづけ、猫の女神として数えきれないほどの誕生日パーティーに臨席し、病気のあいだはロブの看病をした。月桂樹の下で安らかに眠りながら、クレオはいまでも影響力を遺憾なく発揮している。

家に迎えるなら、血統書付きではないふつうの猫にするとロブは言っている。その猫がアビシニアンの雑種だとしても、わたしは驚かないだろう。

新たな物語のはじまりへ。

どの子猫にも一緒に生まれてきたきょうだいがいる。クレオの物語も大勢のすばらしい人びとの助けなしでは誕生しなかっただろう。ヴィクトリアン・ライターズ・センターのノンフィクション・コースと、運営者のミーム・マクドナルドに感謝を捧げたい。彼女の励ましがなければ、アレン・アンド・アンウィン社の〈フライデー・ピッチ〉に作品のアイデアについてのメールを送る勇気を奮い起こせなかっただろう。わたしの知るかぎり、構想中の本のあらましを送るように広く呼びかけ、数日以内の返信を約束している大手出版社はほかにはない。〈フライデー・ピッチ〉は孤独な物書きたちにとっては画期的なすばらしいシステムだ。このシステムを立ちあげたフィクション部門の編集者であるルイーズ・サーテルにも謝意を表したい。『クレオ』はまずジュード・マギーの手に渡った。ジュードは最初からわたしたちの猫の物語に共感してくれた上、この本を執筆している最中にわたしが自信を失ったときも、思いがけず体調を崩したときも、つねに力強くわたしをサポートしてくれた。

クレオについて書くことをすすめてくれたロデリック・ディーンとジリアン・ディーンには大いなる感謝を伝えたい。何カ月も執筆活動に専念しているあいだ、おいしいランチを提供してくれたダグラス・ドルーリーにも感謝を。ちょうど必要なときに花を贈ってくれたり電話をかけてきてくれる、世界一のヨガの先生、ジュリー・ウェントワースにはわたしから愛をこめてキスを。コーヒーを飲みながらいつも笑わせてくれるサラ・ウッド、どんなときもやさしい態度で接してくれるヘザー・セヴァササンとマノ・セヴァササンにもキスを。体調が思わしくないときに、献身的に看病してくれたわたしの姉のメアリーには大きなハグを。励ましのメールを送ってくれたモーリーン・リーステラー、つねに的確なアドバイスをくれたリズ・パーカーにもハグを。ジェニー・ホイーラー、ジュディ・マグレガー、リンゼー・ドーソン、そして、『クレオ』が各国で出版されて以来、さまざまな国で出会った優秀な編集者のみなさんにも心からの感謝の気持ちを捧げる。

フィリップ、ロブ、リディア、キャサリン、シャンテル、スティーヴ、この本のなかにあなたたちのことを書かせてくれて、本当にありがとう。彼らについて書く機会をふたたび与えられたら、またちがう一面から彼らのすばらしさを伝えたいと思う。惜しみなく寄せてくれる彼らの信頼にわたしは全力で応えていきたい。フィリップとキャサリンはわたしのかわりに料理や買い物や洗濯といった家事を引き受けてくれ、リディアはマッサージをしてくれた。三人にはとくに、わたしからのハイタッチを。

最後に、長い長いあいだ心の底からわたしたちを愛してくれたクレオに、いちばんのありがとうを捧げたい。

訳者あとがき

一九八三年一月二十一日、ニュージーランドのウェリントンに住むひとりの少年が交通事故で命を落とす。一家は悲しみの海に沈み、家族の心には深い傷が刻まれた。時がとまったままのある日、一匹の猫がやってくる。サムの猫。クレオパトラ。略して、クレオ。時はふたたびゆっくりと動きはじめ、以来約四半世紀にわたり、クレオは王国の主《あるじ》として、ゆるぎないまなざしで家族を見守りつづける。

〝猫が飼い主を選ぶのであって、その逆はない〟。これはたぶん真実だろう。本書の著者ヘレン・ブラウンも記しているとおり、猫は必要とされるときに、目的を持ってみずから飼い主の人生に現われる。ひとり暮らしの老人にそっと寄り添う猫も、ぎくしゃくした家庭に円満の秘訣を教える猫も、業務に振りまわされストレスにあえぐ仕事人間にほっとするひとときをもたらす猫も。「何かの縁で猫を飼いはじめちゃったんです」と人は言うかもしれないが、縁を結んだのはその猫にちがいない。

生き物は生をまっとうし、そのときが来れば命の火は消える。それを当然のこととして受けとめなさい、ということも猫は教えてくれる。本書でクレオが逝く件《くだり》は、深い悲しみをたたえながらも、じつに淡々としている。短い文章のなかに、二十数年間をともに歩んでくれた彼女への感謝の気持ちが凝縮されているように思われてならない。

猫のことばかり述べたが、本書はヘレン・ブラウンという女性の波乱万丈の人生の記録である。彼女は自身を見舞った大きな悲劇に翻弄されながらも、ジャーナリストとしての鋭い観察眼を武器に、どこか突き放したような客観的な描写で読む者を惹きつける。ユーモアのセンスは抜群で、サービス精神も旺盛。ワン・ナイト・スタンドを目論んでナイジェルを自宅に招く場面は爆笑の連続だし、フィリップとの関係が深まっていく過程にも笑いのツボがあちこちに仕込まれている。骨が軋むような過酷な現実に向きあわされても、人は生きつづけなければならない。クレオにさまざまなことを教わりながら、彼女は前を向いて進むことを思いだす。やがて〝重要なのは、いま歩んでいる人生のほうだ〟という心境にたどりつく。彼女自身の再生は、多くの人に勇気をもたらすことだろう。

原書『Cleo』は二〇〇九年にオーストラリアで出版され、のちに版を重ねつつ、現在は全世界十七カ国で翻訳出版されている。著者のヘレン・ブラウンはニュージーランド生まれのコラムニスト、作家で、現在はオーストラリアのメルボルン在住。二〇一四年には初の小説『Tumbledown Manor』を発表し、精力的に執筆活動や講演活動を続けている。

本書の訳出作業中には編集者の方、校正者の方にひとかたならぬお力添えをいただいた。この場をお借りして感謝を申しあげたい。ありがとうございました。

二〇一六年五月

服部京子

解説　猫に癒されて喪失の哀しみから再生した女性の物語

本書は、息子を失った著者が、その後に飼い始めた猫のクレオと過ごすことによって、長い時間をかけて哀しみが癒されていくことに気づく、恢復の物語である。

「クレオは二十四年近く、わたしたち家族の上に君臨し、決して回復することはないだろうと思っていた傷を癒やしてくれた」(「再生」)。著者は、クレオの存在により家族の傷が癒されたことを心から感謝する。人生のさまざまな困難には必ず具体的な解決策があり、恢復することはないだろうと思っていた傷も癒されることがあるという著者の確信は、誰にでも降りかかる人生の苦難やつらさを和らげ、哀しみに打ちひしがれそうになった時に、読者の背中を後押ししてくれる。

息子・サムが交通事故で亡くなったとき、著者の学生時代の友人ロージーが、エリザベス・キューブラー・ロスの『死ぬ瞬間』を著者に渡す。その哀しみの五段階「否認、怒り、取引、抑うつ、受容」に対して著者は反発する。「キューブラー・ロスはこの状態をただ単に〝うつ〟と呼ぶのかもしれないが、見当違いもはなはだしいと言わざるをえない」(「蘇生」)と、悲哀と折り合いをつけようとする著者が、自らの精神状態を冷静に観察し、キューブラー・ロスを批判する。

では、どんなふうに哀しみは癒されていくのだろうか。哀しむ自分自身を一歩引いて俯瞰する冷静な視点から、著者が哀しみに対処していく様子が丁寧に綴られていく。サムが亡くなったことを「あわれ」み「なぐさめ」ようと善意で近づいてきて逆に神経を逆なでする人々に怒りを覚える自らの様子を突き放すように描いたかと思うと（「喪失」）、一方で見知らぬ人には自分の不幸を手当たり次第に告白しないではおれなくなり、そのたびに周りが窮しうろたえる様子を目の当たりにして自らも疲れ果てていく様子が（「乱入者」）、これまた冷静に描かれる。一方で、黙って何も言わずに温かく抱擁してくれた友人や（「喪失」）、自分の喪失の物語を記事にした後に接した、同じように子を亡くした人が語ることばが、実は一番の癒しになったことも告白される（「獣を飼いならす」）。自らの体験を語ることで、同じようなつらい体験をした人の物語が集まってくること、またその物語が、つらいさなかにある人にとって、これからたどり乗り越えていけるかもしれない「未来」を示す力となることが、強く伝わってくる。キューブラー・ロスでは「抑うつ」と一言でまとめられてしまう一番つらいプロセスの詳細を、著者が身をもって示してくれているところであろう。

また、この再生のプロセスで多大な活躍をするのが、なんといっても猫のクレオである。哀しむことをやめるには、他に注意を向ける対象が必要だ、とはよく言われるが、まさにこの「感情は別の行動でのみ消去できる」ことがクレオによって証明されていく。子猫のクレオが引き起こしてくれるさまざまな厄介ごとのおかげで、著者は次々と起こる、些末だが「今この時」に対処しなければならないことへ目を向けざるを得なくなるのだが、その結果として大きな喪失の痛み、「過去」への哀しい思いばかりを見つめて過ごすのとは違う時間が増えていく。初めてクレオがきた晩の最後に、大変だった今日一日を思い返し、息子が亡くなってもなお自分が生きていることへの罪悪感はあっても、この一日が「それほどひどい一日ではなかった」と感じるシーンがある（「信頼」）。これこそ、哀しんでばかりだった日常の歯車が大きく逆方向へふれる一瞬だろう。どうしようもない哀しみの中で、目の前の「今この時」に視点が定まり、ささやかな幸せに目を向けることができた、貴重な第一歩を見事にとらえていてとても印象的である。

さらにクレオのおかげで、著者は持ち前の観察眼をも取り戻していく。サムの死に打ちひしがれた著者が、ある日、近所の家の屋根に座る美しい猫に気づく。よくみるとそれはクレオであった。著者は、「わたしが気づかぬうちにクレオが成し遂げた変身は、何があろうと関係なく人生の輪はまわりつづけるということを実感させた。クレオの壮大な変化の過程を見逃してしまったが、これからは何も見落とさないようにしよう。そうすれば観察眼も戻ってくるはずだ」と考える（「めぐる季節」）。ジャーナリストとしての目を、クレオを意識することを通して取り戻していくのである。

このように常にどこかに自分を俯瞰している視点を忘れない著者は、冷静なだけではなくとても積極的で、自らの行動力で新しい幸せを見いだしていく魅力的な女性である。そのことは、新しい男性フィリップとの電撃的な出会いのシーンで見事にあぶりだされている。この若い男性との交際を友人に反対・警告されたとき、著者には人に警告された昔の記憶が走馬燈のように浮かんでくるが、著者の対応はいつでも同じく「そう思う？　じゃあ、見てて」であった（「開放」）。このように何かことが起こったときに人が記憶の中から選び出す昔のエピソードは、オーストリア出身の心理学者アルフレッド・アドラーが「早期回想」と呼んだものであり、その人が人生の節目節目で典型的にとる行動の指針を端的に示すとされている。これに照らせば、著者はたとえ反対されても、昔から変わらず自分のしたいことを貫き、積極的に実践し行動していく人だと、自ら告白していることになる。

この冷静かつ積極的な著者の魅力は、その巧みな文章構造にも表れている。特に、目の前の出来事や動物の様子を静かに観察し描写することで、間接的に自分の感情の揺れがうかがえるところが随所に見られる。たとえば、最愛の息子ロブが病気で弱っていることに心を痛めている場面では（「失踪」）、途中からロブの記述はなくなり、それに代わって、巣から落ちたツグミのヒナが弱って死んでしまう様子と、そのヒナをクレオが猫の本性から攻撃し弄ぼうとする様子が詳細に描かれる。瀕死のヒナはロブでもあり、そのヒナに爪を立てようとするクレオはロブに忍び寄る死の影のメタファーでもあり、そんなクレオに腹を立てて部屋に閉じ込めようとする著者は、死に脅かされるヒナをなんとか救おうとする親鳥そのものである。しかし自然の摂理でヒナは死に、親鳥はなすすべもなくヒナを見つめ、一方でクレオはヒナを眺めながら呑気に足先をなめ続け、著者は「クレオのほうが正しかったのか」わからなくなる。「何をどう抵抗しようとも、死ぬときには死ぬもので、我々はその結果を受け入れなければならない」という、どんな哀しみの背後にも存在する残酷で普遍的な真実を、実に淡々と、しかし見事に私たちに伝えている。このように、著者は巧みな観察力を駆使して、さまざまなものごとの背後に横たわる類似の構造を見つけ出す聡明さを、余すところなく発揮している。

解説者の一人・安井眞奈美は、二〇一二年一〇月にグァム島で開催された第二〇回太平洋アジア女性会議（20th Federation of Asia-Pacific Women's Association Convention）にて、ゲストスピーカーとして招待されていた著者ヘレン・ブラウンに出会った。レベッカ・ステファンソン・グァム大学名誉教授（社会人類学）が真っ先に紹介してくれたのだ。会議の期間中、一緒に食事をしたり、雑談をしたりする中で、ヘレンから、仕事や家族についての質問を受け、それに答える形で自然と会話が進んだ。それは単なる質問ではなく、まるで筆者に自ら物語を語り始めるきっかけを与えてくれたかのような、温かな雰囲気に包まれた語りかけであった。

ステファンソン教授から『クレオ』を渡され一読した私は、愛する息子を失いながらも前向きに生きていく女性の強さと優しさ、そして家族の再生の物語を、ぜひとも日本語で出版できないかと思い立った。同じ哀しみとつらさを抱えている数多くの方々に、『クレオ』はじんわりと響く何かをもっているのではないか、と考えたからである。それは、もしかしたら読者に、自分自身の物語を紡いでいくきっかけを与えてくれるものかもしれない。物語を紡ぐこと自体が、哀しみを癒す一つの方法になるだろう、と。

さっそく、大阪大学大学院文学研究科でともに学んだ友人・早瀬尚子（言語学専攻）に声をかけ、『クレオ』の日本語での出版の可能性を探った。その後さまざまなご縁のおかげで、刊行に至ることができた。

深い哀しみに時間をかけて対峙しながら、自らの人生を全うしていくことを描いた本書が、日本の読者に共感をもって幅広く読まれることを切に願う。

二〇一六年四月

安井眞奈美（天理大学教員）
早瀬　尚子（大阪大学教員）

著者

Helen Browm

ヘレン・ブラウン

ニュージーランドのニュープリマス出身。ジャーナリズムの専門コースを修了後、ニュージーランドの新聞社の見習いレポーターをへて、同社発行の新聞のコラムの執筆を担当。結婚、出産、長男の事故死、離婚、再婚を経験し、現在はオーストラリアのメルボルンに在住。コラムニスト、作家として執筆活動を続けている。オーストラリア移住後もニュージーランドの新聞や雑誌にコラムを寄稿し、同国の最優秀コラムニスト賞を数度受賞している。

訳者

服部京子

Hattori Kyoko

翻訳者。中央大学文学部卒業。訳書にジェームズ・ボーエン『ボブという名のストリート・キャット』『ボブがくれた世界』(辰巳出版)。